本书系国家社科基金艺术学项目
《新时期河南剧作家群研究》（项目号：14BB018）最终成果

历史进程中的河南剧作家群研究

李红艳 著

中国戏剧出版社

图书在版编目(CIP)数据

历史进程中的河南剧作家群研究 / 李红艳著.
-- 北京 : 中国戏剧出版社, 2021.11
ISBN 978-7-104-05136-7

Ⅰ. ①历… Ⅱ. ①李… Ⅲ. ①剧作家-研究-河南-
当代 Ⅳ. ①I207.3

中国版本图书馆 CIP 数据核字(2021)第 195005 号

历史进程中的河南剧作家群研究

责任编辑:曹　静
责任印制:冯志强

出版发行:中国戏剧出版社
出 版 人:樊国宾
社　　址:北京市西城区天宁寺前街 2 号国家音乐产业基地 L 座
邮　　编:100055
网　　址:www.theatrebook.cn
电　　话:010-63381560(发行部)　010-63385980(总编室)
传　　真:010-63383910(发行部)

读者服务:010-63387810
邮购地址:北京市西城区天宁寺前街 2 号国家音乐产业基地 L 座

印　　刷:河南瑞之光印刷股份有限公司
开　　本:787mm×1092mm　1/16
印　　张:21
字　　数:260 千字
版　　次:2021 年 11 月　北京第 1 版第 1 次印刷
书　　号:ISBN 978-7-104-05136-7
定　　价:118.00 元

序 言

罗怀臻

年初到郑州参加艺术活动，红艳说想让我为她即将出版的新书作序，我欣然应允。

我和红艳相识有20年了。我是河南籍人，与河南戏剧界多有来往。红艳身边的亲友如孟华、姚金成、王明山、贾璐等都是我的挚友。早先我去河南，与戏友们聚会，红艳偶尔也会在座，但她大都是聆听者或记录者，冷不丁插一两句话，让人感觉到她的清醒和睿智。后来经常看到她为那几位师长整理撰写的文字，我都不禁要夸赞她，夸赞她的才情，夸赞她的率直，夸赞她的冷静。记得有一年连续看了她实际负责组稿的《东方艺术》杂志，我竟打电话给我的老同学姚金成主编，劝他让贤。金成竟也不生气，马上就把主编的交椅让给红艳了。多少年来，红艳就像是大家共同呵护着的一位小妹妹，自然自由自在地成长着。2014年，红艳还被选拔参加了中国戏剧家协会与上海戏剧学院联合在沪举办的"全国青年戏剧评论家研修班"，我因为参与了这个研修班的课程设计并且讲了几节课，于是我们也算有了一段师生之谊。经过那个上海班的研修，我感觉红艳他们一代人的视野和胸襟都拓开了，同学们相互牵手、相互激励，又赶上全社会前所未有的对于文艺批评的重视，包括红艳在内的一批青年戏剧评论家迅疾成才成名，担起了繁荣当代戏剧批评的重任。为此，当我刚一得知红艳新著的《历史进程中河南剧作家群研究》之时，就已对这部专著充满期待。及至阅读了书稿，更是钦佩之至，用“惊喜”二字形容毫不为过。红艳以新一代批评家的理论素养和文化准备，以她深厚的艺术积淀和对戏剧实践亲临现场的鲜活感受，对她所研究的对象进行了一次系统的梳理、深入的分析、理性的总结和价值的评估。它绝不是流水账，不是功劳簿，更不是排行榜，而是一部真正的人文学术研究专著，具有很高的理论价值和学术分量。我以为，李红艳所著《历史进程中河南剧作家群研究》一书的意义至少体现在下述三个方面。

一、它是历史进程中的河南剧作家群研究。该书是红艳主持的国家社科基金艺术学项目“新时期河南剧作家群研究”的最终成果，但其时间段落并没有仅仅局限在“新时期”，而是以“新时期”为话题中心进行向前的回溯和向后的延伸。向前回溯到五四新文学时期河南戏剧文学的发生及第一批剧作家的登场，且不是蜻蜓点水式的一笔带过，而是借“绪论”给予非常充分的论述和表达；向后延伸至“新时代”以来的当下，兼顾了所涉话题的连续性。该书追溯既往，映照当下，贯通了河南戏剧文学发展的百年历程。正因为此，我建议将书名改为《历史进程中的河南剧作家群研究》。

历史进程中的河南剧作家群的另一层含义是它与时代的脉搏同频共振，是历史视域下的文学艺术研究。作者运用社会学、历史学、文化学、比较研究等多学科的研究方法，把河南剧作家群和他们的创作放在当代中国政治、经济、社会、历史、文化发展衍变的时代背景下做细致稽考，深入地分析了不同历史阶段政治环境、历史变革、文化思潮、文艺政策以及创作者个人情怀、兴趣爱好之于河南戏剧文学创作的影响,在历时性和共时性两个场域展开论述。从中我们得知新时期河南剧作家群在怎样的历史背景和文化环境中生成,在不同的历史阶段经受着怎样的外部影响和内部变革,呈现出怎样的发展态势。如新时期初期及80年代“思想解放”和“新启蒙”思潮下,河南戏剧文学试图突破自我、接轨全国的开拓意识;90年代随着市场经济的确立和大众文化成为消费主体,河南戏剧创作一度滑向实用、世俗、功利的层面;进入21世纪天时地利人和的内外部环境,带来河南戏剧创作观念的开放多元,由此出现了“蓄之既久,其发必速”的高峰期……河南剧作家群的地位由此得到确立和认可。书中对作家作品的研究分析,是与丰富、复杂的社会变革紧密联系的,是与时代变换中的观念更新、创作转型、突破发展紧密联系的。从中我们看到了百年历史进程中河南戏剧文学发展的清晰轨迹,同时也从河南戏剧文学创作的起伏变化中,管窥了时代的发展和历史的变革。如此,便使该书具有了历史的宏阔感和厚重感,避免了就事说事的浅显和浮泛。

二、它是全国视野下的河南剧作家群研究。本书从纵向看,有历史视野的纵深;从横向看,有全国视野的开阔。既能够把河南剧作家群放在历史的场域中去审视,也能够放在全国戏剧创作的格局中来比照;既避免了井底之蛙的自吹自擂,也避免了自轻自贱的妄自菲薄,找到了不同历史时期河南剧作家群在全国版图中的准确坐标。

例如,在论及新时期初及80年代的河南剧作家群时,作者认为,这一时期河南剧作家群从队伍的阵容和规模上看,已颇具“群体”意义,但并没有产生“影响上”的群体意义。因为这一时期在戏剧观念的大讨论、大探索、大实验中,河南未能向全国奉献有影响的成果。尽管也有《半个娘娘》《水上吉卜赛》等令人眼前一亮的探索剧目,但因种种原因,未能像京剧

《曹操与杨修》、昆剧《南唐遗事》、川剧《巴山秀才》、莆仙戏《秋风辞》《新亭泪》、梨园戏《节妇吟》、淮剧《金龙与蜉蝣》、桂剧《泥马泪》等那样，走出小区域，产生大影响。同时，作者对这一时期河南剧作家群体影响力的评价，也是与同时期福建“武夷社”的福建剧作家群、湖南“谷雨社”的湖南剧作家群以及号称“川军”的四川剧作家群相比较而言的。在分析90年代河南屡次冲击国家“文华大奖”而始终未能斩获的原因时，作者同样是以全国视野来看待河南戏剧创作存在的问题和得失，认为这一时期的河南戏剧较之“文华大奖”作品所应具的思想深刻、意蕴丰厚、制作精良的标准，的确还存在差距。而新世纪之后“河南剧作家群”的提法之所以得到广泛认同，正是因为它不但拥有群体的规模意义，同时具有超越地域的全国影响力。此时的河南戏剧，已经不是一个局部的繁荣，而是在参与着中国戏剧的大循环，并且在整体上影响着中国戏剧的创作和发展。

阅读书稿的过程中，能够强烈感受到红艳在面对研究对象时所秉持的客观立场和全国视野，以及她在论述过程中那种“眼里有乾坤，胸中有丘壑”的从容和自信。她呈现给我们的是一个全国视野下的河南剧作家群。这是一个优秀的科研工作者所具备的学术视野和学术胸襟，这种品质开拓了这一课题的境界，从而赋予这个地域话题以全国意义。

三、它是舞台艺术格局中的戏剧文学研究。红艳有过剧团工作的经历，有长期关注舞台实践的自觉，这决定了她做的不是书斋里的学问。她的不少文章都是针对现实创作的有感而发，有很强的现实针对性，同时也有较高的理论价值。这本书更是体现了她一以贯之的理论与实践并重的治学方法。它不是一般意义上的戏剧文学研究，而是舞台艺术格局中的戏剧文学研究。它对作家作品的论述，在充分肯定文本的观念价值、内容价值、时代价值、艺术价值的基础上，也注重它的舞台演出价值，将作品放在其所处历史阶段的舞台格局中来评价，从文本和舞台演出的双重意义上来看待它的价值。这样,就不会辜负一个作品应有的价值意义,避免了有时因文本与舞台演出错位而对作品评价过高或认识不足的缺憾。

如一些具有探索和实验性质的作品,观念新颖,视角独特,手法大胆,文学性高,但很多时候这类作品并不会成为热演剧目,也不会成为代表河南去全国捧杯抱奖的剧目,因而并未能得到应有的关注。然而其文学和舞台探索意义又不容小觑。还有些剧目,文本上并没有多少可圈可点之处,但因其符合中原观众的道德评判和审美喜好,反而大受欢迎,常演不衰,成为热演的"叫座剧目"。这种文本和舞台演出的倒置和错位,在本书的论述中都有一定程度的弥补或纠偏,其对所论作品的长短得失,尽可能从文本和舞台演出两个维度去审视,进行较为客观的评价。

当然,我说这本书是舞台艺术格局中的戏剧文学研究,更主要的原因是作者几乎用一个章节的篇幅,论述了河南剧作家群的舞台意识和"二度思维"。戏剧文学创作的最终目的是"付之场上",在创作时思考未来的舞台表现,是中国戏曲文学由来已久的传统。但是,新时期之后,随着舞台艺术的快速发展和观众对剧场艺术更高的审美期待,剧作家的舞台意识也呈现出多面向、全方位、深介入的特点,甚至带着一定的"导演思维"进入文本创作。这样,就"使戏剧文学远远超越了'脚本'的任务和意义,与舞台发生了更直接、更密切、更深入的联系,甚至对未来的舞台整体呈现产生了决定性的影响。这是时代发展、舞台艺术发展赋予剧作家的使命,也是河南剧作家群追随时代、自觉追求当今舞台变革的自觉选择"(作者语)。书中第六章,作者对剧作家的舞台意识及"二度思维"(包括剧种意识、音乐思维、表演思维、舞台空间意识及对未来舞台样式的思考)做了全盘思考和深入分析,从中,我们洞见了剧作家对未来舞台的想象及提供的智慧及可能,更深入地了解了戏剧文学与舞台的内在关系,领略了剧作家和导演、作曲家、表演艺术家因互为知音而给戏剧舞台带来的景观和惊喜。凡此种种，在以往的戏剧文学研究和剧作家研究中都是极少涉猎的。这个话题的深入展开，建立在红艳对河南剧作家熟悉的基础上、对河南戏剧舞台熟悉的基础上，还建立在她对戏剧文学的宏观理解和全面认识上。这是红艳为戏剧文学研究提供的一个崭新视角，打开了戏剧文学研究的一个新天地，是一次立体式、多方位的戏剧文学研究。

基于以上意义，我以为该书的出版问世同时还具有以下价值。

其一，它是写给当代剧作家的。该书为我们描述了历史视域下河南剧作家群的整体面貌——无论是“绪论”中的20世纪二三十年代和五六十年代，还是作为话题中心的新时期之后，几乎有所建树的剧作家，在本书中都有涉及。对他们的“出场”背景、所处代际、代表作品、创作特点都有恰当的描述，对他们的重要作品在河南戏剧文学史上的地位都有准确的判断，对他们在河南戏剧文学史中的贡献都有充分的表达。通过作者的描述，我们不仅对曾经熟悉的剧作家有了更全面、更深入的了解，而且对许多我们不曾熟悉或者说对他们的作品认识不够充分的剧作家也有了新的认识。这是一幅当代河南剧作家的群谱图，也是一部河南戏剧文学的作家作品论。作为当代具有成就的剧作家或尚在跋涉中的青年剧作者，无论你是被论述者还是阅读者，都能从中镜鉴自己，找到共鸣，看到坐标。

其二，它是写给当代戏剧家的。作为舞台艺术最基础、最关键的环节，戏剧文学连接着舞台艺术创造的所有方面。戏剧文学创作的整体水平，某种意义上是戏剧整体创作水平的表征和体现。如20世纪二三十年代，樊粹庭、王镇南那一代剧作家的创作，是与陈素真、常香玉那一代演员的登台密不可分的；五六十年代杨兰春那一代的现代戏创作，是和用戏曲形式表现现实生活的探索、尝试紧密联系在一起的，由此带动了戏曲现代戏的全面发展，诞生了和他荣辱与共的河南豫剧院三团艺术家群体；新世纪之后河南戏剧的崛起和繁荣，连续多次获得“文华大奖”的精彩与荣耀，同样是编、导、音、美、表以及评论等各个专业共同发力的结果。尽管本书聚焦的是戏剧文学家，但每一部优秀的作品背后，无不站着一群优秀的艺术家。这些作品，既成就了剧作家，同时也成就了一大批导演艺术家、音乐作曲家、舞台美术设计家及“文华表演奖”“梅花奖”获得者，甚至成为一个剧种、一个剧团、一个地域的代表作。这是一定时代、一定代际艺术家群体智慧的结晶。剧作家与同时期的舞台艺术家同荣辱，共命运。因此，这本书同时也是写给当代戏剧家的。

其三，它是写给当代戏剧史的。该书的写作，借鉴了当代文学史的视野和叙述框架，把河南戏剧文学作为当代文学史的一个组成部分着眼聚焦，成为当代戏剧史的一个地域景观。从中，能管窥到当代戏剧文学发展的清晰轨迹和普遍规律，也能看出地域基因对这个群体的持久影响与个性塑造。这是作者为当代戏剧文学史贡献的一份鲜活的地域个案。

这里，我还想就本书的重要组成部分——下篇的作家个案研究赘述几句。在以往的当代戏剧文学史的书写中，新时期河南剧作家似乎被有意无意地忽略了。在不同版本的当代戏剧史中，杨兰春几乎是唯一被关注的河南剧作家。杨兰春的成就主要集中在20世纪五六十年代，这就意味着，与杨兰春先生前后在世，特别是新时期以来的河南剧作家，几乎无人进入中国当代戏剧文学史，这不能不说是一种缺憾。红艳的这本书，某种意义上弥补了这种缺憾。本书的下篇，几乎用全书近三分之一的篇幅，对四位卓有成就的剧作家进行了专题研究。当然，值得研究的剧作家并不止这四位，但红艳选取的四位，无疑是最具代表性和典型性的，他们不仅都具有全国影响，且都从不同的侧面显示了各自在当代戏剧文学史上的独特价值。

孟华是我的学兄，他是80年代戏剧观念探索时期河南戏剧界的“吃螃蟹者”，他通过《半个娘娘》、新版《白蛇传》等所做的先锋戏剧的尝试，以及改编奥尼尔的系列作品，在中原乃至全国都极具探索和引领意味。而新世纪以来他在“圣贤题材”创作上的自成一格，又体现了他深厚的传统文化底蕴和文人士子的家国情怀。他是一位具有双重身份、在传统和现代之间自由游走的剧作家。姚金成是我的同窗，他在世纪的交汇点上以一出充满人性反思意识的现代戏《香魂女》和稍前的一出古装戏《西门风月》，奠定了其在当代戏剧文学史中的地位，前者是显形的，后者是隐形的。此后他则以主旋律题材的创作与探索构成其特色，以现实主义的人性表达形成其鲜明个性。陈涌泉是新一代剧作家，与我有近30年亦师亦友的情谊，我认识他的时候，正是20世纪90年代戏曲文学创作普遍淡化文学精神的时候，涌泉一面赓续中国古典戏曲文学的精神，一面吸纳五四新文化以来的现代文学成果，执着地坚守戏曲文学的尊严，为当代戏曲文学贯注现代意识，他的《程婴救孤》《风雨故园》，代表着中原也代表了中国当代戏曲的文学高度。杨林也是多年心有默契的知音挚友，他的作品，具有独特的开掘视角和现代意识，在中原地区和全国的剧作家中，杨林的剧作有一种特别的品质感，这种品质感既指作品中人物的精神境界，也指剧作呈现于舞台的艺术格调。杨林的剧作有中原传统，有河南味儿，但是却不“土”，即使他致力表现“土”，那“土”也是讲品位、有格调的“土”，他是最具有现代艺术格调的河南剧作家。上述几位剧作家，都带着中原剧作家与生俱来的地域基因，带着不同受业背景、题材兴趣、禀赋情怀、表达方式所熔铸而成的优秀作品，参与了中国当代戏剧发展的历史进程，为当代戏剧文学史、当代戏剧发展史提供了河南经验、中原意义。

红艳的这本书，无疑是全国地域戏剧文学研究的先期成果，具有突破和示范意义。如果全国各地都能奉献一本这样系统、全面、深入研究本地域戏剧文学创作的专著，我想中国当代戏剧文学的版图就会更加完整，更加丰富，更加饱满，也更加鲜活。

最后我还想提示一下这本书的叙述风格,既有条分缕析的理论阐释,又不乏激情飞扬的文采,可读性之强,也是为理论研究的著述吹进了一股清新之风,它带给我们新的阅读体验。为此,同样作为当代剧作家的我,诚挚感谢红艳为戏剧文学奉献的理论成果,更祝愿她在戏剧理论研究的道路上,百尺竿头,更进一步!

2021年8月6日于上海

(作者为当代著名剧作家,中国戏剧家协会顾问,中国文艺评论家协会顾问,上海市剧本创作中心艺术总监,上海戏剧学院教授,中国艺术研究院博士生导师)

目录 MULU

上　篇

下篇

绪 论

本书是国家社科基金艺术学项目“新时期河南剧作家群研究”的最终成果。课题立项于 2014 年，最初是从新时期[1]开始的 1978 年写到新世纪[2]的 2012 年。在课题结项及出版修改的过程中，不知不觉几年已经过去，因考虑到一些话题的延续性，就向后做了拓展和延伸。但不管是先前的截止在 2012 年，还是出版稿的延伸至当下，本课题都是对特定时期、特定地域、特定群体所做的一次综合研究。从时间上看，它具有属于某一特定时期的“共时性”，也即“新时期以来”；同时，它的研究对象又框囿在特定的地域范围——“河南”，因而，它又属于地域文化研究的范畴。无疑，“新时期”“河南”“剧作家”是这个课题的核心关键词。但如果将这次研究仅仅聚焦在“新时期以来”这一时间段，研究分析这一时段内的群体形成、作家作

[1] 1978 年 12 月召开的党的十一届三中全会作出把党和国家工作中心转移到经济建设上来、实行改革开放的历史性决策，实现了党和国家历史上具有深远意义的伟大转折，开启了我国改革开放和社会主义现代化建设的新时期，“新时期”这个概念由此而来。

[2] 新世纪指 21 世纪。全书同，不再标注。

品、群体特征，显然就缺失了“河南剧作家群”孕育、形成的历史背景。因为“新时期河南剧作家群”看起来是某个特定时期的共时性现象，但它的孕育形成，却是一个漫长的、历时的、动态的过程。即使是在“新时期”这个特定的时间段内，它也是一个不断变化、走势起落、阶段性特征非常明显的动态过程。所谓的“河南剧作家群”，是随着这个变化、起落逐渐漫溢出来的、日渐明晰的一种“现象”“状态”，绝非某一时间内的“突兀现此景”。关注新时期“河南剧作家群”，还要以此为起点向前回溯，一直回溯至五四新文学时期河南戏剧文学的发生及第一批剧作家的登场，然后沿着它一路走来的轨迹向前推进，也就是要注重它的“历时”过程。这样，最终呈现在大家面前的“河南剧作家群”现象，才是有源有流，有因有果，有理有据。这样的研究才不至于陷入静态的、狭隘的、臆断的僵局中。

剧作家群的形成，“不仅与本区域的自然地理环境、文化背景有关（一个固定的文化场），更重要的是，它与 20 世纪中国文化、政治环境的不断变化（一个动态的场）有密切关系”[1]。还关涉创作队伍的构成成分、文化积淀、兴趣爱好、政策导向等多种因素。因此，关注河南戏剧文学在怎样的文化背景和政治背景下生成，“它在发生着巨大变化的中国处于什么样的文化场域和文化位置，经受着怎样的冲击，在这一冲击中，它又呈现出什么样的态势”[2]，就成为本课题的应有之义。本绪论，重点梳理从新文学开始到新时期之前这一阶段河南戏剧文学生成、发展的文化背景和发展轨迹，以及不同阶段的代表性作家、作品以及他们在全国戏剧文学中的地位，为新时期河南剧作家群的“出场”做好背景的铺垫和氛围的渲染。同时，就本课题研究的题旨和脉络也做简要说明。

[1] 梁鸿：《外省笔记——20 世纪河南文学》，中信出版社，2016，第 78–79 页。
[2] 同上。

一、“改良”与“启蒙”:“民国”时期河南戏剧文学的发生及成就

辛亥革命和五四新文化运动成为中国谋求现代性的号角引擎，中国现代文学的探索和改良由此开启。但是,新文化运动的“主战场”无疑是京、沪这些革命的前沿城市。“20世纪上半叶,中国的新文化主要是跨国文化界和京海文化界的文化,外省知识分子大多是到了北京、上海和国外才成为文化名人的。”[1]现代文学史上载入史册的河南作家如徐玉诺、冯沅君、于赓虞、尚钺、师陀等,无不是在河南之外写作成名。“家乡河南只是一个临时的驻足点。”[2]作为一个封闭的、贫困的内陆省份,可以说,“新文化运动的现代性追求在河南本地并没有真正形成一个拥有话语权的公共空间”[3]。加上传统文化的根深蒂固,这一时期的河南在中国思想文化的坐标中明显处于边缘地带。“各路新文化新思想在河南绕上一圈,如过眼烟云,只留下很浅的难以觉察的痕迹，真正的主角仍然是传统文化和传统的政治统治。”[4]尽管如此,新文化运动所倡导的启蒙、改良的时代精神,还是经由传统戏曲艺术的改良,得到了某种程度的体现、落实,并因了戏曲艺术审美的大众性、民间性,产生了广泛的社会价值。

在清代“花雅之争”中异军突起的中国地方戏,成为这一时期受众最广、老百姓最喜闻乐见的艺术形式。然而,在除旧布新的新文化运动中,旧戏曲因其“言辞鄙陋,其事迹荒谬……徒以声音取悦于人,而无益于世道人心”[5],成为遭人诟病、批判的对象。一批激进的知识分子,甚至把戏曲排斥在了新文化运动之外。但是,戏曲艺术毕竟根深叶茂,在民间有着深厚的群众根基,在激进的“反传统文化”的呼声中,“旧的艺术形式不是都在

[1]梁鸿:《外省笔记——20世纪河南文学》,第118页。
[2]同上。
[3]同上。
[4]梁鸿:《外省笔记——20世纪河南文学》,第11页。
[5]《新小说》第1卷,1903年。

萎缩，有的还得以健康地生长。这缘由乃传统的惯性，民间性的积习使传统剧目有了广大的市场。自然，其间也有少部分受到了新文学的刺激，有意改变某些内容。辛亥革命后，西洋的艺术在知识界颇受青睐。许多留过洋的青年既爱国剧，又通西学，遂有了改良戏剧的冲动。而一些泡在戏院里的文人，也意识到'变则通'的道理。编新剧，迎合市场的需要，导致了梨园悄悄的革命。"[1]

在这场全国范围内的改良运动中，戏曲取得的成效是显著的。各剧种都有一批熟悉戏曲的文人或者有一定文化水平的民间艺人，抱着改造并提升戏曲之目的，自觉地参与到戏曲的改良运动中，文人与艺人相结合，不但推动了戏曲向现代的迈进，推动了戏曲流派的形成，而且成就了一批优秀的剧作家。如京剧之齐如山、罗瘿公、翁偶虹、汪笑侬、杨韵谱、陈墨香，川剧之黄吉安，秦腔之李桐轩、孙仁玉、范紫东、马健翎，评剧之成兆才，豫剧之樊粹庭等。"他们都是以新思路面对戏剧遗产的改良者，新思想与新理念进入戏剧的文本里"[2]，从而使传统戏曲在文学层面获得意义。

这一时期，河南投入戏曲改良的有一批文人。这首先与河南政府部门对戏曲改良的重视有关。1927 年，在冯玉祥主持河南政务期间，成立了"游艺训练班"，其任务是审查旧戏、创作新戏、指导排练、帮助艺人提高文化水平。在训练班里专司"剧改"的王镇南认为，"研究戏曲改革，这个游艺训练班是河南梆剧改革的第一声，从那时候起梆子戏渐渐被人重视，戏的本身，内容和形式也有了改变。值得注意的是从那以后，竟有人来编导新戏，更有些艺人也希望来学新戏"[3]。其次，随着戏曲进入城市，其演出场所发生了从草台到戏院馆所的变化，观众也发生了从农民到市民的变化，这

[1] 孙郁：《民国文学十五讲》，山西人民出版社，2015，第 221 页。

[2] 同上。

[3] 王镇南：《关于豫剧的源流和发展》，《戏剧新报》1951 年 8 月 16 日、18 日。

一切，都呼唤新的戏曲作家出现，为传统文人进入戏曲施展才华提供了契机。再次，这个时期无论是介入编剧队伍的文人，还是参与剧本修改的艺人，一个共同的特点，就是热爱戏曲，对戏曲和舞台熟悉，“有的本身就是票友，加之诗文训练有素，能于演员与文本间找到对应之路，故所写剧本合乎舞台表演，又从旧套里出来新意，遂使演出新意迭出，一时间推动了旧戏的发展”[1]。这一时期介入到戏曲改良运动中的文人有王镇南、史书明、樊粹庭、张介陶、李令吾、蒋文质、万道同等，他们构成 20 世纪河南戏剧文学的第一批创作队伍。

这一时期文人对戏曲的改良是从几个层面展开的。一是对传统剧目的整理改编。“民国”之前的地方戏，演的都是历代传下的旧戏，靠口传心授代代传承，基本没有定本，正如邹少和在《豫剧考略》中所说：“豫剧向无脚本，师徒授受皆以口传，不通文义，以讹传讹，相沿既久，其错误不可思议，伟人诟病者此也。”[2]整理改编，就是对旧戏进行全面的改造提升，并以文字的形式将剧本基本固定下来。在戏曲改良中，这类剧目占了绝大多数。二是本着“因人设戏”的原则，为一些名角儿量身定做改编或新创新剧，如王镇南为常香玉创作的《六部西厢》，及改编的《桃花庵》《玉虎坠》《秦雪梅》《蓝桥会》等，张介陶为徐艳琴创作的《陈圆圆》《庚娘传》《一门忠烈》《韩世忠抗敌》《胭脂》，李令吾为阎立品创作的《落霞孤鹜》，蒋文质为司凤英创作的《守湖州》，樊粹庭为陈素真创作、并借助自己的“豫声剧院”演出走红的《凌云志》《义烈风》《三拂袖》《柳绿云》《霄壤恨》《涤耻血》《女贞花》等一批“樊戏”。它们构成这一时期河南戏剧文学的成就主体。这些新编的古装戏中，有一批是借古装戏之形式，实现救亡图存之宣教意义，

---

[1]孙郁：《民国文学十五讲》，第 222 页。

[2]邹少和：《豫剧考略》，《戏曲艺术》1981 年第 3 期。

有较明确的现实指向，如蒋文质之《守湖州》、张介陶之《陈圆圆》《韩世忠抗敌》、樊粹庭之《涤耻血》《歼毒计》《巾帼侠》《克敌荣归》等，都旨在“启迪民众救亡御侮情绪”[1]。这些作品因多出于配合时政宣传之目的创作，从文学的层面看，其价值意义并不突出。但由于其是为演员写戏，从某种程度上推动了表演艺术的发展，在宣教价值之外，实现了它的艺术价值。

这一时期，话剧进入中国，因其反映现实生活迅速及时，带动了时政剧的创作，戏剧介入社会、反映现实、干预生活的功能愈发凸显，加上这一时期中国正处于风云变幻的动荡时期，辛亥革命、五四运动、抗日战争、军阀混战、国共合作……风起云涌的社会变革，催发了大量表现现实斗争和社会生活的戏剧作品应运而生，大量的时政剧、抗战剧及解放区的革命戏剧等不断涌现。这是戏曲改良在艺术形式和题材内容层面的又一表现。它们和前述提到的那些古装时政剧一起，实现着戏剧在这一时期的启迪民智、激励群情的宣教功能。这些剧作多为配合时政的应景之作，从文学意义看并无太大价值。即使是王镇南创作的《打土地》亦不例外。这一时期此类题材中最值得称道的，当数民间文人万道同创作的《李豁子离婚》。这部作品描写的是辛亥革命新思想对旧观念的冲击，讲如花似玉的孙氏通过法律手段，解除了和“嘴豁腿瘸”的丑丈夫李豁子的买卖婚姻关系。该戏塑造了生动鲜活、个性突出的人物形象。特别是其语言，既贴近生活，又是生活语言的艺术提炼，朴实无华，生动幽默。这个戏从 1912 年一直盛演至今（当然，不同时期对它的丰富、修改加工也一直未曾间断），成为河南大调曲子和河南曲剧的保留演出剧目，也成为河南现代戏剧文学的重要收获之一，其剧本被收入《河南新文学大系·戏剧卷》（1917—1990）。

从以上所述可以看出，20 世纪上半叶，河南戏剧文学创作的成就，主

---

[1]《河南民报》1937 年 9 月 6 日。

要集中在文人对传统戏曲的改良和新编古装戏方面。成就比较突出的，一是王镇南。王镇南，1917 年毕业于北京师范大学，1927 年至 1929 年在冯玉祥开办的“政训学院”游艺训练班从事戏剧训练工作，专管“戏改”（改写剧本），这是他从事戏曲活动的开端。1936 年，为改革旧剧，和他人一起组建“中州戏曲研究社”，着手进行河南梆子的改良工作，担任编导。他与史树明合作，为常香玉改编《六部西厢》。和原剧相比，该剧最大的变化是将剧中一号人物改为红娘，由花旦领衔，唱词亦更加地方化、通俗化，并充分发挥了豫剧擅唱的特点，更加适应豫剧质朴通俗的审美特质。此戏不但是常香玉的成名作，后来也成为常派的三大代表剧目之一。王镇南改编的《桃花庵》《玉虎坠》《秦雪梅》等，在常香玉的艺术成长道路上也都产生了重要的意义。另一位成就突出者，就是作品最多，改革最全面，影响最大，独步河南剧坛，并被载入《20 世纪中国戏剧史》[1]的樊粹庭。

樊粹庭，原名樊郁，1905 年出身于河南省遂平县一个殷实之家，他天赋韶警，14 岁就考入河南省立留学欧美预备学校就读，学校后并入中州大学（现河南大学前身）。樊粹庭自幼对戏曲情有独钟，开封是当时的河南省府，也是有名的“戏窝”，求学期间，他经常出入票房、戏院，广交艺友，拜师学艺，甚而多次粉墨登场，不但“嗜戏”的癖好得到充分的满足，也为他投身戏剧的梦想提供了“滋生的温床”。

1929 年，樊粹庭大学毕业，这位学贯中西的文学硕士，不愿升官发财，一门心思想投身戏曲，置家父和亲友的强烈反对于不顾，毅然弃文从艺。1934 年，他以河南教育厅社会教育推广部主任的身份，召集豫剧名流陈素真、张子林、赵义庭等，成立了“豫声戏剧学社”；自筹资金，建立了自己的演出场地——豫声剧院，并出台了一系列管理制度，从演员生活、道

[1] 傅谨著，中国社会科学出版社，2016 年 12 月第 1 版。

德作风、演出台风、舞台装置、剧场管理、观众的购票等诸方面进行了全方位的改革。作为一位具有民主思想的知识分子，樊粹庭既看到了豫剧通俗质朴、贴近观众之长，也看到了其粗俗不堪、杂芜丛生之短，于是身体力行，对豫剧进行革新。从1935年至1937年，由樊粹庭创作、陈素真主演的《凌云志》《义烈风》《三拂袖》《柳绿云》《霄壤恨》《涤耻血》《女贞花》等剧目相继亮相舞台。这些剧目主题鲜明，情节生动，文辞清新，一下子吸引了包括知识分子、社会名流、青年学生在内的新老观众。《河南民报》对樊粹庭改革后的豫剧如是评价："平常一般人认为鄙俗粗俚不堪入目的土调儿，现在竟是惹得全城如狂、万人争道的高尚娱乐。妇人、孺子、引车卖浆者流固无论矣，即使在上层社会的雾团里生活惯的人，亦改变了一向鄙弃的观念，而毫不吝惜宝贵的时间去整晚地坐在那里欣赏这道地的声乐。"[1]

樊粹庭这一时期创作、改编的剧目和他创建的"豫声剧院"，在河南乃至中国戏曲发展史上具有重要的意义，它是豫剧由流动的江湖戏班走向具有现代意义的"剧场艺术"的标志；它结束了"豫剧历来只演传统戏"（陈素真语）的民间状态，开始有了第一批"创作"剧目。由于他懂得舞台，知道戏曲创作的最终目的是"付之场上"，因此，在创作时"手则握笔，口却登场"[2]，写出的剧本具有很强的可演性，这也是当时他的戏能够受到观众欢迎的一个重要原因；更重要的是，他懂得"因人写戏"，最大限度地发挥演员之所长，为演员施展表演才华提供了充足的空间。他之所以能够写出一批丰富并改变了豫剧舞台格局的作品，是由于他的创作从一开始就是与演员的表演紧密结合在一起的。而这种创作和表演密切结合的创作模式，也是20世纪二三十年代京剧及各大地方戏能够出现大量优秀作品和名

[1]苏金伞：《谈谈〈女贞花〉》，《河南民报》1936年7月20日第六版。

[2]李渔：《闲情偶寄》，时代文艺出版社，2011，第84页。

家的主要原因。“樊粹庭的剧本创作模式在20世纪上半叶很有代表性，它说明这个时代戏曲新剧目创作，终于找到了更符合剧场规律的途径。文人与艺人相结合的剧目创作模式在这一时期纷纷出现于各剧种，恰好说明了这个时代戏剧的特质。由于城市活跃的演出市场这一重要催化剂的作用，文人和艺人这两个分离的群体，在中国戏剧史上第一次意识到相互结合所具有的莫大益处。”[1]

20世纪上半叶的河南戏剧文学，因为有了这批文人的加入，使戏剧文本具有了文学的意义。而其中的樊粹庭，更以他丰硕的创作成果和全方位的改革实践，奠定了他在这个群体中、在河南现代戏曲史上的地位，同时，也为20世纪上半叶中国戏曲的发展繁荣提供了一份宝贵的经验和鲜活的例证，为河南现代文学平添了一抹耀眼的亮色。只是这抹亮色是现代文学时期不被看好甚至是被排斥的戏曲文学。这注定了他们在当时不可能走入主流的视野。但他们真正的价值是不容质疑的。正如学者孙郁所讲，“新文学发生后，白话作家对古文的不屑，话剧作者对旧剧的不屑，都是短视者的自恋。而现代文学史不讲戏剧编剧的得失，似乎这一群落的价值微微，也是井蛙之见。……看阿英、田汉、洪深、欧阳予倩、曹聚仁、黄裳诸人往来于新旧之学的文字，看新文学作家的梨园痴情，则可知道，古老的艺术不仅未死，且有无限的生机暗含其间。后来的话剧艺术也渐渐吸取戏曲的元素，使话剧的舞台亦有了新的味道”[2]。

综上，现代文学时期，促使戏剧文学发展的两股力量，一是戏曲改良，一是戏曲作为大众艺术的“现实之用”，它们共同推动了河南戏剧文学在这一时期的发生和发展，使得此前更多作为表演艺术的戏曲，在文学层面

[1] 傅谨：《20世纪中国戏剧史》（上），中国社会科学出版社，2016，第298页。

[2] 孙郁：《民国文学十五讲》，第233、234页。

开始产生价值意义。

二、从“边缘”到中心：新中国前30年河南戏剧文学的发展

新中国成立之后至“文化大革命”之前，是河南文学艺术的蓬勃发展期。在文学方面，李凖的《不能走那条路》《李双双小传》《耕云记》，魏巍的《谁是最可爱的人》，穆青等的《县委书记的榜样——焦裕禄》等风靡全国。戏剧方面，出现了《花木兰》《朝阳沟》《小二黑结婚》《李双双》《人欢马叫》《瘦马记》等一批在全国有影响的作品。戏剧文学作为文学形式的一种，在这一阶段因其突出的成就显示出了它应有的位置。“这一时期（指新中国成立后的五六十年代）的河南文学同河南人的生活、特别是政治生活状态是贴近的，同全国文坛的步调是一致的，可以说是不让人后的。就文体而言，应当首先提到戏剧文学。”[1]

文学艺术是时代的产物，社会环境、政治氛围既提供了文学艺术发展的宏阔背景，又左右和塑造着艺术家的艺术观念、创作倾向和艺术个性。这一时期河南文学艺术的发展，与时代、社会的发展变化密切相关。首先是“政治地位”从边缘到中心的转移。20世纪上半叶，河南无论从政治位置还是文化位置上，显然都处在被遗忘的“边缘”地区，尽管它在地理位置上是地处中原。但从20世纪40年代开始，中国政治文化的中心逐渐位移到了以延安为中心的西部地区。现代文化逐渐让位于革命文化，革命文化成为主流文化。1942年，毛泽东《在延安文艺座谈会上的讲话》的发表，成为当时乃至新中国成立之后若干年指导文学艺术发展的“纲领性文件”。这样，40年代之前一些重要的作家、艺术家迅速“边缘化”，“而另一批作家（尤其是继续延安文学传统）进入本时期文学的‘中心’位置”，“出现了从东南沿海到西北、中原的转移。……五六十年代‘中心作家’的出身，以

[1] 孙荪：《文学豫军论》，《河南大学学报（社会科学版）》2002年第4期。

及写作前后的主要活动区域，大都集中于山西、陕西、河北、山东一带，即在40年代的‘革命地理学’中被称为晋察冀、陕甘宁、晋冀鲁豫的地区。‘地理’上的这一转移，与文学方向的选择有密切关系。它表现了当代文学观念从比较重视学识、才情、文人传统，到重视政治意识、社会政治生活经验的倾斜，从较多注重市民、知识分子到重视农民生活表现的变化。”[1]这种位置的转移，使得河南从地理位置上开始接近或已经进入核心的边缘地区，为它尽快走进核心区域提供了可能和契机。

新中国成立之后，文学与政治的关系“被极大地简化、直接化”[2]，文艺的“载道”和“工具”功能被极度放大。加上中原河南曾长期作为中国政治经济文化的中心，政治文化发达，政治情结已经积淀为这个群体习焉不察的无意识存在。当历史的舞台再次为他们搭建，蛰伏在中原文学艺术家意识中的政治情结被自然激活。这一时期登上历史舞台并大显身手的，主要是“来自解放区的作家（包括进入解放区和在解放区成长的两部分）和四五十年代之交开始写作的青年作家”[3]。继承的自然是“延安文学”传统。如这一时期河南最具代表性的作家魏巍、杨兰春、穆青、李季等，都是革命战士加艺术家的双重身份，对于不是革命出身的作家李準，“文学的启蒙对他来说是母亲的民间故事和延安文艺思想”[4]……可以说，时代呼唤，“正统”身份，个人才华，成为这一代人能在这一时期文学舞台上熠熠生辉的主要原因。

新中国成立初期的戏剧创作，基本是围绕着抗美援朝、农业合作化、宣传婚姻法等时事运动展开，其中比较优秀的作品有杨兰春、田川根据赵

[1]洪子诚：《中国当代文学史》，北京大学出版社，2018，第33、34页。

[3]洪子诚：《中国当代文学史》，第13页。

[3]洪子诚：《中国当代文学史》，第33页。

[4]梁鸿：《外省笔记——20世纪河南文学》，第160页。

树理小说改编的《小二黑结婚》，根据沪剧移植的《罗汉钱》（集体创作，王笑声执笔），根据歌剧移植的《刘胡兰》（杨兰春改编），陈宪章根据马少波的《木兰从军》改编的豫剧《花木兰》，反映农业合作化运动的《赶脚》（编剧李翎）、《扔界石》（编剧侯喜旺），根据李凖同名小说改编的《不能走那条路》等。从 1958 年到“文化大革命”前夕，戏剧创作的主题又紧紧围绕着“大跃进”“人民公社”，社会主义革命和建设过程中公与私、新与旧、先进与落后的矛盾展开，到 60 年代，又变成反映政治思想战线上两条道路、两种思想的斗争。其中引起全国反响的有杨兰春创作的豫剧《朝阳沟》，李凖、赵籍身、杨兰春根据李凖同名小说改编的豫剧《李双双》，刘锡年、李树修创作的豫剧《人欢马叫》，张宇瑞创作的豫剧《社长的女儿》，刘沙、马开方根据李凖同名电影文学剧本改编的话剧《瘦马记》，以及以曲剧《游乡》（集体创作，赵淑忍执笔）、《扒瓜园》（董鸣鸾、陈洁创作）、《传枪》（编剧所云平、王景中）、《红管家》（编剧林增信）等为代表的一批小型革命现代戏。这些作品在当时均产生了全国性的影响，共同成就了河南戏剧在全国的领先地位。

这些作品之所以能产生全国性的影响，首先还是因为它们都“不遗余力地歌颂了党的政策和统一话语下的时代精神”[1]，对现实社会矛盾进行了及时的反映和表现；其次是这些作品对所反映的生活进行了艺术化的表现。尽管这些作品的创作初衷多起源于“政治效用”，但创作者无不是抱着火热的创作激情和真诚的创作态度投入到艺术创作中的，故而在艺术性上自有可圈可点之处。“缺乏艺术性的艺术品，无论政治上怎样进步，也是没有力量的。”[2]这一时期，全国艺术创作的题材无不是以在农村进行的

[1] 梁鸿：《外省笔记——20 世纪河南文学》，第 146 页。
[2] 毛泽东：《在延安文艺座谈会上的讲话》。

政治运动和中心事件为表现重心，从题材上讲，呈现出高度的雷同化倾向；从艺术表现上看，其共同的特点是对“丰富而具体的日常生活本身进行化约处理”[1]，“乡村的日常生活、社会风习、人伦关系等，则在很大程度上退出作家的视野，或仅被作为对‘现实斗争’的补充和佐证”[2]。这样，这一时期的作品普遍呈现出概念、生硬、肤浅、雷同的缺憾。而恰恰在这一点上，河南文学艺术显示出了它善于表现日常生活、人伦关系、内心情感的先天优势，往往“用最富于民间感染力的艺术形式、语言形式，用最严密的内在逻辑把党的政策嵌套进去”[3]，以鲜活的人物，生动的语言，真切的表达，传递着生活应有的质感和温度。当作品所表现的政策事件渐渐隐去，值得回味、品咂的韵味依然留在人们的心头。这也正是这一时期河南文学艺术能够在全国作品题材高度模式化、雷同化的情况下胜出并出现全国性影响作家、作品的主要原因。

当时，河南在全国最有影响的代表作家无疑是李凖，河南不少优秀的戏剧作品都改编自他的小说，或由他亲自参与创作，如《不能走那条路》《李双双》《瘦马记》《杏花营》《耕云记》等。“与当时的一些作品相比，李笔下的人物往往不是一个简单的政治符号，而是具有深厚的生活基础，李往往能把政治色彩很浓的主题渗透到人情味很浓的家庭生活的场景之中，运用河南风味十足的群众语言，充满情趣的生活细节，从温情脉脉的家庭关系中透视两种思想、两条道路的矛盾，使作品具有令人品味的艺术魅力。”[4]这一时期河南在全国产生影响的戏剧作品如《朝阳沟》《人欢马叫》《李双双》《瘦马记》等，都具有同样鲜明的特点。而一批革命小戏的价值则

[1]谢有顺：《小说中的心事》，作家出版社，2018，第260页。
[2]洪子诚：《中国当代文学史》，第101页。
[3]梁鸿：《外省笔记——20世纪河南文学》，第152页。
[4]孙荪：《文学豫军论》，《河南大学学报（社会科学版）》2002年第4期。

在于它们载歌载舞的艺术形式。“《游乡》这个节目，如果没有那样完美的艺术形式，它那革命的内容也无法表现。”“过去演革命的现代戏，不注重戏曲特点，往往改成‘话剧加唱’。在表演方面，也不注意继承传统艺术表演的长处来表现现实生活。看了《游乡》后，才得出了正确的答案。”[1]

当然，任何事情都有它的两面性，当艺术创作依靠政治力量获得最大限度的推行时，它也面临着政策更替和时事变幻带来的命运尴尬和思想价值的过快“失效”。比如，1963 年至 1964 年间，表现贫下中农和妄图复辟的阶级敌人之间尖锐矛盾斗争的豫剧《社长的女儿》风靡全国，不到半年时间，全国 27 个省市的 200 多家剧团先后移植演出。但由于它“涉及到如何在戏中反映阶级斗争的原则问题”[2]，周恩来总理建议它“改好再演”。随着外部环境的瞬息变幻，这个戏很快偃旗息鼓，成为“过往”。即使是当时在艺术上取得较高成就的《李双双》《人欢马叫》《瘦马记》等，“在整体构思上，也难以摆脱‘当代’普遍存在的阐释政策观念的、‘图解式’的路子”[3]。在它们所表现的政策不再执行时，它们也随之“失去了存在的价值依托”[4]。这一时期，能突破政策的局限，穿越时空隧道，沉淀为艺术经典的，当数杨兰春的豫剧现代戏《朝阳沟》。

杨兰春是新中国培养起来的第一代剧作家和导演艺术家。他的创作道路和成功经验在这一时代极具典型性、代表性。从小学艺及对传统戏的热爱，使他扎下了扎实的传统艺术根基；革命熔炉的锻炼，激发了他的革命斗志和创作激情，同时也深受革命文艺的滋养和陶冶；在中央戏剧学院的系统学习，使他获得了斯坦尼斯拉夫斯基体系的理论支持；而长期深入

---

[1] 傅谨：《20 世纪中国戏剧史》（下），第 307、308 页。
[2]《商丘戏曲志》，内部资料。
[3] 洪子诚：《中国当代文学史》，第 103 页。
[4] 梁鸿：《外省笔记——20 世纪河南文学》，第 147 页。

生活，扎根生活，真情拥抱生活，也让他获得了丰厚的生活积淀。故而，他的作品，既有为政治服务的“革命”激情，又有为百姓喜爱的大众情怀。“革命战士＋艺术家”的双重身份，在他的创作中体现得自然充分。他对时代生活有着敏锐的感知，能够及时反映不断变化的现实生活，又能捕捉到时代外衣下裹挟的生活本真和世情肌理。写于“大跃进”年代的《朝阳沟》，在讴歌城市青年扎根山乡、建设社会主义新农村的同时，更是浓墨重彩地描写了中国乡村的人伦理想和世俗真情。“使《朝阳沟》真正流传下来的最根本原因是它以乡村伦理模式讲述了民间的家长里短，利用的是亲情模式，并且以基本的民间‘善恶’结构为主体。”[1]从主题意义上看，《朝阳沟》及当时他的另外一些作品，都不可避免地带着时代的局限，但“拂去遮蔽在作品之上的那些抽象与空洞的教条，以及将农村与城市相对立，且明显扬此抑彼的价值判断，我们还是可以从中体验到丰富的民间趣味，无论是剧本还是剧中人物的形象与表演均蕴含了一种平易近人的质朴”[2]。它对农村普通生活场景的生动描绘，对农民精神状态和心理状态的真切描写，对富有人情味的人物关系的细腻勾勒，对趣味盎然的戏曲情节的巧妙营构，以及那犹如“生活浓汤”般的质朴语言，都向我们展示出丰富广阔的中原农村的生活画卷。“上山下乡”的时代话语，“反倒成了一个符号，它给民间提供了一个表达自身愿望的契机”[3]。而 1964 年元旦毛泽东、刘少奇等党和国家领导人观看《朝阳沟》并接见全体剧组人员的荣耀，更是对《在延安文艺座谈会上的讲话》指导下的艺术创作在乡村实践层面的肯定和褒奖。有着充分大众性、民间性、艺术性、娱乐性的《朝阳沟》，借助政治和舆论的力量，更加如虎添翼，迅速风靡全国，成为当时从官方到民间，从“御用”到审

[1] 梁鸿：《外省笔记——20 世纪河南文学》，第 150 页。
[2] 傅谨：《20 世纪中国戏剧史》（下），第 204 页。
[3] 梁鸿：《外省笔记——20 世纪河南文学》，第 150 页。

美，从思想到艺术，特质兼具的艺术经典。杨兰春和他的作品，就在这样的背景下显示出他的艺术价值和历史意义。

这一时期河南戏剧文学的另一成就，就是对传统剧目的改编、移植或加工提高。新中国成立后至60年代初期，大力发展“戏曲现代戏”和“挖掘整理剧目遗产”的声浪此起彼落，冷热交替。其中有三次大的挖掘、整理传统剧目遗产活动，对传统剧目的推陈出新产生了强力的推动作用。第一次就是新中国成立初期，随着“百花齐放，推陈出新”方针的提出及《关于戏曲改革工作指示》的贯彻执行，在全国范围内广泛开展了挖掘、整理、审定、修改“旧剧”的工作，其成果在1952年的全国首届戏曲观摩演出大会上得到展示，如豫剧《花木兰》、越剧《梁山伯与祝英台》、京剧《将相和》、汉剧《宇宙锋》、川剧《柳荫记》、楚剧《葛麻》等，均成为后来各个剧种的经典代表剧目。豫剧《花木兰》系陈宪章、王景中根据马少波的京剧《木兰从军》改编，1952年10月，常香玉以此戏参加全国首届戏曲观摩演出大会，荣获荣誉奖。1953年，“香玉剧社”赴朝鲜前线进行慰问演出，其昂扬的爱国激情与慷慨豪放的唱腔，与当时激情澎湃、保家卫国的时代情绪完全契合，成为激励战士斗志的“战地之歌”。如果说《花木兰》当年的红火是生逢其时，那么，它的历久不衰、魅力不减则是艺术价值的证明。1956年，该剧由长春电影制片厂拍摄成戏曲艺术片，成为河南第一部搬上银幕的豫剧古装戏。借助电影的发行传播，豫剧《花木兰》家喻户晓，并随着岁月的陶冶，沉淀为豫剧的代表性剧目之一。其剧本被收入《河南新文学大系·戏剧卷》(1917—1991)，随着其政治意义的渐渐隐退，其文学价值和艺术价值更加凸显 。

第二次挖掘、整理戏曲遗产是1956年，文化部[1]召开了“全国戏曲剧

[1]2018年3月，原文化部与国家旅游局合并，成立文化和旅游部。

目工作会议”，提出“有计划、有组织地全面开展传统剧目的挖掘整理和改编工作”[1]。河南对全国剧目会议关于抢救剧种和剧目的意见，进行了具体有效的落实，于 1956 年 9 月召开全省戏曲剧目会议，并于 1956 年 12 月举办了河南省首届戏曲观摩演出大会，检阅“戏改”成就。共有 23 个剧种的 93 个剧目参演。在这次观摩演出中，一批经过精心整理打磨的传统剧目焕发出夺目的光彩。如《穆桂英挂帅》《司马茅告状》《王金豆借粮》《下陈州》《大祭桩》《收姜维》《陈三两》《风雪配》等。其中，马金凤、宋词（执笔）根据传统剧目《老征东》改编的豫剧《穆桂英挂帅》是这一时期挖掘传统的重要收获。它删除了老本中封建落后或不太积极的思想和情绪，以及文广被俘招亲等情节，集中笔墨塑造了穆桂英的英雄形象。重点描写了穆桂英从心灰意冷、不愿再为朝廷效命，到最终以国是为重，53 岁再度挂帅出征的心理变化。和原本相比，改编本发生了脱胎换骨的变化，取得了较高的文学成就。1956 年，该剧本获首届河南省戏曲观摩演出大会剧本一等奖；1957 年，入选文化部公布的首批 18 部获奖优秀剧目。更重要的是，它还成为京剧移植地方戏的典范之作。1959 年，梅兰芳先生将其移植成同名京剧，参加国庆 10 周年庆典演出，后成为“梅派”重要的代表性剧目之一。

1958 年至 1962 年，在“两条腿走路”和“三并举”方针的指引下，传统剧目的改编和发掘整理掀起一个新高潮。又一批传统戏经过整理改编焕发出新的艺术光彩，如《破洪州》《风雪配》《对花枪》《花打朝》等。其中在戏剧文学方面较为突出的，当数何凌云根据传统剧目《程咬金打朝》整理改编的豫剧《花打朝》。1962 年第 2 期《剧本》杂志发表了《花打朝》的剧本，同时配发了张真的文章《读豫剧〈花打朝〉》。文章开头就写道：“把豫剧《花打朝》的整理本摆在面前，一页一页地读下去，眼前不禁浮出程夫人这个

---

[1]余从、王安葵主编：《中国当代戏曲史》，学苑出版社，2005，第 68 页。

大胆泼辣的喜剧人物形象来。"[1]通过读剧本，就产生了这样强烈的审美体验，作者刻画人物的能力和对喜剧元素的挖掘能力，由此可见一斑。该剧经杨兰春导演，成为马（金凤）派艺术的重要代表作。

新中国成立后"十七年"的河南戏剧文学，因为有了以《朝阳沟》《李双双》《人欢马叫》《花木兰》《穆桂英挂帅》等为代表的一批剧目的全国性影响，奠定了这一时期河南在全国的地位；也因为有了杨兰春，有了《朝阳沟》这样超越时代的标志性作品，使河南在当代戏剧文学史中有了它应有的一席之地。《20世纪中国戏剧发展史》《中国当代戏曲史》[2]《中国当代戏曲文学史》[3]都有介绍这一时期河南戏剧创作及《朝阳沟》的篇章。但从新创作品的数量、影响及剧作家队伍的规模看，群体的意义还不太显现。相对于这一时期参与创作的庞大队伍和"海量"的作品，在全国产生影响的剧作家和作品还是少之又少；作品的类别和作家队伍的构成成分还显得单一，这是时代的局限和必然。真正的"剧作家群"尚未形成。

"文化大革命"十年，革命"样板戏"一花独放。后期，随着政治局势的变化，文艺创作活动晨曦渐露，有所开展。分别于1973年举办的"全省戏剧创作节目调演大会"和1976年举办的"农业学大寨戏剧专题调演"，是这一特殊时期河南创作成果的集中展示，但多为过眼烟云。只有孟华创作的《山鹰》，在短时期内风行全国。这部描写知识青年响应党的号召，服务山乡，扎根山乡的故事，因避开了当时流行的口号化、概念化写法，加上极富文学性的唱词，给人久违的亲切感，迅速蹿红。全国23个省份的200多家剧团移植搬演。孟华以此处女作进入剧作家队伍，后成为新时期河南重要的剧作家之一。

---

[1]张真：《读豫剧〈花打朝〉》，《剧本》1962年第2期。

[2]余从、王安葵主编，学苑出版社，2005年。

[3]谢柏梁著，高等教育出版社，2006年。

三、本课题的展开脉络、研究思路及方法

前面对五四新文学时期至新时期开启之前的河南戏剧文学创作做了一次简要回溯，从地域文化的内在精神上建立起了传承与扬弃的关系，为新时期河南剧作家群的“登场”做好了背景铺垫和氛围渲染。接下来就本课题研究的展开脉络和研究思路做简要说明。

本课题将把“新时期河南剧作家群”放在“历时”与“共时”的双重场域中去考察。历时性，聚焦的是“变”。开启我国改革开放的新时期，是一个急剧变革的历史时代，40 多年来中国所发生的变化，可谓是天翻地覆。特别是进入 21 世纪以来，互联网的普及，通信的发达，交通的便捷，交流的无障碍，使得“地球村”的意义越发凸显，地域对人们身体及思想意识的拘囿越来越小。生活在一方土地上的人们，尽管地域文化的根性还在，惯性还在，对人们的影响、塑造还在，但其“主旋律”却是“变”。这一时期活跃在河南戏剧舞台上的这群剧作家，基本都是在改革开放之后进入到创作队伍的，他们是中国变革过程的亲历者、见证者、参与者、书写者。和前辈的剧作家相比，他们的身份背景、文化视野、创作观念、创作环境均发生了巨大变化，加上没有了“统一话语”的强行附加，使得他们的创作获得了更大的自由，无论在题材选择、主题开掘，还是在艺术表达、风格特色等方面，都显现出超越地域的强烈个性特征，有些还带着明显的“异质色彩”。同时，对地域文化的接收，因了作家的文化差异、审美偏好、天资禀赋等，也呈现出强弱不同的接收信号。当然，地域文化对他们的影响和塑造依稀可见，那是中原文化赋予他们的文化底色。只不过，这种塑造和底色，在愈来愈年轻的剧作家身上，逐渐转化为一种隐性的存在，而不再是显性的标识。这就使得这一时期的河南戏剧创作呈现出这个大时代应有的“众声喧哗”的特征，每个剧作家都以鲜明的个性特色显示出他在这个群体中的价值意义，他们又一起交织出新时期以来这个群体的宏大交响。

本课题的第一至三章，将从政治环境、社会变革、文艺思潮、历史延续、作家成分、创作特点等多个方面，分三个阶段（改革开放至80年代末、90年代、新世纪之后）对新时期40余年不同历史阶段河南戏剧文学创作的创作观念、主题倾向、题材类别、创作成就等进行系统的梳理，勾勒出新时期以来河南戏剧文学发展的清晰轨迹，在“历时性”场域展现河南戏剧文学发展随时代变化的波澜起伏，从而对时代发展和艺术创作的关系、对这支队伍成员的“进场出场”、对河南戏剧创作的发展趋势，有更深入的了解和更清晰的认知，同时也为后面的叙述和援引提供信手拈来的便捷。这三章一定程度上带有河南戏剧文学发展史的性质。

在前三章详细梳理新时期河南戏剧创作发展史的基础上，第四章将提出本课题的核心概念——“新时期河南剧作家群”。显然，群体现象的出现，并不只是拥有物理意义上的队伍规模，更重要的是这个群体大致相同的创作追求、艺术理念、价值取向、艺术成就以及基于此基础上的社会影响力，而这些，正是在对新时期河南戏剧发展的历史梳理中逐渐清晰的，是在“历时性”的变化中渐渐凸显的。第四章将紧密结合新时期河南戏剧文学发展不同阶段的现状和特点，对“新时期河南剧作家群”概念提出的理论依据做尽可能深入的阐释和分析。

共时，聚焦的是这个群体的“共同性”“稳定性”。这里的“共时”，既指河南剧作家群共同经历的时代——新时期以来，也指他们共同拥有的“曾经”——相同的历史所塑造的地域文化。对一个地域群体的共性研究，是地域文学研究的重要内容。本课题毋庸置疑属于地域文化的研究范畴。一方水土养一方人，地域文化赋予了一方土地上的人们共同的文化基因，也塑造了一方水土上人们的共同文化心理。特别是在过去交通不便、信息不灵，创作者基本固守一隅的情形下，这种共性就显得十分稳定、十分突出。虽然新时期以来社会发生了天翻地覆的变化，河南的剧作家早已走出了河南，走向了全国，但综观河南剧作家群的创作，还是能清晰发现地域文化对他们创作的深刻影响，那是生命的底色，也是文化的根基。本书第五章“地域基因与时代造就——新时期河南剧作家群的群体共性”，将会重点谈及共同地域下的共同文化心理，以及这种心理对河南剧作家群创作的深层影响。同时，也将聚焦塑造群体共性的另一重要因素——共同经历的时代。从地域的横切面和时代的纵切面两个方面，剖析“共时性”场域下河南剧作家群的新观念、新追求、新共性，进一步夯实“新时期河南剧作家群”这一概念的理论基石。本书第六章“多元身份及‘二度思维’”，涉及的仍然是“共时性”场域下河南剧作家群的新共性：多元身份和自觉的舞台意识。该章将深入探讨作为一度创作的剧作家的“二度思维”与未来舞台的关系，以及这种自觉的舞台意识给河南戏剧舞台带来的别样景观。这一章更多是从艺术本体角度展开探讨。

本书的下篇，也就是后几章，将对河南剧作家群中有代表性的几位剧作家展开个体“样本”分析。因为个体的独特，才构成了群体的丰富；因为个体的分量，才让群体的意义变得厚重。个案研究，不但是本课题研究的应有之义，而且也应是重点话题。

总之，本课题将运用历史学、社会学、文化学、比较研究等方法，把新时期河南剧作家群置于我国政治、经济、社会、历史、文化的背景下进行系统观照，在“历时性”“共时性”两个场域展开论述，把河南剧作家群放在社会时代的纵轴和地域文化的横轴交织的坐标中进行考察、分析；试图通过这个坐标图，勾勒出河南剧作家群体40年间日渐形成、逐渐壮大、渐趋成熟以及从巅峰逐渐下行的清晰轨迹，从中管窥出这一时期中国戏剧发展的轨迹，并为全国剧作家或戏剧文学创作的研究，提供一个地域的参考和样本。

2018年7月13日完稿

2021年4月30日定稿

上/篇

1

第一章

激情释放和观念探索

——改革开放至80年代末河南的戏剧文学创作

激情释放和观念探索

——改革开放至80年代末河南的戏剧文学创作

研究新时期河南剧作家群，必须从研究河南的戏剧创作入手。把新时期以来河南戏剧创作的发展脉络厘清了，那么河南剧作家群的队伍构成、创作观念、题材倾向、作品影响、艺术特点、艺术风格……自然会清晰逸出。基于此基础上的"河南剧作家群"的概念提出及分析论证，也就有了更为扎实、可信、清晰的论证依据和信手拈来的论述便捷。因而，本课题将原来的篇章设置顺序进行调整，先用三章篇幅，对新时期河南戏剧创作的发展历程进行细致梳理，着重对不同时期的创作思潮、创作特点进行把握分析，在对创作做整体勾勒的基础上，对重要作家作品进行分析。在此基础上，进行"新时期河南剧作家群"的概念提出及理论分析。

新时期，在20世纪中国的历史发展中，具有深刻而重大的转折意义。1978年召开的十一届三中全会，彻底否定了"两个凡是"的方针，重新确立"解放思想、实事求是"的思想路线，做出把党和国家的工作中心转移到经济建设上来，实行改革开放的伟大决策……新时期的文学艺术创作，就在这样的政治历史背景下发生。"与社会政治关联密切的文学界，随后也把'文化大革命'结束后的文学称为'新时期文学'。新时期文学的发生,被看作是20世纪中国文学的另一次重大'转折'。"[1]作为文学形式之一的河南戏剧文学,同样是在这个背景下开启了它新时期的创作历程。

一、回归、复苏、反思、讴歌:70年代后期至80年代中期的关键词

从"文化大革命"后期至80年代中期,河南的戏剧创作是从几个层面展开的。

(一)回归与复苏

"文化大革命"期间艺术生产的高度权力化、制度化,造成了艺术产品的高度单一化。"文化大革命"后期,在高层领导的关心下,文艺创作渐有松动。1975年,一批电影开禁。同年10月,为纪念中国工农红军长征40周年,话剧《千山万水》和长征组歌《红军不怕远征难》先后重登舞台。"这里不只透露出了新的政治信息和文艺政策,同时它也含有缓解艺术品类贫乏短缺的策略性考虑。"[2]1977年,以川剧《十五贯》和京剧《逼上梁山》为突破口,"拉开了戏剧界重新上演深受民众欢迎的传统剧目的序幕"[3]。压之既久,其发必速。对传统戏的过度压制,导致的必然是"报复性"的反弹。至1979年年底,"以传统剧目为主的古装戏也已经在舞台上确立了绝对优势的地位"[4]。

传统戏重返舞台,人们压抑已久的欲望一下子被点燃,情绪得到宣泄,一批历经几代人加工整理的传统戏,借由古装戏解禁的浩荡春风,获得了新的艺术生命。1978年,曲剧传统剧目《卷席筒》经张禄、潘永长重新整理,由郑州市曲剧团演出,迅速走红。在郑州市人民公园露天剧场连演

[1]洪子诚:《中国当代文学史》,第233、234页。
[2]孟繁华:《1978:激情岁月》,人民文学出版社,2017,第34页。
[3]傅谨:《20世纪中国戏剧史》(下),第401页。
[4]傅谨:《20世纪中国戏剧史》(下),第412页。

两个多月，场场爆满。1979 年，经电影放映传播，更是名声大噪，蜚声全国。1982 年，豫剧演员王清芬带着《大祭桩》到北京演出，连演 54 场，持续两个多月。由此可见观众对古装戏的渴望程度。在这次古装戏的回归大潮中，曲剧《卷席筒》、《寇准背靴》（拍电影时更名《背靴访帅》，改编：杨兰春、王占柱），豫剧《唐知县审诰命》（赵籍身、黄同甫、崔承海、牛得草改编）、《香囊记》（赵籍身、郭文灿改编）、《大祭桩》（陈宪章改编），越调《收姜维》（李甦、华而实改编）等一大批优秀传统剧目获得新生。这些剧目，凝聚了几代人的创作智慧，经历了几十年的磨砺雕刻，在改革开放初期，借助观众饥渴已久的情绪，获得了最大限度的观众接受。以越调《收姜维》为例，1946 年申凤梅从老师手里接演的时候，常演的只有"凤鸣山"一折，情节单一，戏中的诸葛亮半人半仙，虽足智多谋，但装神弄鬼。以申凤梅为核心的创作集体，不断磨砺，对该戏进行脱胎换骨的改造。1954 年，李甦在原剧的基础上，增加了"马遵坐帐""诸葛亮坐帐""冒名攻打"等场次。1980 年，华而实对此剧进行了第三次重要修改，增加了"搬母"一折。经历了 40 年无数人的丰富、完善，《收姜维》的剧本才算基本定型。古装戏的复苏和回归，既是对观众审美期待的一种情感慰藉，同时，也是时代对作品提出的一次艺术上进一步提高的契机。它们借此得以再度锤炼、提升，借助新时期古装戏回归的这次春风，获得新生，逐渐熔炼为河南戏剧的代表性剧目。其中尤其值得一说的，是豫剧《唐知县审诰命》。它在新时期的巨大影响力，除了来自艺术的魅力，还因它的主题与时代情绪的高度契合。

《唐知县审诰命》又名《七品芝麻官》，写七品知县唐成不畏权贵，主持正义，凭着自己的聪明才智将诰命夫人绳之以法的故事。该剧塑造了一个善良、狡黠、机智、幽默，小事糊涂、大事清醒的清官唐成的艺术形象。他身上散发着浓郁的泥土气息，让普通百姓触之可及、闻之可感。最重要的是，唐成"当官不为民做主，不如回家卖红薯"的为官信条、执政理念，使刚刚经历了“文化大革命”的人们久压在心头的愤懑借此得以纾解，盼望政治清明的梦想借此得以满足，渴望法律面前人人平等的愿望在此得以实现。这也是这部传统剧目在改革开放之初能够引起国人强烈共鸣的重要原因之一。1979 年，该剧应邀参加新中国成立 30 周年献礼演出，获优秀剧目创作奖一等奖。同样，经历半个多世纪的传统经典《卷席筒》能在改革开放之初风靡全国，除了人们对古装戏的渴求，更是因为剧中苍娃身上体现出来的正直、善良、宽厚、仁义，对“文化大革命”期间情感受到各种伤害的观众而言，不啻是一种感情的“疗伤”。这些传统剧目，因时代的变换更替，获得了超越艺术的思想意义和社会价值，和着剧目自身的艺术魅力，奠定了它们在戏剧史上不可撼动的经典地位。

（二）反思与批判

如果说，“实践是检验真理的唯一标准”“拨乱反正”“解放思想，实事求是”的提出，“开启了意识形态领域思想解放运动的先河，并为新的思想路线的确立清除了理论障碍”[1]，那么，1979 年第四次全国文代会的召开，更为文学艺术家的创作营造了自由的氛围，提供了明确的支持。深厚的忧患传统，宽松的政治环境，“激活了曾经备受压抑的英雄情怀，直面现实的政治批判便在 1979 年形成了一股有声有色的文学潮流”[2]。文学艺术“在社会政治生活、文化生活中具有重要位置，成为政治表达和情绪释放的重要载体”[3]。但这次的政治表达和情绪释放，却是与以往截然不同的批判姿态实现的。“从某种意义上说，社会批判的倾向是这一时代文学的主潮，就当代中国文学来说，以沉重的倾诉和愤懑的发泄作为叙事的主能指，这还

[1] 孟繁华：《1978：激情岁月》，人民文学出版社，2017，第 45 页。
[2] 孟繁华：《1978：激情岁月》，第 120 页。
[3] 洪子诚：《中国当代文学史》，第 239 页。

是第一次。”[1]

这一时期的河南戏剧文学创作，奏响的同样是反省、批判的时代主题。其批判、反思的矛头，首先是对“文化大革命”的诘问。《霜晨花》(编剧：张新秋)正面描写了“文化大革命”给主人公一家造成的家庭破碎、心灵伤害和人性扭曲；《舞台上下》(编剧：刘育州)中，女主人公“十三红”艺术传“亲”不传“能”的认识偏见，源于“文化大革命”中弟子对她无情批斗的心有余悸，某种程度上也是对“文化大革命”的清算。80 年代初期轰动京城的《朝阳沟内传》(编剧：杨兰春)，同样是一部带有清算性质的现实题材作品。从表面看，这个戏好像是写计划生育的，然而仔细品咂，会发现这是一部托物言志的作品，归根结底是写银环、拴保历经“文化大革命”的命运变化。杨兰春在谈这部戏的创作初衷时曾说：“虽然粉碎‘四人帮’已经几年了，但他们一伙对人们精神上的破坏(即所谓‘内伤’)过于深重了。我们党的优良传统还远远没有恢复。因此，许多工作很难做。机关工作难，农村工作也难。农村计划生育工作做起来就更难，特别是一个知识青年做这项工作的时候。”[2]当年风华正茂、意气风发、立志建设社会主义新农村的拴保、银环，经历了这场“运动”，残了身，伤了心，白了鬓，灰了心。正是人物命运这种前后的变化，让人生出无限的感慨。尽管杨兰春说“此剧从人物关系和每个人的性格，对人对事的态度看，可能是喜剧吧？”[3]，但读本看戏，你会情不自禁生出人生的悲凉感。也许正是这种弥漫在全剧中的悲凉，赋予这部并不算上乘的计生题材戏一定的历史意味，使其在 80 年代的中国戏剧舞台上获得了极大的关注，剧本获得 1982—1983 年全国优秀剧本奖。

---

[1] 孟繁华：《1978：激情岁月》，第 3 页。

[2] 王一峰：《〈朝阳沟内传〉引人注目》，《剧本》1982 年第 5 期。

[3] 杨兰春：《杨兰春剧作自选集》，中国戏剧出版社，1993，第 242 页。

其次是对历史错误的直面、反思。这一时期，与上述“感伤姿态”（孟繁华语）大不相同的是一些具有深刻反省意味的作品。“解放思想、实事求是”的思想大潮，激发了剧作家的责任意识、忧患意识、问题意识、反思意识，故而敢于直面历史问题及错误的政策路线，并予以大胆表现。1978年，董新民、杜艳、李殿臣创作的豫剧《谎祸》，即是“实事求是、思想解放”运动在戏剧创作领域的重大收获。该剧通过生产队长李百锁为维护群众利益，揭穿荒唐浮夸的“密植”神话，因而受到政治“软禁”的悲情事实，真实再现了20世纪50年代末60年代初“浮夸风”带来的弄虚作假、瞒上欺下、饿死群众的历史悲剧。这是一部具有批判意识的大胆之作，也是一部直面历史错误的反思之作。该剧一经推出，便连演40余场，场场满座。《剧本》月刊于1979年11月及时发表了该剧本，并配发了鲁煤的评论文章《我为人民鼓与呼》，文中写道：

> 读着读着，我感到，一团革命的烈火从剧本中燃起，它的熊熊烈焰扑面而来，驱散了历史的阴霾与迷雾，使那段被阴霾与迷雾笼罩着的现实生活呈现出本来的真实面目。我不由得随之而激愤，而落泪，而周身热血奔涌……这火呵，是“实践是检验真理的唯一标准”的讨论所点燃的、思想解放运动的熊熊烈焰……[1]

《谎祸》的出现，完全得益于“思想解放”的骀荡东风。然而，“‘思想解放’运动是一个由官方意识形态为主体的，各个阶层共同参与的一次政治上的‘拨乱反正’，它的目的是在维护政权的稳定性的前提下进行有限的调整”[2]，当“解放”的程度突破了一定限度，尤其是当这类作品成为一批，成为一种现象，对现实社会形成威压的时候，针对它们的约束或干预就是在所难免的了。“在80年代，出现一系列或大或小的对触犯‘禁忌’、跨越

[1] 鲁煤：《我为人民鼓与呼——读豫剧〈谎祸〉随感》，《剧本》1979年第11期。

[2] 谢有顺：《小说中的心事》，作家出版社，2018，第262页。

界限的作家、作品的批评（批判）事件。”[1]其中就包括 1980 年 1 月 23 日至 2 月 13 日，中国戏剧家协会、中国作家协会、中国电影家协会在北京联合召开的“剧本创作座谈会”。这个座谈会的主题是“戏剧如何反映人民内部矛盾”。“除了集中讨论话剧剧本《假如我是真的》以外，会议也捎带着讨论题材与之相仿的电影剧本《在社会的档案里》《女贼》，以及电视剧《他是谁》、话剧《救救她》、豫剧《谎祸》等。”[2]这次会议，并非如人们想象的那样是“打棍子”“抽鞭子”，而是“气氛热烈融洽”。《假如我是真的》作者沙叶新这样描述他参加这次会议的感受：

> 这次会议并不是一场你死我活的厮杀，而是和风细雨的争鸣，这使得那些即使想进行政治恫吓的少数鸣鞭者也不得不放下鞭子。于是，正常的讨论得以开展，争论的双方都能平等地、善意地、实事求是地交换意见，进行讨论。应该说，这次会议确实是执行“双百”方针、坚持三不主义、实行艺术民主的一次具体实践。[3]

尽管如此，但“剧本创作座谈会”之后，这些作品还是几乎无一例外地停止了前行的脚步。《谎祸》亦然。《谎祸》的编剧董新民、李殿臣在 1980 年 10 月 19 日给《剧本》主编鲁煤的一封信中说：“《谎》剧谁也不说不行，但谁也不插手过问，就这样不热不凉地搁置起来了，目前很难再投入排练了，演员也都没劲儿了，真是让人啼笑皆非。风言风语听说创作会结束时可能会给《谎》剧发奖状、奖金，若真有此事，也算‘回光返照’吧！但又何济于事！”不但如此，北京人民艺术剧院移植的话剧《谎祸》，尽管做了最大可能的“温和”修改，终也未能幸免。

艺术和政治的关系，从来都是“暧昧”又复杂。其实《谎祸》的作者在揭

[1]洪子诚：《中国当代文学史》，第 240 页。
[2]傅谨：《20 世纪中国戏剧史》（下），第 418、419 页。
[3]孟繁华：《1978：激情岁月》，第 174 页。

露真相的同时，也试图通过给它一个“光明的结尾”，使其获得政治上的“网开一面”，那就是让大队支书张顺在押送李百锁进城时，私自放了他，并塞给他一张去北京的火车票，让他去北京反映真相。“试图暗示在这场纯粹因‘谎言造就的灾祸’中依稀可见的光明与希望”。但这一结尾，却“讽刺性地体现出作者既想触及社会伤疤，又不敢或不愿触及更敏感的政治问题以惹恼高层的复杂心态”[1]。非但没有因此获得政治审查的“豁免”，反而削弱了全剧的悲剧力量。但抛开政治视角，用历史的、艺术的眼光去看，《谎祸》依然称得上是当代戏剧发展史上一部深刻的现实主义力作：

> 《谎祸》以惊人的真实和坦率，描述了“大跃进”时代，人们主观精神的癫狂，如何受到客观规律的惩罚。在“跑步进入共产主义”的口号下，国民经济与人民生活怎样一齐跌入灾难性困境。总之，戏不是写“莺歌燕舞”，而是写“万户萧疏”；不是写成功，而是写失误；不是写经验，而是写教训……《谎祸》的编导演出，说明杨兰春[2]剧作的思想飞越：一方面戏剧内容的真实性已成为他整体艺术构思的中心环节和首要因素；另一方面，他对戏剧作品功利性的思考，已与时代思想、历史精神相联系……[3]

如果说，《谎祸》是以对历史真相的揭露来表达作者对历史的反思，那么新编古装戏《血溅乌纱》（编剧：宋崇舜、满自强）则是通过“借古喻今”的方式，表达对错误的反思和对现实理想的期许。河阳知府严天民在审理珠宝商被害一案时，被知县蒙蔽，错杀无辜。后从夫人所戴无价凤镯上发现疑点，寻根究底，终将真凶捉拿归案。而对自己的失察错判，他最终也选择了饮剑自裁。该戏创作于 1979 年，上演于 1980 年，同样是拨乱反正背景

---

[1] 傅谨：《20 世纪中国戏剧史》（下），第 418、419 页。

[2]《谎祸》艺术指导，戏中多有他的艺术创造。作者注。

[3] 章诒和：《从宏观角度看杨兰春》，载《师友集》，中国戏剧出版社，1994，第 382 页。

下的反思之作。当时,党中央平反冤假错案,健全社会主义民主,加强社会主义法制的理念深得人心。感喟于“文化大革命”期间无数冤假错案的受害者,感发于春秋时期李离“失刑则刑,失死则死”、伏剑殉法的悲壮行为,作者写下了这部饱含激情的《血溅乌纱》。这部戏上演后,在观众中引起了强烈反响,特别是主人公严天民最后“饮剑自裁”的行为选择,更是引发了强烈的争议。《河南戏剧》《地方戏艺术》曾开辟专栏,展开了长达一年多的讨论。其争论的焦点无疑是严天民该不该“伏剑”。一种观点认为“饮剑”好,好在激烈悲壮,震撼人性,对现实有强烈的警醒意义;一种观点认为“请罪”就好,严天民固有失察之责,但毕竟罪不及诛,殉法自刎的结局显然过分“峻烈”。而且谁犯错误谁死,也不是党的政策。显然,这场争论的焦点是戏剧的现实意义,对它的评价也多是社会学的评价。上海越剧院在移植这个剧目时,就对结尾做了改动。此戏在短短的两年时间内,被 6 个省市的 39 家剧团移植演出, 是这一时期新编古装戏中影响较大的一部作品。这与 70 年代末、80 年代初纠正冤假错案、呼唤法治的社会期许是对应的。“文化大革命”期间压抑太深、太久的集体愤懑,借助主人公果敢、刚烈、悲壮的行为,得以淋漓尽致的纾解。它既是时代情绪激励下的产物,也是时代情绪的释放通道。

对不良社会现象、社会风气、社会问题的关注和批判,构成 80 年代初河南戏剧创作“反思与批判”主题的另一个类别。1981 年,董新民(执笔)、陈新理根据李心田同名小说改编创作的《人的质量》,写的是解放军某部司令员贺秉诚的儿子从好逸恶劳、醉生梦死到幡然悔过的过程,提出了青年人该如何对待生活、在生活的道路上应该留下怎样的足迹的沉重话题。刘育州、盛长柱、张若愚创作的《洛河女儿》,写革命前辈杨明义及养子杨威“文化大革命”被下放到崔庄劳动改造,受到水莲母女及崔庄百姓的格外关照,杨威和水莲情投意合,定下婚约。“文化大革命”结束后,杨氏父子双双回城，杨威的母亲觉得儿子不该与农村姑娘成婚，私自给水莲写信要求退婚。后来才知道，水莲就是当年“中原突围”时他们丢弃在崔庄的亲生女儿。该剧对那些富而忘恩、贵而易交，因地位、身份变化而产生的傲慢歧视偏见提出批判，同样是对现实生活中“居官自傲、见异思迁”的有感而发。张同春、江涛、张景恒创作的新编古装戏《程咬金照镜子》，则采取了完全不同的表现手法。程咬金贵而易妻，抢占民女。程七奶奶巧妙周旋，假扮新娘，洞房之中以绣鞋底对程咬金实施惩责，程自觉理亏，低头认罪。作者将宫廷之事家庭化，是非判断世俗化，严肃主题喜剧化，以轻松愉悦的方式完成了同样的“批判”主旨，也使这部作品在基层百姓中产生了更大范围的社会影响。

这一时期，在众多批判不良社会现象、社会风气的作品中，取得较高艺术成就和较大社会影响的，当数孟华创作的话剧《劳资科长》。这是孟华上海戏剧学院两年学习的毕业之作，也是河南这一时期戏剧创作中少有的城市题材作品。其取材与作者的生活经历有关。一个小城劳动局的人事科长南宫九，手里掌握着一个进人的机动指标，围绕这个指标该给谁的问题，展开了一系列矛盾冲突。南宫九的司机通过讨好南的母亲，想把这个指标给自己的小姨子；南的妻子想把这个指标给她的表弟；南的上司——劳动局长要拿这个指标去讨好新上任的市委书记；而南的叔叔夏老爹，却要求他能把这个指标给予解除瞽盲症患者痛苦的科研工作者夏亮。围绕一个指标，各路人等都亮出了本领，显出了能耐。来自四面八方的“围攻”和施压，让南宫九饱尝了权力的困惑和苦恼。作者通过劳资科长“如何处理机动指标这一微不足道的小事，写出了情节曲折、有声有色的人生大戏，触及了当前社会上十分敏感的问题”[1]。它像“一面镜子”，“使我们更加

---

[1] 田耘：《一个猜不透的谜——评话剧〈劳资科长〉》，《河南戏剧》1984 年第 2 期。

鄙视、唾弃这些为人耻笑的言行，使一些人可以照照镜子，看清自己是什么模样”[1]。

《劳资科长》的成就不仅在于它现实深刻的思想意义，更在于它精妙的艺术构思和不落俗套的人物塑造。它表现的是普遍存在的社会现象，选取的却是“随时随地都可能发生在每一个人身边的平常小事”，它将“普遍的社会现象凝聚于一件小事”，将“复杂的冲突限制于两个家庭”，并使“人物在主题的统率下行动”。[2]小开口，深挖掘，紧切题，使得这个戏凝神聚气，迸射出以小见大的艺术能量，产生了超乎预期的艺术效果。

这个戏同时也成功塑造了一个性格、心理的发展型人物——南宫九。作者没有人为将他拔高，写成“超人”，在势头强劲的关系网的旋涡中，他也不得不虚与委蛇，左右周旋。“他并不是天生的英雄人物，也不是一出场就能顶住不正之风。虽然他在顶头上司董局长的压力下，也曾做过许多违反政策的事，当过‘懦弱可耻的傀儡’，但他内心是矛盾的……他在和四面八方的外部冲突中，也同时在和自我斗争，在内外的矛盾冲突中，劳资科长的性格得到了发展。”[3]直到最后一刻，当他宣布最后一个指标给科技工作者夏亮时，观众才发现，这位外表冷漠，动辄发火，看似无情的人，原来是一位富有同情心、宁舍官位不丢原则的人。

南宫九这一艺术形象也是独特的。“大幕拉开，出现在观众面前的南宫科长，并不是人们早已司空见惯的人事干部那副笑脸，而是一副万般无奈的苦脸，这一笔就颇有点出奇。”[4]“他似乎有些神经质，不该发脾气时忽起雷霆之怒，该发脾气时，又缄默不语，容易激动，难得笑容。他的语言行

[1] 曹禺：《一面镜子——〈劳资科长〉观后》，《人民日报》1984 年 1 月 14 日。
[2] 刘景亮：《话剧〈劳资科长〉的艺术构思》，《戏曲艺术》1983 年第 4 期。
[3] 蓝光：《一幅新鲜又熟悉的生活图画——〈劳资科长〉剧本琐谈》，《戏剧报》1984 年第 1 期。
[4]《饶有新意的〈劳资科长〉》，《人民日报》1982 年 12 月 17 日。

动无不带有‘南宫九’的气味，而他的个性又是他的特定生活环境、身份、地位所决定的。……南宫九的个性，本质上也是与作者鞭挞不正之风的意图相吻合的。”[1]南宫九这种外表的冷漠、圆滑、世故与内心的正义秉持与原则坚守构成的错位、对比、悬殊，出其不意，自然构成了这个戏的幽默讽刺的喜剧效果，让观众在发笑的同时，也引起他们的思考。“这正是这个人物的独到之处，是他个性的体现，也是他成功的原因。”[2]

《劳资科长》由上海戏剧学院首演并作为建院35周年献礼剧目，获上海市第二届戏剧节优秀剧目奖，后分别由中央实验话剧院、郑州市话剧团演出，成为20世纪80年代初话剧舞台上一部批判现实主义的力作，剧本获得“1982—1983年全国优秀剧本奖”。

（三）歌咏与礼赞

1978年，在中国历史的叙事中，“是一个被人们反复谈论的年代”，它的重要性，“首先是作为开启又一时代的标志，它有了伟大的象征意义并深植于一个民族心灵深处。谈论起它，就意味着体验共同的解放、拥抱共同的复活节，它仿佛传达了这个民族共同的情感与幻想，共同的精神向往与内心需求，它是人们激情奔涌的新的源头，往日的心灵创痛因它的涤荡抚慰而休止并且康复”[3]。十一届三中全会之后，随着党的工作重点逐步转移到社会主义现代化建设上来，广大人民全身心投入到建设“四个现代化”的热潮中来，各行各业，从观念到精神，从思想到行为，都发生了巨大变化。书写、讴歌、表现这些变化，自然是文学艺术创作的责任使命。作为农业大省的河南，时代的巨变最能从农村、农民的思想观念、精神风貌、行为举止的变化上反映出来。河南的戏剧创作在表现农村题材上有优势，有

[1]刘景亮：《话剧〈劳资科长〉的艺术构思》，《戏曲艺术》1983年第4期。
[2]曹禺：《一面镜子——〈劳资科长〉观后》，《人民日报》1984年1月14日。
[3]孟繁华：《1978：激情岁月》，第1页。

传统;河南的剧作家在捕捉和开掘农村题材上有敏感,有经验,有积累。因此,80 年代初,河南农村题材的现代戏创作收获颇丰,涌现出了一批改革开放给农村、农民带来深刻变化的作品,河南戏曲现代戏创作的优势得到进一步巩固和发扬。

这些作品大致可以分为几个类别:一是歌颂婚恋自由。如徐德先、苗青编剧的《小白鞋说媒》(根据范乃忠的评书《山猫嘴说媒》改编),李学庭编剧的《金鸡引凤》(根据杨国良、李海华的《两全其美》改编),都对青年人通过创业,在事业中建立起来的"志同道合"的爱情给予了热情的支持,同时,揶揄和讽刺了阻止他们恋爱的,传统婚恋中的旧思想、旧意识。通过新旧观念的冲突去构织情节,塑造人物,并在新观念对旧意识的战胜中完成对批判人物的"改造"。另一类是计生题材。如杨兰春的《朝阳沟内传》,张锡荣的《春暖花开》,谷建成的《儿女传奇》等,或写计生工作推进之难,或写重男轻女后果之痛,是对传统生育观的一次应时矫正,合力发声。

还有一类是写改革者形象。这一时期,作为农业大省的河南不可能提供如《乔厂长上任记》中的乔光朴、《血,总是热的》中的罗心刚这样具有典范意义的工业改革者形象,其改革者的形象依然来自剧作家们熟悉的农村,或依赖文学形象的提供。如豫剧《妙龄女郎》(编剧:张锡荣)和《玛丽娜一世》(编剧:林曾信)均改编自楚良的小说《玛丽娜一世》,写高考落第的玛丽娜,不守千年古训,毅然从镰刀锄头中解脱出来,凭着所掌握的信息,勇闯商海。话剧《锅碗瓢盆交响曲》(编剧:林曾信)改编自蒋子龙的同名小说,塑造的是餐饮行业敢于突破僵化管理的年轻改革者形象。董新民、韩尔德创作的《拾来的女婿》,李殿臣、牛冠力创作的《倔公公偏遇犟媳妇》,都是对河南农村具有改革意识的年轻创业者的讴歌。

《倔公公偏遇犟媳妇》中的刘万顺是远近闻名的治家能手,靠种庄稼、磨豆腐支撑着一个大家庭。他自以为这个家管得很好,然而,他的一言堂、大锅饭早已招致了孩子们的满肚怨气。趁他外出，二媳妇、三儿子主持召开家庭会议，私分“公款”，作为对家人常年辛苦的奖励，并“蓄谋”要打破大锅饭，还买来机器代替人工磨豆腐……这一系列行为，明显是对刘万顺陈旧观念和“统治地位”的颠覆，他一气之下，分了户，离了家。半个月后，旅游回来的她，发现他不在的日子，这个家运转得更科学，更高效，更和谐。而外出一趟的所见所闻，也让他切身感受到了外面世界的巨大变化。他含泪和自己的石磨做了痛苦的告别，交了账本，把家庭的未来交给了下一代。《拾来的女婿》中，支持孙志强种果树的寡妇常丽君，最终成为他志同道合的终身伴侣。

家庭，是社会最基本的细胞，从一个普通家庭两代人的冲突和解中，清楚地看到十一届三中全会之后，我国农村从自然经济、半自然经济，向农业生产商品化、社会化发展的明显过渡和转折。同时，也看到了社会变革给家庭关系带来的变化。家庭，已经不再仅仅是血统、伦理、亲情关系，而是变得更加复杂化、社会化，多了经济关系、平等关系、民主意识、尊严意识……改革，在改变着人们的生活，也在颠覆着传统的伦理意识和文化心态。

改革开放至80年代中期，在表现讴歌改革开放给中原农村带来巨变的戏剧作品中，产生全国性影响的，当数齐飞创作的豫剧现代戏《倒霉大叔的婚事》（根据齐飞、李树修的《刘自得上任》创作）。勤劳朴实的农民常有福，在极“左”思潮泛滥的年代，因不会吹牛拍马屁说假话，加上善于经营，成了挨斗受批的对象。常有福因此成了“常倒霉”，人称“倒霉大叔”。十一届三中全会后，常有福英雄有了用武之地，办起了编织厂，并聘请心灵手巧、挨批斗年代对他有“一个馍情意”的寡妇魏淑兰为师傅。在魏淑兰的表兄“猴圈”的撮合下，一对昔日恋人相会在黄昏月下、三棵柳旁。在那乍暖还寒的年月，个别人害红眼病，不愿看到“常倒霉”春风得意，挖空心思把他弄进了拘留所。但阴霾终散，“常倒霉”终于不再倒霉，两个惺惺相惜、伤痕累累的中年人,终于走到了一起。

这个戏的巧妙之处是,从表面看,它是写一个专业户和一个手工业巧手寡妇的爱情坎坷,但投射出来的,却是十分丰富的内涵,“它反映了十一届三中全会以后中原农村的深刻变化,从经济结构到政治结构,从旧的伦理道德观念到新的伦理道德观念,以至于婚姻、恋爱、法律、民俗各方面的五光十色的变化, 都从一幕幕的生活喧闹中表现出来”[1]。尽管它也写了“文化大革命”给主人公带来的情感伤害和命运悲剧,但采取的不是揭露和批判的方式,而是用明朗、豁达、超然的喜剧手法来表现的。它符合中原人面对苦难时隐忍、坚韧、幽默、苦中作乐的性格特征,这是中原文化赋予中原农民的一种集体性格,也是他们面对人生的一种姿态。即使是性格内敛的魏淑兰,在回忆这段经历时,也不是悲伤,不是怨恨,而是一种平和、淡定的淡淡哀愁。这就使得这部戏与同时期的“伤痕文学”有了截然不同的风格色彩。正如剧作家吴祖光所评价,聪明的编导者从“婚事”这一切口入手,“把青萍湾的生活与时代政治背景很好地糅合在一起, 着意刻画了婚事过程中富有喜剧性而又充满哀愁的戏剧因素, 构思了这一出弥漫泥土气息, 又充满生活情趣, 生意盎然的豫剧。这便是《倒霉大叔的婚事》能以小见大、寓庄于谐的奥妙高明之处”[2]。

《倒霉大叔的婚事》继承和发扬了五六十年代河南戏曲现代戏创作的优势和特点:贴近生活,乡土气息浓郁;人物性格突出,鲜活生动;风格轻松幽默,妙趣横生。当然,从戏剧文学的角度看,它也带着那一时期现代戏创作的一些缺憾, 如主要人物内心挖掘不够深入,“常有福的内心抒发还稍逊于魏淑兰, 人们还未能充分了解他独特性格特征的内在”[3],“戏在后

---

[1]李準:《戏曲春天的信息》,《河南戏剧》1986 年第 6 期。

[2]吴祖光:《编织出新的生活——谈〈倒霉大叔的婚事〉》,《戏剧报》1986 年第 9 期。

[3]同上。

半部分显得硬、直,不俏皮,喜剧风格没有贯彻到底……特别是回避了矛盾……”[1]但这些都不影响它作为一部优秀作品的艺术价值和它应该获得的“观众青睐”:从1984年立上舞台,便受到热捧,1985年参加河南省首届戏剧大赛,获得银奖第一名;1986年晋京演出,引起极大反响,并一直盛演至今,成为新时期河南戏剧舞台上现代戏中的“常青树”。剧本获得第四届全国优秀剧本奖。它和杨兰春的《朝阳沟内传》、孟华的《劳资科长》一起,构成80年代前期河南戏剧在全国产生影响的三部重要作品。

综观粉碎“四人帮”之后到80年代中期的河南戏剧创作,无论是对“文化大革命”的反思清算,还是对历史和社会问题的直面批判,抑或是对现实生活的歌咏礼赞,会发现这些创作还基本属于基于“思想解放”基础上的政治书写,是在“对‘文化大革命’进行清算和批判的基础上,建立以‘四个现代化’为中心的政治、经济以及文化思想上的新秩序”[2]。作品创作的缘起多基于现实的触发;创作的目的,也多是为了与现实的对应。这些作品引起反响或引起极大关注的原因,也主要是因为它们的思想内容,对这些作品的评价更多是停留在社会的评价、历史的评价,而少有艺术观念的讨论和艺术手法的分析。因而,这一时期的河南戏剧文学,一如这一时期的中国文学,“文学的影响力并非全然来自于文学自身,或者说,社会对文学的期待亦非是对精致与深长的讲求,普遍的心态是将文学作为宣泄的渠道、代言的工具,只要能够表达人们未曾道明的委屈饮恨,难以言说的莫名压抑,对文学的粗糙形态是可以忽略不计的”。因此也可以说,这一时期的文学“依然是政治文化的一部分”。[3]但较之五六十年代纯粹政治话语下的艺术创作,这一时期的创作变化也是明显的:从宏大叙事走向日

[1] 王蒙评语,见《河南戏剧》1986年第6期。
[2] 谢有顺:《小说中的心事》,第262页。
[3] 孟繁华:《1978:激情岁月》,第4页。

常，追求“以小见大”；从一味歌颂变为大胆批判，显示出可贵的锋芒意识。虽同是发挥着“工具”的职能，但其方式、姿态和作用与以往已大大不同。这使得这一时期的创作体现出迥异于五六十年代“革命文艺”的特质，其思想价值和文学意义更加凸显。这是“思想解放”、时代变幻给剧作家带来的创作意识和创作资源的巨大变化。

二、危机应对和观念革命：80 年代中期至末期的主题曲

改革开放之后的 80 年代，文学艺术的观念变革和走向转折，与当时的社会语境和文化语境关系密切。“确切地说，它是依托两种话语资源而实现的：第一是一九八〇年代的思想解放话语；第二是一九八〇年代以来的‘新启蒙’话语。”“前者是对‘文革’进行清算和批判，并且在这样的清算的基础上建立以‘四个现代化’为中心的政治 、经济以及文化思想上的新秩序。后者则是想凭借援西入中，也就是要凭借从‘西方’‘拿过来’的新的‘西学’话语来重新解释人，开辟一个新的论说人的语言空间，建立一套关于人的新的知识。”[1]前者，在河南 80 年代中期之前的戏剧创作中，已经得到鲜活的印证。反思、批判、讴歌，构成这一时期河南戏剧文学创作的“主旋律”；而后者，在 80 年代中期之后的河南戏剧创作中，却只是“零星”存在、个别探索，并未能构成主流话语，甚至未能进入主流视野。激荡的文学思潮，在河南这样一个传统背负较重的农业大省，并未能掀起太大的思想波澜。但大众文化的兴起，思想领域的激荡，全国戏剧创作观念的大讨论、大探索，还是深深影响了河南的戏剧创作，也注定了这一时期河南戏剧创作的多层次、多向度、多元的价值意义。

（一）危机困境下的积极应对和顺意“迎合”

80 年代中期，大众文化的兴起及迅猛发展，对传统艺术和严肃文学

[1]谢有顺：《小说中的心事》，2018，第 262 页。

形成了强烈的冲击，短短几年时间，戏曲从改革开放之初的如日中天迅即跌入生存危机。与此同时，“西方戏剧新潮涌入的压力”[1]，也和来自内部的“戏曲危机”一起，对中国戏剧形成“夹击之势”。谋求戏剧的突破、发展，成为这一时期戏曲发展的时代主题。随之而起的戏剧观念的大讨论，使“戏剧观念更新的必要性得到普遍认同”[2]。改革创新，成为戏剧家应对危机、谋求生机的普遍选择。这种革新意识在1985年举办的河南省首届戏剧大赛中体现得尤其明显。

获得金奖的话剧《十五的月亮》（编剧：李林、杜政远），依然是对社会上以权谋私和贪图享受之风的批判，但创作思想和艺术手法较之80年代初的同类题材变化明显。从结构上，它打破了一人一事、一线到底的因果链式线性结构样式，采取把硝烟弥漫的前线和平静安逸的后方交替展现的块状结构方式，在前线与后方、高尚与庸俗、厚爱与刻薄、美好与丑陋的轮番对比中，塑造人物性格，展示道德情操，揭示境界高下；从情节设置看，它不以冲突的激烈和情节的跌宕取胜，而是淡化情节，重视内心，以情感人，以情感的浓度“开辟了一条情感信息的通道，接通了艺术与观众的情感”[3]。另一台获奖剧目《拾来的女婿》（编剧：董新民、韩尔德）表现出了同样的创作追求，用“情绪结构法”代替了“情节结构法”，在如生活般自然流淌的情感展示中，塑造出心理变化和性格成长的人物。杨兰春在谈《情断状元楼》（编剧：孟华，艺术顾问：杨兰春）的艺术追求时，也表示：“《情》剧不是情节戏，因此，在艺术构思上，我是用抒情的手法来表现《情》剧主题的。意图是：让观众静静地坐在观众席上注视着主人公敫桂英的命运。”[4]

[1] 傅谨：《20世纪中国戏剧史》（下），第467页。

[2] 同上。

[3] 赫志：《情之所至 金石为开》，《河南省第一届戏剧大赛资料汇编》，河南省文化厅。

[4] 陈悦：《杨兰春谈戏曲改革》，《河南戏剧》1986年第2期。

这种对人物心理和情感命运的追求，与当时文学创作“向内转”(鲁枢元语)的倾向是一种呼应;对新时期文学在进入80年代以后对“人”的关注是一种实践。“‘人’的话语的地位的上升,已使文学的书写方式逐步发生转移,即人物的内在心理而不是社会的外在事件,更有可能成为书写的对象。”[1] 上述这些作品的创作转向和艺术追求目标都是非常明确的。

这一时期河南戏剧的革新追求,更多的是借助形式、手法的出新来实现的。如话剧《流星,在寻找它失去的轨迹》(编剧:郭怡、李景古)借鉴电影的“闪回”手法,来实现时空的交叉。豫剧《牡丹的传说》(编剧:李冰)直接标注的就是“诗剧”,追求诗的抒情和意境,故事的行进虽然符合事件发展的内在逻辑规律,“但不是严格意义上的传统戏曲结构。它虽有情节,但不是以情节取胜;虽有高潮,但高潮也不太显赫;虽有冲突,但冲突得也不那么直接,在场与场、段与段中间,乍看起来,也似乎有块感和单粒感……”[2] 而且在舞台呈现中,大量融入了舞蹈的成分,使该剧看上去更像一首带有情节的舞蹈诗。神话豫剧《西湖公主》(编剧:张乡朴、王中民、李洪喜、苏兆连)同样是以二度创作的载歌载舞取胜,追求表演的舞蹈化、造型的雕塑化,而且大胆融入了杂技、体操、话剧等的表现手法,以赏心悦目赢得观众青睐,在戏曲危机的80年代中期,创造了“叫好叫座”的演出盛景。显然,这些创作革新,更多地表现在形式、技术层面,而非观念、思想层面。这也是当时戏曲革新初期普遍的艺术取向,“80年代的戏剧革新,有时会表现出对形式(手法)因素的倚重,‘视镜’、主题的拓展在有的探索性创作中,不是都能有相应的进展”[3]。单从戏剧文学的角度看,并未能带给观众更多思想上的撞击。当岁月流转,这类作品自然就会淡出人们的记忆。

---

[1]尹昌龙:《1985:延伸与转折》,人民文学出版社,2017,第102页。
[2]李亦:《我喜爱〈牡丹的传说〉》,《河南省第一届戏剧大赛资料汇编》,河南省文化厅。
[3]洪子诚:《中国当代文学史》,第267页。

80年代中期,“戏剧危机”中河南戏剧界一个奇异的景观是一批“叫座剧目”的出现,如《酷情》(编剧:徐清才)、《家家有本难念的经》(编剧:张文修)、《母女怨》(编剧:张文修、陈世庆)、《儿大不由爹》(编剧:李殿臣)等。这些剧目,多是写家长里短、伦理道德,并没有高深的思想和超前的理念,运用的亦是传统的、规矩的手法,却获得了出乎意料的市场回报,演出都在百场以上,有的甚至达到数百场。尤其是新野县曲剧团创作的《酷情》,被全国16个省份的70多家剧团移植上演,个别濒临困境的剧团,因排演《酷情》,竟渡过了难关。似乎有些不可思议,“一个用习惯标准看很难让剧作者们佩服的平凡之作,却造成了如此令人瞩目、吃惊的局面,这对于那些致力于发展现代戏的戏剧家们,恐怕是一个哭笑不得、难说喜忧的信息”。[1]这种现象的确让人匪夷所思。当时,河南戏剧理论界曾组织全国的专家,就“叫座剧目”现象召开研讨会。如果仔细分析,会发现,这些剧目体现的情感、意识、价值判断,与普通观众是同步的,能满足他们的现实情感需求,故而能引起他们的强烈反响。80年代中期的所谓“危机”,某种意义上是纯文学、雅文学、严肃艺术的危机。此时,大众文化兴起,通俗艺术大行其道,而这些表现传统伦理、世俗人情,有着明确是非判断,艺术上明显粗糙的作品,具有鲜明的通俗艺术的特点。尤其是在河南这样传统的农业大省,80年代中期还基本是农耕文化一统天下,农民是戏曲艺术的主要观众群体,其精神需求、文化心态、审美标准都具有相对的顽固性和保守性,对庸常的家庭伦理、世态炎凉之类的题材有着百看不厌的偏好。而上述剧目,正好是对普通观众审美情感和标准的顺意“迎合”,故而在那个特定时期,出现了演出上“叫座”、艺术上并不“叫好”的“叫座剧目”现象。

(二)启蒙思想意识下的文化反思和观念革命

[1] 肖遥:《观众意识的复归与超前意识的躁动》,载《耕耘的春天——河南省第二届戏剧大赛资料集锦》,河南省文化厅。

80年代，再度确立的知识精英启蒙话语，“以历史主体的姿态和开启民智的角色，悲壮地吹响了人的解放的号角”[1]。“这种解放无可避免地要触动一体化的文化霸权，对固有文化语境的省察与‘异质’的添加成为心灵解放的标示，也是启动新思想生成的两个主要来源。”[2]体现在戏剧领域，就是当时在全国范围内展开的戏剧观念的大讨论、大探索，以及由此诞生的一大批极具先锋和反思意味的剧目。如京剧《洪荒大裂变》(编剧：盛和煜)、《一个死者对生者的访问》(编剧：刘树纲)、川剧《潘金莲》(编剧：魏明伦)、京剧《曹操与杨修》(编剧：陈亚先)、莆仙戏《秋风辞》(编剧：周长赋)、昆剧《南唐遗事》(编剧：郭启宏)、莆仙戏《新亭泪》(编剧：郑怀兴)、梨园戏《节妇吟》(编剧：王仁杰)、淮剧《金龙与蜉蝣》(编剧：罗怀臻)等。河南在这场全国性的关于戏剧观念革新的讨论、实践中，并未沉默、缺席，几位从上海戏剧学院、中央戏剧学院学习归来，受“西学”影响的创作者，积极投入了这场观念革命的探索实践。其中孟华的《半个娘娘》和张健莹、李利宏的《水上吉卜赛》是河南戏剧尝试突围的探索之作。

意象剧《半个娘娘》是孟华上海戏剧学院学成归来三年沉淀的激情之作，借民间传说“娘娘村”的故事框架，完成他的理念注入和反思表达。故事发生在深山野岭：聪明美丽的村姑李桑桑，因救了政治逃难的山南王，被封为“娘娘”。山南王承诺，一旦政局稳定，即来接桑桑回宫。政乱过后，山南王要践先前之约，准备接救驾的桑桑回宫。但是，却遭遇意想不到的重重障碍。太宰、大臣、太后、皇后，对娘娘到来的长短利弊，各怀心思，各有权衡，各自盘算。于是，一场关于桑桑是人、是仙、是鬼、是奸，甚至是否贞洁之女的争论由此展开。个个忠心可鉴，人人宏论惊天，却怎么也统一

[1]孟繁华：《众神狂欢：世纪之交的中国文化现象》，中国人民大学出版社，2012，第18页。
[2]孟繁华：《众神狂欢：世纪之交的中国文化现象》，第24页。

不到“接娘娘”这个目标上。在这种无休止的争论中，山北王卷土重来，俘获了山南王，也俘获了他接了三年也未能接来的“娘娘”。

很显然，这是一部有着极强象征意味的作品。作者将背景放在人迹罕至的深山野岭，就昭示了这个故事的寓言性，就是告诉大家这不是要讲一个真实的故事，而是要通过这个故事完成他的一种反思表达。剧中的“娘娘”是一种美好的象征，但通往美好的道路却纵横交错、扑朔迷离。“违心”的迎合和“善意”的反对中，既有传统思维模式的桎梏，又有各种“私心”的自我成全，还有不明就里的随意附和，真真假假、虚虚实实中，榨出了每个人“皮袍下面藏着的‘小’来”。其传递出来的主题意蕴，呈现出复杂丰富的多义性、思辨性、深刻性、丰富性。它触及了中国文化心理的某些深层痼疾。在艺术手法上，该剧大胆借鉴了西方的戏剧手段和方法，如“间离”“意识流”“面具理论”和电影的“慢动作”等，加上幽默机巧的语言及通过情境设置营造出来的云雾缥缈的神秘氛围，使全剧在荒诞中蕴含深刻，机巧中暗藏锋芒，奇妙中寄寓真切，不羁中意象升腾。

这部带着极强“异质”色彩和探索意味的戏，引起争议和讨论都是在预料之中的，但是，演出几场便遭“禁”的命运却是始料未及的。在京城专家为河南出现这样一部探索性剧目欣喜的时候，在观众为看到这样一部“另类”剧目争论不休的时候，有人却从戏中看出了它的“影射”之意，而当这个解读者是掌握文艺作品命运的当权者时，这种解读就足以致命！尽管时任中国剧协党组书记的赵寻代表中国剧协对《半个娘娘》发出了进京演出的邀请，尽管《剧本》月刊在第一时间发表了该剧剧本并配发了相关文章，但都未能改变其悲剧的命运，前行的脚步戛然而止，仅有的几场演出成为“遗响”。

和《半个娘娘》命运相同的，还有紧接其后推出的话剧《水上吉卜赛》（编剧：张健莹、李利宏），它改编自魏世祥的同名系列小说。故事发生在改革开放初期的豫东，一群过着流浪生活的“贱民”，在一个叫雁庄的黄河岸边，过着“谁也管不着”的吉卜赛式的“治外”生活。他们自成组织，自立家法，有着自我认同的“铁规矩”和虔诚的祭祀崇拜。随着改革开放城市人的不断闯入，他们“桃花源”般的生活被打破了。心野性强、读过书、有文化、驾着红帆的女孩儿三三，在现代文明的诱惑下，开始变得不安分。她一心想“变个活法”，不愿“一根篙撑到黑”，她敢于破坏水上的“规矩”，敢于质疑族群的“崇拜”，甚至不惜以牺牲自己的贞操来自己证明是人而不是鬼。但是，传统观念也深深桎梏着她，她热烈地爱着诗人石令宇，却违心嫁给了有恩于她的罗四辈；她想离开这个愚昧压抑的环境，却又安心接受了给罗四辈传宗接代的责任……最后，为了阻止乡邻们的野蛮斗殴，三三付出了生命的代价，以殷红的鲜血向愚昧落后做了决然的斗争。

这同样是一部富有象征意味的作品，三三驾着的那片红帆，像跳动的火焰，代表着现代文明带来的躁动和不安；而她的死亡和这个水上族群“乌托邦”生活的解体，则象征着文明和愚昧的冲撞代价。引起作者创作冲动的，不仅是它的传奇色彩，“还有古老黄河这个壮阔、富有象征意味的背景，连同这自然景观提供的象征色彩、象征意味——红的希望，黄的传统，白的死亡，黑的邪恶”[1]。通过三三的悲剧命运，写出了黄河文化与陆地文化，漂泊文化与安居文化，世俗文化和现代文化的龃龉和冲撞，“凭借黄河做出了传统和现代的悲壮反思”[2]。

这部戏的创作手法、戏剧结构、艺术风格，对传统的话剧，同样是大胆的突破。它虽然写的是现实生活，采用的却是象征主义的手法，追求一种哲理、诗意和咏叹。它所描写的“桃花源”般的水上生活，似乎遥远而神秘，

[1] 张健莹、李利宏：《啊，那片红帆——写在话剧〈水上吉卜赛〉上演时候》，《郑州晚报》1988 年 10 月 7 日。

[2] 余秋雨语，见郭旭东《黄黄的河上有一叶红帆》，《郑州晚报》1988 年 10 月 4 日。

却又和现实若即若离，近在咫尺，这种传奇和神秘又很容易就被打碎、识破；它不是传统的“故事情节戏”，也没有按照传统的“冲突律”来结构，“而是按自然的生活流程择取几个板块，依照生活解体的内在逻辑结构起来的”[1]。正如作者所追求的，“我们追求剧作的文化品位、诗化意象，不打算仅仅写成一个故事剧，也不愿恪守封闭的结构样式”，“象征手法，心理外化的手段，对人物符号化的处理，我们统统拿来用上，它符合这出戏的内容，有助于我们开掘人物的心灵”[2]。

深刻的文化反思和人性揭示，强烈的探索意味，色彩对比强烈的视觉冲击力，带给观众审美的新奇异样感，都使《水上吉卜赛》当之无愧成为河南戏剧的先锋之作，立上舞台便备受关注。该剧1988年获得河南省第二届戏剧大赛银奖（金奖空缺），并作为优秀剧目参加了同年举办的首届河南艺术节。剧本在《河南戏剧》1989年第5期刊登。时任文化部部长的王蒙看戏后即发出了“准备进京”的邀请。但随之而来的思想浪潮，冲断了它继续前行的道路，它和《半个娘娘》一样，在短暂的辉煌后，长久搁置。

在80年代后期的这场新启蒙潮流中，“对外来文化的引进与对传统文化的反省成为思想界关注的主要话题”[3]。因为“在文化开放中，如果不对传统文化及我们自己的民族文化心理做些认真清理，改造与现代文化不相适应的民族文化心理结构，便不可能去承担现代化的任务”[4]。《半个娘娘》和《水上吉卜赛》，正是基于这种认识高度之上的对传统文化的反省和对某种民族文化心理的“清理”，就像《水上吉卜赛》的编剧张健莹、李利宏所说：“不知道为什么，在认识雁庄人的时候，我们也觉得认识了自己

[1] 黎辉：《执着而深远的美学追求——评话剧〈水上吉卜赛〉》，《河南戏剧》1989年第1期。
[2] 张健莹、李利宏：《啊，那片红帆——写在话剧〈水上吉卜赛〉上演时候》。
[3] 孟繁华：《众神狂欢：世纪之交的中国文化现象》，第24页。
[4] 同上。

的欠缺，认识了我们民族文化心理的某种弱点。”[1]它们既是这场新启蒙运动的收获，也是新启蒙运动的组成部分。其反思的深刻性及由此带来的审美灼痛感，“仍然具有向禁区挑战和突围的思想意义”。80年代精英文化对欲望的表达，也“被认为是对禁区的挑战而赋予其先锋意义”[2]。因此，无论是《半个娘娘》的人为“被禁”，还是《水上吉卜赛》的被迫止步于潮流转向，都有一种“悲壮”的意味隐含其中。它们虽未能走向更远，影响未能“波及四方，未能像话剧《秦王李世民》、桂剧《泥马泪》、川剧《红楼惊梦》那样，走出小区域，产生大惊喜”[3]，但它们以这个时期戏剧应有的姿态参与了全国范围的戏剧观念的大讨论、大探索、大实验，体现了河南戏剧试图突破固有模式、和全国接轨的愿望，昭示了河南戏剧“在那个十分特殊、重要的时期”[4]，没有落伍、掉队，更没有“少跑一圈”（罗怀臻语）。只不过是“这一圈”，不为更多的人们所了解、看到。相反，也正因为其转瞬即逝导致的认识模糊，才更显出其历史的、思想的、文化的价值和意义。

（三）戏剧向文学的借力：现实主义的向内探视和意蕴深化

如火如荼开展的戏剧革新和观念探索，使得80年代中期之后的戏剧界和文学界一样，“现代主义话语急速地上升，现代主义的追求也渐趋流行”[5]。但在河南，戏剧观念的探索只是在并不太大的范围内展开，这与河南封闭、保守、求稳的集体性格有关，还与河南一向偏“左”的政治环境有关。河南戏剧创作的主流，依然是现实主义戏剧创作。但80年代中后期的现实主义创作有着与此前鲜明的不同。它不再是只关注生活的表象，不再紧跟政治、政策之风，而是同样把关注的焦点放在对文化心理、对人的关

[1]张健莹、李利宏：《啊，那片红帆——写在话剧〈水上吉卜赛〉上演时候》。
[2]孟繁华：《众神狂欢：世纪之交的中国文化现象》，第24页。
[3]杨林：《话说李利宏》，《剧本》2017年第3期。
[4]同上。
[5]尹昌龙：《1985：延伸与转折》，第171页。

注上。无论是思想意蕴，还是对“人性”的揭示上，都较以前更加深化。“‘人’的话语的地位的上升，已使文学的书写方式逐步发生转移，即人物的内在心理而不是社会的外在事件，更有可能成为书写的对象。”[1]它既受了新启蒙思想的影响，也与中国这一时期文学“向内转”的整体趋势相关。“一种文学上的‘向内转’竟然在我们80年代的社会主义中国呈现出一种自生自发、难以遏止的趋势。”这个“向内转”，“不是步西方现代戏文学的后尘，而是人类向自身的‘内探索’工程的一个重要方面。”[2]这一时期，河南一些优秀的现实主义戏剧作品，正是来源于对文学作品的改编，因而带着文学自身“内探索”的深刻和丰富。这类作品中，取得较高艺术成就并产生全国性影响的，是李凖、赵籍身（执笔）创作的《石头梦》。

《石头梦》改编自李凖的长篇小说《黄河东流去》中的一章。逃难途中暂时存身洛阳水月庵的王跑，在打井时偶然挖出一块石头，经鉴定，竟是东汉蔡邕所书“两体石经”。消息立刻惊动了自上而下的各色人等，古董商、大烟鬼、保长、国民党专员闻风而来，耍阴谋使诡计，巧取豪夺。王跑拼命护宝，却被投进大牢，险些丧命。最终，只能再用石头换回他的性命。美梦破碎，噩梦醒来，王跑连一片栖息之地也失去了，只能推起车子，携家带口，再次“跑”着去逃荒……

这是一场悲剧，一场表现旧社会旧时代贫穷、压迫、荒唐、黑暗的悲剧。其深刻性、批判性自不必说。难能可贵的是，这种宏大的主题，却是通过对王跑这个中国旧式农民的典型形象的塑造来实现的。作者“以不同于社会学的方式，把旧中国黑暗社会阶级压迫这样一个重大的主题融合在整个剧情和人物形象之中，通过剧情本身的进程自然而然地表现了出

[1] 尹昌龙：《1985：延伸与转折》，第102页。

[2] 鲁枢元：《论时期文学的“向内转”》，《文艺报》1986年10月18日。

来”[1]。剧中的王跑，勤劳、智慧、忠厚，能吃苦耐劳，有着坚忍不拔的顽强生活能力，“这是中国农民固有的传统特点。同时他又有着狡黠、机巧、只想发财的贪心的另一方面。这也是中国农民根深蒂固的小生产私有制的特点”[2]。当他得知这块石头是稀有珍宝，上有蔡中郎的题字，他立即想证明这个石头是自家祖传，便顺水推舟地说“有个姓蔡的，他和我爷爷还是换帖弟兄哩”；被揭穿后，又忙改口说，出来逃荒，缎子被子虎皮袄都扔了，就是没舍得扔掉这块石头。那种无知的狡黠，既可笑又可怜。他的发财梦，无非是几十亩地一头牛，是显摆烧包，“忙天场里地里转转，闲天赶个会，看个戏，上集游游”，“撕一件洋布大衫，买一顶深蓝色礼帽，弄一双鞋铺卖那鞋”[3]……完全是一种旧式地主的享受。他宁可丢命，也要保住石头，因为保住石头就能置买土地农具……这些情节，都触及和挖掘了中国农民深层的心理意识。李準说，他就是想通过使人物“具有复杂的个性”的方式，“把个性解放出来”。“我把那群流离失所的农民当作民族精神与人类正义、良知、道义的化身来歌颂，但他们都不再是完美无缺的英雄。写他们的缺点，是为了显示一种历史局限，而不是有意为之，把人物的面目弄得模糊不清。”[4]更为可贵的是，这样一部表现旧社会中国农民悲剧命运的作品，采用的却是悲剧喜写的方式，“悲剧喜唱，哀泪笑洒”[5]。以喜写悲，则更显其悲。这使得该剧在深刻之外，更获得了一种风格赋予的悲欣交集的艺术力量，具有了更为丰富、更为深沉的认识价值和审美感受。

1987 年 9 月，《石头梦》作为唯一的一台戏曲现代戏，参加了在北京

---

[1] 李庆成、王文章：《李準和豫剧〈石头梦〉》，《瞭望（海外版）》1987 年 10 月 12 日。

[2] 李準：《海滨闲话〈石头梦〉》，《河南戏剧》1987 年第 5 期。

[3] 李準、赵籍身：《石头梦》，《河南戏剧》1987 年第 4 期。

[4] 李庆成：《关于提高现代戏质量的几点想法——从豫剧〈石头梦〉谈起》，《地方戏艺术》1988 年第 1 期。

[5] 孙荪：《悲剧喜唱，哀泪笑洒——豫剧〈石头梦〉观后》，《河南戏剧》1987 年第 6 期。

举办的首届中国艺术节，中国艺术节组委会专门为该剧召开了专家座谈会,与会同志一致肯定了《石头梦》剧本创作的深层意蕴及在人物性格塑造上的突出成就,也对它存在的不足提出了真诚的意见。时任文化部部长的王蒙称其是一部“不雷同,有新意”[1]的好戏。《石头梦》也成为80年代后期少有的代表河南在国家级艺术活动中展示的戏剧作品。

何中兴根据乔典运同名小说改编的《乡醉》同样是一部有深度、有特点的优秀作品。它保持了乔典运小说的黑色幽默风格,以一种略带荒诞色彩的漫画方式,调侃、批判了基层乡村干部吃喝成瘾、瞒上欺下、拉帮结派、巧取暗夺、不求作为的不正之风。年轻的乡长木易,面对坚不可摧的关系网,从开始的一忍再忍,到后来的忍无可忍,最终选择了“入乡随俗”,以“醉”当武器,骂歪风邪气,吐胸中块垒,抒不平之愤。“醉公之意,从不在酒,在于借酒之力。木易的一场大醉,搅乱了乡政府一潭沉静的死水,动摇了王副书记经营几十年的独立王国。”[2]这正是该剧的深刻之处:不正之风已经严重到了用正常手段无法解决的地步,只能以“醉”治“醉”,借“毒”攻“毒”,用“非正常”手段对付“非常态”问题。一个“醉”字,寓意颇丰:之于社会风气,它是一种病态;之于主人公木易,它是斗争的姿态;之于全剧,它是风格的定位;之于观众,它是一抒胸臆的快感……一部批判社会风气的现实作品,因“醉”内涵变得丰厚,味道变得醇厚,余韵变得绵长……

现实主义创作的原创作品,不管是现代戏,还是新编历史剧,同样体现出观念的开放性和“向内转”的深刻性。姚金成创作的豫剧《归来的情哥》,描写了商品经济大潮对人们精神、心灵和人格的涤荡。淳朴善良的秋富,因穷困被迫离开心上人,勇闯商海,发誓“混不出人样不回头”。然而,

---

[1] 李庆成:《关于提高现代戏质量的几点想法——从豫剧〈石头梦〉谈起》。

[2] 张健莹:《〈乡醉〉之醉》,《河南戏剧》1987年第1期。

几年后，“混出人样”的秋富已变得让人不敢相认。价值判断的差异、错位，让他和枣花彼此陌生，在追求金钱的歧途上也越陷越深，且最终付出了惨重代价。这是河南戏剧舞台上最早表现商品经济大潮带给人们精神、心灵深刻复杂变化的作品，“直接触及了社会进程中的重大矛盾”[1]，特别是“弄潮儿”郭秋富的艺术形象，颇具典型性。“他处在新旧生活观念的裂变中，道德感情和金钱诱惑两股力量在撕扯着他的灵魂。这种裂变和冲突，呈现出某种善恶互孕的复杂格局……从一个角度揭示了铸造健全现代人格的复杂与艰难。”[2]

张新秋创作的《粉黛冤家》，是 80 年代中后期河南戏剧文学创作“向内转”新编历史剧的代表作。该剧一改以往不少历史剧创作中人物非好即坏、非善即恶、非忠即奸的脸谱化、简单化塑造，从历史唯物主义出发，从写“人”出发，深入挖掘人物的内心世界，层层揭示了武则天和上官婉儿这对冤家从敌对、理解到最终和解的心路历程。尤其是对武则天形象的塑造，具有突破意义。既写了她作为一个政治家的胸襟和威仪，更写了她作为一个女人、一个女皇面对的情感失落、伦理责难和政治困境。作者为我们“展示了其鲜灵独特的情感世界和真实的性格依据”[3]。因此，这个呈现在我们面前的武则天，就是新鲜的、多面的、立体的，她“既不是‘狐媚惑主’的奸后，更不是冷血无情的女暴君，而是一个在政治统治中搏风击浪、在感情生活上细腻刚强、爱才如命、绝不向世俗低头的政治家，一个内心同样充满委屈与凄苦的活灵灵的女人”[4]。尽管这个戏在当时还不够成熟，但它选择的女性叙事视角，具有突破意义，同时亦具有现代意义。2002

[1] 刘景亮：《向人物心灵深处开掘——简评豫剧〈归来的情哥〉》，《郑州晚报》1988 年 10 月 1 日。
[2] 同上。
[3] 崔伟：《〈粉黛冤家〉读后》，《剧本》1990 年第 3 期。
[4] 同上。

年，作者对此剧进行了重新修改加工，更名《武后与婉儿》，由台湾豫剧团演出。2014年，广元市川剧团移植了该剧，更名《武则天与婉儿》。不断延续的艺术生命彰显的正是剧作自身的艺术价值。

综上所述，80年代的河南戏剧文学创作，是在“思想解放”和“新启蒙”思想两大思潮下展开的，无论是前期的回归复苏、反思批判、讴歌礼赞主题，还是后期的危机应对、观念革命、现实深化主题，都是这两大思想统领下不同层面、不同向度的实践探索。前者，更多是社会情绪的宣泄和表达；后者，更多是艺术发展的探索和实践。这就使得80年代的戏剧创作既体现出对五六十年代创作传统的继承，又体现出与时俱进的开拓创新意识，其开放性、探索性、活跃性、深刻性，都是以前的戏剧创作所缺乏的。80年代末期，随着1989年思想领域的重大转折，随着市场经济的接踵而至，文学艺术的创作再次迎来了改革开放以来的重大转折，这就有了90年代的众声喧哗、多元并存。

2018年8月18日完稿

2019年5月17日修改

2021年3月11日再改

2021年5月5日定稿

2

第二章

多元并存与蓄势潜行

——90年代的河南戏剧文学创作

多元并存与蓄势潜行

——90 年代的河南戏剧文学创作

20 世纪 80 年代的思想文化界，可谓是浪潮涌动，风雷激荡，文化艺术界显现出空前的活跃。然而，80 年代末那场政治风波，“对于已经涌动了十余年的思想文化的浮躁凌厉的潮流，无疑是一次意外的跌宕”[1]。这次跌宕，使大家从“80 年代的理想主义和作家主体性的确立等形而上的追求和幻想中猛醒”[2]。同时，随着市场经济在国家体制上得到合法性确立，文化与市场之间，又建立了“一种既抵御又同谋的复杂依存关系”[3]。经济，成为干预文学艺术创作的一只无形大手。“经济理性在很大程度上取代了八十年代的政治激情与文化启蒙思潮，成为人们生活世界的主宰。”[4]同时，90 年代，大众文化逐渐成为文化消费的核心，主流地位得以确立，文学艺术的创作重新回落到现实地面，并一度滑向实用、世俗、功利的层面。

[1] 张志忠：《1993：世纪末的喧哗》，人民文学出版社，2017，第 9 页。

[2] 同上。

[3] 洪子诚：《中国当代文学史》，第 412 页。

[4] 薛晓金：《30 年中国戏剧的困境与突围》，载孙浩主编《新时期戏剧创作研究文集》，中国戏剧出版社，2009。

书写日常、世俗、普通人的欲望，成为其重要的内容。

当然，毕竟经历了80年代的思想解放和观念启蒙，不少创作者确实获得了观念的更新，他们的创作，也许不再像80年代那样“狂飙突进”，以一种强劲凌厉的姿态体现出来，但含蓄内敛、波澜不惊的书写中，同样蕴含着巨大的思想力量，体现着观念开放、思想解放的深层影响。还有，90年代，随着各种国家级文学艺术奖项的设置，其所代表的评价标准和获奖荣耀，也成为激励文学艺术创作的重要因素……所有这些，都左右和影响了90年代的文学艺术创作，促成了90年代河南戏剧文学创作一个多元并存、丰富多彩时期的到来。

一、90年代前期：回归、适应、坚守、开拓下的多元并存

（一）生活、世俗题材戏的回归和红火

90年代初，河南戏剧文学创作的一个重要特点就是农村世俗生活戏的强势回归。随着80年代反思、探索、创新的渐渐“退潮”，表现农村世俗生活的现代戏再度回归，成为主流。那些熟悉农村生活，有着深厚生活底蕴的剧作家，重新把关注的目光投向现实的农村，开始重新面对农村生活中出现的新问题、发生的新现象、呈现的新面貌，世俗生活、日常情感、社会风尚、人的欲望等，逐渐代替了80年代的重要社会问题，成为河南戏剧舞台上的取材重点。于是，就有了90年代初一大批农村题材现代戏的集中涌现，如表现农村买卖婚姻中男主人公美好情操的《黑娃还妻》（编剧：张芳），表现农村女性人格独立的《试用丈夫》（编剧：李学庭、王双全），表现两代人不同婚恋观的《儿大不由爹》（编剧：李殿臣），讽刺农村婚丧嫁娶中大操大办、铺张浪费现象的《吵闹亲家》（编剧：王中民），表现多子并不多福的现代戏《五福临门》（编剧：谷培勋），批判重男轻女思想的轻喜剧《生儿子大奖赛》（孟华根据姚剧《传孙楼》改编）……它们集中出现在90年代初的河南戏剧舞台上，且代表河南频频亮相于全国重要艺术赛事的

舞台上，为这一时期的河南赢得了全国性的荣誉。如《儿大不由爹》1991年赴扬州参加全国戏曲现代戏会演，荣获优秀剧目及多个单项奖，并于同年7月进京演出；《吵闹亲家》《试用丈夫》分别获得文化部第二届、第三届文华新剧目奖；《吵闹亲家》《五福临门》分别获得第一届、第二届中宣部“五个一工程”奖……如果单从戏剧文学的角度看，这些作品并没有多么深刻的思想，也没有什么新潮的观念，更没有什么花样的手法，其共同的特点是对世俗生活、新风尚、新现象的及时捕捉和表现，以生动有趣的情节和浓郁的生活气息取胜。同时，准确的风格把握及和谐的舞台呈现，也是这些作品能够受到关注的重要原因。如《吵闹亲家》对新的戏曲表演程式的突破和发展，《五福临门》悲剧喜演、悲喜交集的风格定位等。它们，发扬了河南戏曲现代戏的传统优势，其质朴、通俗、热闹的大众品格，是对河南戏剧优势传统的一种回归，这种回归，正好顺应了“大众文化”盛行时代人们的审美口味和需求，对于看多了80年代思想“超负”的探索创新剧目的观众，也不啻是难得的调味剂。

（二）传统戏的改编、复归

80年代，思想解放下的观念更新和应对“戏曲危机”的创新改革，使“创新”成为戏剧发展也是整个中国文化发展的主流。进入90年代，“则出现反拨，文学的价值取向，更多地转向传统文化；文化保守主义的盛行，弘扬国粹的努力，怀旧和复古的倾向，成为90年代的主导潮流”[1]。因此，90年代的戏剧多元，传统戏剧是不可或缺的重要构成。

传统的“回归热”在1990年举办的河南省第三届戏剧大赛中，表现得非常清晰。本届大赛，居然同时出现了四台改编的传统剧目，这在前两届戏剧大赛中是不曾出现的现象。这四台剧目，均是传统戏的改编或再加

[1]张志忠：《1993：世纪末的喧哗》，第15页。

工，分别是马少波原著，陈宪章、王景中改编的豫剧《花木兰》；樊粹庭原著，石磊、贺程分别改编的《麻风女传奇》《麻风女》；石磊根据传统剧目《八珍汤》改编的《寻儿记》。同一时期被改编演出的，还有樊粹庭创作、石磊改编的另一部作品《义烈女》。这几部戏，有的是老传统，有的是新传统，如《八珍汤》就是传统老戏，樊粹庭的《女贞花》《义烈风》创作于20世纪30年代，豫剧《花木兰》创作于50年代，它们是前辈不同时期的艺术创作，最终都汇聚到河南戏剧传统的"流"中，积淀成为后世再创作、再发展的新"传统"。

这一时期的回归传统，既是一种文化的自觉意识，也得益于文化主政部门的重视、倡导，如1991年文化部首届"文华大奖"获奖剧目中，就有传统剧目《荆钗记》，这是历史更为悠久的戏曲传统。它的入选，本身就是一种导向，对传统艺术价值认同的导向。而且，文化部门也为传统戏曲的展示搭建了不同层面的交流平台。如1992年，为保护稀有剧种，弘扬民族优秀文化，文化部分别在福建泉州和山东淄博举办了全国"天下第一团"优秀剧目展演活动。河南的道情《王金豆借粮》得以到全国的平台上展示。同年，文化部还组织了区域性的戏曲展演活动——秦晋豫首届"金三角"戏曲交流会演，《寻儿记》和新编古装戏《风流才子》、现代戏《五福临门》一起代表河南参加了比赛，展示了河南戏剧在传统与新编、古装与现代等不同层面的创作成就。

（三）政策倡导和市场经济下的"定向戏""行业戏"

河南地处中原，从夏到宋的两千多年间，一直是我国的政治中心。政治文明不仅推动了中原社会、政治、经济、文化的发展，而且"为中原文化注入了政治热情、进取精神和社会使命感……"[1]因而，河南的艺术创作，

---

[1]李庚香：《中原文化精神》，河南文艺出版社，2007，第250页。

一向与政治保持着比较密切的关系，“文以载道”的意识比较强烈。这既是河南现代戏发展繁荣的原因，也是河南戏遭到诟病的症结所在。80 年代，河南戏剧的观念探索未能走出“家门”实现和全国接轨，某种程度上也是与这种正统保守的观念有关。发挥戏剧的宣教功能，是河南政治文化中由来已久的传统。90 年代初，时任河南省委书记的侯宗宾在全省文艺工作座谈会上，发表题为《团结奋进，繁荣河南文化艺术事业》的重要讲话，提出打好“一歌三戏”攻坚战。“一歌”就是以“团结奋进，振兴河南”为主题的歌曲创作；“三戏”，就是抓好三种题材类型的戏剧创作，即讴歌像焦裕禄这样的先进模范人物的戏，颂扬河南农业战线十面旗帜的戏，赞美工业战线十面旗帜的戏。[1]此后，真人真事文艺作品的创作，成为这一时期河南文艺创作的一个重点。

首先是“焦裕禄”创作热，因为这个题材指向是明确具体的。于是，继 20 世纪 60 年代“焦裕禄热”之后，90 年代初河南戏剧舞台又掀起了新一轮的“焦裕禄”创作高潮，一批表现焦裕禄感人事迹的作品问世，其中产生较大影响的有话剧《公仆》（编剧：刘沙、林曾信、吴萍）、豫剧《焦裕禄》（编剧：暴风、齐风林）。豫剧《焦裕禄》以“一人多事”的糖葫芦式结构法，多侧面塑造了焦裕禄的公仆情怀和人格风范，抒发了主人公的公仆情、战友情、夫妻情、儿女情，追求以情感人的艺术效果，是焦裕禄题材的一次提升。

其次是表现农业战线真人真事的戏剧作品。最有代表性的，是以农业战线十面红旗之一的新乡小冀镇京华实业公司创始人刘志华为原型的《这不是梦》（编剧：韩尔德）和《京华梦》（编剧：侯旺鑫、李继才、李万民）。两部戏不约而同均以“梦”去开题，其用意都是显而易见的，那就是试图超越真人真事戏的固有框束，把戏写得更诗意，更灵动，更具有艺术感染力。

[1]《打好“一歌三戏”攻坚战》，《河南戏剧》社论，1991 年 4—5 期合刊。

其中韩尔德的《这不是梦》在戏剧文学的探索方面取得了一定成绩。作者避开了以“事”为主的结构方法,而把着笔的重点指向主人公的心路历程的描写上,以“冬天的心”“春天的手”“夏天的泪”“秋天的梦”四个意味深长的标题暗喻主人公人生历程的四个阶段,每一部分,都以非常单纯的事件迅速营构一个戏剧情境,激起人物强烈的心理动荡,然后浓墨重彩地铺展开来。换句话说,“作者的兴奋点不在于叙述刘志华‘悲欢离合都曾经有过’的详细过程,而在于‘这样执着究竟为什么’的精神内核。”[1]这种结构方法和开掘方式,使这台真人真事的戏在人生意蕴和文学品位上有了提升。

以明确的意识形态引导并给予政策支持的“主旋律”作品,在90年代河南的戏剧创作中只占很小一部分。这一时期,最能影响艺术创作热情和题材选择的因素,恐怕就是市场经济的全面展开。“1992年以后,市场经济在国家体制上合法性确立,中国加速融入全球经济‘一体化’,导致社会结构重组、资本重新分配、新意识形态建立、文化地形图改写的‘社会转型’的出现。”[2]“文化经济”的出现,很大程度上影响了文学艺术家的创作定位、题材选择、价值取向,对“产品”市场效应的预期上升为创作的重要决定因素。90年代初豫剧《金瓶梅》(编剧:姚金成、韩尔德)的创作,就是在文化与经济既抵御又暧昧的背景下产生的。在这个时间选择这个敏感的题材,显然是想利用观众的猎奇心理,试图为陷入困顿的剧团经济注入一些活力。当然,题材的选择与作者的创作倾向还是有关系的,编剧之一的姚金成一直以关注女性命运为创作重点, 这个题材应该也在其题材倾向的范围之内, 而作者也确实是以严肃的态度来描写几个女子的悲惨命运的。但选在这个时候“斗胆犯禁”,不惜“铤而走险”,求得市场回报的企

[1]梁静:《这样执着究竟为什么——〈这不是梦〉走笔》,《地方戏艺术》1992年第4期。
[2]洪子诚:《中国当代文学史》,第411页。

图心恐怕还是主要因素。正如三团领导所言，排演《金瓶梅》，“我们一是想化腐朽为神奇，二是想利用《金瓶梅》的名著效应和人们的猎奇心理去赢得市场，赢得观众”[1]。尽管《金瓶梅》很快在强烈的争议和质疑中退出舞台，但它的创作，应该说是90年代市场困境中艺术创作人员的一次主动“出击”和积极“应对”，是市场经济和艺术创作之间“既抵御、又同谋”（洪子诚语）复杂关系的一种表征，是研究市场经济左右和影响艺术创作的典型案例。

90年代市场经济对艺术院团的生存影响是巨大的，一向被视为精神产品的艺术创作，不得不首先考虑其经济价值，“资金成了文化艺术发展的重要的甚至决定性的因素”[2]。人们不得不正视，“戏剧不仅仅是意识形态，戏剧首先是艺术生产”[3]。生存问题成为剧团的头等大事，艺术生产必须首先考虑效益产出。为适应市场，求得生存，这一时期，文企联姻、私人承包国有剧团成为普遍现象。反映在艺术创作上，就是大量“行业戏”“定向戏”的诞生。应该说，“行业戏”的创作动意首先是经济期许，借助对某一行业、某一群体行业精神的弘扬，求得行业的资金投入和市场回报，其创作路径也基本是由行业或企业出题材、出资金，待戏排出来后，由行业组织包场演出，剧团不用为市场发愁。所以，“定向戏”成为这一时期很多剧团走出困境、求得生存的重要依赖方式，也成为河南戏剧创作的一个主要类型。如宣传遵守交通法规的《婚礼上的哭声》（编剧：孔凡燕），反映税务行业工作的《黑财神·红财神》（编剧：孔凡燕）、《蚂蜂庄的姑爷》（编剧：张芳、姚金成），反映工商干部职业情怀的《市井人生》（编剧：张芳），反映环

---

[1] 方进玉、张晓华：《“红旗团”为什么非要排演〈金瓶梅〉》，《瞭望》1994年第6期。

[2] 薛晓金：《30年中国戏剧的困境与突围》，载孙浩主编《新时期戏剧创作研究文集》，第57页。

[3] 谭霈生：《关于中国话剧重新“定位”的几点思考》，《剧本》1998年第3期。

保题材的《青山情》(编剧:孔凡燕、王亚菲),民政题材的《吵闹亲家》(编剧:王中民)等。对剧作家而言,这种创作多是对市场的被动迎合,题材的选择多为“命题作文”,所受的束缚和拘囿比较多,不能像自由选材那样率性而为,完全遵从内心的感受。但这亦是经济威压下戏剧生存的无奈选择,是不得已而为之。因为“编导面对的现实是戏剧还没有走出低谷,戏剧求生存的现实还得延续一段时间,戏剧走向与企事业联谊,用其通俗性、观赏性、愉悦性和宣传性、广告性为社会服务,争取改善自己的生态环境,是一种客观的现实存在”[1]。但剧作家面对这种创作现实,也都在努力突破题材的束缚和拘囿,尽量尊重戏剧的创作规律和原则,力争挖掘出题材应有的情感力量来,有时或许还暗合了某些剧作家的创作特长。因此,这类创作,除了在一段时期内缓解了剧团的生存压力,也产生了一些有一定影响的优秀作品,如《吵闹亲家》《蚂蜂庄的姑爷》等。

上述三类戏剧作品的集中涌现,充分显现了政治经济环境对艺术创作的直接影响,既具有社会时代的普遍性,又有河南地域的自身特色,构成了这一时期河南戏剧创作的重要类型。

(四)文学理想、艺术精神“冷寂”中的坚守

20世纪90年代,“以推动社会前进、动员民众觉悟为己任的文学宗旨”,尽管“被多元的时代要求所替代”[2],但文学艺术,仍然是人们精神的栖居之地和心灵故乡。人们仍然需要从文学艺术中获得人生的感悟,历史的思考,精神的慰藉,情感的寄托。日渐深入人心的市场经济尽管一定程度上影响和左右了文学艺术创作的选材和走向,使得文学艺术的创作不再纯粹,夹杂了过多的外在因素,但是,对文学理想和艺术精神的坚守,仍然是许多剧作家坚守创作的不二初心。他们把对现实、历史、人生的思考

[1] 余大洪:《评京剧〈黑财神·红财神〉——一种新的戏剧现象》,《地方戏艺术》1991年第1期。
[2] 张志忠:《1993:世纪末的喧哗》,第13页。

熔铸在自己的题材倾向、体裁特长中，借由作品予以个性表达。这种创作追求在新编古装戏、历史剧、现代戏的创作中均有可喜收获。

1.新编古装戏的性情张扬

这一时期，新编古装戏张扬着文学精神、个性自由，执着于艺术创新追求的，当数剧作家张新秋创作于 1989 年、走红于 90 年代的古装轻喜剧《风流才子》。在河南，《风流才子》是一部比较“另类”的作品。从题材上看，“唐伯虎点秋香”的故事显然不是地域所有；从艺术风格看，似乎更适合吴侬软语的江南剧种；从创作时机看，亦难逃迎合“大众娱乐消费”之嫌。但它的确不是一部迎合之作，走的也不是“戏说”路线，这是一部以严肃态度进行的纯粹的、无功利的艺术创作，其目的就是为表演艺术家王希玲打造一部属于自己的代表作。在 80 年代末政治、经济的重大转型期，能创作这样一台既不趋时、亦不媚俗、高扬艺术精神的作品，实属难能可贵。这与作者张新秋本身的性情和题材倾向有关。他的创作几乎都不带功利性，而是执着于自己的内心和钟情的题材。如《风流才子》之前那部表现武则天和上官婉儿“冤家宜解不宜结”的历史剧《粉黛冤家》，还有此后的表现上官婉儿晚年经历的《乱世才媛》。应该说，《风流才子》不算新鲜题材，20 世纪 70 年代末、80 年代初，随着改革开放而进入内地的香港电影《三笑》风靡一时，产生了万人空巷的轰动效应。然而，热点也是难点，这样一个家喻户晓的题材如何写出新意？《风流才子》的价值在于作者所赋予这个题材的“现代意识”。所谓的现代意识，是“一种审美观念上的现代变革。而这种现代观念的核心所在，是如何用现代的目光审视人、理解人、表现人的存在，沟通人的心灵”[1]。剧中的唐伯虎风流倜傥，才华盖世，得到无数才媛淑女的倾慕，但他却独独钟情丽质天然、让他怦然心动的丫鬟秋香，并为此卖

[1] 鲁枢元：《为豫剧输入现代意识——兼谈〈风流才子〉的美学追求》，《河南戏剧》1989 年第 5 期。

身华府，甘做书童，几番波折，终偿夙愿。不难看出，作者的笔力所在是人物性情的释放、个性的解放，正如评论家鲁枢元先生所讲：

《风流才子》的选材，粗看起来不过是“唐伯虎点秋香”的近乎陈旧的传说，但在对人物心灵的挖掘和表现上，《风》剧却是攀上了新的高度的……剧中的唐伯虎更多的是睥睨权贵、倜傥不羁，追求个性解放，维护人的尊严。他对爱情的渴求是对生命绿洲的渴求，他对爱情的向往是对人间净土的向往，他对美好女性的倾慕正是出于他对丑恶世态的愤懑，他希望发现人间最美好的东西。这种风流，是一种更为深沉的风流，更为浩荡的风流。……《三》剧[1]写的是才子佳人的艳遇，《风》剧写的是人与人在深层心理上的沟通；前者不过在陈旧的戏曲套路中翻新的花样，后者则已经在用新的意识锻炼陈旧的戏曲人物。[2]

该戏没有尖锐的矛盾冲突，没有跌宕起伏的故事情节，就在人物情绪、情感的静静流淌中，完成故事的叙事和观念的表达。其风格虽为轻喜剧，但题旨是严肃的，格调是高雅的，观念是现代的，审美是愉悦的。应该说，该戏的现代意识和创新追求，仍是80年代观念革新的延续和重要收获，只不过，它不以深刻和犀利示人，却以主题的永恒和韵味的绵长创造了演出超千场的奇迹，盛演至今。

2.新编历史剧：心灵史诗，历史回响

进入90年代，“‘先锋’探索逐渐式微，但不是说所有的作家都放弃了这一艺术‘前卫’的姿态，而是说作为潮流，形式探索相对处于‘边缘’位置。”[3]不再具有潮流的普遍性和一致性，而先锋戏剧所秉持的批判、反思、

---

[1]指香港电影《三笑》。笔者注。

[2]鲁枢元：《一出“出新”的好戏——看豫剧〈风流才子〉》，《文艺报》1992年1月4日。

[3]洪子诚：《中国当代文学史》，第417页。

探索精神，仍然在创作中有着具体的体现，其主要成就体现在新编历史剧的创作中。如果说家长里短的现代戏创作，更多地体现了作家对生活的关注和对现实的关注，那么，历史剧的创作更多地体现了作者借古喻今的历史意识，同时，借助历史年代的久远，也更容易实现批判、反思的创作指向。这一时期，新编历史剧取得较高艺术成就的，有贾璐的《曹操父子》(又名《宝刀歌》)和孟华的《春秋出个姜小白》。

《曹操父子》是一部“墙里开花墙外红”的作品，它先是刊登在1992年第10期的《剧本》杂志，后由天津青年京剧团排演，获得了文化部第五届“文华新剧目奖”。因是在省外发表、演出，被河南的戏剧史忽视是正常的事。而很多同行从其表现出的深刻、恢宏、震撼、刻骨的思想去看，评价说这部戏“不像河南作品”。这的确是一部有着深刻思想并带给人强烈震撼的作品。全剧围绕曹操选择“谁来接班”的问题，“展开了一场父与子、兄与弟之间的血淋淋的厮杀。他们是用心来厮杀的，然而这厮杀之激烈，并不亚于刀光剑影、尘沙飞滚的战场。它杀得观者心惊肉跳、瞠目结舌，使人们从权欲与伦理的冲突之中，看到了建立封建皇权霸业的残酷本相……”[1]该剧最突出的艺术成就是由人物性格生发出来的深刻复杂的心理描写，对人物“不搞脸谱化，不露倾向性褒贬，不做肯定性或否定性戏外判断……而是让他们生活，让他们冲突，让他们敞开心扉迎接‘解剖’”[2]。曹植的忠厚善良、诗心柔情以及与残酷政治斗争的格格不入；曹丕的远见卓识、处心积虑及为了得到权力的卑劣残忍；曹操的雄才大略、深谋远虑及清醒孤独的痛苦抉择……在这场心理的厮杀和博弈中，父子三人的性格、禀赋差异尽显。而曹操，在与曹植、曹丕、夫人的交手或交流中，其性格的多棱、心灵的

[1]苏国荣：《三维的心灵空间——京剧〈曹操父子〉观后》，《戏曲艺术》1995年第1期。

[2]孟华：《贾璐——其人·其路·其作》，《剧本》2003年第5期。

丰富也得到了淋漓尽致的展示，形成了“由政治心灵、诗人心灵、伦理心灵构成的立体心灵”[1]。《曹操父子》在人物心理描写上达到的深度，使之当之无愧地获得了1994年度“曹禺戏剧文学奖”优秀剧本奖，这是继80年代《朝阳沟内传》《劳资科长》《倒霉大叔的婚事》之后，时隔多年河南又一部获得该奖项的作品。

同是厚重恢宏、具有思想深刻性和思辨色彩的历史剧，孟华的《春秋出个姜小白》采取的是另一种截然不同的风格手法，它在“诙谐与荒诞、调侃与抒怀、间离与象征中，架起了历史与现实的桥梁”[2]。该剧写的是齐桓公不计管仲一箭之仇，以德报怨，成就霸业的故事。作者冠之以“历史演义剧”，就是想借“演义”之名虚构、铺陈，实现以虚写实、以奇求新的目的和构想。实现“演义”的主要手段，便是设计了一个游走于阴阳之间、在戏中起贯穿作用的司命主簿。司命主簿是司人间生死的，生死簿掌握在他的手里。可是，齐国的生死簿却疑问多多，“不少活人都该死，很多死人还在活”[3]。作者以这种荒诞的反衬，来强化所要歌颂礼赞的仁厚高德。齐桓公博大宽广的胸襟，以德报怨的宽厚，足以跨越生死的界限，改写天注的命运。这“本是一出历史正剧的素材，却写成了一出生动活泼、妙趣横生的非历史剧的历史剧”[4]。作者的追求很明显，寓真实于荒诞，寓严肃于诙谐，把一个歌颂以德报怨、唯才是用、终成霸业的重大主题，以一种轻松调侃的风格予以表现，颇有一种举重若轻的悠游感。

这部戏仍是孟华探索戏剧的延伸之作。他的探索总是观念、形式、风格同步考虑，承载其主题思想的，必定有与之匹配的独特形式和恰切风

[1] 苏国荣：《三维的心灵空间——京剧〈曹操父子〉观后》，《戏曲艺术》1995年第1期。

[2] 杨守林：《评〈春秋出个姜小白〉》，《河南戏剧》1993年第1期。

[3] 孟华：《春秋出个姜小白》剧本。

[4] 郭枫：《意蕴深沉，技法新颖》，载项奇《淘园杂忆》，学林出版社，2005，第224页。

格，如《半个娘娘》的人性拷问和面具理论。《春秋出个姜小白》中，司命主簿的入戏、贯穿，即是结构和形式上的别出心裁，而这个人物的阴阳身份、行为方式，又注定了该戏荒诞诙谐的艺术风格。“经他正话反说，反话正说，或者实话实说，点点拨拨，指指划划，使整个剧情层层递进，峰回路转，扣人心弦，引人入胜。”[1]这段无数次进入文艺作品的素材，在作者匠心独具的铺排下，既新且奇；而作者当代意识的灌注，也使这台戏具有了厚重的思想分量，立意高远，意蕴丰厚，具有历史的穿透力和发人深省的现实意义，是 90 年代新编历史剧的又一重要收获。该剧剧本发表于 1993 年第 1 期《河南戏剧》及 1997 年第 7 期《剧本》（更名《姜小白》），2005 年被台湾豫剧团更名为《少年齐桓公传奇》，再度演绎。

3.现代戏的深层意蕴开掘

这一时期，同是描写现实生活的现代戏，《闯世界的恋人》（编剧：姚金成）、《能人百不成》（编剧：贾璐、安克慧、聂延军）的开掘走向和审美追求与河南现代戏的“常规”路子有所不同，显示出别样的追求和深意。

《闯世界的恋人》是姚金成继《归来的情哥》之后，又一部表现商品经济大潮对农村打工者精神涤荡和命运改变的现代戏。石榴和大发为逃婚外出“闯世界”，想通过自己的奋斗赢得爱情的幸福。没想到的是，高大发很快就在市场经济的大潮中迷失了方向，并为此付出了生命的代价。而石榴，这个把自己的幸福完全交给“大发哥”的弱女子，面对大发的情感背叛以及意外怀孕的精神压力，曾一度想轻生，但最终靠自己的坚强和勤劳，获得了人格的独立。这个戏似乎是在写女性人生困境中的奋起和独立，然而，导致其命运跌宕的原因和高大发的命运悲剧更会引发人们的沉思。正如作者所提醒的：“商品经济是一柄双刃剑，它在激发、深化人们的自我意

[1]郭枫：《意蕴深沉，技法新颖》，载《淘园杂忆》，第 225 页。

识和创造力,推动经济发展的同时,也诱发、刺激起人们的物欲、贪欲……在我的笔下,似乎更多地表现了商品经济在特定条件下对人的精神的负面影响,更多地钟情于传统美德对铸造健全的现代人格的精神价值。”[1]不难发现,这部戏和《归来的情哥》一样,对剧中的男主人公都持批判态度,其矛头直指金钱对人的诱惑和扭曲。同时,在道德情绪上流露出对传统道德的怀念。戏结尾的“招魂”情节,意味深长,剧作者是在为逝去的大发招魂,也是在为丢失的传统道德招魂。这种文化和道德的反思及忧患意识,是剧作者以独有方式对社会的一种责任和担忧。它构成了姚金成艺术创作的一个主要特点。

贾璐等人创作的《能人百不成》,同样是一部有特点、有意味的戏。剧名的悖论就昭示了对主题内涵的哲理追求。一个“能人”,却偏偏百事无成,反讽的悖论意味着现实的复杂,“有时是主观不符合客观,超越了现实的可能性;更多的时候是本来可以办成的,但由于诸如胡片长那样的人有意无意的干扰,便硬是办不成”[2]。所以,戏中的白世成,不是脸谱化的人物,我们不能冠之以“狡黠”“质朴”“好人”“坏人”的简单评价。他聪明、执着、想干事,但困难重重,屡屡碰壁,现实的无奈让他不得不学会撒个谎、耍个滑、使个小心眼儿 ,但他的本质是质朴的、善良的,作者对他的调侃和嘲弄,本质上是在讽刺和批判社会上存在的种种不良现象。所以,“白世成这一喜剧人物身上颇有一些悲壮色彩”[3]。戏的最后,“百不成”在糠醛厂的一声爆炸中再次失败,不服输的他决定拜师学艺,东山再起……

仔细观察《闯世界的恋人》《能人百不成》,会发现这两个戏虽然艺术风格不同,一个悲剧、一个喜剧,却有更多的共同点:男主角都不是歌颂型

[1]姚金成:《写戏杂感三题》,《地方戏艺术》1991 年第 1 期。
[2]安葵:《“百不成”的成功》,《剧本》1994 年第 1 期。
[3]同上。

人物，都不是“大团圆”结尾，最终人物的命运都没有明确指向，给人意味深长之感。与善恶分明、团圆欢庆的河南现代戏有很多不同。它们，承载着作者各自的文化思考，一如姚金成所表达的“试图从善恶互孕、美丑驳杂的人生轨迹中窥视灵魂的觉醒与迷失、升华与沉沦”[1]；也如贾璐在他的创作谈中所阐述的，“在我们这个戏中，百不成失败的是事业，成功的是精神”[2]。

二、90年代后期：评奖机制下的拓展突围和文学精神的张扬

如果说，90年代前期的河南戏剧创作，以世俗农村题材的回归，政策倡导下的“主旋律”，市场经济生存危机下的“定向戏”“行业戏”，以及高扬创作理想和艺术精神的性情创作，构成它的多元和丰富的话，那么，90年代后期，评奖机制下的题材拓展和舞台综合呈现的提升则成为河南戏剧创作的主要追求；同时，从个人兴趣、爱好、题材倾向出发，张扬文学精神的个性化创作，在任何时期都有它的坚守者。

（一）对“乡土”的突围和拓展

90年代，促进戏剧创作的另一个重要因素是各级评奖活动的展开，特别是1991年舞台艺术创作的政府最高奖——“文华奖”的创办设立，以及1992年中宣部“五个一工程”奖的设立，对90年代市场疲软中的艺术创作不啻是一针兴奋剂。加上各地政府部门主办的各种戏剧赛事活动，都不同程度上促进了戏剧创作的活跃。从1992年至1995年间，河南的《吵闹亲家》《试用丈夫》《风流才子》《能人百不成》《红果，红了》相继获得文化部“文华新剧目奖”。与此同时，《吵闹亲家》《五福临门》也分别获得中宣部第一届、第二届“五个一工程”奖。不难发现，在获得七个奖次的六台剧目中，除了新编古装戏《风流才子》，其余均为现代戏，且都是农村题材的现

[1] 姚金成：《写戏杂感三题》，《地方戏艺术》1991年第1期。

[2] 贾璐：《〈能人百不成〉创作谈》，《河南戏剧》1994年第5期。

代戏。而且，从第一届到第五届，河南尚无缘“文华大奖”，而同一时期，已经有16个省份先后获得了“文华大奖”。这两个现象说明了两个问题：其一，河南戏剧创作的题材明显单一，它的问题或许不在创作者，或许是本地有关部门评价、选送作品的标准过于单一，已成思维定式；其二，“文华大奖”所标志的思想深刻、意蕴丰厚、制作精良的作品，河南还没有出现。作为一个将戏剧创作作为主打、支撑艺术门类的省份，连续五届大奖的缺席，没有压力肯定是不真实的。有关部门可能也敏感地觉察到了这一点，于是在90年代的后半期，对重点剧目的题材选择，有了明显的变化。

1996、1997年，先后重点打造了工业题材的《王屋山下》和商业题材的《都市风铃声》，其题材拓展的意识非常明确。《王屋山下》（集体创作）写的是愚公家乡、王屋山下一个国营地方冬凌茶厂的企业改革，塑造了一个改革带头人不畏艰难的勇气和宽阔的胸襟。从剧本的开掘上讲，其矛盾的设置还是对改革认识问题的外部矛盾，还是比较表层的冲突，并未涉及企业改革的深层问题。但其比较讨巧的一点是，将主人公创业的勇气、胆识和迎难而上的精神，和愚公精神做了较好的勾连，既赋予题材以明确的地域身份，也赋予题材文化的底蕴。当愚公的塑像呈现和“这里有座山，名叫王屋山；这里有群人，愚公是祖先”的主题歌响起，顿让人产生一种荡气回肠的震撼。应该说，其艺术价值更多地体现在二度呈现上。1996年，该剧再次为河南捧回第六届“文华新剧目奖”。

《都市风铃声》（编剧：乔竹）是一部商业题材剧。90年代初，郑州将城市的发展方向定位为现代化的商贸城，几个大型商场的商战如火如荼，“中原之行哪里去？郑州亚细亚”的宣传语风靡全国。情势呼唤商业题材戏剧的出现。《都市风铃声》就是剧作家对此做出的艺术回应。该剧写的是爱国华侨李宗华为支援家乡商贸城建设，决定投资创建中原第一家合资商厦，为了赢得合资权，以郑英为总经理的中州商厦和以任治陶为总经理的商都大厦展开了激烈的斗争。而郑英的丈夫因不满妻子长期疏淡家庭，不仅动辄发难，而且心有旁骛。剧作在商海的旋涡激流和情感波涛浪花的交织中，塑造了一个当代女企业家的气度和风采，也展现了商贸城的沸腾、喧嚣和现代。《都市风铃声》是河南戏剧题材中少有的对都市生活和都市人内心情感世界进行关注的作品，是河南戏剧题材的一次丰富拓展。乔竹作为女性作家，有着女性情感的丰富和细腻，在面对这类题材时有着先天的优势，那就是注重人物情感世界的开掘和描摹，以情感人，赋予这类比较硬的题材以温情和诗意。那贯穿全剧的叮咚风铃声，既昭示了女主人公的人格操守，也赋予全剧清新浪漫的品格。但《都市风铃声》和《王屋山下》一样，同样未能涉及商业竞争的核心要义，就商战这条线来讲，显得浅表化，女主人公面对的压力和危机，同样是来自家庭和情感，这就一定程度上影响了它的思想分量。1997 年，《都市风铃声》获得第七届"文华新剧目奖"。

90 年代后期，代表河南最后一次冲刺"文华奖"，并在全国产生一定影响的，是王明山创作的现代戏《老子·儿子·弦子》。乍一看，这个戏仍然是河南传统的家庭伦理题材，但它的价值在于突破了传统伦理孝道题材的窠臼，触及了"精神赡养"的现代话题。坠子艺人赵铁贤的两个儿子争着孝顺，比着排场，就是不让老人重操旧业——拉弦子，觉得那是有失尊严的丢面子行为。养尊处优的老人，像笼中的金丝鸟，丝毫体会不到物质丰裕带给他的快乐和幸福，于是千方百计金蝉脱壳，在禁闭与反禁闭中，发出了"剩下的日子属于我，坦坦荡荡不白活"的内心呐喊。剧作提出了"科学养爹"的新鲜命题，唤起人们对现代社会如何尊老、敬老、养老，如何进行"精神赡养"的审视和思考。这种立意和开掘，显然超越了一般意义的伦理题材戏，具有了现代意味，使其成为新时期以来一部深受观众喜爱并产生全国性影响的现代戏，获得了包括"文华新剧目奖"、中宣部"五个一工程"奖、"全国人口文化奖"等在内的诸多奖项。

很显然,90 年代后期,在评奖机制的激励下,河南的戏剧创作在题材拓展、主题深化、整体呈现上都做出了努力,有所提升,多元化的倾向是明显的,显示出试图突破的姿态,但仍没有达到所预期的高度。《王屋山下》《都市风铃声》在题材和舞台样貌上,对以往的河南戏有所拓展,但触及的矛盾尚浅;《红果,红了》(编剧:冀振东)二度创作的写意诗化,开创了 90 年代现代戏舞台的新风格、新样貌,但支撑起全剧的故事——两代六个人两组的三角恋爱关系还显得常规、老套;《老子·儿子·弦子》在主题的开掘上具备了某些现代意识,但尚未实现升华,舞台呈现的样式感还不够鲜明……总体来说,这些作品从思想的分量看,还显得轻,和同时期获得文华大奖的《山杠爷》《榨油坊风情》《死水微澜》《金子》《骆驼祥子》等相比,差距还是明显的。从审美效果看,还缺些耐人寻味的深意,缺少撼动心灵的艺术力量。因此, 90 年代后期,河南戏剧创作继前期收获 5 个“文华新剧目奖”后,再添三个,仍然没能产生在全国具有较大影响的作品,未能圆“大奖”之梦。当然,获奖并不是衡量戏剧创作繁荣的唯一标尺,但它毕竟是一个得到高度认同的高标, 某种程度上是测试一个地区艺术创作整体水平的公认标尺。但所有这些努力,都是有效的积累,都是通往艺术高峰的扎实积淀,为河南戏剧创作在新世纪的崛起蓄积着经验、能量和自信。

(二)文学名著的改编和文学精神的张扬

90 年代后期,对文学名著的改编,成为河南戏剧创作的另一条路径,而这条路径,也寄寓着、昭示着创作者的创作立场,那就是对文学精神的坚守与张扬。1996 年,初出茅庐的青年编剧陈涌泉,将鲁迅的两篇小说《阿 Q 正传》《孔乙己》进行了大胆的融和改编,以对文学“反刍”的方式开启了一个文学青年的艺术创作之旅。这种选择,既是刚刚从学院毕业的年轻人创作资历的必然选择,也是作者文学情怀的一种表达。“我在创作曲剧《阿 Q 与孔乙己》的过程中, 始终有着一种强烈的追求——让河南戏同样可以具有深厚的文化底蕴和较高的文学品位。”[1]同时还是对鲁迅批判精神的继承和弘扬。鲁迅的创作，始终怀着唤醒“愚弱的国民”的启蒙理想，其小说《孔乙己》《阿 Q 正传》就是出于“疗救”国民而发出的深切呐喊。作者在遵循原著精神的基础上，根据需要对情节进行删减增补，将两个人物设置在同一场景中进行交流碰撞，通过对比，展示一个落魄文人和底层小人物的生存困境、精神状态和悲苦人生，使读者从他们畸形的精神世界和悲惨的人生命运中，“更澄明地了解历史，更深刻地认识现实，更细微地体察自我，走上鲁迅先生指出的‘反省的道路’”[2]。题材与生俱来的批判反思意识，赋予该剧较高的文化品位。这种特殊题材，对应的一定是特殊的观众群体，走的一定不是大众路线，但同样是戏剧创作的重要路径之一。它把文学形象转化为舞台形象，以另一种手段诠释经典，同时也用这种手段让经典走向大众。

90 年代后期，改编文学名著的创作中，另一部重要的作品，是孟华根据美国戏剧家尤金·奥尼尔的《榆树下的欲望》改编的《榆树古宅》。从 80 年代的《半个娘娘》到 90 年代初的《春秋出个姜小白》，孟华一直走在探索创新的道路上。这与 80 年代初他在上海戏剧学院进修时，外国戏剧“二度”涌入的背景大有关系。尤金·奥尼尔，便是给他创作带来深刻影响的剧作家。在《半个娘娘》《春秋出个姜小白》中，能够明显感受到奥尼尔对其创作的影响。对《榆树下的欲望》的改编更是作者以中原戏剧的形式向奥氏的一次致敬。奥尼尔的作品，少宏大叙事，多围绕着家庭矛盾展开，透过家庭这个窗口，去看国家、看社会，通过“富有生命力的、诚挚的、感情强烈的、烙有原始悲剧概念印记的戏剧作品”（诺贝尔文学奖授奖词），表现人

[1]陈涌泉：《〈阿 Q 与孔乙己〉的成因》，《剧本》2002 年第 9 期。
[2]同上。

性的深度和社会的广度，具有深刻的批判性。《榆树下的欲望》正是这样一部作品。它通过对家庭成员之间欲望和情感的冲突，揭示了物质欲望对人性的扭曲，揭示社会问题，探讨社会病态。剧中关涉的乱伦及杀婴情节，对于高度重视伦理秩序和讲究温柔敦厚的中原地区观众，无疑是一种审美心理上的“挑衅”，这种改编注定是不太讨好的。作者本着“西剧中国化、话剧戏曲化、悲剧抒情化、结尾明亮化”[1]的改编原则，巧妙地搭起了中西文化之间一座有效的沟通桥梁，实现了这个戏在中原的落地开花，并在新世纪的 2000 年，为开放的郑州赢得了承办“第九届奥尼尔学术研讨会”的资格；2001 年，该剧赴美演出，开了河南地方戏赴美演出的先河。能让中国的观众通过自己熟悉的艺术形式认识奥尼尔，或者说，能让美国观众以一种新的形式重新解读奥尼尔，“无论如何这是一件有意义的事情”[2]。

这一时期，以改编文学作品为主要题材来源的剧作家，还有何中兴。何中兴是南阳西峡县人，和著名作家乔典运是同乡。地缘之亲和机缘之巧，使他们经常有机会在一起聊天、“喷空”，有意无意间何中兴做了乔典运“有感而发的思想接收器”[3]，乔典运的“另类”思维方式和不同于常人的独到见解，常常让何中兴有茅塞顿开之兴奋。特别是他的小说对传统人格心理和人性褶皱的洞悉，以及他黑色幽默般的叙事艺术，都让何中兴受益匪浅。用他自己的话说：“近朱者赤，近墨者黑，慢慢地，我发现自己身上有了一些与以往迥然不同的新‘颜色’。”[4]于是，本来写小说的他，在老乔的鼓励下开始改行写剧本。其剧本创作的题材主要来源就是乔典运的小说。80 年代，他先后改编了乔典运的小说《乡醉》《女儿梦》，其中《乡醉》在全

[1] 孟华：《奥尼尔到中原——谈〈榆树古宅〉的改编》，《东方艺术》2001 年第 2 期。
[2] 同上。
[3] 何中兴：《在乔典运的影响下写剧本》，《东方艺术》2018 年 6 月下。
[4] 同上。

省引起较大反响。除了改编乔典运的作品，何中兴的原创作品也受乔影响较大。1996 年创作的现代戏《牌坊村》就是极具代表性的作品。该剧写农民企业家王景超的母亲王四婶有了钱之后，非要把去世多年的丈夫的坟迁到农民李老三的堂屋所在地，因为那是块“风水宝地”。她觉得穷气寒酸的李老三不配使那块“地气”，仗着自己有钱，又曾经有恩于老三，便硬逼老三另择地建房，死人非要侵占活人的存身之地。剧作对王四婶那种财大气粗的盛气凌人、虚荣自私、无视他人尊严的深层农民心理和人格做了讽刺和批判。在艺术表现上，也借鉴了乔典运调侃、戏谑的黑色幽默手法，虽不断令人发笑，但其批判的锋芒凌厉可感。既是对乔典运艺术风格特色的继承借鉴，也带着作者鲜明的个人特点。该剧 1996 年参加河南省戏剧大赛，获得优秀剧本奖，剧本刊登在 1997 年第 3 期《剧本》。

（三）剧作家创作倾向和艺术风格的渐渐凸显

90 年代的艺术创作，应该说氛围是宽松自由的，虽有政策、舆论上的倾向倡导，却并没有强力的行政约束；虽有市场经济的影响规约，但外部的冲击并没有形成更大的内部消解；文化思想潮流的淡化，对作家艺术家整体的思想裹挟力量也渐趋平静；还有人们审美需求的丰富……这些，都决定了 90 年代创作的自由和多元，而正是这种自由的环境和多元的需求，为剧作家自由选材、释放个性提供了环境，一些剧作家的创作个性、题材倾向、艺术风格开始初露端倪，渐渐凸显。

以《山鹰》《劳资科长》现实主义创作成名的孟华，在探索戏剧《半个娘娘》之后，基本与现实题材“分道扬镳”，而是保持着探索的激情，以《春秋出个姜小白》《榆树古宅》继续着他批判的锋芒、人性的拷问、形式的创新，初步形成了意蕴深邃、主题多义、手法新奇、色彩异质的个性特色。80 年代后期以《归来的情哥》起步的姚金成，以《归来的情哥》《闯世界的恋人》《金瓶梅》，初步形成了他的女性命运题材系列。他善于将人物跌宕的命运置于时代更替变换的背景下，引发人们思考造成女性悲剧命运的社会原因，以思辨意识和悲剧色彩构成鲜明特色。而《蚂蜂庄的姑爷》也开启了他真人真事或行业戏的创作之门。90年代步入剧坛，以《曹操父子》《能人百不成》立身成名的贾璐，在新编历史剧和现代戏的创作上均显出优势。其历史剧的创作注重对人物深层心理和人性隐秘的探幽，笔锋犀利，冷峻厚重；而现代戏则以喜剧手法实现讽喻之意，轻松幽默，对比反差十分明显。剧作家张新秋始终执着于自己的性情创作，以才子佳人和历史风云中的女性形成题材特长，追求作品的雅、趣、味，是河南戏剧创作中的一股清流。文学青年出身的陈涌泉，以对文学作品改编的“反刍”形式开启了他的创作之路，这是一个文学青年进入艺术创作的明智选择，形成了他的题材特点，也是后期取得较高艺术成就的题材类别。剧作家王明山以世俗题材的伦理道德戏自成特色，人物鲜活、语言生动、喜剧风格是他的显性标识……不同的个性特色，构成了中原剧作家群的丰富多彩。

总之，90年代，尽管有市场经济的压力，有向传统的回归，有对大众文化的迎合，有追求全国性奖项的形势压力，但从河南戏剧文学创作的整体状况来看，剧作家的文学初心仍在，向题材内部开掘，写人性、写反思的探索仍在，对戏剧文学价值的追求仍是剧作家最根本的努力目标；尽管还没有实现河南戏剧创作的重大突破，但亦不乏有思想、有价值的优秀作品。所有的创作和探索，无论得失成败，都为河南戏剧创作积累着经验，并随着剧作家队伍的渐趋成熟，随着内外创作环境的优化，共同凝聚为河南戏剧发展的潜在能量，这才有了新世纪河南戏剧创作的强势崛起和走红全国。

2018年10月8日完稿

2019年5月17日修改

2021年5月3日定稿

3

第三章

历史突破与整体崛起

——新世纪以来的河南戏剧文学创作

历史突破与整体崛起

——新世纪以来的河南戏剧文学创作

经历了20世纪90年代的不懈努力、徘徊蓄势、砥砺潜行，河南戏剧创作终于在21世纪的开局之年迎来了历史性的突破。2000年，豫剧现代戏《香魂女》在第六届中国艺术节上获得中国艺术节大奖，实现了河南戏剧创作在国家级重要赛事中最高奖项零的突破，并以此吹响了河南戏剧新世纪崛起的号角。

在此后的十余年里，豫剧《程婴救孤》《常香玉》、越调《老子》、话剧《红旗渠》、豫剧《焦裕禄》《重渡沟》相继获得第七、八、九、十、十一、十二届中国艺术节"文华大奖"，实现了"文华大奖"的六连冠、艺术节大奖的七连冠，这在全国是独有一份。与此同时，豫剧《程婴救孤》、舞剧《风中少林》、豫剧《铡刀下的红梅》《清风亭上》《香魂女》《常香玉》、越调《老子》相继入选国家舞台艺术精品工程十大精品剧目或重点资助剧目，这份荣耀同样是独一无二。单从戏剧文学的角度看，这一时期也是收获满满，从2001年到2012年，在四届"中国戏剧奖·曹禺剧本奖"的评选中，河南有姚金成的《香魂女》、杨林的《霸王别姬》《红旗渠》、陈涌泉的《朱安女士》、贾璐的《大红灯笼高高挂》五部作品入选，而从1986年到2001年的15年间，河南仅有《红果，红了》《曹操父子》入选；“文华剧作奖”的获奖人次更是达到了十余次……可以说，新世纪以来的河南戏剧，实现了从文学创作到舞台呈现的全面崛起。不仅如此，河南的戏剧创作者，不断走出河南，在全国的平台上挥洒才情。“河南的戏剧已经不是一个局部的繁荣，它已经在参与着中国戏剧的大循环，并且在整体上影响着中国戏剧的创作和发展。”[1]

之所以不厌其烦地列举获奖剧目和数字，是想借助这种显性的、认同感较高的评价标尺来证明新世纪以来河南戏剧创作在全国的地位和影响力。当然，获奖不是唯一的评价标准，能够代表河南走到全国平台上竞争的，毕竟是少数；而且，任何时候，塔尖的风光必定是由坚实的塔基来支撑的，成就这份全国荣耀的根基，一定是河南戏剧创作的整体繁荣、全面崛起。那么，新世纪河南戏剧创作为什么能够取得历史性突破，并一路高歌，辉煌二十年呢？

一、新世纪河南戏剧创作历史突破和繁荣发展的原因

新世纪河南戏剧的辉煌，是天时、地利、人和的共同造就。首先是天时。到2000年的世纪之交，改革开放已经如火如荼进行了20多年，在经历了改革初期面临的各种跌宕起伏后，政治、经济、文化的发展都逐渐进入了平稳发展期。“外部环境改观造成戏剧复苏的土壤，自身发展变革带来戏剧复苏的动力。”[2]社会环境的宽松和谐，必然带来创作观念的开放多元。其次是地利，就是河南文化主管部门对戏剧创作的重视。应该说，领导的重视和良好的生存环境，是新世纪河南戏剧繁荣辉煌的重要原因，也是被全国各地戏剧同行艳羡的一个突出优势。河南是传统的戏剧大省，戏剧

[1] 罗怀臻、李红艳：《重新崛起中的中原戏剧——著名剧作家罗怀臻访谈》，《东方艺术》2005年10月。

[2] 廖奔：《戏剧：与时代共进——戏剧现状五年回顾》，《中国戏剧》2003年第1期。

是河南进行文化建设的优势项目，历来受到各级文化主管部门的高度重视。特别是进入新世纪，在豫剧《香魂女》取得全国性奖项的历史性突破后，戏剧更成为建设文化强省的有力抓手。从政策支持到舆论环境，河南戏剧可以说都达到了史无前例的最佳时期。这为艺术家们潜心艺术创作提供了良好的土壤。这无疑也是河南戏剧创作活跃、繁荣的重要原因。它与和谐宽松的社会环境一起，构成了河南戏剧良性发展的外部环境。

但是，任何事物的发展变化，都有其主要矛盾和次要矛盾。新世纪河南戏剧发展繁荣的原因，外部环境固然重要，但起决定作用的还是艺术家的创造力。如果过分夸大外力的作用，某种程度上就会无视或轻视矛盾的主要方面，从而难以触碰到问题的核心。2003 年，在《中国戏剧》发起的一场关于“当代戏剧之命运”的大讨论中，呼吁国家加强对戏剧的“政策保护”，成为众多参与讨论人士的共同心声。然而，参与这场讨论的谭霈生老先生，却发表了与众不同的观点。他说：“我们有理由相信，英明的、正确的政策，对戏剧命运将会起到良好的，甚至巨大的作用。然而，任何一项政策的威力所及，毕竟是有限度的。……正如卢卡契所说：‘真正的影响永远是一种潜力的解放。’……如果中国戏剧尚有求取生存与发展的潜能，政策的影响所及可以激活这种潜能，把可能性变为现实；如果中国戏剧已经失去了这种潜能，为它制定‘保护政策’又有什么意义！”“一项英明而又具有一定力度的政策，固然可以为孕育中的精品助产、催生，却难以完成无中生有的幻术奇观。”[1]

戏剧艺术的生机，必得是来自戏剧自身的内在活力，外在的力量只能起催化、助产作用。同理，新世纪河南戏剧的繁荣辉煌，最重要的还是创作力量的整体崛起，也就是剧作家“原创能力的提升”[2]。原创力的提升有两

[1] 谭霈生：《生机与自救》，《中国戏剧》2003 年第 12 期。

[2] 姚金成：《培育原创能力是豫剧事业发展的关键》，《南腔北调·河南戏剧》2011 年第 6 期。

点重要的决定因素，一是创作者的视野观念，二是创作者的功力积淀。20世纪八九十年代开始创作的一大批剧作家，经过多年的积淀、历练，都进入了创作的成熟期；而一些进入创作队伍时间并不算太长的年轻剧作者，也显示出他们与前辈不同的文化准备和观念视野，同样在新世纪的河南戏剧舞台上大显身手。因此，这一时期的河南剧作家形成了老中青三代梯队合理、各展风采的局面。由此形成的巨大合力使得“河南剧作家群”这一提法得到普遍认可，河南剧作家“群体”的意义和价值凸显。这将在下一章具体论述。创作队伍的成熟、壮大，是新世纪河南戏剧取得辉煌成就的根本保障。

反思和调整，也是新世纪河南戏剧能够取得突破的重要原因。前面说过，20世纪90年代，河南戏剧数次冲击文华大奖，都未能成功。问题的核心是束缚创作者观念、手脚的因素比较多，如领导意志、市场经济导致的生存困难、思维惯性、评价作品的机制标准等等。在种种因素的制约下，创作者的观念、视野未能完全打开，仍拘囿在传统的乡土意识中。而在评价标准上，也一直固囿于农村题材、乡土特色，似乎河南只有拿这类作品才是“优势特色”，始终未能突破传统的思维惯性。这一时期，河南具有当代意识和人文情怀的作品不是没有，如《春秋出个姜小白》《阿Q与孔乙己》等，无论是题材的分量，还是开掘视角的独特，都与人们认知中的河南戏大相径庭，具有走向全国的艺术实力。但是，由于思维惯性和选送标准的问题，这些作品在得到业界高度的认可和评价后，并未能走出“家”门，被推送到全国的平台上，成为遗珠之憾。倒是贾璐的《曹操父子》在河南之外获得了全国性的价值认同，成为河南戏剧文学创作的一个意外收获。可以说，模式化、套路化的创作思维、创作惯性及评价机制，严重束缚了剧作者的手脚。这是90年代河南戏剧未能在全国产生较大影响的主要原因。

90年代河南戏剧创作在一个水平线上的持续徘徊和瓶颈之困，引起了河南艺术界的普遍焦灼，当然，伴随焦灼的，还有深深的反思。1999 年，新任河南省文化厅厅长的孙泉砀，在勾画“十五”规划河南文化建设的目标任务时，就对河南戏剧创作面临的困境做了反思：“河南抓戏剧创作有哪些好的传统、好的办法需要认真加以继承并发扬光大？有哪些不太妥当的做法需要予以扬弃？河南戏如何才能稳妥地实现由‘土色土香’向‘雅俗共赏’的成功转化？豫剧现代戏的成功经验及其存在的问题是什么？‘豫剧学’作为一门学科的美学内涵和文化特质是什么？振兴豫剧的标志、主攻方向是什么？等等。这种种问题，必须以严谨的治学精神加以理性的、客观的研究剖析，找出艺术自身内在规律性的一些东西，才能有效地发挥能动的指导作用，减少失误，免走弯路，提高我们戏剧作品的品位和档次。”[1]从这段话不难看出河南企图突破创作瓶颈的焦灼和深刻思考。也正是在这种理性反思精神的指导下，河南戏剧创作的题材和方向逐渐开始调整，这才有了世纪之交豫剧《香魂女》的耀然登场，才有了新世纪以来河南戏剧创作局面的开放、观念的突破和创作的多元。

二、新世纪河南戏剧创作的突破及成就

环境的宽松，组织的有力，队伍的成熟，观念的突破，共同构成新世纪河南戏剧天时、地利、人和的内外条件，使得新世纪河南戏剧的创作冲破多年的瓶颈束缚，境界顿开，走向广阔，走向深刻，走向多元，走向创新，整体创作水平提升到一个新的境界，开创了河南戏剧繁荣发展的崭新局面。

（一）创作观念的突破

1.以现代观念观照题材。新世纪河南戏剧创作观念的突破，非常重要的一点就是整体创作追求的“向内转”：从重视写故事，转变到重视写人；从写生活表象，转变到写人生况味；从展示人物性格的表层，到透视人性

---

[1]孙泉砀：《繁荣我省艺术创作的思考》，《东方艺术》2000 年 10 月。

心理的深层;从外在的社会关系和社会压力对个人心灵的反射,到人物个体的自知自省。对人性的深掘,对人的心理的关注,对人的精神层面的观照,成为这一时期戏剧创作的突出特点。正如评论家刘景亮先生所总结的:新世纪以来不少作品中的主要人物,“人物性格大都有较大变化,大都在复杂情境下产生了极其复杂的心理和情感,而我们的舞台呈现能够把这复杂心理和情感揭示得准确而有层次,这是我省以往的戏剧创作难以实现的。可以说,准确有层次地揭示复杂心理,是以往戏剧创作一个比较薄弱的环节,今天,我们正是在这一薄弱环节上有了明显提高。这是我省整个戏剧创作队伍素质的提高”[1]。

世纪之交河南戏剧的突围之作——豫剧现代戏《香魂女》,正是一部洞穿人性的作品。《香魂女》(编剧:姚金成)改编自周大新的同名小说,题材的来源赋予了其与生俱来的深刻性。改革开放初期,靠烧钧瓷窑富裕起来的香嫂,仗着财大气粗,花钱为自己的傻儿子娶回了如花似玉的姑娘环环,为此,采取不择手段拆散环环的爱情,却完全忘记了自己大半辈子没有爱情备受煎熬的婚姻痛苦。偶然的机会,香嫂私情暴露,婆媳惊愕相对,情人远走他乡。香嫂作为婆婆的威严感,富甲一方的优越感,忍辱负重的支撑感,轰然崩塌,瞬间陷入了心理、道德、精神、人生的万丈深渊。然而,出乎意料的是,深陷人生不幸的环环却以德报怨,机智地遮盖了婆婆的私情,维护了婆婆的名声。环环的理解和善行,使香嫂在感激中思索,也在感激中惊醒,“坚硬的心灵中开始涌动人性的春水”[2]。经过凤凰涅槃般的心灵挣扎,香嫂最终结束了自己亲手酿造的不幸,毅然决定“送环环自由身

[1] 刘景亮:《进入新世纪的可喜跨越探索的脚步——河南省第九届戏剧大赛评述》,《东方艺术》2005 年第 10 期。

[2] 梅蕙兰:《寻找女人——周大新小说创作的潜在精神向度》,载《周大新研究》,河南大学出版社,2015,第 81 页。

另选佳婿”[1]，自己也下决心走出婚姻的泥淖。全剧通过女主人公香嫂从制造环环不幸人生的无意识，到亲手结束这场不幸的反思和觉醒，完成了她人性的复归和精神的“窑变”。香嫂在人生困境中对环环人生不幸设身处地的反诘自问，对自我“罪行”的反思悔过，都具有洞穿人心的艺术力量。其对人性开掘的深度，在以往的河南现代戏舞台上不曾多见。

2002年，河南戏剧舞台上涌现出的另一部作品——曲剧现代戏《惊蛰》（编剧：冀振东、魏天葆、安子贤）同样是一部表现女性意识觉醒的作品。知识青年林子枫迫于父母之命，和贤淑善良的桂玉娟成婚。但他爱的，却是大学读书时就海誓山盟的同窗柳玉娟。新婚之夜，林子枫背着父母，携前来“道喜”的柳玉娟离家出走。桂玉娟在历经独守空房的打击，长久等待的失望，得知真相的绝望，以及痛苦漫长的煎熬后，以“自休自身”之举，完成了自我的解脱和人格的升华。基于“既无夫妻缘，何必强凑合。与其双双苦，不如两解脱”[2]认识上的觉醒及“自休”行为，不啻是春日里的一声惊雷，唤醒了封建思想桎梏下长期蛰伏的女性人格意识，成为一部女性自我解放的赞歌。

比《惊蛰》的春雷更让人战栗的，是青年剧作家陈涌泉创作于2003年的《风雨故园》。说它更让人震撼，是因为该戏描写的是一代文豪鲁迅与原配夫人朱安之间鲜为人知的不幸婚姻。这位新文化运动的主将、反封建的斗士，终生深陷包办婚姻的泥淖而不能自拔，而他明媒正娶的夫人朱安，终生也只是一个“名分”。剧作既深刻揭示了鲁迅在这场婚姻中突围的无奈和痛苦，更浓墨重彩描写了朱安为争取和维护这场婚姻所做的执着努力和苦苦挣扎。她那“今生已将终生误，来世再不把女人投”[3]的深长慨叹

[1]姚金成：《香魂女》剧本，《东方艺术》2000年第10期。

[2]冀振东、魏天葆、安子贤：《惊蛰》，《东方艺术》2002年12月增刊。

[3]陈涌泉：《风雨故园》剧本。

和悲怆哀鸣，让人哀怜、同情、震撼、惊心，并在深深的同情中深思酿成这场人生悲剧的原因。这是一部具有深沉时代内涵和深刻反思意味的作品，是河南当代戏剧文学创作的重要收获。尽管这部作品因其题材的敏感没能走向更广阔的舞台，但其题材价值和艺术价值是不言而喻的。其剧本后经修改，更名《朱安女士》，获得“中国戏剧奖·曹禺剧本奖”。

这一时期关注女性意识觉醒的，还有豫剧现代戏《山妞》（编剧：翟景峰）。这同样是一部“民国”时期女性题材的戏。山里姑娘山妞被山外汉子大勇买回，欲娶为妻。但山妞看上的，却是大勇的弟弟二勇，她勇敢地冲破世俗伦理、社会偏见和自我心理的羁绊，终于如愿以偿，和心爱的人走到一起。这部戏塑造了一个不为世俗所束缚、尊崇内心、追求真爱的女性形象。

不难看出，以上几部作品的时代背景都设置在“民国”时期和改革开放初期，因处在新旧时代的更替时期，人性和自我意识的觉醒有着更大的可能和更为激烈的外部力量推动，因为旧意识的羁绊，主人公所前进的每一步也更显得弥足珍贵。

新世纪以来河南戏剧创作对“人”的关注，不但体现在主人公人格意识的觉醒，更体现在剧作者对普通人情感的关注和尊重。和20世纪80年代、90年代河南戏剧以农村题材为主，以浓郁的生活气息，热闹的场景描写，逼真的生活再现不同的是，新世纪以来河南在全国走红和产生较大影响的戏，不再以农村题材为主，即使是农村题材的戏，也摆脱了以往家长里短、伦理道德的叙事模式，而是关注新时期背景下农村人的情感和精神状态。仔细对比，不难发现，同样是农村题材，同样是写爱情，但这一时期的开掘方向与八九十年代就有了明显的不同。男女主人公的感情，不再是嫁接在劳动致富、共同创业之树上的所谓“志同道合”，而是重在写他们对情感、对人生的感受、认知和选择。如《婚姻大事》（编剧：陈涌泉）写同爱一个男人的两个女人彼此的进退、理解和宽容；《月到中秋别时圆》（编剧：贾璐）则把关注的焦点聚焦在了农村留守女性的情感状态上，以淡淡的艺术风格，描写了长期和丈夫分离的女人那种既隔膜又热切、既怅惘又期盼、既失落又善良的情感和心理状态。通过一个家庭中秋之夜婚变危机中男女主人公的心理描摹，表现了时代变迁中农民道德观念的变化和成长。尽管这些剧目都是农村题材，但与以往的河南农村题材戏相比，无论是开掘方向还是艺术风格，显然有了很大的不同。向内、向深的走向和含蓄、内敛的风格特色均成为显性特征。

关注现实，关注生活，是河南戏剧一直以来的传统。新世纪的河南戏剧创作，没有丢失这个传统，但关注的视角和重点同样发生了变化，不再以表现事件的来龙去脉，讲述一个有头有尾的故事，表现生活表层的热闹、红火、真实为目标，而是试图致力于生活的况味传递和人生的诗意表达。这类作品中最具代表性的是杨林的处女作《霸王别姬》。《霸王别姬》是一部现代戏，全剧以剧团改革、复排《霸王别姬》为叙事框架，围绕该戏的复排，和这个戏相关的各色人等表现出了各种复杂的心态和不同的行为选择，由此敷衍出聚散离合、荣辱进退、升降沉浮、酸甜苦辣的人生况味。在戏里戏外的交混映衬中，传递出复杂多味的生活感悟和人生感慨，颇似毕飞宇小说《青衣》的多重意味。该戏是杨林人生经历的有感而发，来源于生活，但不以生活的逻辑真实为创作追求，而是凝练提纯，带有高度的意象化、隐喻化特征。它不追求矛盾冲突的激烈，情节发展的跌宕，且省掉了不必要的过程交代，以最经济的笔墨，迅速营构起人物内心活动的心理空间，然后浓墨重彩描写此情此境中人物的情感和内心活动。全剧的故事线条清晰明了，人物的情绪和心理过程充盈饱满，从而使这部现实题材作品呈现出别样的意味，具有了隽永的诗意和浓厚的人生意味。该剧 2004 年由广西京剧团排演，被称作是新世纪“一出戏救活了一个团”的典范之作。

2006年该剧本获得“中国戏剧奖·曹禺剧本奖”。

2.以现代视角开掘题材。当前戏剧创作，很多人都在为找不到“好”题材而抓耳挠腮。其实，题材没有好坏、新旧之分，考验作者水平的，是开掘题材的视角和能力。新世纪河南戏剧的重要收获中，有两部作品——话剧《红旗渠》（编剧：杨林）和豫剧《焦裕禄》（编剧：姚金成、何中兴），非但不是新鲜题材，且有陈旧过时之嫌。这两个题材，早在20世纪60年代就进入了艺术创作，而且在以后的不同年代，以各种艺术形式数度开掘。就题材本身来说，毫无新意。然而，新世纪的创作，剧作家站在时代的高度，以独特视角重新审视，做出了具有突破意义的开掘和阐释。

就“红旗渠”这个题材来讲，从20世纪60年代开始，就不断被包括话剧、戏曲、电视剧等在内的各种艺术形式涉猎。几乎所有的创作，都太过执着于修渠的具体过程，沉溺在具体的事情中，写人与自然斗争的悲苦，写修渠的艰难，写个体的牺牲，都没有提炼出超越“开渠”具体行为和过程的更深的东西。可以说是“只见树木，不见森林”。而话剧《红旗渠》的创作，第一次把关注的视角放到了红旗渠修建的决策者身上，将以杨贵为代表的林县县委一班人推向了前台，以浓墨重彩的笔触，写他们决策的艰难，彼此政见的不同，面对问题和压力的委屈、纠结、决绝、担当，以及面对牺牲的泪水。同时，以全景式的手法，写了林县老百姓面对修渠的态度、作为、奉献、大义……它“超越了一般表彰好人好事、英雄楷模、丰功伟绩，以宣传为宗旨的戏剧创作模式，而是以科学精神重新思考并且直面历史和人生，不回避问题、矛盾和斗争，也不回避达到极致的艰难困苦和牺牲”。同时，它也“不以描摹生活表象为目的，而是对开凿红旗渠进行人文内涵的挖掘。”[1]。视角的转换，精神的提升，使这个题材境界顿开，成为一部分

[1] 黄维均：《历史远去，精神不朽——河南话剧〈红旗渠〉的新启示》，《东方艺术》2013年12月。

量厚重、内涵深刻的史诗般恢弘之作，也成为新世纪以来中国话剧舞台上的扛鼎之作。

“焦裕禄”也是在不同时期不断进入过艺术创作的陈旧题材。新世纪的豫剧《焦裕禄》在以往观众和读者熟知的自然灾害和疾病对焦裕禄带来的困境和压力之外，增加了“政治环境”对其人格的考验。以政治环境、自然环境、自身疾病的多重压力，激发出了焦裕禄人性、人格的光辉。而且，也把焦裕禄鞠躬尽瘁、爱民为民的行为放置在了更深厚广阔的历史背景中，使该剧具有了历史的深刻性和厚重感，“超越了人物和事件的表象：不只是记录了那个时代，也让我们认识了那个时代”。[1]紧随其后的话剧《焦裕禄》（编剧：陈鹏、黄河），再一次证实艺术创作“没有旧题材，只有新视角”。话剧《焦裕禄》和豫剧《焦裕禄》采取的是完全不同的视角，它将人们熟悉的英雄人物拉回到“世俗”地面，写焦裕禄作为下属、丈夫、战友、父亲、儿子的真挚情怀和真实内心，在看似不经意的细节铺展中，塑造情感丰沛、性格丰满而又同样充满奉献担当精神，同样震撼人心的艺术形象。那些鲜为人知的细节和真实独特的内心流露，支撑起的是一个鲜活真实的“人”。这个戏从另一个角度丰富了焦裕禄的形象，同样是现代视角观照既往题材的重要收获。

3.以独特手法展开叙述。叙述手法，不只是一种叙述技巧，它和创作观念、切入角度甚至风格定位是紧密联系在一起的。豫剧现代戏《常香玉》《铡刀下的红梅》正是依靠独特的叙述手法，实现了真人真事题材创作的重要突破。以往众多的真人真事题材，采取的多是糖葫芦式的叙述结构，也就是“一人多事”结构。这种结构的优点是可以多侧面展现人物，缺点是有断裂感，特别是人物情感和心理的线很难连贯起来，因为主人公在场与

[1] 马也：《艺术家应该学会戴着镣铐跳舞》，《东方艺术》2018 年 8 月下。

场之中面对的可能是毫无联系的事件。而且，当这种叙述手法成为普遍使用的手法时，本来就不讨巧的真人真事戏就难免流于俗套和陈旧。豫剧现代戏《常香玉》(编剧：韩枫、杨林[执笔]、李利宏)正是突破了这种常规叙述，才在同类题材中独出机杼。作者将全剧的风格追求定位为“常香玉之心灵絮语”，采取的是老年常香玉对自己一生“回望”的方式。回忆的方式，决定了其结构的完整，因为，勾连起全剧各个情节片段的，是主人公的意识流，观众是随着她意识的流动而进入一个又一个片段的；同时，心灵絮语的定位，也决定了其叙述风格是诗，而不是故事。是诗，它就有诗的自由和灵动，戏中老年的常香玉可以是讲述人、回忆者，也可以是当人事、旁观者、评判者，她的化入化出，丝毫没有突兀感；是诗，它还有诗的流动感和韵味的隽永感。写到此，想到了普鲁斯特的小说《追忆似水年华》，学者吴晓东将其称为“回忆的诗学”，他认为，“回忆”在该小说中既体现为“一种心理机制和意识行为”，“回忆同时又是结构情节的方式，是叙事形式，也是一种主题模式”，“回忆还是一种诗学方式，它使《追忆似水年华》超越了具体的小说本身。”[1]以此来解释和评价豫剧《常香玉》，倒也恰如其分。叙述方式，在这个戏中，的确既是手法，又是主题模式，还是诗学方式，它赋予这个戏独特的气质和品格。

豫剧《铡刀下的红梅》(编剧：宋西庭)同样以叙事手段令人称道。该剧大量借鉴了电影“闪回”的手法，并上升到结构意义。“闪回”的篇幅几乎占到了一半，用以表现少年刘胡兰的精神成长，和现实的刑场考验形成对比，通过这种“闪回”的插入和切换，借助转台得以顺利实现，同样具有行云流水般的流动感。

(二)体裁样式的拓展多样

---

[1] 吴晓东：《从卡夫卡到昆德拉》，生活·读书·新知三联书店，2017，第45页。

新世纪河南戏剧的崛起繁荣，既体现出现代戏作为传统强项的优势和巨大成就，也体现出“三并举”创作方针指导下的多样并存。新世纪之前的80年代、90年代，河南戏剧为全国所知的，基本都是现代戏，走向全国的古装戏，也仅有《风流才子》等少数作品。这一方面是文化主管部门大力提倡、推崇现代戏的结果；另一方面也体现了创作者视野不够开阔，导致了90年代河南戏剧体裁过于单一。传统戏的改编整理和新编历史剧的创作一度陷入低谷。新世纪，开放多元的文化环境和日益多元的观众需求，使得传统戏的改编和新编历史剧的创作迎来了新的发展契机，和现代戏一样成为创作重点，并取得了和现代戏一样令人惊喜的艺术成就。这一时期传统戏的推陈出新和新编历史剧的突破开拓，同样是创作观念革新的结果。

1.传统戏改编的推陈出新。《程婴救孤》、《琵琶记》、新版《白兔记》等作品，集中代表了新世纪以来传统戏推陈出新的创作成就。这些剧目，都来自宋元南戏和杂剧的经典剧目。这些剧目以其较高的文学成就成为中国戏剧文学史上的代表性作品。但它们诞生的年代，也注定了这些作品先天的局限性。这种瑕瑜互见蕴藏的巨大潜在可能，正是这些剧目在不同时代被不断改编、演绎的重要原因。新世纪，当剧作家真正能够以现代视角和价值判断重新审视这些作品时，一定会有新的发掘和表达。

《程婴救孤》（编剧：陈涌泉）改编自元杂剧《赵氏孤儿》。该戏自诞生以来，就一直活跃在中国戏曲舞台上，几乎是家喻户晓。而且其文本早在公元1735年就被译为法文，成为中国最早被介绍到国外的戏曲作品。也正是这个原因，新世纪之初，随着“中法文化年”的举办，国内戏剧界掀起了一股改编《赵氏孤儿》的热潮。这轮改编，不同的创作者秉持不同的观念、立场，对这部作品做出了旨归迥然的阐释。有忠实，有创新，有颠覆，有解构。而《程婴救孤》的改编，采取的是既尊重原著而又站在当代立场去审视的角度。它“沿袭了原作的基本故事框架、人物形象、结构方式，以及整体风格，给人以靠近传统的感觉”[1]。但其开掘视角却是当代的。它淡化了原作中“复仇”和忠奸斗争的色彩，“强调了成仁取义主题”[2]。而在这个主题走向的开掘中，又重点描写了程婴救孤、献子、养孤过程中椎心泣血、含悲忍诟的情感历程。在几个关键情节点，对程婴的内心进行残酷的“蹂躏”（导演黄在敏语），又让他带着终生无法愈合的“内伤”悲壮站起，完成活着比死更难的“养孤”历程。这样一来，就成功地把关注的焦点从“忠义”行为转换到了行为过程中“人”的真实情感上来，从而使这种道义的选择充满了人生的况味。这样的开掘“更加接近人性，从而不但会让现代的观众喜欢，也会变得永恒”[3]。正是这种既尊重原著又富有当代意味的改编，使《程婴救孤》在这一轮的“孤儿”改编热中获得“双赢”，成为专家认可、观众喜爱的获奖剧目，为新世纪传统戏的改编树立了典范。

《琵琶记》同样是中国戏剧文学史上取得较高艺术成就的一部作品。其最突出的艺术成就在于它严谨的戏剧结构和刻画人物、摹写世态的能力。王世贞在《曲藻》中评价，“其体贴人情，委屈必尽；描写物态，仿佛如生；问答之际，了不见扭造”[4]。然《琵琶记》“不关风化体，纵好也徒然”的明确教化意图，也使它的主题内容和人物塑造带着那个时代不可避免的局限和不足，而赵五娘温顺敦厚的贤妇形象和蔡伯喈全忠全孝的人物定位，也使人物失却了应有的丰富性。这些，都为后世改编留下了巨大的开掘空间。新世纪豫剧《琵琶记》（改编：姚金成）的改编，正是有意识在这方面做文章。豫剧改编本保留了原本《琵琶记》的核心情节，如吃糠、描容、见夫等，但开掘方向也从以往的忠孝主题转向对人物真实情感的关注和现代

[1] 刘彦君：《三部〈孤儿〉，三种态度——散说〈赵氏孤儿〉的改编》，《中国戏剧》2004 年第 2 期。

[2] 安葵：《辩证地解决传统道德的内在矛盾——陈涌泉戏曲创作的启示》，载《陈涌泉——文如泉涌》，大象出版社，2015，第 88 页。

[3] 喻荣军：《一座沟通古典与现代的桥梁》，载《陈涌泉——文如泉涌》，第 143 页。

[4] 张庚、郭汉城：《中国戏曲通史》，中国戏剧出版社，1992，第 293 页。

人格的塑造，蔡伯喈和赵五娘难舍难分的恩爱之情，蔡伯喈被迫招赘牛府的无奈纠结，牛小姐深陷无爱婚姻的郁郁寡欢，尤其是赵五娘面对蔡伯喈无理指责的悲愤陈情和有力质问，对最终“一夫二妻”旌表的悄然拒绝，都使这个人物在传统贤孝温顺的性格之外，具有了鲜明的个性意识和强烈的尊严意识，更符合当下的价值判断标准。《琵琶记》在传统与现代的结合上，做出了有价值的探索，同样是新世纪传统题材推陈出新的代表作品。

新世纪传统戏的改编比较优秀的还有曲剧新版《白兔记》（改编：王明山），题材同样来自四大南戏代表作之一的《白兔记》。其改编的价值在于实现了题材的中原化、人物的河南化、风格的曲剧化，不像是“南橘北移”，更像是本土生长。同时，作者对原有情节进行合理剪裁、补充、丰富，使情节更加可信，故事更加顺畅，人物更加丰满，是传统戏新编的另一收获。

新世纪传统戏的推陈出新还有一类题材来自明传奇和花部兴起时各地方戏常演的题材，如《清风亭》自清代就是地方戏常演的剧目之一，是《缀白裘》收录的当时盛演的剧目之一；《三娘教子》的蓝本是明传奇《双诰官》……新世纪豫剧改编本《清风亭上》（改编：李学庭）、《三娘教子》（改编：石磊），均保留了原剧的核心故事情节，但都去掉了原剧的一些封建落后的内容，并在剧本的凝练、紧凑、着墨重点等方面下了功夫。如《清风亭》淡化了以往《天雷报》中的因果报应思想，立足人物命运情感，深入挖掘，以情感的渲染引起观众普遍的情感认同和共鸣，更具感人的力量。《三娘教子》强调了主人公王春娥一诺千金、重诚信、尽责任、勇担当的品格，更具有当代感和现实意义。这些从不同视角、不同向度、不同层面改编的传统戏，不同程度地实现了传统题材的当代表现，也在不同层面获得了观众的认可，成为新世纪河南传统戏推陈出新的优秀作品。

2. 新编历史剧的题材突破和丰硕成果。新世纪新编历史剧创作的活跃，同样是多元文化背景下文艺繁荣的标志之一。同时，促进这一时期历史剧创作的另一大原因是“地域题材”热的强力推动。在提升文化“软实力”，建设“文化强省”“文化强市”“文化强县”的共识下，打造地域题材的戏剧作品成为新世纪艺术创作的共同趋势和特点，而且愈来愈热。挖掘各地历史文化资源、推出各地的历史文化名人，成为历史剧创作的重要题材来源。正是这样的现实文化背景，促进了新世纪新编历史剧创作的繁荣，推出了一批具有较高艺术水准和影响力的新编历史剧作品。

新世纪以来历史剧创作的繁荣，创作历史观的变化也是重要原因之一。在展开论述之前，想先就历史剧的创作问题做一点简要回溯。“在‘当代’，历史剧问题的讨论发生多次，涉及的是历史与现实，历史与文学的关系。”[1]关于历史真实的问题，关于历史与现实关系的问题，关于历史剧的人民性问题，关于历史剧是重“艺术”还是重“历史”的问题，在 20 世纪五六十年代甚至八十年代都曾被热烈讨论。特别是针对历史剧的“真实”和“虚构”问题，学界曾展开过激烈的争论。最有名的，是史学家吴晗提出的“历史剧是艺术，也是历史”[2]。认为历史剧不能虚构、夸张。针对此，李希凡提出了“历史剧是艺术，不是历史”[3]。历史剧创作的线，不能“划在忠实于一切历史事实、细节的基础上，而是忠于历史生活、历史精神的本质真实”[4]。作家茅盾站在客观中立的立场，提出了“历史剧不等于历史书，因而历史剧中一切的人和事不一定都要有牢靠的历史根据，可以采用不见于正史的传统、异说，乃至凭借想象来虚构一些人和事”，“可以有真人假（想象）事，假人（虚构）真事，乃至假人假事（两者都是想象出来的）”。但其前提是“不损害作品的历史真实性。”[5]其含义一如亚里士多德在《诗学》中

[1]洪子诚：《中国当代文学史》，第 188 页。

[2]同上。

[3]同上。

[4]同上。

[5]茅盾：《关于历史和历史剧》，《文学评论》1961 年第 5 期、第 6 期。

提出的："诗人的职责不是描述已发生的事，而要描述可能发生的事，即按照可然律和必然律是可能的事。"[1]这句话后来被广泛引用到对历史剧的创作评价中，成为当前被广泛认同的历史剧创作原则。那么，所谓的"历史真实"，就不是回到历史的现场，而是表现历史可能是的样子。"是要用现代眼光现代意识去表现历史生活，要让重现的远久的历史生活对当代生活有近切的启示。"[2]基于这样认识和评价观念之上的历史剧创作，较之以往就有了更为广阔的开掘空间。

新世纪获得文华大奖的越调《老子》（编剧：孟华），正是这种创作观念指导下新编历史剧创作的重要收获。老子在中华文化、思想史上的地位毋庸置疑。同时，老子在民间也有着几乎是家喻户晓的影响力，是一位被奉在神坛、神化了的贤哲形象。如何将这个充满传奇色彩的贤哲形象化为艺术形象，如何为抱持"不争"哲学的老子设计"必争"的戏剧冲突，如何把深邃抽象的哲学思想通俗化、戏剧化、生动化，都是横亘在创作者面前的难题。《老子》一剧紧紧围绕着老子"无为""不争""道法自然"的核心思想展开，巧妙营构了"人"与"环境"这一特殊的冲突方式，以老子在困境中独特而出人意料的行为选择，彰显其思想，塑造其个性，刻画其形象。在表现他的行为选择时，将"道法自然""上善若水""治大国如烹小鲜""为而不争""天地合一"等深邃的哲学思想融含在精炼、平实、哲思化的唱词中。"最令人佩服的是表现老子复杂情感和深邃思想的唱词，它几乎是把某种程度的'不可能'化成了活生生的现实。那种难以言说的'非常之道'，那种对于微妙苍茫抽象哲理的感悟和表达，几乎都被赋予了感性的肌理和可闻可见的声色形象，遣词炼句险中求达，且多能化险为夷，时不时还有佳句闪

---

[1] 亚里士多德：《诗学》，转引自《西方美学史》，人民文学出版社，2015，第73页。

[2] 周大新、周熠：《关注人类历史生活——与周大新关于历史小说创作的对话》，载《周大新研究》，第51页。

光，令人品味不尽！”[1]同时，《老子》在实写和虚构之间也做了恰到好处的拿捏，全剧在符合历史精神的前提下，做了大胆的虚构，赋予其可信的神性，如跟随老子左右、颇具灵性的群鹿；大青牛吐出牛黄为百姓治疗瘟疫；哑女紫茸突然开口说话；在老子到达函谷关之前，已见紫气东来，三天不绝……既神秘神奇，又符合人们对老子的既有认知和想象。因而，戏剧舞台上的这位老子，既是一位充满人性的真人，亦是一位有着几分神性的圣人，达到了民众心目中的期待高度，也达到了艺术创作的较高水平，成为新世纪新编历史剧的扛鼎之作。新世纪孟华的圣贤题材创作，已然成为一个系列，除了《老子》，尚有《玄奘》《医圣传奇》《王阳明》等多部，是一个题材意识和创作倾向比较明确的剧作家。

新世纪新编历史剧的创作，不再过分追求“借古喻今”的劝谏、讽喻功能，也绝不满足“再现”历史的过程，因为历史的结果早已是人所共知。剧作者创作历史剧的初衷，大多是借助对历史故事的再度诠释，表达一种情怀，一种心绪，一种今人站在古人角度设身处地的心理揣度、情感体验、行动摹写，从而收获更丰厚、更旷达的人生认知，“让重现的远久的历史生活对当代生活有近切的启示”（周大新语）。所以，新时期的历史剧创作，大多走的是“向内”路线，不以再现历史过程为重点，而以表现特定环境中历史人物的内心和精神世界为目的。为此，不少历史剧作品，主人公的设置多是花开并蒂，分量相当。或为君臣，如《刘邦与萧何》（编剧：贾璐）中的刘邦和萧何，《韩非子》（编剧：姚金成、卢昂）中的秦王和韩非；或为知己，如《珠帘秀》（编剧：贾璐）中的珠帘秀和关汉卿；或为对手，如《孝庄皇太后》（编剧：贾璐）中的孝庄和多尔衮，《霸陵桥》（编剧：孔凡燕）中的曹操与关羽……作者将他们置于精心构织的情感和心理罗网中，写他们之间既相倚

[1]姚金成：《说长道短》，《南腔北调·河南戏剧》2010年第6期。

又相疑，既相知又相拒，既相惜又相弃等复杂纠结的心理历程，更多的是一种历史心绪的传递和表达。

对历史文化的认知和对现实的启示借鉴，当然还是新编历史剧重要的价值之一。《魏敬夫人》(编剧:姚金成、雷桂华)表现了唐代河南光州府魏敬夫人率子携孙闽南平叛并传播中原文明的故事，是对中原文化南迁历史的一次致敬回溯;《苏武牧羊》(编剧:张芳、原长松)再现了苏武顽强的生存信念和不屈的民族气节;《后汉风云》(编剧:孔凡燕)是刘知远、李三娘的后续故事，讲后汉太后李三娘为了社稷安危，在刘氏宗亲和治国能臣之间的大义选择和超越个人恩怨的旷达胸怀，既是对禹州当地历史人文资源的挖掘和弘扬，又丰富了李三娘这一艺术形象;《七星剑》(编剧:李古娥)是对杨家将戏的再次丰富;《曹公外传》(编剧:罗怀臻、姚金成)塑造了中原怀庆府曹瑾履职台湾期间造福人民、勇于担当的悲悯情怀，是新世纪“清官戏”的一部优秀代表作品……总之，新世纪的新编历史剧，无论是创作观念的变化，还是题材选择的多样，抑或是开掘方向的变化，都体现出与时俱进的时代特点，成为戏剧体裁多样化的重要类别存在。

3.探索实验戏剧终有突破。20 世纪 80 年代戏剧创作观念的大讨论、大实验，推动了先锋戏剧、实验戏剧的发展。到 21 世纪初，先锋戏剧在北京、上海、广州等大城市已如火如荼开展了许多年，小剧场戏剧已经成为不少大城市的“日常”存在。而在河南，先锋戏剧和小剧场戏剧仍然是崭新课题和待开领域。可喜的是，在新世纪初期的 2002 年，河南戏剧舞台上同时出现了两部具有先锋意味的作品，一部是豫剧新版《白蛇传》，一部是小剧场话剧《福兮祸兮》。它们的出现，终于为河南的戏剧创作注入了一些“异样的特质”。

先说先锋戏剧新版《白蛇传》(编剧:孟华、李六乙)。这个戏的编剧之一孟华在 20 世纪的 80 年代，就以作品《半个娘娘》成为河南先锋戏剧的探路者;另一个编剧兼导演李六乙,是国内先锋戏剧的代表性人物。他们联手重新演绎《白蛇传》,注定走的是先锋路线。新版《白蛇传》的核心情节并没有太大变化,依然保持了原剧的“游湖”“惊变”“水斗”“断桥”等核心情节,但叙述的形式和开掘的方向却发生了很大变化。从人物设置上看,去掉了青蛇,而一个主体、三个副体的四个白蛇,分别代表白素贞“本我”“自我”“超我”的不同意识层面。主题开掘方向也从以往的爱情主题转向了人生意识。白蛇放弃千年修炼的功果,下到凡间,是为了“品尝做人的滋味”“享受人生的苦难”,在经历了从“来”到“别”的一番人生磨砺后,她带着“人形已获,人情已尝,人爱已领,心愿足矣”[1]的满足,从容走进了雷峰塔,以淡然的方式完成了对邪恶的反叛,以“从此魔塔是绣居”的从容,昭示她体验了人生的无憾。最后法海面对白蛇远去的背影,怅然而又意味深长的“人——?”正是这部戏的点题之笔。生命的意识,人情的冷暖,人生的况味,人性的反思,是这部戏开掘的旨归所在。加上导演采用的非常规的调度和交流手段,使这部家喻户晓的传统戏呈现出先锋戏剧的现代、异质和“另类”,搅动了世纪初河南戏剧舞台的一池深水。

小剧场话剧《福兮祸兮》(编剧:张健莹)是河南小剧场戏剧的处女作。张健莹 80 年代初进修于上海戏剧学院戏文系,受到过“西”风的劲吹;而导演李利宏则是 80 年代另一部先锋戏剧《水上吉卜赛》的编剧兼导演。他们联手创作出河南第一部小剧场戏剧,同样情通理顺。《福兮祸兮》改编自乔典运的小说《黑洞》。写的是农民刘大花刨地刨出了巨款,围绕着这笔钱交不交,怎么交,交多少,大花所经历的选择困惑和心灵煎熬。最后,她选择了交一半、留一半,自以为高明圆满的方式,以为这样做既能成为“拾金不昧”的道德高标,又能用剩下的钱为丈夫买回心仪已久的摩托车。孰料,

[1] 孟华、李六乙:新版《白蛇传》剧本。

自以为天衣无缝的“圆满”选择却让她陷入了道德责难和良心拷问的“夹缝”中，最终在两者的强力夹击中崩溃，精神失常。乔典运的小说本身就带着很强烈的隐喻性，“黑洞”隐喻的正是人的欲望深渊，作者用一笔意外之财为“诱饵”，考验人如何被诱入欲望的“黑洞”中。应该说，这样具有批判性、深刻性、多义性主题的题材是特别适合用来做小剧场戏剧的。

《福兮祸兮》的编导，充分利用了小剧场戏剧的开放性、灵活性、先锋性特征，采用了解构原则，通过主持人的穿插和现场提问，摇滚乐队对心理、情绪的强化和渲染，舞台道具的隐喻和象征，符号化的人物设置等手段，来实现对台上、台下所有“在场”者的共同拷问。坐在台下的观众，和剧中人一样如芒在背，忐忑不安，产生了出乎意料的剧场效果。正如罗锦鳞先生所评价的，这个戏的内涵非常丰富，“深刻地表现了我们现代生活中各种矛盾的‘碰撞’，内容的、思想的、演出形式的、观演关系的碰撞，是非常有价值的”[1]。小剧场话剧《福兮祸兮》“对河南的艺术观念是一次引领，对河南的戏剧形式是一次丰富，对河南的观众视野是一次拓展，对并不乐观的河南话剧市场是一次尝试性的开拓”[2]。不但在河南，甚至在小剧场戏剧早已司空见惯的京城，同样引起了巨大的关注。徐晓钟先生赞它“把小剧场戏剧推向了普通的观众群，很难得”！某种程度上是在“挽救”日益走向怪圈的小剧场。[3]而且，其更重要的意义是，填补了河南小剧场话剧的空白。

稍后的小剧场豫剧《伤逝》（编剧：孟华），是河南的第一部小剧场戏曲。它以第一人称的讲述方式，对鲁迅这部小说进行了成功的戏剧转换，

[1]《思考的“痛感”——〈福兮祸兮〉专家座谈会纪要》，载《李利宏：导演诗人》，河南人民出版社，2013，第 273 页。

[2]李红艳：《疑窦丛生识利宏》，载《李利宏：导演诗人》，第 177 页。

[3]《思考的“痛感”——〈福兮祸兮〉专家座谈会纪要》，载《李利宏：导演诗人》，第 271 页。

并对原作叙述基调和作品气质做了较好的保持和把握。因了从小说到舞台的形式转变,更多的普通观众,了解了鲁迅的这部小说;更多的年轻观众,通过鲁迅这部小说,走进了戏剧,走进了豫剧。这部戏 2011 年应邀参加"全国小剧场优秀戏剧展演季",获"全国戏剧文化奖改编剧目大奖";后又亮相于上海第三届小剧场戏曲节,体现了河南戏剧努力跟进全国的尝试和努力。

近几年,河南青年编剧、导演杨浥堃以《跳墙》《五脊六兽》等在小剧场戏剧创作方面锋芒初露,成就初显。80 后的年龄、学院派的身份,也注定了她的作品具有迥异于前辈的品相和风格。《跳墙》讲的是一个八字克亲、从小被送到寺庙挂名出家的小和尚,十五年后跳墙还俗时,却产生了犹豫。全剧以他和影子的对话,提出了选择的困惑以及由此延伸出的关乎人生的种种疑惑,"所有的疑惑都指向一个巨大的人类命题:这么着,还是那么着?自我,还是别处?"[1]即使是小和尚和他的影子,也永远存在着认识和选择的分裂、错位。最后,小和尚闭目诵经,目送影子飘然出了山门,逐渐在阳光下越走越远……这是一部关乎人生的、形而上的、充满哲意的作品,看似琐碎、平淡,而所有的矛盾冲突都暗含在小和尚和影子漫不经心的对话中,传递出丰富的哲理内涵。而歌队的加入,也起到了连缀、解说、参与、烘托等多重作用,成为一种不可或缺的"形式"。2014 年这部戏获得第二届乌镇戏剧节"青年竞演"单元最高奖"小镇奖·最佳戏剧奖",并于 2015 年赴法国参加阿维尼翁戏剧节,是近几年国内产生较大影响的小剧场戏剧作品。她的另一部作品《五脊六兽》同样是一部关于人生生死命题的小剧场戏剧,为上海国际艺术节"扶持青年艺术家计划"的委约创作,参

[1] 吕彦妮:《小剧场戏剧〈跳墙〉再现自我的犹疑》,新浪娱乐,ent.sina.com.cn/j/drama,访问日期:2015 年 4 月 8 日。

加了全国话剧优秀剧目展及“2017 天津小剧场戏剧嘉华年”活动，作者也凭该剧入围“《新京报》2016 年度新锐戏剧人”，是河南剧作家群中脱颖而出的新生代代表人物。

以上作品，共同构成了新世纪河南探索戏剧的景观，使得河南戏剧在传统的“三并举”作品之外，更加丰富，也能够更加自信地融入并参与到全国先锋戏剧活动的大环境中。不像 80 年代，在先锋戏剧的探索上未能显山露水，以致和全国相比“少跑一圈”。

（三）题材类型的多元丰富

新世纪河南戏剧的繁荣，还有一个重要方面就是作品题材类型多样，内容涵盖面广，且各个题材类型都有佳作涌现。如上述所谈表现女性观念解放的《香魂女》《惊蛰》《婚姻大事》《山妞》等，历史题材类的《老子》《玄奘》《曹公外传》《苏武牧羊》等，传统道德伦理类的《程婴救孤》《琵琶记》《白兔记》《清风亭上》《三娘教子》等。除此之外，新世纪戏剧创作的题材类型主要还有：

1. 真人真事题材作品数量庞大，蔚然成风。这是新世纪河南戏剧创作的题材大类。这类戏的创作多带着一种宣教“任务”，寄托着主政者“引领世风”的现实期许，得到宣传文化部门的大力倡导。然而，这类戏也是最难搞的一类戏，多是“戴着镣铐跳舞”。但在难度较大又不得不面对的情况下，剧作家们也都在努力突破题材的拘囿，在叙事方式和艺术性上下功夫，在题材的夹缝中尽量创造出艺术的“旖旎风光”。前文所提的《常香玉》《红旗渠》《焦裕禄》等，均是真人真事题材的典范之作。除此之外，《村官李天成》《女婿》《大爱无言》等，也是此类题材中可圈可点的佳作。《村官李天成》（编剧：姚金成、韩尔德、张芳）在塑造基层致富带头人的同时，融入了创作者对中国在现代化和市场经济进程中出现的种种社会问题的思考，如干群关系、贫富差距、仇富心理，以及农民渴望进入市场的急切和保守、自私带来的盲目性等，使这部作品超越了具体的真人真事，具有了更普遍的社会意义和时代意义。《女婿》（编剧：牛冠力、杨林〈执笔〉）和《大爱无言》（编剧：孔凡燕）的主人公都属于“小人物”，他们的崇高品质和人格光辉，是由平凡、琐碎、点点滴滴的日常行为熔炼而成，在平凡、平实中彰显伟大。因此，这类作品不追求情节的跌宕、冲突的激烈，而是致力于生活况味的传递和真实情感的开掘。《女婿》就像一幅生活的素描，通过对日常生活的铺陈展示主人公的崇高。《大爱无言》则以饱满的情感浓度撞击观众的心，成为此类题材中的优秀之作。

2. 革命历史题材重新回潮，成为热点。20世纪五六十年代，现代戏创作一个重要的题材类别就是“回忆革命史”，涌现了一大批革命历史题材的现代戏。八九十年代，反思批叛、观念革新、适应市场、迎合大众成为主流，革命历史题材创作进入冷寂低迷期。新世纪之后，随着新中国成立周年、建党周年等系列纪念活动的开展，革命历史题材的戏剧创作重新回潮，呈现出空前的活跃和繁荣，成为热点。新世纪的河南戏剧创作，革命历史题材同样取得重要突破，涌现出了《铡刀下的红梅》《红菊》《红高粱》《山城母亲》等一批力作。这一时期的革命历史题材，呈现出这样的特点：一是题材多改编自名家的文学作品。如《红菊》改编自周大新的小说《左朱雀右白虎》；《红高粱》改编自莫言的同名小说；《山城母亲》改编自红色经典小说《红岩》。文学母体的丰盈使这些作品有了较高的起点，而从文学到戏剧的成功改编，也使这些作品获得了大众的品格。二是作品的主人公均以女角为主。性别的改变，使得这些革命历史题材的开掘角度与叙述方式较以往也有较大变化，从描写斗争的过程转向描写斗争中的“人”，多了感情、人情、温情，戏剧性、艺术性、可看性都大大增强。

豫剧现代戏《红菊》（编剧：王俭、李利宏、何中兴），是新世纪以来革命历史题材中比较特殊的一部戏，写抗日战争时期，豫西南一个戏班的名伶红菊和她的亲人们，为了保护一座富藏汉画石刻的古墓，在日本侵略者的威逼利诱下，从犹疑、猜忌到全部慷慨赴义的故事。该戏从文化侵略和文物保护的角度反映抗战，不但切中了当下最热门的文化保护主题，而且对抗战题材也是一次丰富。同时，该剧特有的文化气质和文化底蕴，也使得它雅致脱俗，呈现出较高的文化品位，迥别于以往的革命历史题材戏。

和《红菊》一样从草根百姓角度写抗战的，还有豫剧《红高粱》（编剧：贾璐）。20 世纪 80 年代，张艺谋根据莫言的《红高粱家族》系列小说改编的电影《红高粱》，在国际舞台上赢得了极大声誉。影片在一种强烈神秘的色彩渲染中歌颂了蓬勃旺盛的生命力。取自同一题材的豫剧《红高粱》，在人物、主要情节、叙述方式基本不变的前提下，把反抗日本侵略者的斗争精神作为了主题立意。第一主角也由十八刀变成了九儿，并将九儿的身份设定为一个草台班子出身的刀马旦演员，性格泼辣，敢爱敢恨，有点类似传统戏中的“扈三娘”。最后，九儿扮作“扈三娘”，一身缟素，担着烈酒，唱起“靠山吼”，奔赴敌阵，唱响了一曲爱国抗战的悲歌。豫剧《山城母亲》（编剧：韩枫）是“双枪老太婆”传奇故事的再度演绎。经典的社会认知度，人物的传奇色彩，情节的跌宕起伏，对人物革命者、妻子、母亲多重身份的塑造，共同构成这部戏的看点，使这一刻有明确地域标签的红色革命题材，在中原的戏剧舞台上放射出了光彩。

3.地域题材不断升温，成为热流。这是提升文化软实力，建设“文化强省、文化强市、文化强县”共识下的普遍选择，热度高，数量大，成为新世纪全国戏剧创作的一股热流。但对地域题材的认识，多数人还停留在表层，认为所写的这件事、这个人与这个地域有地缘之亲，就是所谓的地域题材。这是新世纪以来大量地域题材选择和立项的标准。而也正是这种流于表面的认识，使得大量地域题材作品流于肤浅和表面，只是贴着一个“地域”的标签，而未能挖掘出地域文化的特点、神韵和气质。像川剧《金子》、甬剧《典妻》、评剧《我那呼兰河》、秦腔《狗儿爷涅槃》、话剧《红旗渠》那样真正挖掘出地域文化神韵，具有地域人文特点、审美特质的作品，实在不多。真正的地域题材，是要用现代视角、现代观念，重新发掘提炼出题材所蕴含的超越时代和地域的内涵意义，如话剧《红旗渠》，就将以往“修渠”艰难悲壮的主题升华为一个时代、一群人对信仰的坚韧和执着；同时，在艺术表达上，对故事所发生的林县太行山区的自然环境、人文环境以及红旗渠修建者群体的精神气质有着准确的把握和再现，故而能成为地域题材的经典之作。新世纪河南戏剧作品中另一部地域题材的上乘之作，是方言话剧《宣和画院》（编剧：李利宏）。

话剧《宣和画院》改编自“汴味”文学代表作家王少华的同名小说。虽然说小说为戏剧的改编提供了尽可能丰裕的素材和细节，然而，从小说到戏剧，考验的不仅仅是编剧把握、裁剪、提炼原著的能力，更是对原著中地域神韵、气质的体味和把握能力。如果能力不逮，最终戏可能改得不错，但也许缺失的恰恰是作品最可贵的精气神——“汴味”。《宣和画院》的可贵就在于作者不但完成了从小说到戏剧的成功转换，而且非常准确地再现了古都开封的市井风俗、人文气息、古都神韵。这部戏以方言写就，“方言是嵌在我们血液中的故乡之音……乡音一口，立刻就告示出自己的生命定位”（李利宏语）；方言也是“珍贵的基因元素”，印证着一方水土上生活着的人们的“生活态度”。[1]能够以方言作为戏剧的表达手段，就昭告了作者对这方土地有着“入乎其内”的了解，故而对它的表达才有“出乎其外”的高致和深入肌理的韵致。“《宣和画院》立意高远，体现了作者对历史、对时代、对文化的深切感悟和深广忧思，力图以风格浓郁的市井生活场景和鲜明独特的文化人格冲突，凸显‘新时代社会变迁中古城开封的文化坚

[1] 朱伟：《重读八十年代》，中信出版集团，2018，第69页。

守’，展示‘新时期经济大潮中废都围城的精神救赎’。……是河南话剧人对中原文化的一次深情书写，也是近年来河南话剧艺术可喜的重要成果。”[1]如果追溯作者的人生经历，会发现《红旗渠》的作者杨林和《宣和画院》的作者李利宏分别在林县、开封长大，对各自出生地的风土人情、人文气质以及人们的生活习俗、行为方式、禀赋个性有着熟稔于心的了解，故而能在作品中传地域文化之神。这两部戏的创作，再次为考察作家作品与成长环境的关系提供了样本，也为地域题材戏剧的创作提供了范例。

4. 社会问题剧拷问良知、呼唤诚信。伴随着经济的飞速发展，现代化步伐的加快，一些新的社会问题应时而生。道德危机，即是社会现代化进程中非常突出的一个社会问题，由此催生了艺术创作中一批剖析现代都市人格心理、拷问良知、呼唤诚信的社会问题剧的诞生，如《都市彩虹》《啼笑皆非》《清风明月》《王屋山的女人》等。《都市彩虹》（编剧：韩枫）以下岗工人石大兰偶中 500 万元彩票为人格试金石，试出了拜金主义下各色人等既荒唐可笑又发人深思的世相百态。《都市彩虹》之后，韩枫又相继创作了《都市霓虹》《都市长虹》，都是写光怪陆离的都市生活中道德的背叛和良知的坚守。“当今世人——不仅仅是都市人，正承受着灵与肉的双重压力：日益剧烈的生存竞争，令许多人朝乾夕惕、举步维艰；而高速发展的现代社会，又使物欲的诱惑力极度加大，以至诸多人不能不在心中支架起衡量现实拥有与欲望追求的天平。”[2]“都市”系列剧的创作，表达了作者对现代化进程中传统道德失落和健全人格建设的一份担忧和责任。

现代戏《啼笑皆非》（编剧：王明山）关注的是一个更为敏感的社会话题：好事到底能不能做，好人到底能不能当？复员军人孟大宝帮助受伤者

[1] 姚金成：《说长道短》，《南腔北调·河南戏剧》2010 年第 6 期。

[2] 韩枫：《喧闹的都市，寂寞的思索》，《东方艺术》2003 年 6 月增刊。

却被受伤者家属视为肇事者,爱做好事却被家人视为“有病”,并强行送入精神病院。究竟是人有病还是社会有病?是这部喜剧让人在笑过之后的沉思。尽管全剧最终也以好人好报的结尾给人以光明和信心,但主人公啼笑皆非的经历,的确是现实社会的存在和浓缩。《清风明月》(编剧:李学庭、王子厚)中的刘明志,为赔付交通肇事款,几乎倾家荡产,且受尽了死者家属的指责和侮辱。然而,事情的真相令人愕然,死者是因得了绝症自寻短见!死者的妻子为刘明志的真诚所打动,在痛苦纠结之后,说出真相。刘明志非但不委屈、不怨恨,反而同样为对方的真诚所打动。清风明月,昭示着良知的复归和人性的美好。《王屋山的女人》(编剧:陈涌泉、王国毅、张克鹏)写的是“替夫还债”的故事。主人公彩云兑现承诺、勇于担当的品格,犹如那巍巍王屋,让人景仰。这些社会问题剧,或批判,或讽刺,或反诘,或歌颂,从不同角度表达了创作者对社会问题的关注,体现出戏剧反映现实、追随时代的社会责任和功能价值。

5. 廉政题材为时而著,为事而作。新世纪以来,随着反腐败斗争的日渐深入,反腐倡廉题材再度成为创作热点,出现了像《天职》《清风茶社》《七品青莲》《全家福》《歧路冷雨》《九品巡检暴式昭》《陈蕃》等一批作品。惩贪反腐,不但是政法部门自省自律、树立形象的重要手段,也是端正党风、严肃党纪、给广大群众以信心和希望的现实需要。因这类戏契合了当今观众的关注热点,往往能获得良好的社会效果,戏剧淳风俗、宣教化的职能再次得到强化……

总之,新世纪以来河南戏剧创作的辉煌成就,是天时、地利、人和的共同造就。氛围的宽松、良好的环境、队伍的成熟、观念的开放……种种因素相互作用,相互促发,共同催生了河南戏剧的整体崛起和繁荣,使得新世纪以来的河南戏剧呈现出数量繁、体裁丰、题材广、力作多、影响大的特点。也正是在这种繁荣和辉煌中,“河南剧作家群”的地位得到确立,意义得到彰显,价值得到认可。“河南剧作家群”的提出可谓是名副其实,实至名归。

2018 年 12 月 3 日完稿

2018 年 12 月 11 日修改

2019 年 5 月 19 日再改

2021 年 5 月 4 日定稿

4

第四章

“河南剧作家群”概念提出的理论依据和内涵阐释

“河南剧作家群”概念提出的理论依据和内涵阐释

在21世纪以来的中国戏剧文学版图中,“河南剧作家群”是一个耀眼的存在。就像20世纪80年代的“福建剧作家群”以及号称“湘军”的湖南剧作家群、号称“川军”的四川剧作家群一样,已然成为一个引起广泛关注的“文化现象”。“河南剧作家群”作为一个集合概念,被全国的戏剧理论评论界在各种场合广泛使用,不但成为业界口头上的一种称呼,更成为一种心理上的认同。而且有些论述已经涉及了这一“概念”的核心要义:“进入新时期尤其是进入新世纪以来,河南戏剧蓬勃发展,在全国各类艺术赛事和评奖活动中屡获殊荣,以其一系列丰厚而耀眼的作品吸引了全国戏剧界关注的目光。伴随着河南戏剧的强劲发展和铿锵崛起,一大批诞生和成长在中原大地上的剧作家,也以他们富有特色的卓越创作,产生了超越地域范围的巨大影响,其标志之一就是在全国具有较高权威的艺术赛事和戏剧文学评奖中屡获大奖。尤其是在全国戏剧剧本创作整体薄弱的当下,中原剧作家群却相对呈现出良好的创作态势,成为河南戏剧创作全面繁荣的一个重要标志和非常耀眼的亮点。”[1]作为河南籍的著名剧作家，罗怀臻对河南的戏剧创作始终关注，且有着深入的了解；而作为中国剧协副主席的他，又是站在全国的高度、用全国的评价标准来衡量和定位河南戏剧的整体创作水平的。他提出的“中原剧作家群”基本涵盖了考量这个概念是否成立的核心标准要素：其一，既然是“河南剧作家群”，一定是以全国视野看河南，只有站在全国的高度，才能以俯瞰全局的视野准确定位河南戏剧文学在整体创作格局中的位置。其二，既然是一个群体，那这支队伍一定是由多个有分量的个体组成的一个有全国性影响的群体，“在这个具有全国知名度的中原剧作家群中，我们可以列出一长串的名字，如孟华、(姚)金成、齐飞、贾璐、(陈)涌泉、杨林、(王)明山、韩枫……”[2]其三，作为生长在中原文化土壤上的创作群体，他们的创作一定有着相同的文化基因，呈现出某些鲜明的共同特点。其四，作为一种“文化现象”，它一定又是一个在特定时期出现的“阶段性现象”，经历了一个逐渐形成、发展、成熟的过程，“现象”的出现，正是这支队伍成熟及能量释放的“高潮”期。“高潮”之后，也一定会呈现一个“退潮”的趋势。其五，这个“阶段性现象”的出现，一定是天时、地利、人和各种因素共同作用的结果。下面，就对新时期以来不同时期河南剧作家群的队伍构成、创作观念、创作特点及在全国产生的影响变化做以梳理、分析，在时代变革的横轴和群体变化的纵轴坐标中考察这一队伍40年中形成、壮大、成熟的清晰轨迹。通过这种梳理分析，“河南剧作家群”提出的理论依据会更加扎实、清晰、可信。同时，通过这种分析，也能管窥出时代、环境、观念如何影响、塑造着我们的艺术家队伍。

[1] 罗怀臻：《考量陈涌泉的三个维度》，载《罗怀臻演讲集·实践卷》，上海人民出版社，2017。

[2] 同上。括号内容为笔者注。

一、新时期初至 80 年代中期：队伍的迅速集结和能量的集聚爆发

（一）三代集聚的规模意义

改革开放之初，在“文化大革命”期间“蛰伏”的一大批剧作家因环境的变化骤然“浮出水面”，在短短的时间内迅速完成了河南剧作家队伍的集结。这支剧作家队伍的阵容是庞大的，集结了自 20 世纪五六十年代至 80 年代二三十年间的创作力量。其成员主要由三部分构成：一是五六十年代戏剧创作的部分主力军宝刀未老，仍是这支队伍的构成之一，如杨兰春、李準、赵籍身、张宇瑞等。二是“文化大革命”之前或期间进入戏剧创作队伍，但由于特殊的历史原因，未能在戏剧舞台上一显身手、一直处于“蛰伏”状态的一批剧作家，如董新民、孟华、李殿臣、齐飞、杜艳、张新秋、宋崇舜、张同春、杜政远、暴风、张锡荣、李学庭、刘育州、牛冠力、王中民等。他们当中有一大部分是“文化大革命”前的大学毕业生，如李殿臣、杜艳、张锡荣、刘育州、张同春、牛冠力、王中民等，董新民还是中央戏剧学院戏文系编剧专业的大学生；还有一部分是文艺爱好者，由爱而业进入了创作队伍，如由报社记者转换身份加入创作队伍的孟华，退役从文的张新秋、杜政远等。改革开放初期，当他们走入创作队伍的时候，基本都是人到中年。这一时期河南戏剧的成就主要由他们书写。三是改革开放之后进入创作队伍的一批年轻新兵，如大学毕业的张健莹，文学爱好者姚金成，由文工团、曲艺团或剧团演员转行进入戏剧创作的孔凡燕、乔竹、韩尔德、王明山、任金义、周明理等。他们在这一时期虽还都处于试水阶段，但已经是这支队伍的重要构成。可以说，80 年代初期的河南剧作家队伍，是一支老、中、青“三代同堂”，结构合理的创作队伍，从队伍的阵容和规模上看，应该说已经具有“群体”意义。

（二）“二元对立”思维下的价值同化

这一时期河南戏剧文学的创作，主要围绕两大主题展开：一是“实事

求是”“思想解放”背景下的“反思批判”;二是礼赞讴歌“四化建设”中各行各业尤其是广大农村农民思想观念、精神风貌所发生的巨大变化。在“反思批判”的主题下,产生了一些具有全国性影响的作品。董新民、李殿臣、杜艳的现代戏《谎祸》,以对“浮夸风”的深刻反思引起全国文化界、戏剧界的关注;李凖、赵籍身的《石头梦》[1],以悲剧喜唱的方式,描写了旧社会阶级压迫及主人公王跑自身的性格疾痼给自己及全家带来的命运悲剧;享誉全国的杨兰春,以一部带有沉郁忧伤气质的《朝阳沟内传》,表达了一代人的身心之殇和现实之思;在“文化大革命”后期以一部《山鹰》为人所知的孟华,则以话剧《劳资科长》中一个小小的劳资科长的“权力苦恼”,揶揄讽刺了社会上的不正之风。《朝阳沟内传》和《劳资科长》双双获得第二届全国优秀剧本奖(即后来的“曹禺戏剧文学奖”),成为 80 年代初期河南戏剧文学创作的重要收获。同时,宋崇舜的《血溅乌纱》,张同春等人的《程咬金照镜子》,刘育州的《洛河女儿》,李林、杜政远的《十五的月亮》等,也成为这一时期反思与批判主题下的优秀作品。

“讴歌礼赞”的主题下,同样出现了一批广大观众喜闻乐见的优秀作品,李学庭的《金鸡引凤》,苗青、徐德先的《小白鞋说媒》,李殿臣、牛冠力的《倔公公偏遇犟媳妇》,齐飞的《倒霉大叔的婚事》,董新民、韩尔德的《拾来的女婿》,谷建成的《儿女传奇》,张锡荣的《春暖花开》,任金义的《樱桃女》等,都盛演一时。特别是齐飞的《倒霉大叔的婚事》继承和发扬了河南戏曲现代戏生活气息浓郁、情节生动、人物鲜活、语言幽默的优势,成为 80 年代河南戏剧创作的代表性作品,剧本获得第四届全国优秀剧本奖。

应该说,这一时期,河南戏剧文学创作的成就是显著的。这些成就的

---

[1]《石头梦》创作于 1979 年,也就是“文学观念开始更新,思想开始解放的时代”(李凖语),搬上舞台则是在 1987 年,1988 年入选首届中国艺术节,是 80 年代后期河南仅有的一部参加全国艺术活动的剧目。

取得，是社会环境、时代需求和创作队伍优势相契合、共促进的结果。不难看出，这一时期，无论是批判还是歌颂，都仍然是“文艺为政治服务”理念指导下的创作，它们是一个问题的不同面向。而作为这一时期书写时代的主力军，无论是以杨兰春为代表的老一代，还是改革开放之后担当重任的中年一代，尽管“他们的阅历和观念作为两代人来说有很大的不同，但又是非常相近的两代人，他们都共同受到新中国理想主义的哺育，共同经历过‘文化大革命’”[1]，同时也都在20世纪50年代、60年代完成了受业教育，基本都是政治文化、革命文艺滋养培育成长起来的两代人，“无论是知识性的还是观念性的，他们是国家规范化的精神流水线统一造就的产物”[2]。文艺为现实服务、为政治服务的观念可以说根深蒂固。改革开放初期，“人们仍在痛定思痛，而新的政策带给人的又是勃勃的生机和新的气象，这对于一向具有高度政治敏感度的中国作家是最好的写作主题”[3]。当压抑已久的创作者们终于有了言说的机会、表达的自由，潜伏已久的“济世”情怀一下子集中释放，这就是改革开放初期至80年代中期这个创作高潮掀起的根本原因。但不难看出，这些作品仍有“二元对立的思维定式，仍以单纯的歌颂或针砭为主题，潜在地仍以阐释意识形态为基本主题。……我们感受到的是时代群像的特征，背后密集的政策信息和时代政治的倾向性”[4]。加上河南现实题材、农村题材的文学和戏剧创作在20世纪五六十年代就享誉全国，有着传统优势和丰厚积淀，这一时期的创作，可以说是对传统创作优势的续接和发扬。还有，改革开放初期河南戏剧文学创作的主力军，多因热爱走进戏剧创作队伍，对戏剧的创作规律和技

[1] 孟繁华：《1978：激情岁月》，序言第5页。

[2] 同上。

[3] 梁鸿：《外省笔记——20世纪河南文学》，第176页。

[4] 梁鸿：《外省笔记——20世纪河南文学》，第175页。

法、技巧有着自觉的学习和扎实的掌握，他们开始进入创作队伍时虽然年龄都已届不惑之年，但长期“潜伏”所下的真功夫，使他们基本都过了“生活”“技巧”关，所以大多作者能够“出手不凡”，一戏成名。匡时济世的情怀，丰富深厚的生活，扎实娴熟的技巧，是这一代创作者共同的创作资源和优势。因此，这一时期戏剧创作的繁荣，是两代创作者创作实力的一次集聚爆发，促成了改革开放初期至80年代中期河南戏剧创作的一个小小高潮。

从这一时期剧作家队伍的人数上看，群体的规模意义已然存在；从作品的影响看，《谎祸》《朝阳沟内传》《劳资科长》《倒霉大叔的婚事》等几部作品在全国产生一定影响，其中三部作品获得全国优秀剧本奖，呈现出良好的发展势头。如果按照这种势头发展下去，将这种影响力再延续几年，那么，“河南剧作家群”现象，也许会像“福建剧作家群”一样，在这一时期出现。然而，80年代中期之后，随着启蒙话语再度确立戏剧创作“观念革命”的到来，河南的戏剧创作出现了“断崖式”跌落，此前戏剧创作的良好势头戛然中断。这次跌落，对河南戏剧文学创作是一次重创，一直到90年代末，河南戏剧创作才又一次完成了队伍的重组、集结和力量的积蓄。

二、80年代后期的断崖式跌落及90年代的再整合、再集结、再出发

（一）观念革命下的“队伍失散”和“集体失语”

80年代中期到来的“戏曲危机”和“观念革命”，对戏曲创作形成了左右夹击。“改革”“创新”“突破”成为大势所趋、必然选择。这一时期的探索创新，是从两个层面展开的。先是应对“戏曲危机”的图存革新，慌乱无措中，都显得有些“饥不择食”，各种艺术手段都“拿来”为我所用，“表现出对形式（手法）因素的倚重，‘视镜’、主题的拓展在有的探索性创作中，不是都能有相应的进展”[1]。然而，形式的革新终归是要依托观念的同步才会生

[1] 洪子诚：《中国当代文学史》，第266页。

效。这轮应对危机的改革，因观念的缺位而流于形式技巧的花样翻新，从戏剧文学的角度看，并没有多少思想上的回响。

而紧跟其后的另一轮革新，则是一场观念的革命。全国戏剧界掀起了一场戏剧观念的大讨论、大探索、大实践，由此诞生了一大批极具先锋意味的剧目。而河南的戏剧创作主力军，在这场观念的探索中几乎“集体失语”。造成这种“失语”局面的主要原因，既有内因，更有外因：内因，让部分剧作家止步于这场变革；外因，让出笼的作品止步于“家门”。

先说内因。前面说过，这一时期，河南戏剧创作的主力军，多在 20 世纪五六十年代就完成了他们的受业教育，革命文艺“在进入‘当代’之后，内部的变革的活力、矛盾性的张力在逐渐削弱……而逐步走向僵化”[1]“观念蜕变于这代人来说相对困难”[2]，观念的变革，恰恰“强调一种‘切断’，而不是强调‘承续’，不是强调历史的连续性”。[3]深受延安革命文艺思想熏染的这代人，很难摆脱观念的桎梏。这不是几个人的困惑，而是两代文学艺术家面对的共同困境。“在他们的作品中，无论以怎样激进的姿态出现都不能淹灭他们昔日接受的文化信念、对信仰的忠诚、对 50 年代理想主义的恪守、对未来充满信心的浪漫主义期待等等”[4]。这样，他们创作的题材优势，他们既有的技巧经验，在这场观念的变革面前，似乎都失去了用武之地，只能止步于这场探索实践，甚至有一部分创作者从此止步于戏剧创作。今天看来，历史对这代人有些无情，在形塑了他们的观念意识后，又过快切换了历史的场景。因而，他们的止步或退场，既有几分遗憾，更有几多悲怆。

---

[1] 洪子诚：《问题与方法：中国当代文学史研究讲稿》，生活·读书·新知三联书店，2018，第 286 页。
[2] 孟繁华：《1978：激情岁月》，序言第 5 页。
[3] 洪子诚：《问题与方法：中国当代文学史研究讲稿》，第 101 页。
[4] 孟繁华：《1978：激情岁月》，序言第 5 页。

再说外因。在这场戏剧观念的大讨论、大探索、大实践中，河南剧作家队伍中也不乏“试水”的勇士，他们“也曾经有过躁动，有过挣扎，有过实验，有过探索，有过形式新颖、观念独特并闪耀着思想光芒和哲理品位的戏剧作品呈现于舞台”[1]。这些“试水者”，是一批有着特殊受业经历的人。

80年代初，随着改革开放大门的敞开，“出现了本世纪不多见的大规模译介西方文化思想、现代文学作品的持久热潮。这种情况对‘新时期文学’产生了直接的影响”[2]。在这轮“西学东渐”的热潮中，大量的西方文艺作品走进中央戏剧学院、上海戏剧学院等一线高等艺术学院的课堂，也正是在这一时期，河南有一批创作者，走进这些高校深造学习，进行受业再教育。如先后进入上海戏剧学院学习的孟华、张健莹、杨守林、杜艳、姚金成，进入中央戏剧学院学习的董新民、李利宏等。正是这批深受西方戏剧观念涤荡的创作者，成为80年代后期河南戏剧观念探索的“试水者”。1986年，孟华以意象剧《半个娘娘》，对这场观念革命做出了来自中原的回应。该剧主题的多义，对人性拷问的深刻，对西方艺术手段的大胆借鉴，以及给人们带来的复杂多味的审美体验，都使它带有了更多的先锋意味和异质色彩。稍后张健莹、李利宏合作的话剧《水上吉卜赛》，同样以其象征的手法，多样的手段，符号化的处理，审美的新奇，反思的深刻，为戏剧观念的探索交上了另一份精彩的答卷。但是，这两部作品体现出来的异样感、新奇感、锋芒感、灼痛感，在“温柔敦厚”的中原文化中，还是显得“另类”“刺眼”，甚至在一些人眼里成为“异端”。不只是在河南，当时，“一方面倡导艺术的多元化，另一方面却继续持排斥‘异端’的态度”[3]是普遍的心理矛盾。只不过在河南表现得尤甚。学者王安葵在盘点80年代后期的戏

[1] 杨林：《话说李利宏和他的创作》，载《李利宏：导演诗人》，第132页。

[2] 洪子诚：《中国当代文学史》，第247页。

[3] 洪子诚：《作家姿态与主体意识》，北京大学出版社，2010，第1—2页。

剧创作时说:“各地的剧作家在达到一定水平之后,都希望新的突破,但这种突破又要受到主客观种种条件的限制。”[1]客观环境的桎梏,注定了探索戏剧在 80 年代的河南,不能构成主流话语,也注定它们只能是昙花一现,不能走向更远,甚至被强行阻拦在“家门”之内。也就是说,在这轮全国性的戏剧观念讨论、探索中,河南未能向全国奉献我们的成果,未能参与到全国戏剧的大循环中。80 年代前期良好的创作态势,在这一时期遭遇了“断崖式”跌落。这正是罗怀臻先生多年前总结河南戏剧创作历程时所概括的“和全国相比,河南的戏剧创作缺少了一个环节,整整少跑了一圈”[2]。这一圈,指的正是观念探索的这一圈。

回头再来看这一时期享誉全国的“福建剧作家群”的创作。在从 1980 年到 1990 年十年五届全国优秀剧本奖的评奖中, 福建共有 10 位剧作家捧走了 8 个优秀剧本奖。特别是进入 80 年代中期之后,更是以《秋风辞》《鸭子丑小传》《节妇吟》《天鹅宴》等富有创新、探索意味的作品,将 80 年代前期由《新亭泪》《状元与乞丐》《魂断燕山》《凤冠梦》创作的辉煌延续下去,使得福建在整个 80 年代,都处在创作的亢奋状态,以作品连续的、持久的影响力证实了“福建剧作家群”这支队伍的真正实力。创作观念经过这番浪潮涤荡的郑怀兴、王仁杰、周长赋、陈贵道们,其创作实践一直延续到今天。

80 年代后期,和“福建剧作家群”遥相辉映的,还有以魏明伦、徐棻、胡德成、南国为骨干的“川军”,他们以《潘金莲》《田姐与庄周》《巴山秀才》等形成集合效应,赢得了全国的关注;以陈亚先、盛和煜、习志淦、欧阳明、叶一青、吴傲君为代表的“湘军”,同样以《曹操与杨修》《喜脉案》《洪荒大

[1]安葵:《新时期戏曲创作论》,新华出版社,1993,第 156 页。

[2]杨林:《话说李利宏和他的创作》,载《李利宏:导演诗人》,2013,第 132 页。

裂变》《山鬼》等显示了集团军的力量。

上述这几个省份能够成为这一时期全国戏剧文学创作的“高地”,一是与这些地区团队的组织化程度高密切相关。这些省份均成立了戏曲社团组织,且十分活跃,如福建的“武夷剧作社”,四川的“峨眉剧社”,湖南的“谷雨戏剧文学社”等。这些剧社发挥了聚拢队伍、组织创作、碰撞观念、凝聚人心的巨大作用,是这些省份的剧作家能够以群体形式出现的重要组织依托。当然,更重要的原因无疑是与这些地区开放、包容的胸怀有关。这些在全国产生较大影响的剧目,也多为探索、创新剧目,也并不是一开始都得到普遍认同的,有些还曾引起巨大的争议。这也是当时“有独创性的创作必然要遇到的命运”[1]。在那个新旧交替、风云激荡、观念变化迅速的历史时期,“人们的思想认识和审美趣味都存在很大的差异,因此一部在思想上和艺术上有创见的新作很难一下子得到大家的理解和认同”[2]。幸运的是,这些省份的文化环境允许这种探索、实验、创新的合理性存在,并给它们提供到全国平台上去展示、交流、接受大家是非长短争议的机会,而这些剧目的探索意义、艺术价值、得失长短,也正是在这种争论中凸显。如对魏明伦的《潘金莲》的争论,一直以来都是毁誉参半的;而湘剧“《山鬼》的被承认则经过了一个更艰苦的过程,它对历史的概括不是用常用的方式,它拨动人们心弦的魔棍也不是司空见惯的兵器,以致一些人虽然被拨动了也不愿承认”[3]。王仁杰《节妇吟》的现代意义也是在争议中逐渐得到确认的。回头再看,这些当初引起广泛争议的作品,都成了中国戏剧在一个时代的标志之作。同样,回头再看这段历史,我们仍会为河南的缺位而深感遗憾。河南素以历史悠久、文化底蕴深厚著称,但也许正是过重的

[1] 安葵:《新时期戏曲创作论》,第 150 页。

[2] 同上。

[3] 安葵:《新时期戏曲创作论》,第 151 页。

背负羁绊了我们前行的脚步。

尽管在80年代后期的这轮观念探索中,河南戏剧在全国的平台上缺席、“失语”,但这些因种种原因止步于家门口的探索实践,其意义同样不容小觑!它体现了改革开放之初进入戏剧创作队伍的这一代剧作家与前辈不同的知识结构、文化准备和观念差异。他们在改革开放之初进行的二次受业教育,使他们在技法技巧之外,获得了更为可贵的观念更新,而也正是创作观念的与时俱进,使他们从80年代一路走来,在新世纪成为河南戏剧创作队伍中的一股核心力量。孟华、姚金成、李利宏、张健莹等,在新世纪的河南戏剧舞台上都书写了各自的精彩,也为河南戏剧的辉煌贡献了一代人的力量和智慧。

80年代后期的这场创作观念的探索实践,完成了河南剧作家队伍的一次重大调整。一部分人退场,一部分人进场,一部分先前的潜伏者开始走进人们的视野,一部分剧作家开始调整自己的创作方向,还有一部分剧作家完成了自我的否定及重新的起航……从80年代末到90年代末,是河南剧作家队伍再整合、再出发、再积聚的阶段。

(二)场景转换后剧作家队伍的再集结、再出发

90年代初,大众文化的主流地位得以确立,文学艺术的创作重新向世俗回归。书写日常、世俗、普通人的喜怒哀乐,成为艺术创作的重要内容。这为那些扎根生活、熟悉生活的作者提供了施展才华的舞台,如创作《黑娃还妻》的张芳,创作《吵闹亲家》的王中民,创作《五福临门》的谷培勋,创作《试用丈夫》的李学庭、王双全,创作《能人百不成》的贾璐、安克慧、聂延军,创作《红果,红了》的冀振东,创作《老子·儿子·弦子》的王明山等。不难看出,这些剧目从内容上,多为家长里短,世俗生活;从体裁上,全是戏曲现代戏。而且,这批作品的创作者,无一例外都来自基层。这是基层作者所拥有的丰富生活资源,也是河南戏剧创作的优势题材,同时,它还

是文化主管部门用心倡导的倾向所在，故而这些剧目能在90年代代表河南去参加全国的各种赛事活动，为河南赢得了包括“文华新剧目奖”、中宣部“五个一工程”奖等在内的各种奖项。尽管也是紧贴现实的创作，但这一时期的创作，不再像80年代那样带有明显的“政策化”“情绪化”特征，而是比较注重写人物情感，写人物内心，写世情物理，也更加注重作品的趣味性、可看性、艺术性，一些剧目的主题思想也具有了某种现代意义。如《老子·儿子·弦子》提出了如何对老人进行“精神赡养”的现代主题；《能人百不成》歌颂了永不服输的精神；《红果，红了》通过两代人的情感选择，提出了“什么才是真正的爱情”这一永恒话题，并获得了1994年度“曹禺戏剧文学奖”，成为河南戏剧文学在90年代的宝贵收获。

90年代是一个文化多元的年代，相对自由的创作环境，多元的文化需求，促进了艺术创作的多元格局。同时，市场经济的兴起，对剧团的生存形成了巨大威胁，多数剧团都在生存线上挣扎，艺术创作生产很大程度上受到影响。而剧作家的创作是和剧团的艺术生产紧密相连的，剧团的萧条使剧本的需求量大幅减少。如果对照新世纪之后每个剧作家的作品产出数量，会发现90年代应该算是戏剧创作的冷寂期。常言说“福祸相依”，从另一个角度看，这也是剧作家绝佳的沉淀和蓄积期。剧作家们不必为完成“订单”奔忙，也没有文化行政主管部门的过多干预，他们的创作多处于散淡状态，能够根据自己的兴趣、爱好、特长，在各自擅长的题材领域内纵情挥洒。因此，这一时期不少剧作家的创作多为性情之作、兴趣之作、自主创作、个性创作。正是在这种环境下，一些作家的题材倾向得到确立，创作个性得到彰显。剧本在完成为舞台演出提供脚本任务的同时，其作为戏剧文学的“文学”价值也得到强化。

极具文人气质和个性的剧作家张新秋，始终执着于自己的创作理想，他的作品不算多，但均品格不俗。新编历史剧《粉黛冤家》和才子佳人戏

《风流才子》,表达了他的思古幽情和文人情趣。尤其是《风流才子》,成为90年代河南农村世俗题材戏之外少有的走向全国的剧目,是对河南戏剧创作题材类型的一种丰富拓展。

剧作家孟华在探索戏剧《半个娘娘》之后,以愈挫愈勇的执着,在探索创新的道路上继续前行。历史演义剧《春秋出个姜小白》以荒诞写真实,以讥诮写严肃,以反讽写歌颂,以冥界看世间,其阴阳交织、双线并行的结构方式和叙述手段对传统都是大胆的突破。其多义的主题,戏谑的风格,异质的色彩,对《半个娘娘》是一种发展,并构成孟华艺术创作的风格底色。90年代后期,他根据美国剧作家尤金·奥尼尔的《榆树下的欲望》改编创作的河南曲剧《榆树古宅》,是对题材领域更大胆的拓展,也是对中西方文化进行嫁接融合的大胆尝试。无论是题材的选择,还是创作手法的使用,抑或是最终的风格呈现,孟华的作品都和传统意义上的河南戏剧有些背离,有些疏远,“他者”的身份感很强,在河南剧作家群中显得另类。

80年代初从上海戏剧学院毕业的姚金成,同样显示出了经历“西风吹拂”过的不一样的视野观念。同是农村题材的现代戏,他的关注和开掘总是站在时代的前沿,体现出与社会变革几乎同步的密切关注和体察,能够与时代同频共振。80年代末的《归来的情哥》率先在戏剧创作中触及了商品经济对人的“异化”。人的“异化”问题,曾是“当代文学”拒绝“现代派”文学的“一个很重要的原因”。[1]姚金成对这个问题的直面勇气,来自他的认识、观念。90年代初的《闯世界的恋人》,是对这一思考的进一步深化。稍后他和韩尔德合作改编的《金瓶梅》,同样是这一思考借助名著的一次延展。他善于将人物命运置于时代更替、跌宕起伏的社会背景下,以命运之“悲”写变革之“痛”,通过人物特别是女性的悲剧命运,引发人们的深刻

[1]洪子诚:《问题与方法:中国当代文学史研究讲稿》,第276页。

思考。作品具有较强的悲剧意味和思辨色彩。世纪交替之年的现代豫剧《香魂女》是他这一主题系列作品的集大成者。

90 年代河南剧作家群的生机,来自又一代人的"进场"。初入剧坛的贾璐,以一部思想深刻、笔锋犀利的《曹操父子》墙外开花,一鸣惊人,以曹禺戏剧文学奖获得者的身份,"高调"跻身河南剧作家队伍。而短短几年内《曹操父子》《刘邦与萧何》《齐桓公选相》以及现代戏《能人百不能》《万金油借牛》《柿树·柿子》等作品的密集问世,也展示了其凌厉的创作姿态。学历史出身的他,喜欢站在现代立场,对历史人物做探幽发微的心理探寻;而对现实生活的观照,也并不走重蹈传统覆辙的老路,《能人百不能》《万金油借牛》都是喜剧风格,却都不是惯常的"大团圆"结局,这注定了其现代戏作品的别样意味。贾璐是 90 年代河南剧作家队伍中高起点、高产出的一员骁将。

90 年代中期"进场"的陈涌泉,同样是一剧成名。1996 年,他以一部分量厚重的《阿 Q 与孔乙己》,昭告了河南剧作家新生代的崛起。从现代文学作品中选材,既显示了他不同于前辈的创作资源,也显示了他对这份创作资源的独特发现和自觉利用。文学出身的他,以对文学的"反刍"方式,开启了他的创作之旅;也以对文学的当代观照,构成优势和特色。差不多同期"进场"的原长松,凭借新编历史剧《吕不韦》脱颖而出,为新生代又添一股力量。

90 年代河南剧作家队伍的一个亮点是张健莹、安克慧、乔竹、陈解民、王亚菲、陈秋凌等一批女性剧作家的活跃。她们的创作多起步于 80 年代,但都成熟于 90 年代。张健莹继探索戏剧《水上吉卜赛》之后,于 1994 年创作出了她的另一部力作——根据乔典运小说《黑洞》创作的小剧场话剧《福兮祸兮》。这是河南首部小剧场话剧,同样带有先锋实验性质,在 90 年代的河南,无疑是领风气之先的。尽管它搬上舞台是在 21 世纪的 2002

年，但依然是河南首部小剧场戏剧，依然以形式的新颖和思想的锋芒带给人们惊喜、震颤和思考。张健莹的创作，不趋时，不应景，不盲从，始终坚守自己的创作理想。其作品数量不多，却都在戏剧文学史上留下浓墨重彩的一笔。另一位女性剧作家乔竹多年的勤奋也终于在 90 年代收获回报，现代戏《都市风铃声》获得第七届“文华新剧目奖”。这部以描写郑州商战为内容的戏剧，因女性的独特视角和细腻情感的融入，而增添了几许婉约和诗意，是新时期以来河南戏剧舞台上少有的都市题材戏剧。安克慧和贾璐合作的《能人百不成》《万金油借牛》是 90 年代现代戏中品格独特的优秀作品。陈解民是文学和戏剧“双栖”作家，其戏剧作品《人生路口》《特殊亲家》等在这一时期有一定影响，小戏《调查》获得文化部第 11 届“群星奖”金奖和“中国人口文化奖”金奖。许昌的王亚菲扎根生活，以对世情的生动描写和鲜活生动的语言构成鲜明特色。

90 年代，政策倡导和市场需求，成为推动戏剧创作的一股重要力量，“命题作文”创作成为必然。一些熟悉戏曲规律、懂得个中三昧的剧作家较好地拿捏了艺术追求和现实要求的关系，表现出了“戴着镣铐跳舞”的本领。创作《黑财神·红财神》的孔凡燕，创作豫剧《焦裕禄》的暴风，创作话剧《公仆》的林曾信，创作《蚂蜂庄的姑爷》的姚金成、张芳，创作《这不是梦》的韩尔德等，都在实践中积累了应对“定向戏”的丰富经验。“定向戏”成为这一时期戏剧创作题材的一个重要品类，并在新世纪之后成为河南戏剧创作的显性特点。

以上所提，并不是河南剧作家队伍的全部。在上述提到的成员之外，还有一批已有一定成就的中青年剧作家，如何中兴、韩枫、张毅、任金义、周明理等。除此之外，这一时期河南剧作家队伍中还有一股“隐而未发”的潜在力量，他们以导演或演员的行当“隐身”，在剧作家队伍之外积蓄着能量，在新世纪之后或转行，或兼修，在戏剧文学创作上大显身手，有的可以说是大放异彩，如杨林、李利宏、李云等。

总之，90年代文化格局的多元，决定了剧作家成分构成的多元，创作题材的多元，创作状态的多元，作品价值的多元。河南剧作家队伍，在退场、进场中，完成了代际的更替和队伍的再集结，实现了幅度不同的观念转变和能量的有效积累。从队伍的阵容上看，仍是一支规模不小的创作队伍，“剧作家群”的物理意义坚实存在。从作品的影响上讲，存在舞台演出和文本价值的某种错位，有些走向全国的剧目，并未构成文本上的优势；而一些具有思想价值意义的作品，因各种原因，其舞台之外的文学价值并未能得到更广泛的认可。虽有贾璐的《曹操父子》和冀振东的《红果，红了》获得“曹禺戏剧文学奖”，但相对于队伍的规模和从80年代后期到90年代末的时间跨度，还只能算零星点缀，尚难构成“集体效应”。

但综观这一时期的创作，最为可贵的是，剧作家的主体意识明显增强，对戏剧文学作为文学形式之一的独立价值追求愈加明确，越来越多的剧作家把创作当成表达个人对历史、社会、人生看法的一种方式，创作更遵从于自己的内心，作品开始关注人性，关注内心，具有了真正的反思和批判意识。这是剧作家对戏剧文学创作功能和价值的再认识、再确认，是创作观念的巨大进步。也因此，才有了更多从受业经历、人生经历、兴趣爱好出发的性情创作，其题材来源也更多地倾向历史和文学，如《风流才子》《曹操父子》《春秋出个姜小白》《福兮祸兮》《金瓶梅》《阿Q与孔乙己》《榆树古宅》《牌坊村》等，还有创作于1999年、成名于新世纪的豫剧《香魂女》。其中来自文学名著的改编明显增多，创作者看中和借助的，无疑是这些题材所承载的思想价值，并试图通过从文学到戏剧的转换，完成个人的再认识、再叙述、再表达，为戏剧观众认识这些作品提供一个视角。所以，90年代，虽然从舞台艺术创作生产上是个冷寂期，但对戏剧文学无疑是一个收获期。剧本创作，在为舞台演出提供脚本的意义之外，更具有了作为戏剧文学的独立价值。时隔20年，当我们回头再来看这段创作，会发现这些作品历经岁月的沉淀，其文学价值愈加显现，成为90年代河南戏剧文学创作的重要收获。

应该说，90年代，河南剧作家群在新旧交替中完成了队伍的重组，同时也在对文学创作本质的认识和回归中实现了观念的更新，有个性、有情怀、有思想、有追求的创作开始逐渐增多，虽尚未产生“集体效应”，但这支队伍的生机和潜质已然显现，并且在成长，在积累，在蓄势，在壮大，一股潜流正在涌动，并随着新世纪的到来，如洪溃堤，无遮无拦，奔向全国。“河南剧作家群”开始强势崛起。

三、“河南剧作家群”提出的理论依据

“河南剧作家群”的提出至少立足如下依据：

（一）参与全国戏剧大循环的影响力

新世纪“河南剧作家群”概念的逸出，一定是伴随着一批作品的影响力而逐渐清晰的。因此，要论述这个群体，还是要简要罗列一下新世纪后一批产生全国影响的戏剧作品。戏剧是综合艺术，一部作品的成功一定是综合因素的共同结果。但文本作为一度创作，无疑是整个戏剧创作中最关键、最基础的环节，所谓“剧本，剧本，一剧之本”。加上我们考察的对象是“河南剧作家群”，因而这里的阐释就更趋向“一剧之本”的提供者——剧作家。

2000年，豫剧《香魂女》获得第六届中国艺术节大奖，实现了河南自90年代以来国家级政府大奖零的突破，由此也吹响了新世纪河南戏剧崛起的号角。此后，豫剧《程婴救孤》《常香玉》、越调《老子》、话剧《红旗渠》、豫剧《焦裕禄》《重渡沟》蝉联第七至十二届中国艺术节“文华大

奖”[1]。实现了中国艺术节大奖、文华大奖的七连冠,这在全国是独一无二的。这些剧目的作者姚金成、陈涌泉、杨林、孟华、李利宏、韩枫、何中兴等,也当之无愧地获得“文华剧作奖”。2005 至 2012 年,在国家舞台艺术精品工程评选活动中,《程婴救孤》《风中少林》《铡刀下的红梅》《清风亭上》《香魂女》《常香玉》《老子》相继入选“十大精品剧目”或“重点资助剧目”。同时,在剧本文学最具权威性的“曹禺戏剧文学奖”评奖中,相继有姚金成的《香魂女》、杨林的《霸王别姬》、陈涌泉的《朱安女士》、杨林的《红旗渠》、贾璐的《大红灯笼高高挂》入选。尤其是 2012 年,在第 20 届曹禺戏剧文学奖的 8 部获奖作品中,有 3 部作品出自河南剧作家之手,分别是陈涌泉的《朱安女士》、杨林的《红旗渠》、贾璐的《大红灯笼高高挂》。它们由不同的省份通过不同渠道报送,最终殊途同归。这种惊喜,看似偶然,实则必然。

因为新世纪之后,随着河南戏剧创作在全国影响力的不断增强,作为“一剧之本”提供者的河南剧作家,也是邀约不断。不但实现着河南戏剧的“自给自足”,而且在全国各地的舞台上大显身手。河南,成为全国剧本创作的重要“输出”地。杨林的《霸王别姬》《百姓书记》《秦豫情》《敦煌女儿》《浦东人家》,贾璐的《大红灯笼高高挂》《红高粱》,孟华的《宁波大哥》《安娣》《陆羽问茶》《王明明》,姚金成的《韩非子》《赤壁周郎》《疍家女》《玉兰花开》,陈涌泉的《两狼山上》《黄河绝唱》《我的大陈岛》,韩枫的《山东汉子》《圣水河的月亮》《失却的银婚》《戈壁母亲》,李利宏的《英雄之铭》《大河开凌》……这些由河南剧作家担纲编剧的剧目,同样是新世纪以来全国和各地戏剧舞台上的精品力作。2012 年,河南能有三位剧作家同时获得

---

[1]“文华奖”是文化部主办的专业舞台艺术政府最高奖,创办于 1991 年,至 2003 年已经举办了十届。“中国艺术节”设立于 1987 年,由文化部主办,由起初的两年一届改为后来的三年一届。2003 年,为了改变评奖过多、重复交叉的现象,文化部对评奖制度进行改革,决定从 2004 年第七届中国艺术节开始,将文华大奖和中国艺术节奖合二为一。第七届中国艺术节上评出的文华大奖即为第十一届文华大奖。

曹禺戏剧文学奖，正是通过全国各地不同省份的平台推荐，实现最终在全国平台上的殊途同归。本届曹禺戏剧文学奖评委会主任、剧作家罗怀臻说：“进入新世纪以来，河南戏剧好戏连台，人才辈出，创作环境与演出市场都呈现出良性发展的态势，这些都为中原戏剧的崛起奠定了坚实基础。因此，这次三个人同时获奖并非偶然，它从一度创作的重要角度证明了河南戏剧军团的实力，同时也把河南戏剧强烈的文化信号发射到了全国。……他们的形象以及代表的信号是中原的信号、河南的信号。最终的结果是河南戏剧收获了三个奖项，同时也收获了三个可以进入国家一线平台的优秀当代剧作家。”[1]可以说，新世纪的“河南戏剧已经不是一个局部的繁荣，它已经在参与着中国戏剧的大循环，并且在整体上影响着中国戏剧的创作和发展”[2]。河南剧作家在这一时期，以超越地域的、持续的全国影响力和群体的姿态，实现了真正的崛起。“河南剧作家群”的出现绝非偶然，它是天时、地利、人和的共同塑造和成就。

（二）结构、阵容、实力考量标准下的良性生态

经过80年代中期以后的退场、进场、整合、集结，到新世纪初期，一支代际清晰、特色明显、结构合理、三代同堂的剧作家队伍整装再发。80年代前期或稍后进入创作队伍的孟华、李学庭、姚金成、齐飞、孔凡燕、何中兴、冀振东等，在新世纪进入艺术的成熟期或创作的高峰期，每个作家的作品数量几乎都超过80年代、90年代的总和，而且重要的代表性作品多在这一阶段产生。如姚金成的《香魂女》及与何中兴合作的《焦裕禄》《重渡沟》，孟华的《老子》《玄奘》《王阳明》《伤逝》，李学庭的《清风亭上》《清风明月》，冀振东等的《惊蛰》，孔凡燕的《大爱无言》《霸陵桥》，齐飞的《七品青

[1]李焕霞：《三位剧作家同获“曹禺剧本奖”》，《南腔北调·河南戏剧》2013年第1期。
[2]罗怀臻、李红艳：《重新崛起中的中原戏剧——著名剧作家罗怀臻访谈》，《东方艺术》2005年10月。

莲》《燕振昌》……80年代后期或90年代进入创作队伍的贾璐、王明山、李利宏、张芳、韩枫、陈涌泉、原长松等，则成长为这支队伍中承上启下的中流砥柱。贾璐的《红高粱》《珠帘秀》《大红灯笼高高挂》，陈涌泉的《程婴救孤》《风雨故园》《婚姻大事》，李利宏的《宣和画院》《红菊》《常香玉》，韩枫的“都市三部曲”及《口上的女人》《山城母亲》，王明山的《啼笑皆非》《白兔记》《信仰》，张芳、原长松的《苏武牧羊》……不但成为他们各自的代表作，也是参与全国、全省重要戏剧活动的重要代表作品。而年龄上属于中生代、资历上尚属新生代的杨林，则成为新世纪河南剧作家队伍中靠实力杀出的一匹黑马。2006年，他以处女作《霸王别姬》获得“曹禺戏剧文学奖”；2012年，凭借话剧《红旗渠》“梅开二度”。在短短几年时间内，他更是凭借豫剧《常香玉》（执笔）、吕剧《百姓书记》、话剧《红旗渠》三部文华大奖作品，跻身全国一流剧作家行列。他的出现，对新世纪的河南剧作家群而言，是一份惊喜，更是一股强劲的支流。

新世纪“河南剧作家群”的构成中，一批新生力量正在茁壮成长。新一代女性剧作者李古娥已有《青山明月》《蔡文姬》《七星剑》《丹水滔滔》等多部作品立于舞台，已然成为新一代中的重要力量。青年编剧陈鹏、黄河，以话剧《焦裕禄》显示了近年来的成长进步。在“焦裕禄”题材数度开掘，并且已经获得文华大奖的前提下，他们重选角度，另辟蹊径，对“焦裕禄”这一题材进行了重新阐释和开掘，显示了新一代创作者“攻坚”的勇气和切入题材的不同眼光。剧本获得“河南省剧本评奖”一等奖、“田汉戏剧奖”剧本一等奖。南阳邓州的青年剧作者刘洪涛，以《曹操扶汉》《诸葛亮临危受命》，展示了他在历史剧创作上的积累和功夫。《曹操扶汉》刻画了曹操从忠心扶汉到意冷心寒，从欲图霸业到称病隐退，以及最终以大局为重，出兵御敌，起伏跌宕的心路历程，使读者从历史的波澜起伏中看到一代枭雄复杂丰富的内心世界。该戏对人物心理刻画的深度，在近几年的新编历史剧中是少见的。剧本获得河南省剧本评奖一等奖及“田汉戏剧奖”剧本二等奖。青年编导杨浥堃是新世纪河南剧作家群中的新锐派,毕业于中央戏剧学院、师从著名剧作家黄维若的她,既有学院派的观念引领,又有实践者的技术支撑,还有常年在京津沪游走、观摩大量国内外一流作品的视野经历,这些,都决定了她创作的开放性、先锋性、高起点以及精英观众的小众定位。无论其题材风格还是体裁样式,都与河南传统意义上的河南戏剧不大相同。她的小剧场戏剧《跳墙》,2014 年在乌镇戏剧节上获得青年竞选单元唯一一等奖,剧本获得“田汉戏剧奖”剧本一等奖,并赴法国参加“阿维尼翁戏剧节”;其编导的《五脊六兽》入选上海国际艺术节“扶持青年艺术家计划”委约创作;其作品在营销模式上,也基本走的是市场运营的路子。这是一个有着鲜明新生代特征的创作者,也是新一代河南剧作家群中的“他者”。

不难看出,这是一支集聚了三代核心创作力量、由多个有分量的个体组成的实力派创作群体。而且在此之外,还有一大批同样分布在不同代际、在不同需求层面有所建树的剧作者。正是他们,共同构筑了河南戏剧文学创作的健康生态,维护了河南戏剧文学创作的良好土壤,使河南戏剧创作在不同层面均取得丰硕成果。这支队伍的结构是合理的,代际是清晰的,阵容是壮观的,实力是强大的,其群体的意义格外突出。

(三)“中间写作”的精神姿态

支撑起“河南剧作家群”这一称呼的,无疑是一批在全国产生重大影响的作品;而支撑起这些作品的,无疑是剧作家的创作观念及与之相辅相成的文学才华。归根结底,河南剧作家群的崛起,最重要的力量还是剧作家创作观念的更新和艺术水平的整体提升。

不同时期,影响和左右文学艺术创作的因素是不同的,评价文学艺术成就的价值标准、尺度也是不同的。特别是戏剧创作,因自古及今就是“高台教化”的主要工具，因而其受时代、社会、政治气候的影响尤甚。加上中原文化浓厚的“政治情结”特征，因而河南戏剧创作的“工具”意识一直比较明确。20世纪五六十年代，河南戏剧或文学能够领先全国，反映社会现实的及时是一个非常重要的原因。而今天回头再看，能从戏剧文学史角度被肯定的，恐怕只有杨兰春的《朝阳沟》等为数很少的作品。

改革开放之后，随着创作环境的日渐宽松，社会生活的日新月异，人们审美需求的日渐多样，文学艺术的创作也日渐多元，而且也越来越向艺术的本体回归。但是，作为“某种意义上的国家艺术”[1]，戏剧仍然是和政治最贴近的一门艺术。如何拿捏艺术理想和服务现实的关系，是考验一个剧作家能力和智慧的一把重要标尺。因为，艺术理想，关乎剧作家的创作观念、题材兴趣、审美取向、艺术手法，关涉文学艺术的价值评判尺度；而服务现实，既是戏剧创作的天然使命，更是主流评价一部作品的重要标准和尺度。它们既相互依存，也相互龃龉。从这个角度看，显然，80年代、90年代的河南戏剧创作，在这两者关系的拿捏上，还存在着两极倾向。一种是对河南戏剧优势传统的发扬，贴近生活，关注现实，讴歌英雄，奏响时代主旋律。这类作品往往能获得主流评价的青睐，获得政治意义上的认可和舆论宣传上的推崇，成为一时之热，但并无更多观念和艺术探索上的创新。另一种是剧作家主体意识和创新观念指导下的创作，剧作家往往是“有话要说”“有情要表”，把戏剧创作当成言说和表达的手段，作品更多的是有感而发，追求思想的深刻，主题的多义，手法的新颖，风格的突破。这类作品往往带着剧作家鲜明的个性特征，体现着明确的艺术追求。如孟华的《半个娘娘》，张健莹、李利宏的《水上吉卜赛》，姚金成、韩尔德的《金瓶梅》，张新秋的《风流才子》，贾璐的《曹操父子》，陈涌泉的《阿Q与孔乙

[1]戴锦华：《历史的坍塌与想象未来——从电影看社会》，《东方艺术》2014年12期。

己》,杨林的《霸王别姬》,杨浥堃的《跳墙》等。这类作品更多地遵从艺术的本质和创作的初心,更重视作品的思想锋芒和艺术价值,追求创作上的突破和超越,甚至对人们的审美经验造成颠覆,其对应的观众群体也以某一特定人群为主,相对较小。而且,这类作品往往也能经得起时间的考验,并随着岁月的沉淀,其文学价值和意义愈发显现。

当然,这类作品在走向受众的过程中有它天然的“劣势”,与现实的过于疏离,观念的过度超前,或者说作者自我意识的过于强烈,某种程度上影响了它走向大众,更重要的是它对现实的“工具”价值不是那么及时,不是那么直接,甚至在一些解读中还有那么一点叛逆,因而在获得创作观念和艺术价值的肯定和认同后,不容易进入主流,不能在主流的倡导下产生更大的影响力。上述作品中,也只有《风流才子》是个例外。

90 年代河南戏剧创作的冷寂,某种程度上是两种创作姿态的一种抗衡或僵持, 或者说是作家个性和主流评价标准之间的一种僵持。概而言之,这一时期的创作,虽然作者的主体意识增强,对作品的思想性、文学性、艺术性都有了比较明确的追求,但依然没有找到理想的站位,或因观念,或因姿态。紧跟潮流、服务政治,失缺的是作品的艺术品格;个性书写、艺术至上,牺牲的是主流舆论的强力支持。在两者之间,还存在着巨大的“中间地带”待剧作家们开垦驰骋。

新世纪河南剧作家群崛起的一个重要原因,就是在这个“中间地带”做出了精彩的文章,在现实需求和个性书写、济世情怀和创新观念、时代语境和价值取向之间,取得了理想的站位,做到了较好的融合。这是创作思想和姿态的一次极其有效的调整, 是河南戏剧创作取得突破的重要原因。

这个调整与河南文学的创作状况几乎如出一辙。文艺评论家孙荪在总结世纪之交“文学豫军”长篇小说创作高峰出现的原因时,同样提出这一时期文学创作上的“中间路线”：“拓展和深化现实主义精神，保证内容的厚度和容量，有选择地有限度地艺术创新，以适应并且适度地提升当代读者的方式走向市场。……（这一时期）的主要实绩和突破，与这种艺术价值取向上的选择有很大关系。”[1]而学者梁鸿则提出了“第三种写作”，“就是指作家在吸收、学习西方现代意识的基础上，回到文化内部，回到生存的内部去观望生活、社会和其中所蕴含的意义，但它并不排斥现代性的眼光，更不排斥本土的经验，而是两种眼光的结合，是一种‘中间状态’的写作”[2]。这意味着21世纪河南文学艺术家的创作整体进入了一种自觉时代。这与开放多元的社会环境有关，也与河南文学艺术家整体意识的提升和创作理念的自觉调试有关，同时也说明不管是文学理论研究者还是戏剧理论研究者，都意识到了这种价值取向追求之于21世纪河南文学艺术产生的重大作用。

新世纪河南剧作家群在“中间地带”的细耕深掘，呈现出两个不同的向度：其一，就是立足传统基础上的超越；其二，就是秉承创新理念上的回归。先说前者。仔细留意，不难发现，新世纪的河南戏剧创作依然保持了河南戏剧创作关注生活、关注时代、弘扬主旋律的传统。仅以产生全国性影响的剧目而言，现实生活题材、农村题材、“主旋律”题材占了绝对的比例，如《香魂女》《铡刀下的红梅》《常香玉》《红旗渠》《焦裕禄》等。应该说仅从题材类型上看，并不新鲜，依然传统，“工具”色彩和“服务”意识还是非常突出的。然而，令人惊喜的是河南剧作家对这类题材价值的重新发现和独到开掘，以思想的分量和叙事的独特，消弭了“主旋律”题材带给人们的既有印象和莫名反感。这种突破，以对题材的现代开掘和独特表达为主要特

[1]孙荪：《文学豫军论》（续），《河南大学学报（社会科学版）》2002年第5期。
[2]梁鸿：《外省笔记——20世纪河南文学》，第179页。

点。

姚金成的《香魂女》，依然是农村题材，依然是现实生活的反映，但其开掘重点却从生活转向了人性，从歌颂转向了反诘，其对人性开掘的深度，在以往的河南农村题材现代戏中不曾多见，是对农村题材戏剧创作的重要突破。杨林的《红旗渠》，是在一口老井中掘出了新鲜的泉水，一改以往同一题材对修渠过程的过于纠结、流连，以独特的视角，将笔触对准了修渠决策者的“心理现场”。通过他们的龃龉、矛盾、抉择、担当、激情、泪水，将红旗渠的修建纳入到了波澜壮阔的时代背景中，以史诗般的恢宏完成了对一个时代、一群人、一种精神信仰的讴歌。杨林、李利宏的《常香玉》，以“心灵絮语”的风格定位和蒙太奇的叙述方式，开拓了真人真事题材戏的另一种可能和全新境界。姚金成、何中兴的《焦裕禄》，强调主人公置身的特殊历史环境、政治环境，以政治环境的严峻和自然条件的恶劣形成对主人公的双重考验，由此激发他人性、人格的光辉，使人们在以往获得的对焦裕禄勤政、治灾、亲民的认识之外，又多了几分对历史、时代的认识、感慨、感悟……这些传统的、陈旧的甚至说不讨巧的题材，在新世纪剧作家现代创作理念的观照下，获得了厚重的分量和现代的品质，产生了质的飞越。正像导演王晓鹰所说：“‘新时期戏剧’的艰难探索，无数戏剧工作者的研究、思考、争论、实验，其最大收获就是使我们的戏剧艺术带有了思考品质和人生意识，不仅铺陈生活而且思考生活，不仅塑造人物而且品味人生。从宏观上讲，正是这两点对新时期的戏剧发展起着推动作用。”[1]立足现实，扎根生活，关注时代，使河南剧作家们获得了丰厚的底蕴、丰富的题材、丰沛的感悟；而现代理念、开阔视野、历史眼光，又赋予他们突破和

[1] 王晓鹰：《关于新时期戏剧中“创新”课题的回顾与反思》，载孙浩主编《新时期戏剧创作研究文集》，第39页。

超越的能力，这是新世纪这些传统题材能够再获新生、享誉全国的重要原因。

再来说秉承创新理念上的回归。探索戏剧、个性写作在相对保守的河南，虽未能构成主流，但自 80 年代中期以来，却也一直不乏执着者和跟进者。他们的创作或执着于构思的奇特、手法的新颖，或着力于思想的锋芒、批判的力度，或期待于价值的多元、内涵的丰富，都是创新理念、个性书写指导下的创作，更多追求的是艺术上的探索和个性化的表达，有意跳出戏剧创作的传统“窠臼”，也不刻意对应戏剧通俗化、大众化的市场需求。自然，这些作品尽管有较高的思想和艺术价值，但不可能获得更多普通观众的共鸣和主流的推崇。

进入 21 世纪后，这些创作者在秉承创新理念、尊崇性情创作的前提下，创作姿态均有程度不同的调整，创新理念亦有适度的回归。如剧作家孟华，虽然在探索戏剧上热情不减，又有新版《白蛇传》《美兮洛神》等问世；在兴趣创作上依然纵情，继《榆树古宅》之后，又相继改编了奥尼尔的《安娜·克里斯蒂》《马可百万》以及经典电影《魂断蓝桥》，但与此同时，他的创作也开始观照现实，向现实呼唤和时代需要适度回归，最具代表性的就是《老子》《玄奘》《王阳明》《医圣传奇》等系列圣贤题材的问世。他利用自己的题材所长，以对圣哲先贤追思凭吊的方式，发掘他们身上所蕴含的丰富的人文思想和精神价值，并有意接通这些人文思想和精神价值与现实社会沟通的桥梁，让人们在追古抚今中获得思想的浸润、精神的陶冶和自我的提升。这几部圣贤戏，因其思想的光芒和艺术的价值，在新世纪的中国戏剧舞台上成为一道风景。而孟华，也因这些作品的创作，“他者”的疏离感和色彩的异质感有所减弱。

长于“讽刺与批判”的贾璐，选材普遍偏冷，作品具有比较强烈的批判和反思意识，其创作定位也基本锁定在知识分子精英阶层，如此前的《曹操父子》《刘邦与萧何》。新世纪的创作一方面保持了他的锋芒意识，如《大红灯笼高高挂》《狗喜剧进行曲》，或以阴冷写残酷，或以荒诞喻世态，都投射出令人灼痛的批判锋芒。另一方面在题材的开掘上也做了适度调整，如《红高粱》从小说电影对蓬勃生命力的歌颂主题转向抗日的主题，是戏剧对现实需求的一种适应性回归；《清吏郑板桥》虽是文人戏，对应的却是地域题材创作热和呼唤清廉政风的现实需求；《珠帘秀》《孝庄皇太后》等历史题材，多写历史境遇中主人公的心路历程和情感状态，更多的是作者对历史人物的一种解读和历史心绪的一种表达。

陈涌泉同样是一位有着强烈文学情怀和创作个性的剧作家，他在初期的创作是比较任性的。如在创作《阿Q与孔乙己》时，他就是要和一味把创作定位于农民观众的创作倾向“打打别”，他的口号就是把戏写给“大中学生和城市观众”看，并援引鲁迅先生《答〈戏〉周刊编者信》中的一段话为自己“撑腰壮胆”：“我想，普遍、永久、完全，这三件宝贝，自然是了不得的，不过也是作家的棺材钉，会将他钉死。譬如现在的中国，要编一本随时随地，无不可用的剧本，其实是不可能的，要这样编，结果就是编不成。”[1]立足自己的资源储备去创作，有针对性地为某个群体写戏，是他戏剧创作的明确追求。新世纪的《风雨故园》秉承了这种追求，其对鲁迅原配夫人朱安不幸人生的正视和表现，是勇敢大胆的，也是发人深思的。这是一部具有深刻反思和现代意味的作品。而同一时期创作的《程婴救孤》，也并没有去赶“解构、颠覆”的潮流，而是选择了对原著精神的尊重，并对“重然诺轻生死”的开掘点予以强化，既是对原作精神的回归，也是对中华传统人格精神的弘扬，还是对现实精神缺失的一次针对性“补课”。这样的选择更贴近现实，也更符合中国观众的价值判断和审美标准。正因为此，《程婴救

[1] 陈涌泉：《〈阿Q与孔乙己〉的成因》，《剧本》2002年第9期。

孤》成为同时期《赵氏孤儿》诸多改编版本中人气最高的一个版本,成为新世纪戏剧舞台上的一部“现象级”作品。新世纪陈涌泉的创作更多的是现实生活题材,如《婚姻大事》《王屋山的女人》《丹水滔滔》等。《婚姻大事》虽同是改编文学作品,但题材选择上已经是现实农村、河南特色,与他此前从古典戏曲、现代文学中选材已经有了明显不同,体现了他创作上明确的回归路线。

80年代在探索戏剧中一显身手的李利宏,在新世纪的戏剧舞台上,同样保持着探索的锐气和激情,其导演的小剧场话剧《福兮祸兮》和小剧场戏曲《伤逝》,仍都是河南戏剧舞台上的“number one(第一)”。但同时也看到,无论作为导演的他,或是作为编剧的他,在题材选择和艺术呈现上也均有一定程度的回归,不像《水上吉卜赛》时期过分“痴迷”观念和手段的创新。作为话剧导演的他,执导的《香魂女》《常香玉》《红菊》,其高度的写意性、时空自由和诗化特征,是对中国戏曲传统本质的回归。其参与编剧的《常香玉》《红菊》和独立编剧的话剧《宣和画院》,或写英模人物,或写“文化救亡”,或借由一起假字风波写对传统文化的坚守和动摇,都具有较强的现实对应性,是对现实需求的一种自觉回应。但他的创作又始终是在现代观念的指导下,因而无论是题材对现实的回归,还是艺术手法对本体的回归,都是螺旋式上升之后更高层次的回归,而不是技术、技巧的简单回归。用著名导演罗锦鳞老师的话说:李利宏的创作是带有观念性的创作。正是这种现代观念指导下的本质回归,赋予他的作品现代品格,也使他的作品更符合当代观众的审美追求。而他也成为河南唯一四部中国艺术节大奖、文华大奖的导演或兼编剧。

总之,无论是现实主义创作基础上的超越和突破,还是秉持创新理念基础上的调整和回归,都是新世纪河南剧作家群对于价值取向的重新认识、选择和践行,这就使得他们在继承和创新、传统和现代、现实需求和个性表达之间找到了理想的站位,从而在新世纪书写出了各自的精彩。

(四)多元评价机制下的价值认同

文学艺术是时代的反映和表征。新世纪“河南剧作家群”的崛起,同样也是时代环境的造就。宽松的环境,多元的需求,多渠道、多方位的平台提供,都为河南戏剧走出去并获得价值认同提供了可能。

首先是舆论环境和社会整体认识水平提升之于作品命运的重要性。以豫剧《香魂女》为例。《香魂女》改编自周大新的小说,在戏剧创作之前,小说及由此改编的同名电影已经走红全国。然而,搬到戏剧舞台上,还是遭到了各种非议。最“致命”的一点,就是这个戏在舞台上歌颂了“婚外情”,宣扬了不道德不健康的精神。持这种观点的人完全没有看出,创作者“正是通过女主人公香嫂的感悟和悔过,对上述‘罪孽’行径做出了批判:她最终懂得了自己的愚昧,虽然自己已经迈不开解放自身的步伐,但开释了‘买’来的媳妇环环,让她去追寻自己的爱情和自由。这正是戏的立意所在,也是原作周大新小说的价值所在”[1]。这是受众的认识水平所限。甚至当《香魂女》代表河南去冲刺中国艺术节大奖时,这种质疑声仍然不绝于缕。我们常常说创作观念的突破不容易,其实受众认识的超越同样艰难。仅有作者的观念突破,没有观众同步呼应、接纳的创作,注定是寂寞的。创作,很大程度上起着培育和引领受众的任务。而这种引领,首先建立在对作品价值的认识和肯定上。而对这种有争议的作品的价值肯定,更需要的是权威评判者的“慧眼识珠”。所谓的“权威评判者”,既包括文化主管部门的领导,也包括业界的专家,还包括起舆论导向作用的媒体。很幸运的是,这一次,权威评判者没有为这种“非议”所动摇,《香魂女》如期代表河南去参加中国艺术节并获得大奖,且成为新世纪河南戏剧的一部重要作品,盛

[1]廖奔:《品剧日记(1997—2004)》,中国社会科学出版社,2010,第223页。

演至今。

《风雨故园》也曾有过类似的经历，因该戏涉及鲁迅先生的“形象问题”，初演之后便遭搁浅。但在进入21世纪的第一个十年后，这个戏重新走上舞台，走进观众的视野，获得了观众的认可和评价，剧本也获得了“曹禺戏剧文学奖”。这些作品价值被认同的过程，与整个社会的进步、受众审美和价值判断能力的提升以及舆论的引导密切相关。艺术创作是时代的一面镜子，既感悟于时代，也受限于时代。因为优秀的创作者总是较常人更敏感于时代的变革，也更超前于常人的观念和认知。作品在一定时代诞生，在一定时代走红，一定有它时代的必然性。很多优秀的作品在它诞生的时代并不被认可和接受，也就阻止了它走向更广阔天地的步伐。新世纪这些有争议的戏剧作品能够获得它应有的价值认同，是时代的赋予，确是作者之幸，也是作品之幸。

其次是多元需求之于各类作品市场对应、接受评价的可能性。新世纪多元化的观众需求，决定了艺术创作类型的多元化。无论是哪一种创作，都能在多元化的市场需求中找到它的现实对应，实现它的创作价值。《香魂女》《程婴救孤》《铡刀下的红梅》《常香玉》《老子》《红旗渠》《焦裕禄》《重渡沟》等，在国家级主流平台上展示了河南剧作家的实力；《风雨故园》《大红灯笼高高挂》等在文学、学术研究领域获得了更多的关注和价值上的认同；《榆树古宅》《安娣》等奥尼尔作品的改编，为奥尼尔作品在中国的研究提供了立体范本，在中外文化的交流互动中担当了“使者”；小剧场戏剧《福兮祸兮》《伤逝》《跳墙》《五脊六兽》等，昭告了河南戏剧在国内外的各种小剧场戏剧节、小剧场戏曲节、国际艺术节上没有缺席，展示了河南剧作家的艺术视野及创新能力；《清风亭上》《琵琶记》《三娘教子》《白兔记》等传统戏的改编，既为演员表演提供了广阔的空间，也满足了广大观众“旧瓶装新酒”的审美需求；革命历史题材的《红菊》《山城母亲》《红高粱》

等，廉政题材的《斗笠县令》《清风茶社》《天职》《清吏郑板桥》等，真人真事的《村官李天成》《女婿》《大爱无言》……均在各级各类主题性艺术活动中一展风采……不同的创作目的，各异的评价标准，多元的观众需求，多层次的创作状态，共同构成了新世纪河南戏剧创作的丰富、立体和多元。不同的创作都有它适销对路的价值存在，不同的剧作家都在属于各自的平台上施展了才华，获得了创作价值的实现和认同，并共同凝聚为“河南剧作家群”的整体力量。

综上所述，经历过80年代、90年代队伍的集结、整合，创作观念的更新，到新世纪，应该说“河南剧作家群”的崛起是有目共睹的，这个概念、提法不但是成立的，而且是有着丰富内涵的。正像本章开头所说，衡量的标准也都是具体可感的:一是一支有全国影响力的队伍；二是有具有全国影响力的一批剧作家；三是他们相同的地域背景和时代背景，决定了他们创作的诸多共同特点(这一点将在下章论述)；四是它经历了一个由弱到强、由隐到显的发展过程，在新世纪之后达到高潮期；五是它和80年代的“福建剧作家群”“四川剧作家群” “湖南剧作家群”一样，是个“阶段性现象”。经过新世纪以来十余年的快速发展、集中爆发，这个群体的势头已然有所跌落，其群体影响力还能持续多久，也是许多人心中的疑问和担忧。在此，笔者还是愿意拿自己在盘点河南现代戏40年创作成就及繁荣原因一文的结尾一段来为本文作结，它是河南戏剧创作的一个概括性总结:“40年的辉煌成就，由几代戏剧人共同书写。回眸历史，既感慨欣喜，又忧心忡忡。在经历了新世纪的快速发展、‘高能’释放后，河南戏剧也正在进入新一轮的缓冲期，这是艺术发展的必然规律，因为人才队伍有它的成长、成熟、更替周期，题材的发现、沉淀、发酵有它的必然过程。改革开放的40年，正是因了前面二十余年‘蓄之既久’的潜伏期，才有了新世纪之后‘其发必速'的辉煌期。回顾40年的发展，除了从中获得安慰和满足，更重要的是汲取经验和认知。而后者，才是保持内心淡定，客观面对当下现实，扎实走向更好未来的'有效能量'。"[1]

2019年1月14日完稿

2019年1月19日修改

2019年5月19日再改

2021年3月11日定稿

[1] 李红艳：《现代戏：中原风景独好——河南现代戏发展繁荣的原因》，《福建艺术》2018年第10期。

5

第五章

地域基因与时代造就

——新时期河南剧作家群的群体共性

地域基因与时代造就

——新时期河南剧作家群的群体共性

在前一章《“河南剧作家群”概念提出的理论依据和内涵阐释》中已经提到，“河南剧作家群”这个概念的提出，基于两个基本前提：其一，特定的历史阶段，那就是新时期以来；其二，共同的地域空间，那就是出生、成长在中原大地并以中原文化为主要书写对象的剧作家群体。相同的地域身份，赋予他们共同的文化基因、心理情结、人文传统、创作资源，并面对共同的审美客体；共同的时代经历，又赋予他们大致相同的创作“规范”，这就使得他们的创作呈现出鲜明的共性特点。与此同时，这一时期，又是千百年来中国社会前所未有的巨大变革时期：从农业社会向商品社会转型，从乡土社会向现代社会转型，从一元封闭向多元开放转型。而且，随着新世纪之后信息社会的到来，地域拘囿愈发松动，剧作家的视野得到进一步拓展，主体意识不断增强，地域身份逐渐模糊，文化意识越发自觉。因而，这一时期河南剧作家群体的创作，呈现出共地共时背景下的群体共性，共地性决定了它一定的稳定性、传承性，共时性决定了它的变异性、创新性。既体现了对地域传统的继承，也体现了与时俱进的变革，体现出多样性中的统一性和差异中的共同性,具有鲜明的群体共性。

一、共同地域下的心理情结和创作倾向

笔者在本书的“绪论”里已经说过,地域文化对地域文学艺术创作的影响是显而易见的,它是地域文学创作的文化和心理基础,也是作品的活力之源。美国的赫姆林·加兰曾说:“艺术的地方色彩是文学的生命力的源泉,是文学一向独具的特点,地方色彩可以比作一个人无穷的、不断涌现出来的魅力。”[1]谈及地域作家的群体创作共性,地域文化几乎是一个绕不开的话题。地域文化对文学艺术创作的影响是持久的、深入的,且有着超强的稳定性,故而在本章的论述中,首先涉及的一定是这一话题。

从人文地理的视角研究一个地区的文化心理和文化特征,是当今文化研究的一个重点。虽然一个地区的“文化心理‘图式’是由许多因素影响生成的,但地理环境因素无疑有着基础性的潜在影响力”[2],它“润物细无声”地塑造了一个地区的文化心理和文化个性。正因为此,才有了具有广泛认同意义的燕赵文化、中原文化、荆楚文化、巴蜀文化、吴越文化、三秦文化、三晋文化等和地理位置密切相关的文化圈的划分。这些文化圈、文化带的分割,既是地域空间上的范围界定,也是风格意义上的差异区分。各个文化圈都带着各自地域赋予的先天气质和独有风格,而诞生在不同地域文化土壤上的文学艺术,也各自带着先天的地域基因和独特密码,具有明晰的辨识度。那么,立足于中原深厚文化土壤书写的河南剧作家群,他们的创作带着怎样的共同基因呢?

(一)使命般的现实关切

河南地处中原,从夏朝到宋代的两千多年间,一直是我国的政治、经

---

[1]赫姆林·加兰:《破碎的偶像》,载《美国作家论文学》,刘宝瑞等译,生活·读书·新知三联书店,1984,第85页。

[2]李庚香:《中原文化精神》(上),河南文艺出版社,2007,第3页。

济、文化中心，数度形成政治文明的巅峰与辉煌，政治文化尤为发达。而且，中原政治文化“在中华文化的发展进程中始终处于得风气之先和引领风骚的地位”[1]，政治文明不仅推动了中原社会、政治、经济、文化的发展，而且深刻地影响了中原人民的思想观念、行为方式，培养了河南作家艺术家习焉不察的“政治情结”，“文以载道”的意识十分强烈。这就注定了河南的文学艺术家们的“‘长子意识’和‘承担意识’特别强，在精神上和政治意识形态上有很深的认同感，这在无形中导致他们去加入时代的大合唱之中”[2]。

20世纪五六十年代，当这种现实关切和舆论倡导相契合，河南文学、艺术创作一个辉煌时代的到来就是顺理成章的事。以文学家李準和剧作家杨兰春为代表的河南文学家，使得河南的文学艺术这一时期在全国“大出风头”。尽管随着时间的推移，对这一时期的文学成就存在着毁誉参半的评价，但不能否认，河南文学艺术家在感知现实、捕捉时代方面触角的敏感及这种敏感背后蕴含着的浓烈的家国情结。这是一种无法割断的地域文化情结和文化心理，是一种无形且强大的统摄力量，虽历经岁月磨砺和时代浪潮的不断涤荡，仍有它顽强的历史传承性和结构的稳定性（惯性）。新时期以来，现实关切仍是河南文学艺术家的自觉担当、自我选择，具有集体共性和群体显性。河南籍作家阎连科说：“河南作家共同的特性就是对政治的热情不减，不管是热爱，还是嘲弄，都是一种关心。我的前期作品尤其这样，几乎成为一种本能。”[3]

先剖析一个独特现象。改革开放之初，被压抑已久的古装戏得以恢复，人们观看古装戏的情绪如决堤之水，表现现实生活的现代戏一时受到

[1] 徐光春：《中原文化与中原崛起》，河南人民出版社，2007。
[2] 梁鸿：《外省笔记——20世纪河南文学》，第260页。
[3] 阎连科、梁鸿：《中原突破的陷阱》，载《外省笔记——20世纪河南文学》，第455页。

冷落。但这一时期,河南的现代戏创作却如火如荼,而且在全国产生影响的也恰恰是一批现代戏,如《谎祸》《朝阳沟内传》《小白鞋说媒》《金鸡引凤》《倔公公偏遇犟媳妇》《倒霉大叔的婚事》等。获得全国优秀剧本奖的《朝阳沟内传》《劳资科长》《倒霉大叔的婚事》无一不是现代戏。这些作品无论是歌颂还是批判,都体现了剧作者对现实的热切关注。比照同时期福建的获奖作品《晋宫寒月》《新亭泪》《状元与乞丐》《魂断燕山》《凤冠梦》和四川的《四姑娘》《易胆大》《点状元》《巴山秀才》,河南剧作家关切现实的特点会更加清晰可见。前者全部是新编历史剧或整理加工的传统戏,后者除了《四姑娘》,也均为新编古装戏,而《四姑娘》还是改编自文学作品《许茂和他的女儿们》。由此可以看出,新时期河南剧作家明确的"中心意识""责任意识""担承意识"。他们企图通过现代戏这一最贴近现实、贴近生活的艺术形式,表达他们"致君尧舜上,再使风俗淳"(杜甫《奉赠韦左丞丈二十二韵》)的理想和抱负。因此,在没有政治力量强行干预、作家"写什么、怎么写"都相对自由的前提下(不像20世纪50年代,全国上下大力倡导以"现代戏为纲"),河南的剧作家依然"钟情"于现代戏,戏曲现代戏创作势头不减反增。不仅现代戏是这样,古装戏《血溅乌纱》《程咬金照镜子》等,也均带着"借古喻今,匡时济世"的明确创作宗旨。

90年代之后,随着80年代思想浪潮的逐渐退潮以及市场经济、商品经济的到来,文学艺术的创作又回落到现实地面,其介入现实需求的功能再一次得到强化。加上河南主管部门的大力提倡,因此,90年代之后,河南涌现出了大量的定向戏、行业戏、英模戏,几乎每一个剧作家都有创作此类戏的经历。即使是80年代中期逐渐远离主流的孟华,也在90年代初期奉命创作了计生题材戏《生儿子大奖赛》。这些创作,固然有现实的需求和舆论的倡导,但要成为优秀的艺术作品,必得有艺术家的有感而发和真情投入。文学艺术来源于生活,最重要的还是因为现实生活为他们提供了太多可感可触、能够进入创作领域的素材，时时触发他们那“心忧天下”的赤子情怀。河南剧作家对现实题材的热切关注，既是文化的历史传承，也是现实的刺激和感喟。这同样得益于中原文化的丰厚赐予。

中原文化是一种英雄文化，其从古到今一脉相承的忠烈传统和忠义人格，“不仅孕育出具有忠义刚烈人格的中原精英人物，而且塑造了整个中华民族的道德观、人生观和价值观”[1]。其蕴含的丰富的精神价值和理想人格，成为中华民族的精神指向。如“天人合一”的和谐精神，“厚德载物”的包容精神，“君子自强不息”的进取精神，“愚公移山”的奋斗精神，“精忠报国”的爱国精神……中原人民不仅是这些精神的创造者，也是这些精神的继承者、发扬者、践行者。《河南历代名人辞典》中共收录 1911 ~ 1949 年期间的豫籍名人 250 人，其中为民主革命、民族解放捐躯的烈士就有 171 人。这种精神同样在当代中原儿女身上得到了具体生动的继承和发扬，如林县人民自力更生、艰苦创业的“红旗渠精神”，兰考县委书记焦裕禄一心为民的“公仆精神”，人民艺术家常香玉“戏比天大”的艺术精神，公安局局长任长霞“执法为民”的百姓情怀……在历届感动中国人物、道德模范的评选中，河南人几乎从不缺席，甘于吃苦、乐于吃亏的李连成，信守承诺、敢于担当的谢延信，居功不傲、安贫乐道的李文祥，充满大爱、一腔真情的吴新芬……“河南是一片仰慕英雄、产生英雄的土地，也是热爱英雄、造就英雄的热土。”[2]当代中原儿女以实际行动诠释了中原传统文化精神的当代意义，为中原传统文化注入了时代内涵，这是中原文化孕育出来的生生不息的精神力量。置身于这片热土、感同身受的河南剧作家，以英雄的情怀感悟英雄，以崇敬的心境礼赞英雄，以诗人的笔触塑造英

[1] 陈金川主编《地缘中国：区域文化精神与国民地域性格》，中国档案出版社，1998，第 68 页。
[2] 徐光春 2007 年在香港恳谈会上发表的题为《中原文化与中原崛起》的演讲。

雄,写出了一幕幕为人称道而又感人至深的主旋律大戏。

纵观改革开放四十年河南的戏剧创作，最突出的特点就是现实题材作品数量多,成就大,且尤以“主旋律”作品居多。当然,紧跟形势,附贴现实,难免造成作品流于肤浅、粗糙、艺术性差。但这一时期的“主旋律”作品,有不少已经远远超越了过去那种简单的对政策和现实需求的“敷衍”“图解”“配合”“歌颂”的层面,具有更深刻的思想性和更高的艺术性。如果说,是地域文化的情结赋予了剧作家对这类题材的热情,决定了这类作品的“量”;那么,赋予作品思想分量和艺术高度的,则是剧作家的观念视野和艺术素养。新世纪形成河南“戏剧现象”、构筑起河南剧作家群影响的重要作品中,不乏分量厚重的“主旋律”大戏,如《常香玉》《红旗渠》《焦裕禄》(豫剧、话剧)等。这些作品对题材的阐释角度和所达到的艺术成就,使它们当之无愧成为当代中国戏剧舞台上的优秀力作。

当然，如果把对现实的关切仅仅理解为对时政的关注，对主旋律的“热衷”,对英雄模范、好人好事的歌颂,那就太狭隘、太肤浅了。河南剧作家的现实关切是多方面、多层次的,时代变革丰富、敏感的神经脉动,在他们笔下都有及时的捕捉和深刻的表现。如表现时代变革中女性人格意识觉醒的《香魂女》,表现物质丰裕后老年人精神需求的《老子·儿子·弦子》,关注当代农村大龄男女和留守女性情感选择和情感世界的《红果,红了》《婚姻大事》《月到中秋别样圆》,表现现代化进程中各种社会问题的《啼笑皆非》《都市彩虹》《都市长虹》《清风明月》，表现传统文化失落和坚守的《宣和画院》等,都是现实关切的有感而发,而且都达到了较高的艺术成就。由此可见,现实关切之于河南的剧作家是一种情怀,一种无意识,一种一以贯之的人格传统,同时也是一种自觉的担承。新时期河南现代戏的繁荣昌盛,现实主义力作的不断涌现,与剧作家的这种情结不无关系,与中原文化的丰厚馈赠息息相关。

（二）化不开的乡土情结

河南自古以来都是农业大省，农民是这片土地的主角，农业是他们赖以生存的经济基础，农耕文化是中原文化的底色。河南人对土地的眷恋、对农业的依赖，绝非北方那些以流动为主的游牧民族和商品经济发达的沿海地区的人们所想象到的。林语堂先生在《论“土”气与思想境界之关系》一文中说：“没有到过黄河流域这些北省的人实不足与语‘土’之为何物。他们绝不明白‘土’与人生之重要，关系之密切，他们不知道我们是生于斯，长于斯，食于斯，寝于斯，呼吸于斯，思想感慨尽系焉，诚有不可与须臾离之情景。”[1]

人类的思维方式、情感方式，总是同其所属地域的生产力和生产方式的发展水平相适应的，因为经济基础决定意识形态。中原人民，在长期的农业生产活动中，以为农业服务和自身娱乐为中心，形成了有着独特内容和特征的农耕文化，其主体包括语言、戏剧、民歌、风俗及各类祭祀活动等。戏剧，即是农耕文化中主要的形态之一。在河南农村长大，对戏曲艺术在农耕文化中的地位和影响力有着深刻体悟的著名作家李凖说：“中国的农民文化，很大程度上，是戏剧曲艺文化。”[2]诞生在这块土地上的戏曲艺术，带着天生的民间性格，散发着浓郁的泥土气息，以普通百姓的好恶爱恨、喜怒哀乐、审美习惯，观照、把握着观众意识，演绎着人情物理，和劳动人民保持着肌肤之亲、血肉联系。张履谦写于1925年的《相国寺梆子戏概况调查》中写道，梆子戏的特征“纯全合于河南的风俗习惯”，“多是为下等社会中人现身说法的戏剧”，其“为观众所爱好者，则在表现风俗习惯中鄙俚粗俗之人与事物的关系，与观众的生活打成一片”[3]。于是，我们看到，

[1]林语堂：《林语堂谈人生》，哈尔滨出版社，2009。

[2]孙荪：《风中之树——对一个杰出作家的探访》，人民文学出版社，2002，第162页。

[3]张履谦：《相国寺民众娱乐调查》，《中国曲艺志·河南卷》编辑部编印，1989年9月。

《打金枝》《三哭殿》中的皇上，虽贵为天子，却也被家庭琐事搞得愁眉不展；《对花枪》中瓦岗寨上的英雄罗艺，背叛了感情，也得吃老婆的“绣鞋底”，狼狈得“满脸灰土一身泥”……

情结也即感情的向往和寄托。历史悠久的农业文明孕育了河南作家浓重的乡土情结。乡土之于文学，“不仅是创作的宝贵资源，现实主义精神的基础，对于河南的多数作家来说，而是天然的、有时是处于无意识状态的精神脐带”[1]。底蕴丰厚的中原沃土，孕育和滋养了河南作家的情感方式和心灵世界，他们也以最大的热忱对这方土地给予了最真诚的回馈。20世纪五六十年代，李凖的小说、杨兰春的《朝阳沟》，都以对中原乡土、世俗人情真实而生动的书写而享誉全国，形成了河南文学在20世纪的第一个高峰。尽管李凖、杨兰春们这一时期的创作因紧跟形势而遭人诟病，但他们对乡村生活的真实书写和所达到的艺术高度，不能不令人叹服。乡村在他们笔下，是那样富有生活气息；人物在他们笔下，是那样鲜活生动。作家“对农村习俗的熟悉使人感到吃惊……你忽然发现，日常生活还可以进入文学，并且可以照搬进文学”[2]。

李凖、杨兰春们对乡村生活的再现能力，源于他们对生活的深入程度，这种深入，既包括对农村生活的熟悉程度，更包括对乡土的浓厚感情。“生活有多深，水平就有多高。”杨兰春的这句话，既是他对创作与生活关系的体认，也是一种经验的总结，还是后继者们继承发扬的创作法宝。《倒霉大叔的婚事》的作者齐飞在总结自己的创作经验时曾说，他的创作“最根本的是得助于生活。我把生活比作大河，创作技巧比作小舟，生活可以弥补创作技巧的不足；而没有生活，等于河中无水，小舟就要搁浅”[3]。这和

[1]孙荪：《文学豫军论》，《河南大学学报(社会科学版)》2002年第5期。

[2]阎连科、梁鸿：《中原突破的陷阱》，载《外省笔记——20世纪河南文学》，第458页。

[3]齐飞：《齐飞剧作选》(后记)，中国戏剧出版社，1992，第329页。

作家王安忆的观点近似。王安忆认为，生活是创作最丰富的源泉，哪怕你的手艺不怎么样，只要有丰富的积累，舍得用料，“总是铺排得开”，虽免不了堆砌庞杂，“但到底是质地厚”，而且“这些作品大多数是饱满的”。[1]

新时期以来活跃在戏剧创作一线的河南剧作家，基本都有农村生活的经历，亦有深入生活的自觉，广大农村既是他们的出生成长地，也是他们精神心灵的出发地。广阔的农村生活图景、乡风民情，广大农民的精神风貌、情感追求，构成他们戏剧创作的重要题材内容。改革开放后，剧作家的创作视野更加拓展，题材来源更加丰富，但是，农村题材依然是河南戏剧创作的“绝对主打”；浓郁的生活气息，生动的情节设置，鲜活的人物形象，仍是河南戏剧创作的突出优势，也是河南戏剧在全国版图中非常鲜明的地域特色。

乡土情结当然并不仅仅表现为对农村题材有兴趣，乡土文学也不仅仅是对农村生活的表面讴歌；相反，“乡土文学如果只是对旧文明的礼赞，那与人性的美不仅相去甚远，和今人的追求亦有差别，是不可取的”[2]。乡土文化，渗透着这个地域生活着的人们的群体性格、精神风貌、风俗民情、情感方式、价值判断，作家只有将这些融汇其中，才真正具有乡土意义。就像杨兰春的农村现代戏，犹如中原农村的乡土风俗画；就像王明山的伦理道德系列剧，从中我们看到了中原传统人伦道德的图景、发展和变化；就像杨林的《红旗渠》，从中我们感受到了太行山的雄浑、伟岸和粗粝，感受到了太行山人的纯厚、坚毅、强韧、决绝，这是一方水土的孕育；就像李利宏的《宣和画院》，我们从中嗅到了古城开封的悠远味道和市井气息，这是一座城市的内在气韵……这些创作，都是对中原乡土不同层面的书写，是

[1] 王安忆:《生活是小说最丰富的资源》，人民文学出版社公众号，2019 年 2 月 14 日。
[2] 孙郁:《革命时代的士大夫：汪曾祺闲录》，生活·读书·新知三联书店，2014，第 170 页。

作者乡土情结的寄寓和表达。

河南剧作家的乡土情结，还体现在他们对中原百姓群体性格的准确把握和情感方式的尊重。茅盾在论及文学的地方色彩时曾说:“地方色就是地方的特色。一处的风俗习惯不同,就一处有一处底特色,一处有一处底性格,即个性。”[1]中原历史上多灾多难,苦难的生活磨炼了河南人吃苦耐劳的精神,也塑造了他们通达开朗的人生态度和群体性格。用作家李凖的话说,就是河南人都有一种“侉劲”,也就是看上去朴实、笨拙,骨子都是天真汉,都具有智慧和幽默感,乐天知命,似乎具有与生俱来的幽默。河南籍作家刘震云在一次讲学中说:“河南这个地方历史上灾难频仍，当我们用严峻的态度来面临严峻的事态时,严峻就会变成刚强;但当我们换一种幽默的态度看待灾难时,灾难就会变成一块冰,而幽默就会变成一片海,当冰掉到海里就会溶化掉。”

河南人这种坚韧、通达、乐观的人生态度,在河南的戏剧创作中有着非常充分的展现。如《七品芝麻官》中的唐成,貌丑位卑,却不畏权贵,以机智果敢斩了位高权重的诰命夫人;《卷席筒》中的苍娃,善良、顽皮,对亲娘的恶行不依不饶,为兄嫂的蒙难四处奔走,终以自己的仗义相助使兄嫂洗清冤屈,全家团圆;《倒霉大叔的婚事》中的常有福,命运多舛,坎坷半生,始终能以幽默乐观面对人生,终于苦尽甘来;《石头梦》中的王跑,勤劳忠厚又不无狡黠,有着屡折不摧的生命韧性,贫穷、灾荒、压迫、疾病都未能击倒他,宝丢梦碎,却能继续领着全家行进在漫漫的跑荒路上;《老子·儿子·弦子》中的赵铁贤,靠机智狡黠对抗儿女的人身“拘禁”,坦坦荡荡追求精神的快乐自由;《河南担》中的小勤,靠着一根扁担,靠着活命的执念,靠着情的温暖和爱的依偎,将“苦难人生”过出了“甜蜜滋味”……这些人物

[1]茅盾:《民国日报副刊〈觉悟〉》,1921年5月31日。

形象，是中原群体性格的集中体现，他们遗传了中原文化赋予的基因，镌刻着中原文化刻下的印迹，故而能成为河南戏剧舞台上令人难忘的经典形象。

农耕文化是一种伦理文化，重亲情，讲秩序，崇谦让，知恩报，对人情物理、世态炎凉、是非曲直、家长里短有着浓厚的兴趣和明确的是非立场。因而，河南剧作家在创作时，特别注重在河南观众喜欢的伦理框架内展开故事叙述，特别善于构织人物关系、设置价值尺度，特别会在观众的兴趣点上、接受度内，实现意图传递。杨兰春的《朝阳沟》，把知识青年上山下乡的主题纳入到了伦理叙事的框架内，这就变社会话题为世俗话题，赋予了作品超越时代的艺术力量；张芳、姚金成的《蚂蜂庄的姑爷》，让未来的姑爷去查丈母娘的偷税漏税，同样转行业话题为伦理话题，大大增强了戏剧性和可看性；王明山的《清风茶社》，将廉政的主题纳入到亲情的伦理框架内，写情与法的纠结和选择；姚金成的《香魂女》对女主人公人格觉醒的礼赞建立在对她道德出轨的批判上；王明山的《老子·儿子·弦子》用物质丰裕的“孝”反衬“精神缺失”的“不孝”；孟华对奥尼尔《榆树下的欲望》的改编，同样顾及中原观众的伦理道德评价，为消减男女主人公不伦之情带给观众的“忤逆”感，特将柯龙和柯泰的亲生父子关系改为非亲关系……这些创作，都深深根植在中原文化的沃土中，符合广大观众的审美情趣，故而能够被大家接受并喜爱。

河南剧作家的乡土情结，还体现在对乡土生活经验、风俗人情、情感方式的珍视和迷恋，以及作品艺术表达上的乡土风格。这种烟火之气赋予文学作品以生命和灵动，也赋予作品以特色和风情。艺术表达上最重要的体现方式，就是语言。中原文化底蕴深厚，其民间语言犹如经过千熬百煮的浓汤浓汁，具有质朴、凝练、准确、生动、大俗大雅的特点。著名作家李凖、魏巍、姚雪垠、二月河，都声称河南戏曲是自己的语言教科书。茅盾先生曾对河南籍作家李凖说过:“你们中原作家是得天独厚，那里群众语言丰富生动,你们把生活语言直接放到作品里,便朴素真切,妙趣横生。”[1]语言是河南文学艺术的一张靓丽“名片”,强烈体现了中原文化的“基因”,具有寓华于素、寓雅于俗、大俗大雅的特点。如众所周知的《朝阳沟》中的“棉花白,白生生,萝卜青,青凌凌;麦籽个个饱盈盈,白菜长得磁丁丁。”“走一步退两步不如不走,千层山遮不住我满面羞。”……“有生活的丰厚博大,有民间的本色通俗,有智慧的风趣幽默,更有广汲深采积淀提纯后的准确精练。”[2]

新时期的河南剧作家们，同样在中原这块丰厚的文化土壤上汲取营养,获得灵感,都沉淀出较深厚的语言功夫,且在艺术表达上都有自然天成的乡土风格。不妨以一组描写爱情的唱词为例。孟华的新版《白蛇传》:“尊官人且莫要忧前虑后,奴跟你权当是跟个丫头。不图金不图银图你个人就够,穷日子粗茶饭不讲稀稠。无家产无楼房,咱找个草庐,无彩礼无花轿,就骑个牲口。你独男我孤女,咱牵挂无有,挣钱多挣钱少,我都能将就。”姚金成的《闯世界的恋人》:“你说道哥背妹妹心情愿,疼百步甜百日相好百年。你说道对面就是幸福岸,咱俩同心就是船。我眼里流泪心里暖,为哥哥挨打不算冤。”王明山的《老子·儿子·弦子》:“自那日望月楼不欢而散,我心里晃晃悠如打秋千。赵大哥被拉走让我难堪,说不清道不明半咸半酸。没有他拉弦子为我做伴,别扭得字吐不正腔不圆。”杨林的《河南担》:“想哭想笑叫张大,想亲想咬(你个)陕西娃。想踢想打无数下,想搂想抱想挠抓。想诉想说千句话——要我,你是君子,不要,你是傻瓜;要我,你是丈夫,不要,你就没家;要我,你能当爹,不要,你没娃娃……”贾璐的《能

[1]李凖:《文风杂谈》,《河南日报》1979年1月28日。
[2]李红艳:《经典河南·梨园》,大象出版社,2007,第34页。

人百不成》:“你一片情意我心领过,似清泉流过荒沙坡。可就是凤凰老鸹不并卧,哥没有梧桐树只有茅草窝。”陈涌泉的《婚姻大事》:“前些年家里穷担子沉重,不得已强把感情用冰封。别看我三十九岁超大龄,感情的纪录上一片空白等于零……怀揣着一盆炭火娶来你,谁知你给我一个冷冰冰。情感的闸门刚启动,扑通一声又紧封。”……这些情感表达,或浪漫,或坚贞,或含蓄,或热烈,或诚挚,或戏谑,都平白如话,意味深长,风趣幽默,大俗大雅,充满了烟火之气和人生况味感,具有浓郁的河南特色和明确的地域标识。

乡土是作家精神的出发地,因此,乡土情结又常常表现为剧作家对精神世界最原始记忆的无意识触碰和打捞。如孟华笔下经常出现的神秘奇异的“人鬼神”交混的艺术世界,即是自幼生长于南阳、深受荆楚文化浸淫的结果,“是对非主流文化的一种青睐”[1],已构成他创作的一个显性特色。姚金成在《闯世界的恋人》《香魂女》两部戏中,都设置了为逝者“招魂”的情节,那是乡土文化最原始、最普遍的表现形式;而电影文学剧本《灶王爷糊涂神》,更是让人们看到了他主旋律作品之外的另一种文化色彩。李利宏作品中常常出现的民歌、童谣、风俗,更是他乡土记忆的频繁激活和再现,“点点豆豆,开花石榴”“大小多少,吃馍卷草……”那是“童年时姥姥在星月的熏风下给我溜的曲儿”[2]。他和王俭、何中兴合作的《红菊》中,更有意将红菊出嫁的情节“放大”,将民间嫁娶的“十梳头”巧妙融入,“正月里梅花开出门见喜,梳一个一帆风顺大利大吉。二月里迎春花开花开遍地,梳一个二龙戏珠上天梯……”但这些都还不足以释放他的乡土情结,直到以方言写就大型话剧《宣和画院》,故乡情结才稍稍得以慰藉。王明山的多

[1]孙郁:《革命时代的士大夫:汪曾祺闲录》,生活·读书·新知三联书店,2014,第167页。
[2]李利宏:《八年蒸个馍——我写方言话剧〈宣和画院〉》,《剧本》2009年第1期。

部作品中，都有童谣的融入和贯穿，如《老子·儿子·弦子》中的“板凳宽、扁担长”，《白兔记》中的白兔“小白兔，真可爱”，以及革命历史题材剧《信仰》中的风筝歌“风儿轻，线儿长……”同样是乡村情结的无意识流露和表现。

随着社会现代化步伐的加快，随着乡村的日益城镇化、现代化，传统意义上的乡土，已经或正在消失，从文学艺术作品中获得情感的慰藉，越来越成为有乡土情结的人们的热切期待，对乡土文化的书写也越来越显得弥足珍贵。这大概也是沈从文、汪曾祺等越来越受到追捧的主要原因。乡土文化的戏剧创作大有可为。期待河南的剧作家像“文学豫军”一样，更多地执着于乡土文化的书写和表达，因为这是人们愈发热切的期待。

（三）超稳定的文化心理结构

中原文化是“政治—伦理型”文化，其文化核心是儒家正统。众所周知，河南人爱说一个“中”，这个“中”，既是地理方位的中国之“中”，也是曾经政权的核心之“中”，还是儒家哲学的“中庸”之“中”、“中和”之“中”，也是道家哲学的“守中”之“中”。它蕴涵着丰富的思想内涵，也隐藏着中原文化深层的心理结构。特别是南宋之后，中原政治文化中心旁落，昔日“冠盖辐辏，人文荟萃”[1]的盛景不再，从此“沦落”为贫穷落后的“边缘”省份。人文之衰成为必然。加之农耕文化养成的务实、淡定的心态，使中原人民形成了超稳定的文化心理结构，其优点是踏实、厚道、重情义，拙朴的外表下都有一副古道热肠，人情味十足；缺点是封闭保守，不善于接受新鲜事物，不敢冒险。尤其是观念意识，很难突破。故而，几乎整个20世纪，河南都处在中国思想文化领域的“边远”地带，和地理位置的中国之“中”形成明显反差。

---

[1] 嵇文甫：《河南精神》，转引自李丹梦《文学“乡土”的地方精神》，北京大学出版社，2014，第79页。

20世纪中国历史上有过两次启蒙，第一次就是五四新文化运动，“产生了新的思想，完成了中国民族国家的重建。第二次就是80年代民间半民间的启蒙运动，它与体制内的思想解放运动相呼应，为中国的改革开放奠定了思想基础”[1]。如果说，第一次启蒙运动因河南远离政治中心，加上封闭保守，并未能“介入风暴式的大历史背景和思想背景之中，而处在新文化思想运动和文学运动的边缘”[2]，那么，在第二次“民间半民间”的启蒙运动中，河南同样没能“利用官方开启的思想解放空间”[3]，汇入这股汹涌的思想潮流。仅以文学艺术的创作而言，并没有产生在全国领潮流之先，或者说汇入潮流的作品。虽也听到了“惊蛰”的隐隐雷声，但终未能唤醒更多蛰伏既久的冬虫。造成这种结果的原因有二：一是在河南这种正统的思想体系内，很少出现文化的“异数”。“河南作家始终是在潮流内创作，跟随潮流，模仿潮流，却很少创造潮流。”[4]这是创作者的原因。二是虽然少数接受西方文艺思潮的创作者也进行了可贵的先锋戏剧的大胆尝试，但终因与“正统”离得太远而被“长官意志”扼杀在摇篮之中，犹如一道闪电划过，未能形成气候。这是区域环境的原因。但归根到底都是人的原因、观念的原因、意识的原因，致使河南再一次错过融入潮流、领跑潮流的机会。可以说，20世纪两次思想启蒙河南的缺位和落后，很大程度上是地域文化的负重羁绊了思想飞翔的翅膀，致使河南和全国相比“少跑一圈”。

河南文学和戏剧创作的辉煌分别在20世纪的90年代和21世纪之初到来，“文学豫军”和“河南剧作家群”以群体的姿态享誉全国。这两个现象的出现，同样和中原文化的品格息息相关。当思想的潮流不再汹涌，当

[1] 马国川：《我与八十年代》，生活·读书·新知三联书店，2011，第173页。
[2] 梁鸿：《外省笔记——20世纪河南文学》，第120页。
[3] 马国川：《我与八十年代》，第161页。
[4] 梁鸿：《外省笔记——20世纪河南文学》，第120页。

文学艺术的创作逐步转向现实主义的深化和多元，河南文学艺术家则显示出了他们勤奋、踏实、厚积薄发的优势。当然，这种厚积薄发，是伴随着观念的逐步更新和视野的渐进开阔而实现的。“作家在吸收、学习西方现代意识的基础上，回到文化内部，回到生存的内部去观望生活、社会和其中所蕴含的意义，但它并不排斥现代性的眼光，更不排斥本土的经验，而是两种眼光的结合。”[1]这就是上一章提到的被学者梁鸿称作的“第三种写作”。尽管它较之思想的潮流“慢了半拍”，但却走得坚实、稳妥、执着，不管是“文学豫军”，还是“河南剧作家群”，都以对中原文化的重新发现和书写，显示出力量和厚度；而“文学豫军”“河南剧作家群”现象持久的影响，也显示出中原文化赋予的这种不紧不慢、不疾不徐、厚积薄发的后劲和功夫。

中原文化的超稳定结构，也塑造了河南戏剧相对稳定的审美心理结构，体现在文学艺术创作中，就是艺术风格的中和之美。不管是叙事结构还是表述文风，都稳健朴实，不偏不倚，不离奇，不怪诞；文质彬彬，雅俗共赏；艺术风格少有大喜大悲，悲剧常孕育着光明的未来，喜剧也常隐含着辛酸的泪水……显示出中正、平和之美，折射出中原文化的超强稳定性和持久影响力。

二、共时背景下的突破、变革与新共性

如果说，地域传统、深厚积淀塑造了人们文化心理结构的稳定性，那么时代变革带来的一定是它的变异性。本课题的一个关键词是“新时期”，也就是改革开放的四十年。在历史的长河中，40 年可以说只是短暂的瞬间，相对于这个时间段的短暂，中国所发生的变化却是让人难以置信的“未有之大变局”。时代变革的潮水巨浪涤荡着、改变着甚至颠覆着人们

---

[1] 梁鸿：《外省笔记——20 世纪河南文学》，第 179 页。

的思想观念，改变着人们的生活方式。无论你愿不愿意、适不适应，都被时代潮流裹挟着向前走。本课题的研究对象——河南剧作家群，就处在这样一个日新月异、天翻地覆的时代格局中。他们的观念意识、视野范围、思考方式、题材来源、艺术风格，无不受时代变革的左右和影响，发生着共时下的转向和变革，同时也展现出共时下的新共性。

（一）自省意识（或自审意识）的获得和强化

反思意识，是20世纪80年代“思想解放”和“启蒙运动”下获得的一种价值观念和思维方式。体现在文学艺术创作上，就是80年代的“反思文学”更多地表现为对历史的反思，对人性的反思，对传统文化心理的反思等。那一时期的反思，更主要地体现在作品的思想指向上，反思的热情和力量更多地来自外部世界的感染和推动，并非完全来自创作者的自觉意识，因此它与思想潮流同起伏、共潮生。当思想的潮流退去，这类作品的创作也自然落潮。然而，我们更在意的是这种价值观念和思维方式的获得，当它从一种外部的力量赋予变成一种内在的自觉，它产生的力量一定是持久的，也是强大的。笔者这里想阐述的自省意识，主要是指新时期特别是90年代河南剧作家对“创作行为本身”的反思，也即对以往河南戏剧创作模式问题、弊端、缺憾的正视和反思，以及立足于这种反思和清醒认知基础上的自觉转向、调整、弥补、改变。它的直接“后果”就是新世纪河南戏剧创作高峰的到来。

很长时间，河南戏剧创作都以贴近时代、贴近生活、通俗质朴、接地气而享誉全国，河南剧作家也一度以此津津乐道、沾沾自喜。进入90年代，当河南戏剧持续陷入尴尬，风光不再，在全国的影响力、美誉度逐渐下降，在各类大赛中频频“失手”，河南的文学艺术家们开始冷静面对自己的创作，开始直面创作中的症结和问题，并开始了自觉的自省自审。1992年，文艺理论家鲁枢元在评价剧作家张新秋的《风流才子》时，已经涉及了河南戏剧创作存在的某些问题:“我时常慨叹豫剧的日渐式微,河南豫剧传统风格中的‘刚劲’‘豪放’‘村朴’‘诙谐’在时下的诸多演出中已不幸沦为‘浮躁’‘轻狂’‘粗鄙’‘浅陋’……剧本《风流才子》在艺术上的优长之处,我以为正在于它相对于现代豫剧的‘粗’‘鄙’‘浅’,显示了自己的‘细’‘雅’‘趣’。”[1]如果说,鲁枢元先生的感觉代表了旁观者的清醒,那么剧作家自身的反省则预示着一股变革的力量正在孕育。1998年,剧作家贾璐以“桑间客”的笔名,发表了《门槛内外的沉吟》一文,在文中他直言不讳地写道:

> 抛开政治对艺术的影响,就单纯的创作态度而言,我们河南的剧作家仍然显得太急功近利了一些。我们擅长对农民的生活方式及行为的生动逼真的“再现”,而拙于把农民放在大的历史背景下和文化背景下进行审视;我们乐于陶醉浪花的绚丽和喧闹,而漠视对于河床的探测与开掘;我们得心应手的是“形而下”的描摹,缺乏的是“形而上”的理性思考;我们或是怀着敬畏的心理歌颂农民父老的优秀品质和传统美德,或是用审丑的目光对他们表象的缺陷嘲弄和讥讽,而不肯用“第三只眼”去观察生活、发现生活,更不敢用艺术家的“特异功能”去谛听农民父老们从生命深处发出的沉重的呐喊与呻吟。所以,我们河南的农村戏多了些许热闹,少了几分冷峻;多了些许生动,少了几分厚重。所以,我们河南虽然是一个农业大省,我们河南的剧作家虽然有许多善于写农村题材的“铁臂圣手”,我们也确实创作出了汗牛充栋般的一大批现代戏,却至今没有出现一部像《狗儿爷涅槃》和《皮九辣子》那样给人以震撼、令人一咏三叹、回味无穷的农村现代戏。[2]

---

[1]鲁枢元:《才子风流——张新秋和他的〈风流才子〉》,《地方戏艺术》1992年第3期。

[2]桑间客:《门槛内外的沉吟》,《河南戏剧》1998年第6期。

作为一名创作者，贾璐的这种反思带有很强的“自审”意味，他所指出的问题，是对包括自己在内的河南整体戏剧创作的直面。有意思的是，在同一期杂志上，同时发表了剧作家何中兴和王金团合作的文章《河南戏剧作家的尴尬》。他们在文中同样剖析了河南戏剧创作存在的某些“顽疾”：“我们河南的戏剧作品政治评价、道德评价多，历史评价、审美评价、哲学评价较少，而政治评价和道德评价又往往局限于忠奸和伦理，上升不到更高更深的层面上去。剧作既是文学作品，‘文学即人学’（钱谷融语——笔者注），戏曲作品当然也是人学。然而对于人的研究，我们河南的编剧也有欠缺。即使与河南的小说家相比，也远远不够。我们河南戏剧很少有在人格、人性刻画上有较高建树的作品。对于人的塑造或刻画，我们注意外部多，深入内心少。”而且，从叙述方法上看，河南戏剧创作也具有“同一化、模式化的倾向”，“这种模式既缺乏对传统血缘（基因）的传承，又缺乏对现代艺术优秀成分的吸收”，而是把“五十年代自家的作品奉为经典，视流为源，一直套用（模仿）下来”[1]，所以创作出的作品尽管内容不同，但套路基本一致，都给人似曾相识之感。这两篇文章，的确显示出了河南剧作家“刮骨疗毒”的勇气和冷酷。在河南创作陷入尴尬境地的 90 年代，能听到这种来自剧作家的声音，的确难能可贵。

90 年代乃至进入新世纪的初期，河南剧作家对自身创作的“自审”几乎是群体性的，尽管表达方式不太相同。有的是将反思付诸实践，有的是以创作去践行反思。青年剧作家陈涌泉在 1996 年创作了他的处女作也是代表作《阿 Q 与孔乙己》，而我们看到他的反思表达则是在几年之后发表的创作谈中：“外界评价河南戏，普遍的看法是，河南戏通俗、热闹、有生活、有观众，但不新、不美、不深，粗了些，直了些。还有一种最简单的、只一

[1] 何中兴、王金团：《河南戏剧作家的尴尬》，《河南戏剧》1998 年第 6 期。

个字的评价——‘土’。”“在创作《阿 Q 与孔乙己》的过程中，我始终有着一种强烈的追求——让河南戏同样可以具有深厚的文化底蕴和较高的文学品位。”面对当时“一个戏没有农民观众，就等于没观众”的认识误区，他表达自己的质疑：“农民观众成了观众的全部？”“城市观众——工人、知识分子、学生等被排斥在观众的范畴之外。戏雅不起来，就说土是特色；占领不了城市演出市场，就说上山下乡光荣；争取不了知识阶层观众，就说农民是戏曲的唯一观众……这是否也是一种阿 Q 心态呢？”[1]他创作《阿 Q 与孔乙己》，一定意义上是想通过实践印证他的反思。剧作家孟华同样以他的创作——新编历史演义剧《春秋出个姜小白》和改编自美国剧作家奥尼尔的《榆树古宅》表达了他不愿“随波”的自我“放逐”，而且对那些反思意识下的创作充满敬意和赞扬，比如他在评价贾璐的创作时，认为他的《曹操父子》“不像河南作品”，原因是“像《曹操父子》这样的作品，不对河南的路，在河南没有市场，成活率低，或者根本立不起来。河南是‘红薯萝卜’产区，这种文绉绉、怪唧唧、惊怵怵的玩意儿”，在河南不但“出不了笼”，[2]更站不住脚。正因为它的“不像”，当然也更因为《曹》剧的确是“硬通货”，孟华格外喜欢这个作品。通过对《曹操父子》的评价，同样可以看到孟华对河南戏剧创作的反思。90 年代，在市场经济潮涌、利益原则成为生存首要前提的背景下，河南的文学艺术家能够从艺术本质出发去审视河南戏剧存在的优劣长短，并在这种自审意识下进行创作，应该说难能可贵。进入新世纪河南戏剧的姿态调整、整体崛起和辉煌铸就，便是建立在这种自省自审意识上的突破和收获。

（二）精英立场的形成和确立

[1]陈涌泉：《〈阿 Q 与孔乙己〉的成因》，《剧本》2002 年第 9 期。

[2]孟华：《贾璐——其人·其路·其作》，《剧本》2003 年第 5 期。

精英立场的确立一定是伴随着剧作家文化身份的转换而逐步形成和确立的。新时期以来，河南剧作家队伍中虽然大多数都有农村生活的经历，但基本都进入了城市生活，不再与土地发生直接联系。“时代精神的变化导致作家关注的重心转移，乡村生活、农村、农民所带给作家的启示越来越少，乡村已经不是具有某种原型意义和象征意味的乡村。”[1]乡土生活作为以往的人生经验逐渐淡出了他们的生活，“文学的乡村叙事被逐渐弃置”[2]。同时，随着他们生活场景的转移，视野的拓展，阅读的深入，随着社会开放程度所赐予的种种便利，“西方的文学名著、西方的哲学思想已经成为普通的知识，他们有一个较高的参照系，容易与世界文学接轨”[3]。前辈剧作家所经历的视野限制和意识拘禁的无奈，他们有幸避免。他们与时俱进、与外部世界交流共融的愿望更为迫切，意识更为明确，其观察视角也逐渐由民间视角向现代视角转变，其创作立场也在以往大众立场的基础上，更多地具有了知识分子精英立场。体现在创作中，就是新时期以来的河南戏剧有了批判精神、人文意识甚至是哲学思考。

批判精神是精英立场的主要表现形式之一。其精神来源同样是改革开放初期的思想解放和启蒙运动。如果说，80年代董新民、李殿臣、杜艳的《谎祸》，孟华的《半个娘娘》，张健莹、李利宏的《水上吉卜赛》等，更多地体现了剧作家对这场思想运动的响应和参与，那么，进入90年代，这种批判精神已逐步熔炼为剧作家的一种自觉意识，代表的是一种知识分子的视角和立场。对有些剧作家而言，批判和质疑已经成为创作的基本立场。如剧作家贾璐就以“批判与讽刺”见长，其作品都具有较强的锋芒色彩。如批判权力对人性碾压的《曹操父子》，讽刺荒诞世态的《狗喜剧进行曲》，批

[1]梁鸿:《外省笔记——20世纪河南文学》，第214页。

[2]同上。

[3]梁鸿:《外省笔记——20世纪河南文学》，第218页。

判封建制度对女性扼杀毁灭的《大红灯笼高高挂》等。孟华的《劳资科长》是对社会不正之风的批判;《半个娘娘》是对人性深层痼疾的批判;《春秋出个姜小白》看似是对一代霸主齐桓公的歌颂,却是以对权力欲望的挞伐来实现的,所谓"当初阎君造黄人,先造一颗嫉妒心。造双眼睛仇同类,造张大嘴亲吃亲……"而改编自奥尼尔《榆树下的欲望》的《榆树古宅》,更是对人性欲望的无情鞭挞,这种血淋淋、赤裸裸的欲望揭露,如果不是借助"移植改编"的通道,恐很难实现。青年编剧陈涌泉的《阿Q与孔乙己》,同样借助名著改编,表达他对文学批判精神的继承。而《风雨故园》的创作,则进一步彰显了他批判的胆识和勇气。该剧对朱安悲剧命运的深刻揭示,让人在震撼中惊悚。身处南阳西峡的基层作者何中兴,则从农民哲学家乔典运身上汲取了批判的力量。在河南的文学艺术家中,"对乡土文化的负面价值进行思索和表现的巨眼大手,应当首推乔典运"。[1]何中兴不但将乔典运的两部小说改编成了戏剧作品,也在他深刻的批判精神感召下创作了颇具"乔氏"特色的《牌坊村》,以"文化寓言"的方式批判了富而忘义、自私虚荣的农民心理和人格。张健莹的《福兮祸兮》同样改编自乔典运的小说《黑洞》,而小剧场手段的选择,更体现了作者对原作批判精神的有意识强调和放大。王明山的《啼笑皆非》、韩枫的《都市彩虹》,是对畸形社会现象的讽刺和批判,表达了他们捕捉社会问题的敏锐和敢于直面现实问题的勇气……由此可见,戏剧文学的批判精神之于河南剧作家,已经成为一种集体意识和群体行为,贯穿了新时期河南戏剧文学创作的全过程。

人文意识同样是精英立场的主要表现形式。它是指贯穿在人们思维与言行中的信仰、理想、价值取向等,表现为对生命个性和主体精神的高扬,对生命意义、人生真谛的探寻,对自由、平等和做人尊严的渴望,对自

[1]孙荪:《文学豫军论》,《河南大学学报(社会科学版)》2002年第4期、第5期。

我价值实现的执着追求等。在人们的印象里，河南的戏剧文学创作，多停留在“形而下”的层面，离文学精神似乎很遥远。人们在热情赞扬河南的戏剧作品时代感强、生活气息浓郁、人物鲜活真实的同时，也不无尖刻地指责它存在的种种弊端：图解政策，流于肤浅；对人和事的评价停留在简单的政治评价、伦理评价、道德评价，不能运用现代人文理念、现代价值取向作为评判尺度；太注重于事件过程的描述，没有触及人物精神层面，难以给人以情感和心灵的触动；更有不少英模戏，还是通过写英雄人物对自己欲望、对自然人性的排挤、压抑和放弃，来表现英雄人物的崇高……如此等等，不一而足。伴随着这些批评而起的另一种声音，便是对戏剧“文学精神”回归的热切呼唤。

什么是文学精神？钱谷融先生在《关于文学精神》的文章中写道：“文学艺术最基本的推动力，就是改善人性、把人类生活提高到至善至美的境界的那种热切的向往和崇高的理想。”文学精神就是可以把人们联结在一起的那种“同样的情感”。“为了使文学具有这种内在的精神，巨大的魅力，作家应当怀抱人道理想，投入自己的生命，以真诚的态度，真切地感受具体的、活生生的人的心灵，表现和探测其复杂状态，深入到他的精神世界尤其是情感世界中去，直抵人性的深处”[1]。剧作家郭启宏说，文学精神是指“剧作家在创作时赋予这台戏的深厚底蕴，在演出中投注到观众心灵上的某种颤动、共鸣与感悟”。[2]由此可见，文学精神是创作者传递出来的一种诉诸人的情感、心灵甚至灵魂的力量，是对人性、人生、欲望、理想、信念这些本质东西的观照。它是建立在创作者对生活、对人生深刻体验的基础上的，同时也是与创作者的人文意识和现代人文素养息息相关的，是作者

[1] 钱谷融：《关于文学精神》，《文汇报》2009 年 1 月 5 日。

[2] 罗怀臻：《呼唤文学意识的回归》，载《罗怀臻戏剧文集》（第五卷），上海人民出版社，2008，第 81 页。

人文情怀的注入和投射。新时期以来，尤其是进入新世纪，河南的戏剧文学创作在内在精神品格的提升上还是有着长足进展的，剧作家在讲好故事的同时，能够以人文意识观照题材，赋予作品更深层的人生况味乃至哲学思考。

曾经最遭诟病的真人真事戏，在新时期河南戏剧文学的创作中能够占尽风光，正是因为它们寄寓了剧作者深切的人文关怀。话剧《红旗渠》《焦裕禄》、豫剧《常香玉》《焦裕禄》《铡刀下的红梅》等，都避开了以往此类题材普遍存在的事件堆砌和过程展示，而是聚焦于人性的真实开掘和心灵、情感的细腻揭示，赋予这些英雄劳模以“人”的复杂、真实和温度，同时也赋予了作品震撼人心的艺术力量。一向被称为“土”“俗”“浅”的农村题材的现代戏，同样不乏充满人文关怀的佳作。豫剧《老子·儿子·弦子》是传统家庭伦理道德题材的新突破，赋予它新意的，正是作者关注老年群体生存状态的人文意识，关涉的是他们自我价值的实现和精神生活的快乐，昭告的是“精神赡养”的主题指向。豫剧《香魂女》借助文学的天然优势，在农村题材戏剧作品思想意蕴的深刻性上又向前迈了一步，它触及的是时代变革中两代农村女人的人性迷误、反诘、觉醒和复归，其带给人们心灵的震颤和共鸣的幅度是强烈的。豫剧《月到中秋别样圆》《婚姻大事》关注的是农村留守女性或大龄男女青年的情感状态、情感选择和情感归宿，同样，是创作者人文关怀在这个特殊群体身上的投射。这类对时代、制度、观念、性格造成的身处人生旋涡之中的女性人格和命运的关注，往往更容易成为文学艺术家表达人文情怀的题材首选，“民国”背景题材的《惊蛰》《风雨故园》也属这类。无论是《惊蛰》中女主人公对包办无爱婚姻的自我挣脱，还是《风雨故园》中朱安对相同婚姻悲剧的无意识沉陷，对她们的赞美歌颂或同情悲叹，都体现了作者对生命状态的深切关注。

人文情怀和作者的人文素养、感知外部世界的能力和思考方式有关，而无关作品的年代、题材、体裁。豫剧新版《白蛇传》，是传统神话题材，但作者跳出了以往对这个题材的“民间阐释、宗教阐释，把原来的爱情主题拓展为对人生的体悟和人性的反思上来，追求生命意义，褒扬生命意识，追求挚爱真情”[1]，白素贞“品尝做人滋味”“享受人间苦难”的人生体悟，无疑具有现代人文意义乃至哲思意味。豫剧《琵琶记》同样改编自传统剧目，最终赵五娘对一夫二妻结局的拒绝，同样是剧作家对女性人格意识的发现和悲悯情怀的投射。杨林的现代戏《霸王别姬》，跳出了讲述故事的传统窠臼，只把事件作为一种缘起和依托，借助事件，讲述的是理想与现实、进取与退让、坚守与妥协、倒下与站起等多重人生感悟，充满了耐人寻味的人生况味。

而对更新一代的一些剧作者来说，他们或许没有更多的生活和人生阅历，但他们的创作优势，可能正是他们的人文修养和“他们在学习过程中所接受的知识分子式的思考问题的方式”[2]，以及他们作品所体现出的现代意识。青年剧作者杨浥堃的《跳墙》，通过一个小和尚和自己影子的对话，提出了选择的困惑以及由此延伸出的关乎人生的种种疑惑，是一部关乎人生的、形而上的、充满禅意的作品。而她的《五脊六兽》同样是一部关乎生死轮回话题的作品。作为河南剧作家群中最年轻的新生代，杨浥堃的作品显示出和前辈迥异的文化背景和思考方式，地域身份完全模糊，现代意识非常突出。

（三）驾驭题材、结构作品、展开叙述的表达能力

开放的时代和环境，给了剧作者开阔的视野和广汲博纳的可能，使得他们的创作逐渐从封闭走向开放，无论是把握题材的能力还是叙述表达，都进入了与以往不同的境界。这里的表达能力主要指的是承载作品思想

[1]李红艳：《一次有价值的艺术探索》，《东方艺术》2012 年 12 月增刊。
[2]梁鸿：《外省笔记——20 世纪河南文学》，第 224 页。

内容的外部式样，包括作者对题材的驾驭能力、结构能力以及叙述方式，概而言之，就是内容的表现形式，作品的呈现样貌。形式和内容永远是相互依存的关系，不但水乳交融，且在某种情况下可以互相转化。可是，更多的时候，人们看重的往往是内容，轻视或忽视的则是形式。文艺评论家王鸿生在评论河南的文学作品时，有一个形象的比喻："外地作家比作品时，常常是比手法，比'衣服'，豫籍作家比作品一直是'脱光了衣服比肉'。"[1]他是为河南作家作品分量的厚重"点赞"，但同时也隐含着河南作家对叙述方式的不讲究或无新奇。正像孔子所说"质胜文则野"[2]。内容，一定要有与之相得益彰的表达形式。甚至在很多的时候，文学艺术的变革往往是从表达和叙述形式开始的。比如普鲁斯特的《追忆似水年华》，就以"回忆"构成结构方式，同时"回忆也成为一种艺术主题"[3]。还有 80 年代的先锋小说家马原，也是以独特叙事构成先锋色彩。戏剧中的先锋戏剧，同样也是以叙述形式的变革来实现先锋和异质的表达。

新时期河南戏剧舞台上的几部小剧场戏剧，无不是以叙述形式的创新支撑了故事的行进和主题的强化，体现出小剧场艺术的实验性、探索性、创新性。小剧场话剧《福兮祸兮》采用了主持人穿插和现场提问的叙述方式，把主人公内心的煎熬和纠结，嫁接和移植到现场观众身上，通过观众的参与和讨论，强化人在生存考验面前的困惑和疑问；小剧场豫剧《伤逝》则采用了第一人称"自我讲述"的叙述形式，"它既是故事的进入方式，也整体上奠定了作品的悲凉基调，是全剧情绪色彩的一种统摄手段"[4]；小剧场话剧《跳墙》是小和尚和影子的对话，也即小和尚和心中的自己的对

[1] 孙荪：《文学豫军论》，《河南大学学报（社会科学版）》2002 年第 4 期、第 5 期。

[2] 孔子：《论语》。

[3] 吴晓东：《从卡夫卡到昆德拉》，第 45 页。

[4] 李红艳：《小剧场豫剧〈伤逝〉对小说的转换》，《中国文艺评论》，2018 年第 10 期。

话，从人物设置上就体现了作者的叙述智慧和策略，而歌队的运用，又起到了连缀、解说、参与、烘托等多重作用，成为一种不可或缺的“有意味的形式”。特别值得一说的是，剧中歌队、大提琴伴奏的音乐，都由剧作者自己完成，音乐与情绪、意境的营造水乳交融，体现出年轻一代剧作者一专多能的艺术素养和表达能力。

新时期河南剧作家对叙述方式的追求明确而自觉，在各类题材的叙事上都有新的探索和突破，既体现了与时俱进的创新意识，也体现了追求多元的开放意识。现代戏《常香玉》的“心灵絮语”自由结构，《铡刀下的红梅》的电影“闪回”结构，都突破了以往同类题材戏惯用的线性结构方式和冰糖葫芦结构方式，显示出作者对其他艺术手段的大胆融合和有效运用。带给人们惊喜的正是它们的叙事方式，以及由这种叙事方式带来的高度自由和浪漫诗意。新编历史剧《春秋出个姜小白》和《老子》(第一版)，则分别采用“冥界”“神界”看人间的视角，将鬼神入戏并上升为结构，以他者视角，对人间之事试探、干预、点拨、评判，以虚幻世界的不真实、不可能，来反衬现实世界的真实、可能，以迂回之术达到渲染、深化作品主旨的目的，同时也赋予作品神秘灵动之气，使作品具有迥异于本土风格的异质色彩。

叙事方式看似是一种表述手段，实则体现的是作者的叙事角度和驾驭题材的能力。话剧《红旗渠》采取的是俯瞰的全景式视角，段落式呈现的块状结构。全剧由十四个相对独立的片段组成，依次展现红旗渠修建过程中不同阶段、不同层面人们的态度和选择。各个片段之间也相对独立，而且全剧有名有姓的人物多达三四十人。然而，这么多的片段和人物看起来并不凌乱，也并非随意散落在剧中，而是紧密依附在关涉修渠的两大群体——领导决策层和广大群众层这两条主线上，而这两条线又因为“修渠”交叉、扭结、缠绕，彼此推进，密不可分。这样，看似松散的结构又有一种紧紧勾连的内在一体性。这种全景式的视角，宏大的叙事结构，群像式的人物塑造，靠的是作者驾驭题材的能力和匠心独具的叙事方式及叙事技巧。自然，这种结构和叙事方式，也注定了它超出了具体事件的意义，从而具有了历史的宏阔感和意义的普遍性。话剧《焦裕禄》采取的是多人围绕中心人物的多元视角。戏中的主要人物，在出场时，都有一大段关于兰考历史的叙述独白，这些历史交代，在全剧的开头和每场的开场出现，起叙述历史、交代环境、营造氛围、铺垫情绪等多重作用，同时在叙述完后，即引出自己和焦裕禄的对手戏。每个叙述者，其实都是解读焦裕禄的一个视角。他们一起，构成解读焦裕禄的多个视角。从结构上看，又构成一种独特的叙事方式，具有很强的形式感。

近些年来，河南戏剧创作中一个突出的现象就是改编自文学作品的戏剧创作越来越多。从文学作品选材，看起来似乎是一个捷径，因为故事、情节、人物关系、主题思想都是既有的存在，但是，从一种文学样式转变为另一种艺术样式，其难度并不小于原创，考验的同样是作者提炼主题和再度叙述的能力。河南的剧作者在对文学作品的改编中，根据自己的创作初衷和主题方向，采取了各自不同的改编路径。陈涌泉对鲁迅作品《阿Q正传》和《孔乙己》的改编，采取的是“嫁接糅合”之法。他的《阿Q与孔乙己》将鲁迅的两部作品、两个经典人物放在一部戏中展现，通过对比，展示他们性格、命运相同中的不同和不同中的相同。这是对鲁迅作品解读的一个新视角，立足于对先生作品的深刻理解，同时有自己的发现和表达，表现了作者的勇气、胆识和能力。姚金成根据周大新的小说改编的《香魂女》，采取的是“凝练集中”之法，突出的是香嫂和环环的命运悲剧和人性苏醒。而对香嫂创业致富这条线，只做一笔带过的背景交代，在对小说的凝练提纯中走向深刻，通过简化实现深化。而李利宏根据开封“汴味”作家王少华的《宣和画院》改编的同名话剧，采取的则是另一种改编策略和路径，那就是“散点透视”。《宣和画院》是一部描写开封地域风情和市井的小说，表现了开封的历史、传统、文化、市井，同样是一幅全景式作品。小说，可以自由延宕，但戏剧，却要凝练集中。而过于聚焦于某一点，又难以表现出地域风情的丰厚和市井生活的丰富。改编者选择散点透视正是出此考虑，然而这又是一种极其“冒险”的尝试。这种多点、多面、多视角的叙述，考验的同样是作者解读题材的能力，既要能放得出去，也要能收得回来；笔墨既要能撒得开，手里的绳又要能拽得紧。如此这般，方能做到“形散神聚”。

时代变革对文学艺术创作的影响是广泛而深刻的，除了观念意识、视角方法，还有作家身份、题材来源、创作动机等各个方面。如从身份上讲，创作者的城市和“学院”身份愈加明确，他们的创作资源已经不再仅仅依靠生活，其直接的结果就是题材来源于生活的明显少了，取材于历史、传统、地域文化、文学作品的创作明显增多；就创作初衷而言，自主创作、激情创作少了，奉命创作、应约创作、有目的的创作多了，随之而来的应景作品也多了，新的问题和弊端又出现了。时代社会发展带来的变化，永远是事物的一体两面，关键的是我们在看到变化和成就的同时，能够保持一颗清醒、理智、善于反思的心。这样，才不容易沉溺于盲目的乐观和自信，也能赋予自身再调整、再努力、再出发的动力。

以上所述新时期河南剧作家的创作共性，不管是地域文化的先天赋予，还是时代浪潮的后天影响，都是一种外部的因素，也是一种从外部看问题的视角，都是“努力把问题、把作家作品放回到‘历史情境’之中去观察，来看某一种作品、某一种体裁、某一类题材、某一个概念，有什么样的和历史关联的形态特征，还有这种特征的演化的情况，关注这种形态产生和演化的环境与条件”[1]。这种方法，容易清晰地看到事物发展的趋势，概

[1] 洪子诚：《问题与方法：中国当代文学史研究讲稿》，第 88 页。

括出整体的特征，总结出一些带有共性的规律。但是，“过分信任一种普遍性的理论和法则的力量”，也容易导致忽视对象的具体性、个别性、独特性，“这种外部的态度很难深入到对象的个体创作中去，不具备瓦解它的内在逻辑的功能”。[1]而作为文学艺术的创作，起决定作用的仍然是创作者的个体原因：天资禀赋、生活阅历、兴趣爱好、性格走向，以及对外部环境的感知能力、情感的方式、思考的方式等。正因此，共地和共时下的创作个体，才显示出它应有的个体差异、个性特色和各自优势，河南的戏剧文学创作也才显示出它的丰富和多元。文艺评论家刘再复曾说，出国后他探讨文学，“更注重作家个案。因为天才都是个案，不能说是时代的产物。”[2]也像美国作家赫姆林·加兰所说：“我们首先对差别发生兴趣；雷同从来不能吸引我们，不能像差别那样有刺激性，那样令人鼓舞。如果文学只是或主要是雷同，文学就毁灭了。”[3]因此，在本书的下半部分，笔者将选取新时期河南剧作家群中的代表作家，深入到创作个体中去，进行针对性的个案研究，尽量走近和理解研究对象创作的“内在逻辑”，发掘成就其创作个性特点的真正原因，避免那种简单浮泛的概括、归纳带来的大而化之。这样，也许更能呈现出新时期河南剧作家群的真实风貌，当然也更能呈现河南剧作家群的丰富和多彩，同时，这种研究路径和视角也许更接近学术研究的根本。

2019 年 2 月 25 日完稿

2019 年 2 月 27 日修改

2019 年 5 月 20 日再改

2021 年 5 月5 日定稿

---

[1]洪子诚：《问题与方法：中国当代文学史研究讲稿》，第 96 页。

[2]马国川：《我与八十年代》，第 135 页。

[3]赫姆林·加兰：《破碎的偶像》，载《美国作家论文学》，刘宝瑞等译，三联书店，1984，第 85 页。

6

第六章

多元身份与“二度思维”

——河南剧作家群的身份构成和舞台意识

多元身份与“二度思维”

——河南剧作家群的身份构成和舞台意识

上一章《地域基因和时代造就》，分析了共同的地域文化基因赋予河南剧作家群的共同文化心理，以及共历的时代赋予他们的立场、视角和能力。这是文化基因和时代赋予河南剧作家的群体共性，也是从外部视角看到的这个群体的显性特征。也就是说，当他们作为一个群体的时候，显现出不同于其他地域剧作家群的中原地域风格和特色。但是，群体是由个体组成的，剧作家，因其成长环境、受业经历、天资禀赋、兴趣爱好等的不同，必然会形成各自不同的创作倾向和艺术追求。回到河南剧作家群的内部，会发现，在这个群体里面，又存在鲜明的“类”的差异和个体差异。这个“类”，不是层次的高低，而是创作倾向的区别，先锋创作、现实创作、民间创作清晰成类却又彼此交织，相互影响。同时，因了剧作家不同的创作观念、立场，又带来“二度思维”的明显差异，从而以剧作家为中心，形成了不同的二度创作群体，并由此为河南戏剧舞台带来了多姿多彩、相映成趣的艺术景观。

一、河南剧作家群的多元身份及交互影响

（一）先锋创作、现实创作、民间创作的各自追求

河南剧作家群的“类”，存在几种形态。首先是先锋创作。所谓先锋创作，并不专指“先锋”潮流时期的探索，而是泛指有较强自我意识、明确追求的作家、艺术家，敢于打破传统规范，大胆创造新的艺术形式和风格；或者说敢于触及被忽略的敏感的题材，具有领风气之先或者说敢吃螃蟹的精神，“或许就是反抗和怀疑的气质”[1]。前面说过，河南的先锋戏剧开始于20世纪80年代中后期，以孟华的《半个娘娘》，张健莹、李利宏等的《水上吉卜赛》为代表。但同时也说了，因种种原因，先锋戏剧创作在河南从未能构成潮流，因而也不被更多的观众所知道、所接纳。同时，进入90年代之后，当“先锋”退潮，“先锋戏剧”已不太为人们所提及，但带有先锋性质的创作一直没有停止，尽管在河南它只是星星之火，但探索的精神永在，贯穿了80年代中期以来的各个阶段。90年代先有姚金成、韩尔德的《金瓶梅》，后有陈涌泉的《阿Q与孔乙己》、张健莹的《福兮祸兮》；进入新世纪之后，有孟华的新版《白蛇传》《美兮洛神》《伤逝》，杨浥堃的小剧场话剧《跳墙》《五脊六兽》等。这些作品，或敢于触碰敏感题材，或对名著进行大胆的嫁接，或在戏剧形态上寻求突破，或对熟悉的故事进行新的解读，或直面人的选择或生存问题……无论是切入视角还是艺术表现形式，都是对常规戏剧的大胆突破。

先锋创作的出发点主要还是试图适应特定的观众群体的审美需要，所以往往带有实验性质，从创作开始就没有获取大众的企图心。艺术的创新和实验，才是先锋创作的目的。从题材上看，河南的先锋戏剧创作多来自文学作品或“生书熟戏”，让观众在既熟悉又陌生的新奇感中，去发现和

[1]谢有顺：《小说中的心事》，第75页。

思考作者在新的时代背景下以不同形式或不同视角解读的良苦用心；从主题立意看，一般有深刻性或多义性，存在多重解读空间；从作者经历看，多有学院派的受业背景，多有外来视角；从艺术效果看，这些作品在创作初期一般争议较大，或者不被认可，但随着时间的推移，大多会被更广泛的观众群体认可和接受，而且一些艺术手段也为后来的创作者提供借鉴。先锋创作的探索或引领意义于此可见。但是，先锋创作在河南究竟是偶尔为之，先锋创作剧作家也是极少数，更没有纯粹的先锋剧作家。

现实创作是指立足于现实主义创作方法和原则的创作，并非专指现实题材的创作，它包含历史剧、新编古装戏及大量现代戏的创作。前面说过，中原文化赋予河南剧作家群习焉不察的政治意识、化不开的乡土意识，所以，河南剧作家群对现实都有一种使命般的关切，其创作都自觉担负着“致君尧舜上，再使风俗淳”的使命，都深深地根植于现实的土壤。这就注定了河南剧作家群的创作，一定是大量的现实创作。但现实创作在河南的戏剧创作中又有不大相同的存在。一类是立足于现实主义的创作立场，但其创作又或多或少有先锋戏剧的影子，或者说作者同时也“染指”先锋创作，努力在思想的深刻性、开掘的角度方面寻求突破，所以虽然是现实主义创作，但作品又具有思想的深度或艺术上的探索。可以说是先锋戏剧或观念影响下的现实创作，带有一定的先锋特质，但又能在思想和艺术表达上得到主流的认同和推崇。新世纪以来产生全国性影响的《香魂女》《常香玉》《红旗渠》《焦裕禄》《风雨故园》《大红灯笼高高挂》《宣和画院》《惊蛰》等，都属于这类作品。在这类作品中，又形成以姚金成、何中兴、贾璐、陈涌泉等为代表的现实创作的深化，以杨林、李利宏等为代表的现实创作的诗化等。另一类是较为忠实的现实主义创作，创作观念和手法都比较“规矩”，戏比较稳妥、端庄、中正，也不失其思想和艺术的水准，既做到了“政治正确”，也对应了最广大群众的审美喜好。河南新时期以来的大多戏剧创作属于这一类，属于体量最大的中间层级。现实创作中的第三类是纪实戏剧，多为奉命创作，条框较多，服务现实的宣教意义大于艺术创造意义，多配合某一特定时期的社会和舆论宣传，在某个时间段内演出，少有能够超越时间的艺术精品。

所谓的民间创作，不是说作者的身份是民间的，也不是说写的是民间的题材，而是说作者创作采用的是民间视角，秉持的是民间立场，依托的是民间的文化。比如河南传统戏《三哭殿》《花打朝》《打金枝》等，都是从民间视角看朝廷家事的经典之作，久演不衰，家喻户晓。民间创作，多根植于深厚的生活土壤，熟悉伦理世情，善写家长里短，惯用道德评价。其语言也多来自生活，创作更接地气，更接近老百姓的喜好。因河南是农业大省，所以这类作品一直是河南戏剧创作的传统优势。50 年代风靡全国并走红至今的豫剧《朝阳沟》就是此类创作的经典之作。新时期以来河南剧作家群中的齐飞、王明山、张芳等，较好地承续了这个传统，是此类创作的高手。齐飞的《倒霉大叔的婚事》、张芳的《黑娃还妻》、谷培勋的《五福临门》、陈涌泉的《婚姻大事》、王明山的《老子·儿子·弦子》以及改编的新版《白兔记》等，都是其中的优秀代表作。80 年代中期的“叫座戏剧”《酷情》《家家有本难念的经》，90 年代在全国小有影响的《试用丈夫》《吵闹亲家》《红果，红了》等，也都属于此类创作。浓浓的人情，鲜活的形象，有趣的情节，生动的语言，是这类作品突出的特点，也是外来视野中河南剧作家群最鲜明的群体特征之一。

（二）多元身份及交互影响

在河南剧作家群中，先锋（或者说现代，当“先锋”作为一种思潮退潮后，所谓的先锋，其实更多指的是思想意义上的现代）、现实、民间这几种创作并不是各自独立存在、泾渭分明的，可能存在某一历史阶段某一方面的侧重，但总的说来，是相互交织、互相影响、彼此渗透，你中有我、我中有你的。这主要是由剧作家的多元身份决定的。

如果留心，从前面的叙述中就可以看出，河南剧作家群中的主要成员，其身份都是多元的。他们中间，除了年纪最轻的杨浥堃完全是城市生活、学院经历外，其他大部分人都既有农村生活的经历，又有高等院校的受业背景，还有长期城市生活的浸染。这样的成长经历，注定了他们文化构成的多元，也注定了他们身份的多元。加上时代精神、艺术思潮、文化政策、个人兴趣等的外在影响，使他们不可能流连或专注于一类创作，大都处于交织杂糅的状态。只是具体到剧作家个体，其专注和侧重的面向又有所不同。如剧作家孟华，其先锋创作从80年代的《半个娘娘》一直持续到新世纪之后的新版《白蛇传》、《伤逝》、《美兮洛神》等，可以说，先锋和探索意识贯穿了他艺术创作的始终，所以他的创作是以先锋创作为主。但我们同时看到，他的创作亦不乏现实创作，尤其是创作后期，一系列圣贤题材的作品，标志着他探索锋芒的收敛和向现实创作的回归，只是他选择的是比较特殊的一类题材。正如剧作家罗怀臻所评价的：“一方面他有中原传统文人士大夫的人格特点，有亲近黎民苍生、为底层民众代言的士子情怀……另一方面，比起许多中原地区作家、剧作家，他身上似乎又多了一些现代知识分子的人文意识。”[1]所以，他是以先锋创作为主的具有双重身份的剧作家。再如剧作家姚金成，他同样在80年代初有过上海戏剧学院进修的经历，同样是经历了先锋思想涤荡并有过先锋创作尝试的剧作家，但后来却是在现实题材特别是英模题材的创作上大显身手，自成一格。青年剧作家陈涌泉，既有《阿Q与孔乙己》这样的先锋创作，也有《风雨故园》这样深刻的现实创作，还有《婚姻大事》这样的民间创作，同样显示出他在创作格局中的多重身份。以民间书写著称的剧作家王明山，同时也有《啼

[1] 罗怀臻：《孟华和他的剧作》，《文艺报》2021年3月15日，第4版。

笑皆非》这样深刻的社会问题剧和《信仰》这样的红色历史题材剧……杂糅交织的状况，在河南剧作家群的多位作家身上都有鲜明的体现。当然，也有少数创作非常纯粹的剧作家，如张健莹，除了《水上吉卜赛》《福兮祸兮》两部先锋创作作品，没有其他创作。青年剧作者杨浥堃因为有着和前辈迥然不同的成长经历，其创作目前基本上是先锋实验创作，《跳墙》《五脊六兽》《天黑得很慢》均为小剧场戏剧。

河南剧作家群的多元身份，决定了其创作你中有我、我中有你的交互状态。比如先锋戏剧，作为一股潮流是阶段性的，但作为一种观念意识，其影响力却是深远持久的。虽然先锋创作在河南不具有规模意义，河南剧作家群对先锋创作也只是偶尔“染指”，但是，当先锋作为观念力量介入到现实创作、民间创作中来的时候，其创作一定会有着不一样的格局。《香魂女》《风雨故园》《常香玉》《红旗渠》《焦裕禄》《大红灯笼高高挂》等作品的深刻性，谁说不是先锋观念和现代意识的介入和影响呢？《程婴救孤》《琵琶记》《白兔记》等传统伦理题材的“杨柳翻新”、再度走红，谁说不是现代人文思想的融入呢？

一些剧作家虽然没有明确打着“先锋创作”的旗号，但其创作同样受先锋创作影响较大，比如贾璐、杨林。“一个作家最幸运的地方就在于他能够处在两种文明的衔接处、交集处。”[1]同理，对剧作家来说，最幸运的莫过于处在两种观念的交集期、碰撞期。贾璐、杨林等进入创作队伍的时候，正是先锋戏剧的活跃时期。他们虽未曾尝试，但无形中受影响较大。杨林在一篇文章中写道：“20 世纪 80 年代，国家四门大开，各种来自西方的新鲜事物，如决堤潮水，一拥而入。在戏剧界，无论编剧、导演，甚至包括演员，各行各业，都在对照着新观念，充满激情地进行着各种探索。有着力于戏

---

[1]《小说生活：毕飞宇、张莉对话录》，人民文学出版社，2019，第 268 页。

剧外部形态探索的，如话剧《W·M 我们》；有关注于人类灵魂拷问的，如话剧《一个死者对生者的访问》；也有用自由的表现形式，关注道德重新审定的，如川剧《潘金莲》等等。那一时期，戏剧创作者们，像冲出栅栏、挣脱束缚的骏马，奔向草原，各寻途径，探索着戏剧艺术对人生的独特表现方式。”[1]从这段话可以看出，置身于时代场景中的杨林，从精神上是参与了这场先锋戏剧探索的。其后来能在现实题材创作上另辟蹊径，独出机杼，创作出《霸王别姬》《红旗渠》《常香玉》《秦豫情》《兵团》等思想性、艺术性兼具的力作，与此不无关系。其《常香玉》“心灵絮语”的独特结构，其话剧《红旗渠》切入决策者心理世界的独特视角，显然都是先锋或现代观念介入的结果。贾璐的历史剧和现代戏创作，同样都带有不同程度的现代意味，显示出别具一格的深意和味道。正是因为先锋观念、思维的介入，新世纪之后河南的现实创作，才显示出少有的深度和力度，少有的独特和意味。

如果说先锋创作对现实和民间创作是一种观念的影响，那么民间对现实和先锋则是一种文化的反哺和支撑。传统是我们的文化母体。“无论社会以怎样激烈的方式发生变化，总体性的传统还是幽灵般地支配着我们的思维方式和行为方式。”[2]具有深厚生活底蕴和浓重乡土情结的河南剧作家群，乡风民俗、世风伦理在他们的成长中几乎有着启蒙和教科书般的存在意义。即使是先锋或现代的创作，也很难不带有民间立场、民间趣味、民间表达。

80 年代的先锋文学、先锋戏剧，多痴迷于形式的探索和语言的游戏，作品“无须对现实说话，无须把握‘真实的’历史”[3]。后来，当“寻根”作家认

[1] 杨林：《话说李利宏和他的创作》，《剧本》2018 年第 3 期。
[2] 孟繁华：《众神狂欢：世纪之交的中国文化现象》，第 246 页。
[3] 谢有顺：《小说中的心事》，第 287 页。

识到,“在作品中凭空地布置、宣讲某些有关政治、伦理道德、人生的‘哲理’,很难说有什么思想价值和艺术价值;人作为‘历史存在物’,他所经历的政治、道德冲突和人生危机,都不能离开包含具体民俗在内的‘历史’”[1],开始向回转的时候,先锋文学由此完成了它的终结。但是,河南的先锋戏剧创作,没有经历这种“悬空”阶段,而是始终没有离开传统,没有离开世俗,没有离开故事和趣味。先从其选材看,多具有世俗性、传奇性、民间性、熟悉性。《半个娘娘》的故事来源于“娘娘村”的民间传说;《水上吉卜赛》借助黄河岸边一个带有迷信蒙昧传奇色彩的游牧群落的生活, 写了封闭与开放、保守与进步的冲突;《福兮祸兮》是人在意外之财面前昧与不昧的道德拷问;《金瓶梅》更是世俗伦理的风情画;新版《白蛇传》承载着长期以来民间对这个题材的多重解读;而《阿 Q 与孔乙己》《伤逝》《金瓶梅》等,也都是中国文学史上家喻户晓的经典。所以,河南的先锋戏剧创作,一开始就是在本土文化中寻找资源。这些题材都具有民间性、世俗性或众所周知的普及性,并借助这些优势,首先获得观众的心理接受和认同,再从民间立场中寻找突破点,寻找新的视角、新的表达,从而实现意蕴上的新开掘,内涵上的新阐发。一句话,河南的先锋创作,更注重的是如何从本土文化、民间文化中寻找资源,并从中挖掘出新的现代的意味,从始至终,它都不是一场兴之所至、自说自话的形式游戏。

作者的创作谈或许更能为上述观点提供有力的佐证。孟华在《〈半个娘娘〉创作构想》中写道:“本剧的故事母体来自中原大地的民间。写成的剧本,三分之一是故事的原汁,三分之一是时代的佐料,三分之一是提纯的滋补品。”[2]明确表示不但故事来源于民间,而且三分之一是故事的原

[1]洪子诚:《作家姿态与自我意识》,北京大学出版社,2010,第 51 页。

[2]孟华:《〈半个娘娘〉创作构想》,《半个集》,中国戏剧出版社,2005,第 103—104 页。

汁。李利宏在《福兮祸兮》的创作谈中说:“每个人都有不能忘怀的童年……都有玩尿泥过家家的浪漫经历,这就是戏剧的娘亲,更是小剧场的娘亲。《福兮祸兮》其实就是从‘过家家’逐步进入神秘陌生的‘黑匣子’创作的。……我就是凭着玩尿泥和过家家的童趣直觉,使大家感受到了‘黑匣子’的艺术魅力,进而将这种魅力转化成一个集体创作的冲击力。”[1]这里,民间立场、民间文化、民间趣味不但是作者创作的依托,更是创作的灵感来源。不仅是有着生活底蕴、民间生活经历的剧作家有这种取材倾向,就是新生代的杨浥堃,同样也懂得从民间文化资源中汲取营养,寻找素材。《五脊六兽》就是由传统民间去往另一个世界的通行证——“冥途路引”入手,写老诚对“死”后大事的生前安排,是对“向死而生”的民间文化心理的深刻揭示。现实主义作家关仁山说:“作家没有明确的民间立场也就没有明确判断生活的尺度,价值观念也难确立。”[2]河南的先锋创作,始终深植于这方文化沃土,借助这些极富民间性、世俗性的题材,既避免了陌生题材带来的疏离感,也实现了新的开掘和表达,先锋的探索目的和民间的反哺作用都得以较好的实现,可谓是一箭双雕。

乡土经验、民间认识,是贴着作家“感觉的末梢”[3]生长的,因此,它不但会有意无意中成为河南剧作家群创作的灵感触发,而且也会成为剧作家有意强化并借助的一股力量,让现实或先锋的写作充满强大的张力。如张健莹、李利宏的《水上吉卜赛》中,“人头雕”和“夜叉”是水上人的信仰图腾,却又是野蛮、愚昧、封建宗法观念的象征,是新一代不惜以生命为代价要挣脱的东西。所以编导说这个戏的最高任务是“展示民族之河必然流向

[1]李利宏:《“玩的就是心跳”——小剧场话剧〈福兮祸兮〉导演谈》,载《李利宏导演视角》,第111页。

[2]孟繁华:《众神狂欢:世纪之交的中国文化现象》,第249页。

[3]谢有顺:《小说中的心事》,第78页。

的不可逆性，认清并驱赶航道上的‘人头雕’和‘夜叉’，呼唤我们民族精灵中那股躁动不安的生命意识”[1]。孟华的《春秋出个姜小白》同样借助了民间的信仰，掌管生死的司命主簿一开始就告诉大家，人的寿命都是有定数的，但最后还是他带头打破宿命，为齐桓公和齐国君臣集体“增寿”，以此来强化齐桓公的人格力量。姚金成的《香魂女》中，那隐隐回荡在香魂塘边的“叫魂声”，昭告了这方土地上多少女人的悲苦命运，而最终能够拯救她们、让她们“还魂”的，只能是自我的人性觉醒。杨林的《红旗渠》中，把“拆祠堂”的行动放在民间视为不吉利的节气，营造强烈的仪式感、神秘感、神圣感，既是对民间文化的敬畏和尊重，也是为了从另一个侧面强化林县人为修红旗渠的牺牲和大义，烘托“今日借你一条路，明日还你一条渠”的庄严承诺。陈涌泉的《大山的儿子》中“喊山”这一古老而传统的祈福形式，表达了群众对主人公的无限感激和祝愿……对超自然力量的民间信仰的借助，民间思维和视角的融入，往往能让这些作品产生更强烈的思想震撼力。抽离掉这些，剧作的思想张力和饱满度就会逊色许多。

民间也代表着原始、朴素、生动、鲜活，所以民间写作之于河南剧作家群的意义，还在于它让河南剧作家的创作充满了生活的质感。民间文化的丰富，民间风俗的独特，民间趣味的鲜活，都赋予作品切肤的真实感、肌理感。王俭、李利宏、何中兴的《红菊》改编自周大新的《左朱雀右白虎》，改编者将原小说中男主人公的女儿设定为第一女主角，且把她的身份设计为豫南河南梆子戏班的当红名伶。这样，就有了表现戏班生活的另一条线，就有了除发现、保护汉墓的知识分子视角之外的另一个视角——民间视角，两条线索相互扭结，两种视角相互对比，相互激发，共同完成民间和精英两个阶层保护汉墓的“侠义”之举。同时，附着在民间这条线索上的，还

[1]李利宏：《话剧〈水上吉卜赛〉导演阐述》，《地方戏艺术》1989年第2期。

有许多民俗、民风，使该剧的地域文化特色更加凸显，更加生动。剧作家王明山是学曲艺出身，深谙这门民间艺术的窍妙所在，所以他创作《老子·儿子·弦子》时，把主人公赵铁贤的身份设计为民间曲艺艺人，这样，他痴迷拉弦儿的行为不但有了精神根基，而且他在反“拘禁”中所施展的带有行业特色的智慧和幽默，也更加真实饱满，富有情趣。张新秋的《风流才子》，写唐伯虎点秋香的故事，算是典型的文人戏。但戏中同样融入了民间趣味，“闹园”一场秋香、唐伯虎、聪儿三人“对暗号”的“诳约”，颇具民间色彩，并借此演绎出一场妙趣横生、令人解颐的开心好戏……如果留意，我们会发现，凡是融入民间视角、民俗文化、民间立场的戏，就非常好看，就有一种根植于土地、来源于生命内部的鲜活和情趣。随着社会现代化步伐的加快，包括生活情趣在内的传统的民间生活已经不再被重视、被表达，但河南剧作家群不但没有丢失这个传统，反而将其融入到先锋、现代的创作书写中，使河南戏剧在保持优势的基础上不断向前发展，这也是新时期特别是新世纪以来河南剧作家群特别鲜明的特点和优势。

综上所述，先锋对现实和民间写作是引领，是提升，是深化；民间对先锋和现实是源泉，是营养，是反哺，甚至是精神出发地。它们是相辅相成、彼此依存、相互作用的关系。离开了观念的引领，新时期河南剧作家群的创作难以走入全国的视野；离开了民间的反哺和生活的根基，河南剧作家群的创作难以有生活的质感和厚度。多元身份、多层级并存下的交互融合，正是新时期河南剧作家群的身份特点和创作特色。

二、主体意识与“二度思维”

戏剧是一门综合艺术，剧作家的创作只是戏剧创作的第一步，也称一度创作。戏剧创作的最终目的是“付之场上”，所以剧作家的创作，除了要秉承、坚守戏剧作为文学形式之一的文学精神，还要树立剧本未来走向舞台的舞台意识，包括剧种意识以及与音乐、导演、演员合作的“二度思维”

意识。这样，戏剧文学的创作就变得不再单纯，不再自我，而是连接着舞台艺术的方方面面。它既是“戏剧发展的附着体，又是具有自身个性的独立体”。[1]作为“一剧之本”的剧本，如何同时兼顾文学的主体意识和未来舞台呈现的二度意识，如何做到自我创作和各种适应之间的平衡，使剧本同时具有阅读和演出意义，这是剧作家创作中必须面对的“两难”问题。新时期河南剧作家群的创作能够取得舞台和文学的双收获，也正是体现出了他们在两种身份、两种思维之间的适应和把控能力。

（一）河南剧作家群的文学主体意识

戏剧是综合舞台艺术，作为一度创作的剧本，既是舞台艺术的组成部分，同时也是独立的文学样式。但“50 年代以后，重视戏剧、电影的传统得到重视。戏剧与政治、社会生活的直接、紧密关系的这种观念，得到继续强调”[2]。由于戏剧和电影一样，某种意义上是“国家艺术”（戴锦华语），因此，剧本创作基本是在外力的裹挟下进行的，一定程度上成为舞台演出的附庸，其最大的意义是为舞台演出提供脚本。因此，从 20 世纪五六十年代以后的相当长时间内，戏剧创作非常繁盛，但戏剧文学园地却相对荒芜。各种版本的中国当代文学史，除了对新中国成立之后 17 年的部分话剧少有提及，几乎无一例外将戏剧文学从当代文学史中剔除。这不能不说是戏剧文学的遗憾和悲哀。难道真的是没有可以载入文学史的优秀戏剧作品吗？绝不是。改革开放之后，戏剧舞台上还是涌现出不少思想性、艺术性、文学性兼具，足以载入史册的优秀戏剧作品的。但更多的基于政策性、实用性、功利性的创作，也的确破坏了戏剧文学的“名声”。对工具职能的过度追求导致的一定是文学功能的弱化。这也是自上世纪 50 年代以来戏剧文学创

---

[1]孟华：《戏曲文本辨源》（代序），载《半个集》，第 9 页。

[2]洪子诚：《中国当代文学史》，第 179 页。

作屡遭诟病的一个重要原因。

这种现象，在戏剧大省的河南表现得更为突出。前面说过，中原文化具有浓厚的政治情结，文艺创作肩负着“文以载道”的天然使命，艺术作品普遍具有关注时代、关注生活、及时反映现实的特点，一度也是最大优点。这是20世纪五六十年代河南文学、河南戏剧享誉全国的主要原因。但是，随之而来的问题也显而易见，由于艺术创作过分热衷于配合形势，所以很多作品丧失了艺术作品应有的深邃和魅力，多为生活表象的描写和歌颂，并未切入矛盾关键点和人物的精神世界。真正做到思想性、艺术性俱佳的作品不多，多为过眼烟云，失去了自身的文学主体性和独立价值。当这些剧目离开舞台，这些文本的价值随之消失。

当然，文学精神的弱化不仅仅是因为剧作家的写作过分“实际”，敷贴现实，还体现在文本作为创作中的一个环节，越来越失去独立的品格：为演员写戏，就要削足适履地迁就演员；导演说了算，就会对剧本进行随心所欲、大刀阔斧的肢解；过分依附二度包装，把文本的缺憾寄托于二度的弥补，如舞美的豪华、音乐的好听等……这些，都使得戏剧文本失去了它作为文学形式的独立意义。还有，就是文本文采辞章的欠缺。当前的很多剧作者，古典文学功底差，尤其是唱词，写得不合辙，不押韵，空洞无物，如白水一般，既无文采，更无味道。讲究文辞，并不是说一定要写得辞藻华丽，而是要通过文采表现出一定的思想感情，传递出一种人文意识。比如，《朝阳沟》中银环下山的那段唱“人也留来地也留”，并没用什么华丽的辞藻，但是通过寓情于景的表达，道出了一位满怀热情投入新农村建设的知识青年遇到挫折后的失落、留恋，既是一种心绪的表达，更是一种情感失落、理想破灭的人生失意感的传递。但大多数现代戏文本作为案头阅读的文学样式的独立性越来越弱了。如果留心就会发现，在各种文学史、戏剧文学史的书写中，除了豫剧《朝阳沟》之外，河南少有其他作品进入或被提及。尽管新世纪之后这种状况有所改观,有些作品被增补进一些戏剧史,但与新时期河南剧作家群创作的整体景观和突出成就相比,还是显得寂寥、冷落。

新时期以来,河南剧作家群的文学主体意识开始逐渐增强,剧本创作在为舞台提供脚本的同时,更具有了文学作品的价值意义。这种意义,不表现在这个作品当时演出场次的多少和场面的热烈,而在于它给人们带来的心灵震颤和思考,以及它超越时空、历久弥新的价值。如改革开放之初的《谎祸》,80年代的先锋戏剧《半个娘娘》《水上吉卜赛》,现代戏《石头梦》等,演出场次都不多,甚至有的演出几场就因故长久搁浅,但这些剧目的思想价值、文学价值及其在戏剧文学史上的意义都是毋庸置疑的。当然,文学性和舞台性并不是天然的矛盾,一些作品既具有较强的文学性,也有很不俗的舞台效果。如90年代的豫剧《风流才子》,曾创下演出超千场的纪录。

新时期河南剧作家群文学主体意识的增强首先和剧作家群队伍的身份有关。剧作家多有学院的背景,甚至不少就是从文学转入戏剧的。因而他们的创作,更多地带有一种"文学情结",创作的驱动力更多地来自内部,而不是外部。比如,李利宏创作《宣和画院》源自他的开封情结;杨林历时四年创作《红旗渠》,源自他从小在林县长大的"红旗渠情结";陈涌泉改编鲁迅的作品,源自他的"鲁迅情结";孟华改编奥尼尔作品源自他的"奥尼尔情结",贾璐创作历史剧源自他的"历史情结";王明山创作世俗题材源自他的"乡土情结"……这些创作多为有感而发,多遵从自己的内心感受,并没有太强的现实企图心,不因取悦大众而忘记初心。因而这些作品都带着创作者鲜明的主体意识,无论是读文本还是搬上舞台之后,剧作者都强烈而鲜明地"存在着",不会因二度创作的绚烂而出现剧作家被遮蔽或"退后"的现象。

剧作家主体意识的增强还与观众的分化有关。随着观众需求的多元和越来越小众化，剧作家们更懂得“因需创作”、对应创作，而不是拿一个作品企图讨好所有观众。学者刘景亮在《中国戏曲观众学》中指出，“观众群体的动荡和分化有两点值得戏曲观众学的研究特别注意：一个是城市观众，也就是当今意义的市民观众在急剧扩大；二是‘大众’戏曲观众在形成，在壮大。”因此，他呼吁那些以有农民观众而自豪的地域的戏曲工作者，戏剧创作要有一种潜在的眼光，“要尽快调整戏曲发展的战略，不仅要争取农民观众群体，更要争取城市观众群体，更要树立占领城市、争取城市观众的自觉意识，进而研究城市观众，创作对应城市观众审美需求的戏曲作品。”[1]。应该说，进入90年代之后，河南剧作家群创作的对应意识已经逐渐增强。如陈涌泉当年创作《阿Q与孔乙己》，就是想让河南戏“有深厚的文化底蕴和较高的文学品位”，其观众群就锁定在青年大学生和知识分子群体，并不打算取悦大众。孟华的创作对应性更强，其先锋戏剧、改编外国作品戏剧对应的都是特殊的观众群体，他甚至认为：“不具备文学性、阅读性的戏曲文本并非没有舞台演出价值；而只有具备文学性、阅读性的戏曲文本才具有史存意义。”[2]鲜明地亮出了自己不变的创作初心。

新世纪之后，河南剧作家创作的《香魂女》《程婴救孤》《红旗渠》《常香玉》《老子》《焦裕禄》《风雨故园》《惊蛰》《宣和画院》《大红灯笼高高挂》《伤逝》等，无不以思想的分量取胜，是真正具有现代人文精神的创作。同时，这些作品能够实现文学性和舞台性的相得益彰，与剧作者一度创作中的“二度思维”密切相关。也就是说，剧作者在强化文学主体意识的同时，也始终不忘文本创作的目的是“付之场上”。这就涉及下面要说的问题，剧作

---

[1] 刘景亮、谭静波：《中国戏曲观众学》，中国戏剧出版社，2004，第533、534页。

[2] 孟华：《戏曲文本辨源》（代序），载《半个集》，第9页。

家创作中的“二度思维”，它包括剧作者的剧种意识、音乐唱腔思维、舞台空间意识等。

（二）“二度思维”中的剧种意识

剧作家写作，首先要面对的是剧种。特别是当下，剧本创作基本都是“接单”创作，要为哪个剧种创作从一开始就是明确的，剧种意识应该是从创作之初就树立的。区别剧种的第一要素是音乐唱腔。戏曲的音乐唱腔从结构上分板腔体和曲牌体。板腔体是上下句结构，比较自由；曲牌体依律填词，有着非常严格的格律。一个曲牌的韵脚是固定的，每句的平仄也基本是确定的，没有深厚的古典诗词功夫，像昆曲、梨园戏等古老的剧种，断然不敢涉足。河南的戏曲剧种除曲剧之外，基本都是板腔体。而且，河南曲剧是从民间坐唱的大调曲子走上高台演变而来的，有着非常强烈的民间特征，自由活泼，是一个生活感非常强的剧种。虽唱的是曲牌体，但从唱词结构上并不讲究，非常口语化，唱时可根据曲牌的需要加入虚词、衬字、生活化的语言或叠字重复等，实现唱词的自由“切割”组合，和曲牌完美结合。所以曲剧的文本，并没有依照曲剧的曲牌体格式来写，而是和板腔体的剧本没有任何区别。河南的剧作家，能写曲牌体的非常少，因为它对剧作家的剧种音乐素养是一种考验；河南剧作家在全国各地的创作，也少有涉及曲牌体创作的。因此，河南剧作家群的剧种意识，并不体现在唱词的板腔体或曲牌体结构上，他们考虑更多的是题材与剧种气质以及题材与体裁形式。

剧作家群中的孟华、冀振东、何中兴、陈涌泉等都是南阳人，南阳是大调曲子的故乡，大调曲子善于抒情，长于咏叹，典雅深沉，他们创作的《榆树古宅》《阿Q与孔乙己》《惊蛰》等，多带忧郁、沉重的压抑感和人生的感慨悲叹，很适合曲剧抒情深沉、略带悲凉的风格，题材和剧种气质有一种内在的一致性。孟华在创作《榆树古宅》时，并没有剧团约稿，但他认为《榆树古宅》天然适合曲剧，奥尼尔天然适合曲剧，必须是曲剧，并用曲牌体写了剧中的大部分唱词。河南曲剧还有一个鲜明的剧种个性，就是天然的喜剧性。王明山的《三子争父》《啼笑皆非》、何中兴的《乡醉》《牌坊村》、陈涌泉的《婚姻大事》，显然对应的都是曲剧的这个特点，题材和剧种有一种天然的妥帖感。河南越调，是个古老的剧种，擅演历史剧、袍带戏，具有古典气质，同时又有以女老生担纲的剧种传统，所以，孟华接受《老子》的创作，首先考虑的是这个剧种演绎这个题材的可能性。柳琴戏，又名拉魂腔，载歌载舞，尤其擅唱，善于表现家庭及爱情题材，姚金成在为柳琴戏改编《王三善与苏三》时，就充分考虑了剧种的特点，写下了大量抒情的唱段，充分彰显了这一剧种歌舞并重、委婉抒情的特点……

当前剧作家的创作，多为“命题作文”，也即题材和剧种都具有不可选择性。但有些题材和剧种的确存在着某种先天的龃龉和违和，如何去应对并解决剧种和题材的矛盾？是对剧作家的考验。比如《风流才子》，唐伯虎点秋香的故事，典型的才子佳人戏，并不是豫剧的优势题材。剧作家张新秋在创作时，首先追求唱词的雅致。他说自己熟悉京剧，写唱词时都是哼着京剧唱腔写的，也就是按照京剧的文学风格来写唱词的。在实现唱词雅致的同时，还不忘融入文人趣味，如唐伯虎和祝枝山的调侃逗趣，唐伯虎对华鸿山的嘲弄；戏中的门官、冬香、春鸠、聪儿等几个小人物，也都被赋予了喜剧色彩。整个戏雅致又明快，抒情又谐谑，从文本上实现了题材和剧种的对应。姚金成为上海越剧院创作《韩非子》，也有自觉的剧种对应意识，“为越剧写本子，爱情当然是题中应有之义。但这是一个大思想家在金戈铁马、风云际会的大时代和国家危亡、生死一线的命运困境中的爱情……”[1]这种人物关系的设置，显然是从剧种气质和题材特质两方面出发考虑的。

[1] 姚金成：《我的创作路》，载《姚金成——金笔春秋》，大象出版社，2014，第47页。

王明山创作河南曲剧《信仰》，舍弃了话剧的多线索结构，剪去枝蔓，紧紧围绕母子之间的关系进行，看国民党的儿子如何审问共产党的母亲，以及共产党的母亲如何感化国民党的儿子，这就化题材劣势为剧种优势。原长松、何海江创作的《河洛工匠》，是曲剧舞台上少有的重工题材，题材的凝重和剧种的轻盈之间有错位。剧作家在开掘时，充分考虑了剧种的承受力，正面写了主人公的行业作为，用更多的笔墨写他对行业的情感、情怀、情结，以情取胜，以情感人，较好地弥合了题材和剧种之间的罅隙，体现了作者面对题材和剧种矛盾时的叙事智慧。

剧种意识还体现在面对一个题材时所选体裁是戏曲还是话剧。话剧严格意义上说不是剧种，但话剧是和戏曲一样重要的戏剧形式，而且在河南算是稀有品种，所以不另设话题。将其纳入这个话题，是因为剧作者在面对一个题材时，同样面临着是用戏曲还是话剧的选择问题。《红旗渠》，在河南有过多次创作，都是戏曲，剧作家杨林也写过戏曲《红旗渠》。但后来在重新面对这个题材时，他觉得题材本身的宏阔、厚重，用话剧更为合适。杨林在谈戏曲剧本和话剧剧本创作的区别时说："写戏曲和写话剧是很不一样的，思维方式不一样，叙事方式自然也不一样。例如话剧《红旗渠》开场，就是面向太行，豪情万丈。但如果是戏曲，开场就可能会改成以'歌舞演故事'，主要人物先登台，抒情一番。同样的人物，同样的性格，但是表现方式就大不相同了。"而且话剧《红旗渠》那种多线条、多场景的块状结构，与戏曲的线性结构是大不相同的。豫剧《焦裕禄》和话剧《焦裕禄》也是同一个题材的不同形式，戏曲的是线性结构，更注重冲突；话剧的是块状结构，更重视写情；戏曲正面塑造县委书记焦裕禄的形象，话剧则是侧写的角度，写焦裕禄和身边多人的关系，而每一重关系，都是焦裕禄作为常人的一个不同侧面，从多个侧面烘托出一个丰富的焦裕禄形象。话剧和戏曲各有不同的叙事角度和结构方式，都收到了很好的艺术效果。李利宏的《宣和画院》改编自同名小说，是一部表现开封人文风俗的市井长卷，所以同样用了容量比较大、线索多的话剧。而王明山在将话剧《共产党宣言》改编为河南曲剧《信仰》时，用的则是删减浓缩之法，将原来的多线索、多头绪结构改为线性结构，“在戏曲抒情的框架里，开拓性地建立起一种戏剧性的情感结构”[1]，更符合戏曲凝练集中的写作方式。因此，面对一个题材，适合写成话剧还是戏曲以及如何写，同样是河南剧作家“二度思维”的一个重要面向。

（三）“二度思维”中的音乐唱腔思维

戏曲戏曲，曲在戏曲创作中占据了半壁江山。河南的剧种，多为“花部”兴起时诞生的剧种，或是从民间说唱艺术发展起来的剧种，没有更多的表演传统，多是以唱腔取胜，素有“一腔遮百丑”之称。喜欢听唱，是河南戏曲观众的欣赏习惯；善于写唱段，是河南剧作家的创作特点。河南的剧作家，特别注重写唱段，注重发挥唱段在情节发展、抒发感情、塑造人物方面所起的巨大作用，尤其注重全剧唱段的安排和核心唱段的经营。也就是说，河南剧作家的创作，多具有自觉的音乐思维和唱腔意识。

还以河南曲剧为例。曲剧由民间说唱艺术发展而来，非常重唱，而且具有唱中有说、说中有唱的特点，有浓重的曲艺味道。剧作家何中兴说，为曲剧写本子，要紧紧守住两点：一是它的民间性、群众性；二是唱词中“曲”的成分占有一定比例，唱即是说，说即是唱。比如他的《牌坊村》中，王四婶上场就是五十多句的唱。当年该剧在北京召开座谈会，有专家说，这么长的段子得唱多久啊！何中兴解释说，其实这么长的段子唱下来也就不到五分钟，因为它是说着唱的，“看一看如今的牌坊村，就我是个享福人。都说俺比过去那地主美，叫我看俺比那地主美十分……”口语化、生活化，没有

---

[1]郑荣健：《虽万千羁绊，尤作飞天舞——评河南曲剧〈信仰〉》，《东方艺术》2018 年第 5 期。

更多的润腔，带有浓郁的曲艺特色。剧作家敢写这么长的篇幅，就坚信它并不会拖沓冗长，不会影响戏的节奏，因为曲子在他心里装着。王明山改编的曲剧《李祥和的婚事》，本身就是大调曲子的经典曲目，题材带有很强的曲艺特征，其唱词同样具有曲艺通俗、家常、生活、口语化、唱中有说的特点，“我唱的是，李豁子娶了新娘一个，她那千般好、万不错，那真是，仨老头两根胡——稀少不多……” 熟悉曲剧的人甚至一看唱词就能哼出旋律。按曲牌写唱词，更是剧作家音乐思维的彰显。孟华是河南为数极少的能写曲牌体唱词的剧作家，《山鹰》中的“石头路，似狼牙，啃得我脚破两腿麻。一年的汗水一天洒，损失大；十年的楼梯一天爬，累坏啦！”就是典型的曲剧曲牌【太平年】的词格。而《榆树古宅》中的“榆芽青，榆絮白，新娘子，进庄来；一道虹霓亮古宅。娇俏粉黛，莲步登台，脚下是海，欲涛成排。舟船无舵随风摆，凌波踩浪好戏来！”曲作者一看便知要用【打枣竿】【落江】的曲牌。以上这些，充分了河南剧作家在一度创作中明确的音乐意识。

河南剧作家的音乐唱腔思维还表现在对唱段的布局安排及重点唱段的写作上。主要人物、次要人物的唱段，一般唱段和核心唱段，独唱和对唱、伴唱和合唱等，在剧本写作中都有精心的安排。比如杨林创作《常香玉》时，《花木兰》中的几句唱“阵前的花木隶就是末将，我原名叫花木兰是个女郎”时时萦绕在耳旁，最终不但成为他“心灵絮语”的叙述角度，还用这段唱作为伴唱、合唱、吟唱等贯穿全剧，成为一种节奏和引子。陈涌泉的《婚姻大事》中，“明月有情寄相思，两地三人皆无眠”的伴唱，昭告了下面将是三位男女主人公的心灵对话。这里的对唱、重唱既是一种演唱方式，也是一种情绪节奏。

最能体现剧作者唱腔思维的是核心唱段的写作。熟悉杨兰春的人，都知道他有个奇特的创作习惯，就是作品尚在最初的构思阶段，情节还不完整，结构还不定型，甚至连个提纲也没有的情况下，他竟会写出来主要人物的一大段唱词。“事实证明，杨兰春事先写出的唱段，往往是这出戏中主要人物的重要唱段，甚至是核心唱段，其词其韵不但情绪饱满，生动感人，而且贴切准确，稳定牢固，不管以后剧本怎么返工修改，这段唱词会始终保留下来。”[1]新时期的河南剧作家，尽管还未能达到杨老戏未出而核心唱段先有的地步，但对戏中核心唱段的重视和经营，却是一脉相承的。核心唱段是情节发展的高潮点，也是主人公的情感高潮点，是剧作家心中的无声歌唱，也是剧作家苦心经营的筋节所在。唱词结构的安排，很大意义上就暗含了节奏、板式和旋律。如王明山的《老子·儿子·弦子》中“骂声娃子少撒泼——息息气，压压火，心要平，气要和，摊牌亮底谁的错，咱掏掏心窝把话说——”一段，开头打破传统的七字句或十字句格式，层层蓄积、爆发，一看就是要用字多腔少、似说还唱的“回龙”起腔。起腔之后，转入平稳的[二八]叙述，到段子的最后“今天把话来挑破，不遮不掩往外豁。我还要去把弦子拉，伴你大婶把书说，剩下的日子属于我，坦坦荡荡不白活”，情绪达到高潮，节奏明显加快，一定要用释放情绪的[快垛]。整个唱段是一个由急而缓再渐急的节奏。再如陈涌泉的《风雨故园》中朱安的“来生再不把女人投”一段，开头是“小蜗牛，小蜗牛，爬啊爬，我爬不到头”，“似童谣，具民风”[2]，以吟唱启动整个唱段，然后转入叙述性较强的[二八]。到唱段的后半段，先是唱词结构开始发生变化：“昏惨惨，没了去路，哗啦啦，倒了高楼；荡悠悠，无着无落，痛切切，心儿似揪。”该剧的作曲汤其河说此时的唱词“壮怀激烈，难抑难平。是元曲？是宋词？难以辨清。”[3]最后同样进入节奏较快的[快垛]，甩腔结束。整个唱段是一个由弱渐强、由舒渐快的节奏。类似的核心唱段在河南剧作家的笔下比比皆是，不再一一列举。唱段的起

---

[1] 孟华：《杨式唱词试析》，《东方艺术》2019 年第 3 期。

[2] 汤其河：《诗人剧作家陈涌泉》，载《陈涌泉——文如泉涌》，大象出版社，2015，第 200 页。

[3] 同上。

承转合承载着情感的跌宕起伏，同时为旋律的徐疾强弱做了铺设。总之，每个戏的核心唱段都是作者用心经营之所在，也是剧作者音乐思维的集中体现。

“嘤其鸣兮，求其友声。”当剧作家的音乐唱腔思维与音乐创作者产生同频共振，那么这些唱段往往能成为全剧的“华彩”，理想的艺术效果就会产生，经典的段子就可能诞生。剧作家杨兰春写唱词时，几乎把每段唱词应该配置的唱腔套式甚至音乐布局都想好了。这就为音乐创作提供了最有力的参考和依据。因为唱腔和音乐设计在创作时知道剧作者想要的是什么，所以剧作者和作曲家就非常容易达成共识。杨兰春说，他和王基笑及河南豫剧院三团的艺术家们，创作一个戏、一段唱，都知道应在哪里使劲，“这就好像两头搭犋的牛，谁走生地，谁走墒沟，不用人牵就知道一块儿从哪儿回头，从哪儿拐弯”[1]。由此也成就了杨兰春和王基笑、和豫剧院三团音乐群体的高度默契和持久合作，成就了诸多脍炙人口的经典唱段，并因此形成了众所周知的“三团风格”。

新时期的河南剧作家和音乐家，同样不乏合作默契、彼此成就的典范。《香魂女》中环环的唱段“不料想豁然间自由门开枷锁落地，环环我又有了选择的权利”是新时期以来广为流行的经典唱段，剧作者姚金成说：“这样的句子单从字面看并无多大特色，但一结合旋律的行进，就如同江河水在堤岸前回旋、荡漾、蓄势，突然间冲决而下，一泻千里……这几句词根据后来剧本的修改方向本来也是应该改动的，但实际上动一字就会影响演唱的效果，权衡得失，还是保留原样为上策。”[2]曲作者对唱词、情感的音乐诠释已经到了不忍改动的程度，可见作曲家和剧作家的高度默契。

[1] 许欣、王力夫：《杨兰春传》，大众文艺出版社，2003，第130页。

[2] 姚金成：《试说耿玉卿的音乐创作》，载《耿玉卿戏曲音乐艺术》，中国戏剧出版社，2002，第310页。

《程婴救孤》中"哭一声我儿惊哥，再叫一声公孙仁兄，你们惨死贼手双双送命血染黄土尸首不整，我肝胆玉碎叫天不应两眼泣血万箭穿胸……"一段，同样是豫剧的一个经典唱段。曲作者赵国安说："这是肝胆玉碎的心境，这是撕心裂肺的情感，唱的既是主人公真实心情的反映，又是典型传统戏的唱词结构，特别符合豫剧豫西调'流水'板式的演唱。唱中有哭，哭中有说……唱词和唱法已经交织为一体。"[1]同样是曲作者和剧作家相互认可、彼此成就的范例。

新时期以来，河南的剧作家和音乐设计者，因互为欣赏、合作默契，最终相互成就的"黄金组合"不少，如姚金成和河南豫剧院三团音乐群体的合作，王明山和耿玉卿的合作，陈涌泉和曲剧作曲家梁献军、豫剧作曲家汤其河的合作，孟华和曲剧作曲家潘永长、豫剧作曲家耿玉卿的合作等。其中最具代表性的是孟华和耿玉卿的合作。他们同为南阳人，相同的地域文化哺育了他们，且他们从年轻时候起就一起成长、共事，彼此欣赏，几十年的合作更是惺惺相惜。耿玉卿说："孟华的唱词带着腔。念着词，旋律就来；品着味，就得哼哼；一进戏，就想动笔。"[2]孟华说："我们之间体验的最多的还是那种十分默契，甚至'沆瀣一气'、一个鼻孔出气的艺术和谐。即使也有争论，有冲突，有做冤家的时候，但那也是'不是冤家不聚头'的那种冤家，不管怎么冲撞，就是撕搅不开，而最终达到更高层次的和谐。"[3]自1985年至今，他们合作了《情断状元楼》《老包打滚》《半个娘娘》《生儿子大奖赛》《春秋出个姜小白》《美兮洛神》《玄奘》《汴桥风云》及新版《白蛇传》等十余部作品。他们彼此的作品演唱会，演唱最多的都是对方的作品。真正做到了"撕搅不开"，彼此成就，诞生了许多脍炙人口的唱段。他们是

[1]赵国安：《笔下自有千钧力：涌泉印象》，载《陈涌泉——文如泉涌》，第194页。
[2]耿玉卿：《孟华的唱词带着腔》，《东方艺术》2005年7月增刊。
[3]孟华：《"乐"仙耿玉卿》，载《耿玉卿戏曲音乐艺术》，第295页。

新时期河南剧作家和作曲家合作的典范。

三、河南剧作家群的舞台意识

舞台意识，仍属于剧作者的“二度思维”范畴，但和上面谈到的“剧种意识”“音乐思维”不同的是，舞台意识更具空间感、行动感、立体感，也和未来的舞台呈现关系更密切，加上涉及内容较多，故单独设篇。

如今的剧目生产，从创意之初，就有了基本的创作班子，所以编剧的一度创作几乎不再是“单人跳舞”，而是与导演、舞美、演员发生种种关系，其创作本身就带有群体共性。因此，戏剧文学创作从一开始实际就已经与舞台发生了密切的关系。还有，舞台科技的发展也在某种程度上影响着剧本的创作，很多原来不能实现的创作构想，能够在舞台科技的支持下得以实现，为剧本的叙述方式提供了更多的可能。所以，新时期河南剧作家的创作，带有鲜明的“舞台”意识，主要包括表演意识、舞台空间意识、导演思维乃至风格样式等。

（一）表演意识

表演意识即剧本写作中的“留白”，也就是为表演留下空间。古典戏曲中的“科介”，体现的就是剧作家的“表演思维”。阿甲先生曾说：“剧本创作的艺术构思，不能和戏曲舞台程式的形象思维分开。”[1]一个优秀的剧作家，在写作中一定会为演员表演留下空间，提供契机。剧作家王仁杰老师的《董生与李氏》，文本只有八千多字，但在舞台上演来却是酣畅淋漓，大有乾坤。有时看似简单的一句舞台提示，却蕴含着一段精彩的好戏，大量的空间由表演来丰富充实。新时期的河南剧作家，同样有着自觉的“表演意识”，如张新秋的《风流才子》，特意设计了唐伯虎现场“作画”的情节，从

[1] 阿甲：《谈谈京剧艺术的基本特点及其相互关系》，载《戏曲表演规律再探》，中国戏剧出版社，1990，第26页。

人物塑造上看，强化了唐伯虎诗书画皆能的才子形象；从表演上看，为演员提供了施展多方面才能的机会。这个桥段成为这个戏的亮点，这一折子也成为演员长演不衰的保留节目。王中民的《吵闹亲家》，安排了“骑自行车”“扯布”“裁衣”等科介，为创造新的戏曲现代戏表演程式提供了契机；姚金成的《香魂女》中香嫂和二东的“打架”、二东的“撬柜子”等行动，都是作者有意为二度表演留下的空间。一些剧作者在构织情节、设置人物时，首先考虑的就是未来的舞台呈现。如王俭、李利宏、何中兴的《红菊》，把主人公的身份定位为某河南梆子戏班的当红名伶，其出发点“一是有出独特色彩的可造空间，二是可为汉墓内石刻上画像的再生与复活设置一个或多个行动的可能……”[1]李古娥的《七星剑》是为擅演武戏的剧团创作的，于是在河南传统的“武戏文演”的基础上，专门添加了两场武戏，展示剧团优势。

剧作者的表演意识还体现在创作时充分为演员考虑，如果主要演员擅唱，那就在唱段的经营上下功夫，如王明山写《老子·儿子·弦子》、陈涌泉写《程婴救孤》就是这样；如果主要演员唱作俱佳，那就在唱腔和表演上都预留空间，如姚金成、何中兴创作豫剧《焦裕禄》《重渡沟》，贾璐创作《红高粱》，杨林创作《秦豫情》，都是这个思路；如果剧团行当齐全，或某些行当格外出色，剧作家创作时在人物设置上就会有所倾斜，如京剧出身的孔凡燕为河南省京剧院写戏，杨林为河南话剧院写戏都本着这样的原则。这些，都体现出河南剧作家明确的表演意识。

（二）舞台空间意识。剧作家的舞台空间意识包括空间分割、布局，场与场之间、片段与片段之间的连缀，场景切换，时间转换等多个方面。和表演意识相比，舞台空间意识更具场面感、调度感，带有鲜明的导演思维的

---

[1]李利宏：《李利宏导演思维》，中国戏剧出版社，2015，第142页。

性质。改革开放初期，著名编导杨兰春为南阳地区曲剧团加工提高现代戏《儿女传奇》时，首次在舞台上尝试采用了两个空间进行心灵对话的艺术手法，这应该是80年代戏剧舞台多重空间探索在河南现代戏舞台上的初步尝试。后随着先锋戏剧、实验戏剧的影响，蒙太奇、意识流等手法不同程度地融入了河南戏剧的创作，但那更多是导演思维的介入。河南剧作家舞台意识的真正自觉还是在新世纪之后。创作中的舞台空间意识更加明确，多重空间的运用更加自如。如孟华的《榆树古宅》中艾碧和柯龙彼此相思的两个空间，陈涌泉《婚姻大事》中男女主人公三个人八月中秋“心理”遥望的双重空间等。还有不少戏中通过梦境、意识流营造此地和彼地、现实和幻觉等双重和多重空间，如杨林的现代戏《女婿》中有这样的舞台提示：

[谢延信展信。

[冯季花在舞台一角闪出。

简单两句交代，就让我们看到了未来舞台的空间构成。再如孟华的新版《白蛇传》。许仙惊吓而死，下到地狱，众小鬼对他一番嘲弄后，欲将其下进油锅。此时许仙大声呼喊：“娘子！素贞！快来救我——”接下来的剧本提示是这样的：

[空中传来白蛇的应声：“许——郎——！”

[众鬼吃惊地聆听。

……

[此区灯暗；彼区灯亮。

[蓬莱仙山。

以许仙对白蛇的心灵呼唤构成空间切换的内在动力，而当蓬莱仙山白素贞和众仙童的打斗之后，一个“开打场面适时而隐”的提示，场景就又自然切换到先前的地狱。从上述两例可以很清晰地感觉到作者在创作的过程中，对未来的舞台呈现有明确的思考，心中有舞台、有场面、有调度，的确是为“付之场上”而创作。

剧作者舞台意识的另一种表现是在文本阶段就对全剧场与场、段与段的衔接和过渡有具体、明确的规定，每个段落之间的转换和衔接呈现出无缝对接的自然，一气呵成，气脉贯通，所以剧本也多为无场次结构。而各段落之间不同的转换和衔接方式，也一定程度上预示了下一个段落的舞台节奏。应该说，这是对舞台非常熟悉、深谙导演艺术的剧作家才能做到的。最突出的就是杨林的作品。这种特点在他的《河南担》《霸王别姬》《百姓书记》《敦煌女儿》等作品中有淋漓尽致的体现。这里举二三例，从中可以窥斑知豹。

《河南担》（即《秦豫情》）中，张大和小勤从“追责讨赔”到恋爱结婚，冤家变成了夫妻。上一个段落结束是他们俩成亲：

［音乐中，张大抱着小勤走向红色深处。

［红色未退，音乐有变。

［灯暗。

［三叔内唱：“兴尽悲来生变故——”

“红色未退，音乐有变”，新婚的喜悦还在延续，悲伤的音乐转瞬即来。灯暗转场，人未上场，“兴尽悲来生变故”的信息就先声夺人。三叔上场，带来了张大被国军抓壮丁的消息。从新婚之喜到离别之痛，几乎是转瞬之间，切换迅速、紧凑、流畅，毫不拖泥带水，却又那么自然。再如《百姓书记》中，王百祥想聘请韩长乐担任寿光县蔬菜顾问，许他一套住房，并许他们全家迁到寿光。韩长乐听完——

韩长乐　（拉过王百祥）伙计，这话儿你吹大了。俺媳妇实诚，她要当真。

王百祥　我也是当真！

［韩氏夫妇坐在地上，相拥一起，吃惊地看着王百祥走向会场，

聆听着大会的声音。

[又是那张地图,还是那几个常委。

通过韩氏夫妇的视觉、听觉,完成了场景的切换,而且对下一场的场景有具体明确的交代:“还是那张地图,还是那几个常委。”在这里,编剧不但完成了文本要完成的任务,而且几乎完成了导演的舞台调度任务。可以说,在文本写作的过程中,戏已经在作者心中的舞台上演过了。杨林创作中这种明确且自觉的舞台意识,与他导演出身的身份有关,而且当他这种带着明显导演思维的创作与带着明确编剧思维的导演相结合的时候,他们的合作就注定是默契融洽的,也注定是会形成巨大合力的。他这种靠戏剧内在张力贯穿的极其灵动的诗化叙事,和“在舞台上写诗”的导演诗人李利宏具有观念的内在一致性,因此他们的合作必定是深度契合,相得益彰,锦上添花。由此,《常香玉》《红旗渠》《秦豫情》《百姓书记》《浦东人家》《兵团》《突围·大别山》等精品力作的诞生也是必然的。编导默契持久的合作,一定是基于共同的创作理念、艺术追求,以及对未来舞台呈现的共同期许。

(三)导演思维的介入。舞台意识中的导演思维,既包括编剧的“导演思维”,如上述杨林对未来舞台的具体规定和描述,也包括在剧本创作过程中导演之“导演思维”的介入。导演思维参与剧本创作、构思,意味着将一度创作的剧本构思和未来的舞台样式做综合考虑,统筹谋划,它最突出的结果就是带来了叙事方式的巨大革新。新世纪以来,河南几部成功的现代戏剧目,都是导演思维介入剧本创作的结果。如著名导演余笑予执导的《铡刀下的红梅》,在搬上舞台之前,在他心中已经酝酿了10年,未来的演出样式已然成竹在胸,后来剧本的叙述方式完全是按照导演的舞台构思来结构的。它以电影的闪回手法,通过现时和过去的对比,去揭示刘胡兰的成长过程。而旋转平台的使用,又为这种叙述方式提供了时空转换的可能和自由。该剧独特的结构形式和叙述方式,正是导演思维参与剧本创作的结果。

和《铡刀下的红梅》一样,导演思维注入带来叙事革命的,还有李利宏和杨林合作的豫剧《常香玉》。李利宏不但是这个戏的导演,还是这个戏的文学创意和编剧之一。该剧的定位是“心灵絮语”,老年常香玉既是叙述者,也是旁观者、参与者,连接起常香玉的童年、过去和现在,串联起常香玉的童年、青年和老年,而运用平台的转动、升降,实现了类似电影镜头语言的推、拉、摇、移,达到蒙太奇的艺术效果。这种叙事方式与纪传体的题材比较吻合,同样是导演思维介入的结果。而且,某种程度上,舞台科技也参与了叙事,成为叙事的一部分。导演李利宏参与剧本创作的另一部现代戏是豫剧《红菊》,这部戏初始的策划仍然是李利宏,剧本提纲的拟定也是李利宏,而文化侵略和文化保护的开掘方向也是他在阅读小说的过程中头脑中产生的双线结构。正像与他合作的何中兴所说,导演的提前进入,“纲领性地奠定了《红菊》的文化底蕴,决定了《红菊》对民族精神的张扬及其大气、悲壮的风格。那庄严肃穆的汉墓开启和封闭,以及那宫廷仪式般的舞蹈,大概在动笔之前就活跃在利宏的眼前了吧?”[1]

导演思维参与剧本创作,从某种程度上,保证了作品从“核”到“形”的完整统一,使作品在内容和形式的相得益彰中浑然一体。同时,对剧本结构和整个舞台呈现样式的确立起了关键性的作用,不但深化了作品的意蕴和内涵,也使得剧目呈现出较强的整体感、样式感,大大提高了剧目的成功率。当然,这种“参与”,并不是越俎代庖,让导演取代编剧,而是用导演思维去启发编剧、丰富编剧。只有和编剧达成共识,形成默契,才能有和谐的、精彩的舞台呈现。眼下,很多导演也是参与剧本讨论和构思的,但由

[1] 何中兴:《“话剧导演”李利宏与“现代戏曲”创作》,《东方艺术》2012 年 12 月增刊。

于和编剧之间因为种种原因相互龃龉，难以产生理想的结果。甚至有的编导合作一次就成了冤家。因此，导演思维参与创作，其前提必须是编导有大致相同的审美认知或审美追求，有平等协商的态度，还要有彼此渗透、互补提高的期待和愿望。这样，导演思维的参与才是积极的参与、有效的参与。著名导演黄在敏曾说，导演对文学剧本的意义最关键的有两点："一是对文学剧本所包含的客观价值的发现，一是自己对文学剧本独特的理解和认识。"[1]在创作《老子·儿子·弦子》（编剧王明山，导演：黄在敏、李杰）时，导演就在剧本故事性强、情节生动的基础上，挖掘出了故事和人物行为中蕴含的独特人生况味，从而使这台戏有了生活的厚度和质感，远远超出了惯常的表现"孝道"的同类题材。豫剧《香魂女》的编剧姚金成也说过，他和导演李利宏的合作，既有共同创造的惊喜，也有意见抵牾的苦恼，但"碰撞的结果最终都化成了艺术的攀援和提升"。

无论是编剧的导演思维，还是导演思维介入剧本构思，编剧与导演合作的默契，是一部优秀作品诞生的基础。在河南戏剧舞台上，除了杨林和李利宏，类似的黄金搭档还有孟华和李利宏的合作，姚金成和张平的合作，王明山和李杰、丁建英的合作，陈涌泉和张俊杰的合作，贾璐和张曼君的合作，等等，都带有相同的性质，从而构成河南戏剧舞台的不同风貌。如孟华、李利宏对圣贤题材的哲理和诗意表达，姚金成、张平对现实题材的深化及生活化、戏曲化呈现，王明山、李杰对世俗生活的喜剧追求，陈涌泉、张俊杰对舞台呈现的某种意象追求，身兼编导的李云对舞台的"极简"追求等。不管是作者的舞台意识契合了导演的舞台构思，还是导演的舞台处理契合了编剧的舞台想象，总之，这些组合之所以能长期合作并不断创作出优秀作品，一定缘于编剧和导演的灵犀相通和相互认同。

---

[1] 黄在敏：《戏曲创作的立意、逻辑与结构》，《福建艺术》2013 年第 2 期。

（四）对全剧风格、样式感的自觉追求。对风格、样式感的追求，也是构成剧作家舞台意识的重要内容。随着现代剧场艺术的发展和观众对全方位艺术审美的追求，戏剧作为“综合艺术”的内涵和外延都在不断发生着变化。仅就文本而言，其任务也不仅是要讲述一个有头有尾的故事，塑造几个人物形象，表达一种创作思想，传递某种创作理念，同时也要为戏剧的舞台创新提供实验，开拓出一种新的舞台景观。也就是，剧作家除了心中有舞台，也越来越重视作品的风格、样式感，为舞台美术留下空间。

进入新世纪，对作品风格、样式感的追求已经成为剧作家的自觉追求。这种追求，为二度创作奠定了扎实的基础，也为作品的成功奠定了坚实的基础。如豫剧《香魂女》，在从小说到戏剧的改编过程中，把原著中的香油坊改为“钧瓷窑”，就是想通过窑变的神奇以及它所蕴含的丰富的象征意义，为主人公的人格升华埋下意象化表达的种子。豫剧《伤逝》中涓生既是主持人又是剧中人的构思，既构建起了全剧的叙事形式，也奠定了全剧凄美忧伤的风格。风格样式，某种意义上也是全剧情绪色彩、意象、意境的一种外在体现。剧作家杨林说，他每写一部戏，初稿前面几乎都有一个很长的主题歌，这个主题歌在未来的演出中可能根本不会用到，但他仍要写，他是通过这个方式在寻找，寻找一种进入的方式，其实也就是为一个戏定下风格基调，这个基调统摄着全剧的色彩和节奏，决定着未来整个戏的风格。陈涌泉创作《阿Q与孔乙己》同样考虑了它的风格样式感，他说：“我们努力追求一种审美目标——将思想性、艺术性、观赏性统一起来，构建一种空灵、诗化、弥漫着哲理气息的现代舞台艺术境界。”[1]冀振东等的《惊蛰》，杨林的《红旗渠》，贾璐的《月到中秋别样圆》，陈鹏、黄河的话剧《焦裕禄》等，从文本中都能看到作者对舞台风格、样式感的自觉追求。

---

[1]陈涌泉：《〈阿Q与孔乙己〉的成因》，《剧本》2002年第9期。

概言之，以表演意识、舞台空间意识、导演思维、舞台风格样式感等构成的舞台意识，和前面的剧种意识、音乐唱腔思维一起，构成新时期河南剧作家群创作中的整体“二度思维”，使戏剧文学远远超越了脚本的任务和意义，与舞台发生了更直接、更密切、更深入的联系，甚至对未来的舞台整体呈现产生了决定性的影响。这是时代发展、舞台艺术发展赋予剧作家的使命，也是河南剧作家群追随时代、自觉追求当今舞台变革的自觉选择。同时，作为舞台艺术的最基础环节，河南剧作家群在对舞台日新月异的适应、追随中，并没有失去自我，没有失却戏剧文学作为文学形式之一的独立意义和价值，主体意识更强，“剧作家”的身份更为凸显，从而使得河南戏剧在绚烂的舞台收获之外，同时取得了文学的收获和价值。

2021 年 4 月 29 日完稿

2021 年 5 月 9 日定稿

下/篇

第七章

“双重”身份和“异质”色彩

——孟华的戏剧探索和个性坚守

“双重”身份和“异质”色彩

——孟华的戏剧探索和个性坚守

在新时期的河南剧作家群中，孟华是一个独特的存在。如果从 1972 年创作处女作《山鹰》算起，他的戏剧创作已历经半个世纪，且创作状态一直稳定，不同时期都有一定影响的力作产生。也就是说，孟华的戏剧创作活动贯穿了新时期以来的全过程，他是一位始终活跃在创作一线的耕耘者、探索者、实践者。从早期表现生活、直面社会现实的现实主义创作，到 80 年代中期之后开始且始终没有间断的探索创新，再到新世纪以来的姿态调整及对所涉题材温和诗意的表达，从其创作变化的轨迹中，不但可以清晰地感受到时代风气、文艺思潮、创作环境对孟华创作的影响，更能从他执着坚定的个性坚守中窥测到其戏剧创作的文化构成、理想追求、价值取向、审美判断、个性表达……其作品鲜明的探索意识、异质色彩、新颖手法、另类风格以及由此而产生的和主流价值认同若即若离的特殊关系，观众好恶分明的两极分化等，都使其成为新时期河南剧作家群中的“他者”和“另类”存在。

一、早期现实题材创作的意外绚烂

孟华50年的创作历程，有着清晰可循的发展轨迹，影响和左右其发展脉络走向的，既有时代风潮，更有文化构成以及基于此基础上形成的创作思想和对艺术创作立场的秉持和坚守。这里对其创作阶段的划分，便是依据其创作思想的发展脉络以及作品内容、风格特点及其产生的社会影响等。之于孟华，早期即是指1972年到1984年这一阶段的创作。从创作观念看，这一时期的创作遵循的是革命现实主义创作原则；从题材看，均是和形势密切相关的现实题材；从社会影响上说，尽管作品不多，只有现代戏《山鹰》和话剧《劳资科长》两部，但都产生了"始料未及"的影响，为作者，甚至为当时的河南带来了全国性声誉。如果把这一时期的创作放在作者漫长的创作历程中去看，更显得意味深长。正是因为有了早期的绚烂，其"转向"之后的冷寂才愈发明显。这种鲜明的落差，才有它别具意味的价值和意义。

谈孟华的早期创作，要先得回溯一下他的人生经历。孟华出身于书香门第，自幼饱读诗书，打下了深厚的传统文化根基。1958年参加南阳专区文工团，学习音乐作曲，后调到《郑州晚报》《河南日报》任编辑兼记者。"文化大革命" 期间响应知识青年上山下乡号召到引黄备战工程工地参加劳动改造。"文化大革命"结束回报社工作。从这份简历可以看出，孟华的青年时代，基本是在作为"宣传队"的文工团和作为舆论"喉舌"的报社度过的，这注定了他这一时期的文化接收是以革命文化为主，也决定了他这一时期的创作一定是附贴现实的潮流创作。

现代戏《山鹰》创作于1972年，写医科大学毕业生高黎响应党的号召，立誓扎根山乡、奉献山乡的故事。该剧人物关系设置的巧合，主人公的完美高大，先进、落后两种思想的鲜明对比，还有某些表志向、表决心的口号，都带着鲜明的时代烙印。但是，它的一个突出特点是：在塑造完美高大的主人公形象的同时，不忘写人情、写恩情、写温情，从而使全剧洋溢着特殊时期久违的温暖和清新，与当时心理上厌倦群群相斗，渴望理解、期盼和谐的集体心理产生强烈共鸣。而孟华从小扎下的深厚传统文化根基，使他在唱词的写作上功力初显。那些生动形象的唱词，给人耳目一新之感，使这部今天看上去“丑陋不堪”的“童子作”，“占尽独苗破土的优势”（孟华语），一炮走红，呈一时之盛。

早期另一部现实主义作品《劳资科长》的问世，已是和《山鹰》相隔八年之后的1980年。八年期间，“文化大革命”结束，具有划时代意义的十一届三中全会召开，中国社会发生了历史性的转折。对于孟华个人而言，也迎来了人生的一次重要转折。1979年底，已届不惑之年的孟华考入上海戏剧学院编剧进修班，完成了从报社记者到专业作者的身份转换。话剧《劳资科长》即为两年半上戏学习的毕业之作。两年多系统的理论武装，大量优秀作品的观摩、讨论，对西方各种戏剧观念、作品的接触研读，使孟华的创作观念发生了巨大变化。《劳资科长》虽然还是关切现实的现实主义创作，还算不上创作观念的“革命”，但和《山鹰》相比，格局、境界已迥然不同，几年学习的成效了然可见。

首先，《劳资科长》已由革命现实主义的正面歌颂变为了批判现实主义的直面问题。这是新时期思想解放、思想启蒙给予作者的可能和勇气。全剧通过一个小城市的劳资科长面对一个进城指标，面临的各种压力及由此引发的“权力苦恼”，讽刺批判了党中存在的不正之风；同时通过主人公的“权力困惑”，触及了人人可能置身其中、推波助澜却又习焉不察的社会风气问题。这个作品体现的依然是作者的现实关切，期待的是艺术的劝世之用，革命文艺的创作思想仍清晰可循。其次，人物塑造从单薄扁平转向丰满立体。如果说《山鹰》中的人物还存在类型化、模式化、简单化的问题，那么在《劳资科长》中，可以明显感受到作者塑造人物能力的提升，主要人物呈现出复杂、丰满的性格。作者在《创作话剧〈劳资科长〉的几句话》中写了他人物塑造的追求:“剧作法把人物分成类型化人物、性格化人物、心理分析型人物。创造‘心理分析型人物’被认为是最难写和作者应该追求的最佳目标。易卜生的《娜拉》,由开幕时的‘玩偶’到剧终时‘叛逆’的心理分析、变化、发展过程,是这种‘心理分析型人物’的范例。在南宫这个人物身上,我有意作个尝试,注意这个人物的多侧面,尽量使之立体化。同时着重人物的心理分析、变化、发展。”[1]基于此,作者在刻画人物形象时,避免脸谱,力求多棱。这个劳资科长不是一个完美、高大的人,甚至可以说是一个有不少缺点、毛病的人。他不苟言笑,身上有着一个基层干部在复杂现实中锤炼出的圆滑,对下级、弱者,有权力职位拥有者的傲慢和生硬;对上级,有习惯使然的违心妥协和曲意逢迎。当你几乎要将其定位为一个欺下媚上、牢骚满腹、窝囊不堪、无所作为的小官僚的时候,却发现作者暗中为他铺设了一条从谷底向上攀的蜿蜒小道。他仍不失是一位有职业良知的基层干部,他还有深入实际调查的求是作风,有体恤弱者的外冷内热,有对这个进城指标重要性、急切度、合理性的良心权衡,还有对领导软抵硬抗,即使付出被撤职的代价,也要把最后一个指标下达给最需要的人的偶尔峥嵘!最终,一个丰满的基层干部形象鲜活地站在了当代的戏剧舞台上。这种欲扬先抑、瑕瑜互见的人物塑造方法,是对类型化、脸谱化人物塑造的突破。人物身上斑驳的杂色非但不影响其人格的光辉,反倒更凸显出人性的真实。再次,这部具有镜鉴、讽刺、批判意味的现实主义作品,用的却是喜剧手段。80年代初,在以“伤感”“控诉”为情感主调的时代背景下,喜剧更显示出它的难能可贵,尤其是《劳资科长》这样一部以批判为旨归的作品。该剧采取讽刺、误会、夸张、巧合、出其不意、调侃幽默等手法,寓

---

[1]孟华:《创作话剧〈劳资科长〉的几句话》,《戏剧艺术》1984年第3期。

庄于谐，举重若轻，“是一个在笑声中给人以震动的好戏。”[1]

以上艺术成就的取得，使《劳资科长》远远超越了“毕业作品”的创作初衷，被上海戏剧学院定为35周年院庆献礼剧目，获得上海市第二届戏剧节优秀剧目奖，后又分别被郑州市话剧团、中央实验话剧院热演，成为20世纪80年代初中国话剧舞台上一部批判现实的力作。剧本获得“1982~1983年全国优秀剧本奖”（即后来的“曹禺戏剧文学奖”）。

《山鹰》《劳资科长》两部现实题材的戏剧作品，为孟华的早期创作带来了始料未及的荣耀。多年后，回忆起这一时期的创作，孟华仍感到“这种小投入与大收获之间的反差曾使他羞颜半遮，常有一种信手捡个大便宜，甚至是无功受禄的感觉”。这种感慨是针对后一段创作历程“大投入，小回报”的有感而发。因为《劳资科长》之后的十余年间，孟华碰到的不是小投入大回报的惊喜，“而是大投入小收获，或是无收获，或是收获一堆误解曲解费解的茫然”[2]。而引发这种收获和耕耘巨大落差的原因，正是作者酝酿已久的一场观念革命，以及由此引发的创作转向。

二、中期的形式探索和观念革命

思想意义上的80年代，实际上开始于“文化大革命”后期的1970年代，它为接下来的思想解放做好了心理上的准备。“七十年代末、八十年代初，西方十八、十九世纪的启蒙主义思潮著作开始大规模地译介进入中国，文化意识思潮也进入一个以反叛和个性解放为主题的创作高潮。”[3]上海，作为领风气之先的前沿地带，更能先一步感知到这股思想的浪潮。此时正在上海戏剧学院学习的孟华们，有机会接触了西方的各种文艺思潮、流派、作品。荒诞派、存在主义、质朴戏剧、表现主义、超现实主义、达达主

[1] 曹禺：《一面镜子——〈劳资科长〉观后》，《人民日报》1984年1月14日。
[2] 孟华：《〈劳资科长〉卷后赘语》，载《半个集》，第169页。
[3] 马国川：《我与八十年代》，第52页。

义、后现代派、魔幻现实主义、布莱希特戏剧、意象派、野兽派……这些蜂拥而入的西方戏剧流派，令人目不暇接，眼花缭乱。《等待戈多》《椅子》《琼斯皇》《悲悼》《教父》《罗生门》《贵妇还乡》《推销员之死》《肮脏的手》……尤奈斯库、贝克特、尤金·奥尼尔、斯特林堡、萨特、迪伦马特、阿瑟·米勒、易卜生、尼采、弗洛伊德……这些哲学家、思想家、戏剧家的优秀作品及其裹挟的观念、手法、技巧、价值和审美判断，给孟华这个从相对封闭的中原腹地走出来的"老童生"，带来了几乎是颠覆观念的震颤。而最惊动他灵魂的，还是美国剧作家尤金·奥尼尔的作品。奥氏剧作对社会、对人性的深刻揭示和他对各种艺术手段的大胆尝试，让孟华惊讶愕然。愕然之后，便是持久的痴迷和陶醉。

上戏三年的学习，对孟华不仅是知识结构、文化构成的更新，也是思考方式的改变。如果说，此前孟华的文化构成主要是中华传统文化、民间文化、革命文化，那么这一时期，西方现代文化的汇入，不但成为其知识结构的重要组成部分，而且对其原有的思考方式形成了撼动。学成归来之后，他大约有两年时间没有动笔。三年所学所思在他的头脑中积聚、沉淀、酝酿、升腾，逐渐熔炼为一种跃跃欲试、突破创新的强烈愿望。80年代中期，借助两部传统戏的改编，他开始了由浅入深、由局部到整体、由形式到内容的探索尝试。

（一）《老包打滚》《情断状元楼》的形式探索和哲思融入

孟华的探索首先是从传统戏的形式创新开始的。形式探索又是从叙述方式的创新开始的。新时期以后，布莱希特"叙述体戏剧"及其理论对中国话剧产生了重大影响。特别是他倡导的"间离"手法，在中国话剧舞台上多有尝试。孟华根据传统剧目《下陈州》改编的《老包打滚》，就尝试采用了"间离"手法，在场与场之间设置了一个叙述的"串场人"。这个"串场人"，除了连缀上下场的作用外，还是一个讲述者、旁观者、点评者，甚至有的时候还会参与一点剧情，插科打诨一番。它有意让剧情松懈、脱节，以阻止舞台上下的情感混同，打破了以往看传统戏时观众完全投入，暂时忘我，和剧中人同喜同悲的观剧习惯，带给观众一种新鲜别样的审美体验。这种“非戏剧性”叙事的融入，是布莱希特“陌生化”戏剧观念的有意尝试。这种手法在今天看来已毫无新奇，但在80年代之初的河南戏剧舞台上，却有探索意味。

与《老包打滚》同时期的《情断状元楼》，是孟华应杨兰春之约，根据宋元南戏“王魁负桂英”改编的另一部古装戏。在80年代中期戏曲“危机”和观念革新的背景下，他们选择这个耳熟能详的故事，用心所在显然不是重温一遍故事，而是试图以现代人的思想重新梳理它，向人物心理、灵魂的深处探掘。正像杨兰春所说：“王魁、敫桂英的故事流传了好几百年，我们创作《情》剧，不是有什么野心，也不是想出什么风头，是想借此搞点探索……孟华的《情》剧不是情节戏，……我是用抒情的手法来表现《情》剧主题的。”[1]孟华在这个戏的创作中，显示出了他写情感戏、哲思戏的特长。每场戏都是以最简的笔墨叙述情节，而以大量的笔墨抒发人物情感，以现代人文思想观照人物内心，对人物心理的挖掘和刻画自然做到了深刻独到。几个情节转折点敫桂英的内心描写，情感深掘，词尽其妙，细腻丰富，酣畅淋漓。对王魁休妻招赘之后的不安和忐忑同样有细腻深刻的描写，既有“见旧人想旧物旧情难忘”的良心不安，也有“人世上难免不欠负心账，倒应该少生些痴情的姑娘”的自我安慰，人性的多面、明暗由此得以窥见。作者还特别借助场与场之间的幕后伴唱，力图实现意蕴的延伸、意味的传递以及哲思的融入，使观众在欣赏故事之外，获得了一份哲思的启迪。作者对人物情感的深掘细描，经由他深厚的传统文化功底、斐然的文思、精到

[1]陈悦：《杨兰春谈戏曲改革》，《河南戏剧》1986年第2期。

的表达，呈现出一种清俊、雅致而又言简意深的独特韵致，凸显了戏剧作为文学形式必有的“文学”特质，从而使这部戏在同一题材中显得与众不同。这部戏，初步奠定了孟华剧作蕴藉雅致、诗意抒情的剧作风格。

（二）《半个娘娘》的全方位探索实践

如果说，《老包打滚》《情断状元楼》是借助传统故事的形式探寻，那么，首演于 1987 年的意象剧《半个娘娘》，则是孟华观念创新的突围之作。

前面说过，上海戏剧学院的进修学习，对孟华带来的不仅是文化结构的变化，更是观念意识的变化。西方戏剧对社会问题和人性隐秘的直面和揭示，以及多种手法的大胆探索，新时期以来一些文学作品及话剧作品的批判意识、思辨意识，让孟华时时不忘回头反观自己的创作，并在反观中反思。如何借鉴西方的戏剧观念，深化作品的现代意识；如何突破惯常的表现方式，拓展作品的内涵；如何使创作既不失故事的趣味性、通俗性，又能实现内容的哲理性和意蕴的深邃性……都是他努力的目标。再往前“拱一拱”“探一探”的意识非常强烈。当这种强烈的探索欲望有了“新启蒙”思想浪潮的助推，具有突破意义的创作就必然到来。《半个娘娘》就是在这种个人欲望与时代思潮共同催生的历史境遇中诞生的。

《半个娘娘》写的是：村姑李桑桑救了政治逃难的山南王，山南王就地将其封为娘娘，以报答深山密林救命之恩。局势稳定后，山南王要接救驾的娘娘回宫，但身边的大臣、亲人，对娘娘之来历，之身份，之清白，之于自己、于国家的利害，权衡盘算，各怀心态。围绕李桑桑是人、是仙、是鬼、是奸，甚至是否贞洁之女的争论、调查、拷问由此展开。大家众说纷纭，宏论惊天。然而，却始终不能统一到“接娘娘”这个大目标上。复杂的人心和无端的猜忌像一座巨大的屏障，矗立在山南王的心中，目标近在咫尺却又远在天涯，遥不可及。娘娘最终没能接来。这时，卷土重来的山北王俘获了山南王，同时“俘获”的，还有被他亵渎了真情、信任、尊严、人格，接了数年也没有接回宫的“娘娘”。

作者将《半个娘娘》定位为“意象剧”，是要追求一种“弦外之响”“象外之旨”，实现“意超象外”的可能性、丰富性、深刻性。作品有意模糊了朝代，故事发生地也选在人迹罕至的荒山野岭，目的是让人跳出对历史的猜测对应，以一种超然的态度去审视它。剧中，李桑桑是一种意象，代表美好和理想。山南王则是理想的追求者和失落者，黄兆年是理想实现的巨大屏障，皇后、太后乃至各路大臣，均是生活中各色人等的类型符号。他们让我们清楚地看到，在通往理想的道路上，总有意想不到的各种力量在分散、阻滞、消解、改变实现目标的可能。这种消解的力量到底来自哪里？不同的观众答案亦是不同的。是人性中的小我、自私、险恶？是民族性格中那些陈旧的思维模式？是一叶障目的狭隘？还是面对目标，信心、定力的缺乏游移？似乎都有，也似乎都不确定……它传递给观众的的确是一个“极抽象的核心意念。这犹如毕加索的画，庞德的诗，提供给读者与观众一个个性化解读的广阔无垠的自由空间”[1]。

该剧情节的发展、故事的叙述仍然遵循了传统戏剧“线性”发展的逻辑思路，在表现上却是另辟蹊径，尝试运用了多种艺术手法，如“面具”的运用，就借鉴了尤金·奥尼尔的“面具理论”。奥尼尔认为面具是一种“灵魂的戏剧”，“假如我的创作过程能够重新经历一遍的话，我对过去写成的剧本会改动很多，但是有一样我是绝不会改变的，那就是面具的使用。”[2]《半个娘娘》拷问人性的主题走向，正好为作者尝试“面具理论”提供了可能。剧中戴面具的是四个大臣，在面对李桑桑是人、是神、是鬼、是

[1] 孟华：《〈半个娘娘〉创作构想》，载《半个集》，第103页。

[2] 尤金·奥尼尔：《再思》，转引自汪义群《奥尼尔研究》，上海外语教育出版社，2006。

奸的辩论中，各怀心思，自有一番心理斗争。真实的想法是怎样的？说不说真话？为什么要说假话？面具在此发挥了它真假转换的灵活作用。人物的双重人格和意识冲突，就在面具的一“戴”一“摘”中得到清晰表现。《半个娘娘》对西方戏剧手法的借鉴是多方面的，如幻觉、意识流、象征等表现主义手法，甚至还借鉴了电影中的“慢动作”。这些手法的运用，丰富了言说手段，营造出了深邃、有意味的艺术情境，强化了作品的思想意蕴。

这是一部带有极强探索意识的作品。其戏剧形态的开放性，表现手段的多样性，样貌品格的灵动性，风格色彩的异质性，意蕴内涵的丰富性，都决定了它绝非一般意义上的新创作品，而是观念革命的一部突围之作！“它把故事放在一个没有具体历史朝代的两个部落之间，使整个戏带上了一种寓言的意味。它以犀利、泼辣的语言，俏皮的比喻、联想，把诙谐与思辨、滑稽与严肃，融炼入一种耐人寻味的戏剧情境，使人们感受到作者对某种人生哲理的探寻与顿悟。”[1]由此也在观众中形成了毁誉两极的评价。在20世纪80年代戏剧观念的大讨论中，每一部具有探索意义剧目的出现，都会引起业界足够的关注和争论。他们兴奋和遗憾的程度，某种意义上也表达着一部作品所蕴含的思想文化价值和艺术探索意义。这些都是在预料之中的。不曾料到的是这个戏“流星”一般的命运。“影射”的嫌疑让一场酝酿许久的观念革命戛然止步。

可以看出，这个戏和孟华的前期作品相比，发生了很大变化。其视角从外在的生活表现，转向了深层的人性探寻；其语调从热情的讴歌，转向了冷峻的审视；其手法从常规的叙事，转向了非常规的突破；其姿态从追随主流中心退而成为边缘的“他者”。“寻找‘外省化、边缘化’的过程，恰是知识分子寻找自己独立存在价值的过程。”[2]孟华通过上述几部作品的探

[1]《豫剧艺术总汇》，中国戏剧出版社，1993，第353页。

[2]梁鸿：《外省笔记——20世纪河南文学》，第258页。

索，特别是《半个娘娘》的全方位探索，逐步完成了“他者”身份的指认和确立，从主流中心逐渐向外围边缘撤退，成为河南剧作家中少有的“异数”。

三、自我“放逐”的多向度实践

《半个娘娘》的意外夭折，无疑让孟华深以为憾。他迷恋《半个娘娘》创作时那种忘情的状态，“那种状态令人着迷，令人忘情，令人失落自己。……那种状态中，我忘掉了一切追功逐利，一切门规帮戒，一切风月浪季，我陶醉于纯状态之中，七八天时间干了七八十天的活儿。”“我坚信，戏剧的真正希望，就藏身于这种创作状态之中。”[1]这段话，可以作为《半个娘娘》之后 20 年孟华自我“放逐”的一种心理注解。从《半个娘娘》至新世纪之后到 2008 年的长达 20 年的时间内，在人生和艺术创作的黄金年代，孟华听凭内心和灵感的召唤，听凭激情和理想的驱使，在戏剧理想的追寻中“任性”闯荡，恣意挥洒，流连忘返，陶然忘机。从题材上，走的基本是“从内到外”的选材方向，是兴之所至、有所感、有所思、有所悟的兴趣创作，而少有从外到内的命题创作或指令创作；在叙事表达上，沿着探索、实验、创新这条路义无反顾地往前走，针对不同的题材，展开了不同向度的探索实践，无论是演义剧《春秋出个姜小白》对历史表达的以幻写实，还是新版《白蛇传》对传统经典的现代演绎；不管是新编神话剧《美兮洛神》对宿命轮回的唯美表现，还是小剧场豫剧《伤逝》对戏剧形态的大胆开拓，还有《榆树古宅》《马可与公主》等外来经典的“西剧东移”，都给观众带来了新颖奇特的审美体验。其作品所引发的议论之热、分歧之大、争议之强，在新时期的河南剧作家中绝无仅有。这些探索剧目，构成了孟华创作中期“探索戏剧”的奇异色彩，标志着和创作初期的现实主义戏剧截然不同的方向转型。

[1]孟华：《半个怀念》，载《半个集》，第 101 页。

学者洪子诚说:“一个作家最重要的就是在文学和社会体制中，至少应该保持一种相对独立的位置或精神态度。”“他应该是一个‘边缘人’的精神立场。”[1]孟华这一时期探索创新的力度,其作品所流露出的锋芒意识及异质色彩,以及“自我任性”的创作姿态,都证明他是以一名“边缘”者的精神立场在书写。这一时期的探索,同样是在内容和表达形式两个方面同时展开的。从题材的来源看,可分三类:一是新编历史剧,如《春秋出个姜小白》;一是神话戏的杨柳翻新,如《美兮洛神》、新版《白蛇传》;还有一类是改编,题材来自话剧、电影和小说,且主要以外国作品为主,如改编尤金·奥尼尔的《榆树古宅》《马可与公主》《安娣》,改编自电影的《魂断蓝桥》以及改编自鲁迅小说的《伤逝》。特别是国外作品的“中国化”改编,构成孟华创作题材的独特类别。从创作路径和改编策略上看,这些作品又可分为两类:新编历史剧、古装神话剧以及《伤逝》,着重叙事视角的改变以及形式上的别出心裁;而外国作品的中国化改编,着力的是西剧东移的“在地化”,也就是如何实现题材的中国化、戏曲化、地方化的问题,在中西文化之间架起一座沟通的桥梁。

(一)多重叙述视角的尝试

《春秋出个姜小白》写的是齐桓公不计管仲杀身之仇,以德报怨,终成霸业的故事。赋予这个古老故事新鲜意味的,是作者的开掘视角和叙事手段。他不是以人间的视角来看,取而代之的冥界视角;本是历史正剧,借由的恰恰是“演义”的“非现实成分”;本是歌颂的主题,采用的却是“反其道而行之”的批判手段。实现这些创作追求的途径,便是设计了一个游走于阴阳之间、贯穿起全剧情节的特殊人物——司命主簿。他作为全剧的贯穿者跳入跳出,或预告,或预言,或点评,或解说,或设置疑问,再带领观众一

[1]洪子诚:《问题与方法:中国当代文学史研究讲稿》,第300、301页。

起去探幽解惑，既是剧情发展的推动者，又是客观、清醒的旁观者和评说者。他在每幕开场前，都会出来预告人物接下来的命运，因为那是阎王爷早就安排好的，是必然的，不以人的意志为转移的。但接下来的发展，却恰恰是逆向而动，对他的预言构成颠覆。这种改变命运的力量，正是作者要着力歌颂的齐桓公的“非常人之思、非常人之举”。而司命主簿从冥界视角预言、判断的凭借依据，正是亘古以来陈陈相因、代代相袭的皇权争夺的无情和血腥，这也正是作者题旨中着力要批判的。作者用“以子之矛，攻子之盾”之法，在完成对宿命论批判的同时，强化了对齐桓公博大胸襟的歌颂，可以说是一箭双雕。特别是司命主簿的设置，整体性改变了全剧的艺术风格：阴阳交错，人鬼共处，奇幻瑰丽，神秘缥缈。他对人间的俯瞰，对生死超然的插科打诨，也为这个厚重的历史剧融入了几分谐谑轻松，带来一种别样的审美感受。

新版《白蛇传》是孟华和北京人艺先锋导演李六乙的联手之作。现代的理念，探索的精神，边缘的身份，这些共性注定了他们合作的默契，对题材的开掘达到方向性一致：以白娘子的“人生”意识和对人生过程的生命体验为开掘点，借用弗洛伊德“本我、自我、超我”的理论，深度揭示白蛇在这场人生选择中的心理层次，把原来的爱情主题扩深至对人生的体味和人性的反思上来。

对这样一个开掘走向，作者采取的同样是多重视角，即天上、人间、地狱三重视角。天上视角，看的是白素贞得道成仙的选择：不是天宫九阙就是瑶池仙阁。而白素贞则选择“下到人间”，因为她还没有“尝过做人的滋味”。地狱视角，是嘲弄许仙的左右摇摆、背信弃义，众小鬼被白娘子“宁肯首级滚下地，甘换灵芝救夫婿”的真情感动，遂助她盗仙草成功，救许仙不死。人间视角，则是白蛇对人生体验酸甜苦辣的品尝咀嚼，既有“游湖”时“不图金不图银图你个人就够”的真情相许，也有“惊变”时“只要是两颗心爱得纯净，天大灾地大祸都像清风”的挚爱笃定；既有“水漫金山”时“人形已获，人情已尝，人爱已领，心愿足矣”的无怨无悔，更有“诀别”时“从此魔塔是绣居”的超然淡定。其主旨走向都是“享受苦难”的人生意识。在人物设置上，作者对原作的人物进行了大胆的取舍合并，去掉了青蛇，增加了三个白蛇，作为白娘子“本我”的不同性格侧面而存在，白娘子的欲念、冲动、臆想、妄动等本能意识，通过她们展现，原《白蛇传》中青蛇的部分心理和行为也经由她们体现。主体的白蛇，则作为白娘子的“自我”“超我”人格而存在，代表了人性光辉烛照的完美人格部分。天上、人间、地狱的三重视角，一体多面的四个白蛇，“享受苦难”的现代意识，以及“轻过程、重内心”的叙事倾向，都昭示了这是一次从内容到形式的全方位探索。

《美兮洛神》可以看作是新版《白蛇传》的姊妹篇。其叙述方式更为大胆，采取了“复式”叙述结构，将远古伏羲时代根郎、河伯的夺“宓”之争，与三国曹魏时期曹植、曹丕的夺“甄”之战两条线交错进行，交织出现。复式叙述、三重空间、两世情缘、三位一体，完成了一次跨越数千年的宿命轮回……这个戏在探索方面所迈的步子，仍然是令普通观众烧脑的幅度，同样遭到毁誉参半的评价。孟华认为，“米丘林‘动摇遗传性’育出来的苹果乍一看和老苹果确实很不像，但越看越像，越品越美，越吃顾客越多。富有前瞻性的东西，从传承角度讲不怕不像，就怕太像。这种变种的玩意儿，往往就是我专意要的东西”[1]。在探索创新的道路上，孟华走得执着而任性！

这一时期从叙事角度和形式探寻上寻求突破的作品，还有根据鲁迅的同名小说改编的小剧场豫剧《伤逝》。小剧场的特殊物理空间属性和小剧场戏剧的先锋性、实验性、探索性，都注定了形式的探寻和内容的表达同样重要。基于鲁迅小说第一人称的叙事角度和凄婉悲凉的情感基调，该

[1] 张鹏：《孟华：梨园老犁翻新墒》，《河南戏剧》2008 年第 6 期。

剧的叙述采取了第一人称的叙述方式，由“涓生”作为全剧的叙述者。他既是这场演出的主持人，也是戏里的男主人公，在剧情的“跳进跳出”中，实现身份的转换及叙述、引导、评价、连缀、现场提问等多重作用，是孟华这一时期“探索戏剧”的一部重要作品。

上述几部作品构成了孟华创作中期探索剧目的多姿多彩，也昭示出他这一时期鲜明的“他者”身份。从题材选择看，既不是河南戏剧擅长的农村题材，更不是主旋律题材；从主题开掘上看，明显是文人视角、精英立场；从艺术表现上看，先锋色彩、独特表达；从创作姿态看，主流之外，边缘身份。这就使得他这一时期的创作少了功利色彩，多了艺术情怀；少了条框拘囿，多了率性而为。孟华在自我“放逐”的道路上走得陶醉而忘情，大有“沉醉不知归路”的任性。

（二）外来戏剧的“在地化”改编

这一时期孟华创作探索的另一个面向，就是外国作品的中国化改编，具体说来，主要是对尤金·奥尼尔几部作品的中国化、戏曲化改编。前面已经多次提到奥尼尔对孟华创作观念的影响以及孟华对奥氏创作手段的尝试、借鉴。但是，用中国戏曲表现奥尼尔，或者说让奥尼尔走进中国戏曲，无论如何，都是一个带有探索性质的大胆尝试。它面对的是中西方文化观念的深度融合，是兼顾中西双方价值判断、审美习惯、欣赏趣味的跨文化改编，弄不好，就会出现“橘生淮南则为橘，生淮北则为枳”的变异和尴尬，不伦不类，两不讨好。

奥尼尔的作品，很少宏大叙事，多围绕着家庭矛盾展开，透过家庭这个窗口，去看国家、看社会，表现人性的深度和社会的广度。《榆树下的欲望》正是这样一部作品。它通过家庭成员之间物欲和情感的冲突，揭示了物质欲望对人性的扭曲。孟华选择这个剧目，一是符合中原观众的审美习惯，有故事，有情节，有强烈的冲突，有吸引观众一口气看下去的紧张感；

二是从熟悉程度上讲，这个戏较其他剧目更有优势。对于《榆》剧可能引发的“低道德”评判，在“从阅读、挑选到改编剧本的整个过程中，未曾有一丝闪现”[1]。但剧本传阅阶段听到的反馈让孟华始料未及：“基调不高”“主题不亮”“缺乏正面人物，更无英雄人物”，如此云云。有甚者干脆直棒敲击，“一场‘乱伦’有什么值得歌颂的？”“直到这时，一场关于《榆》剧的社会意义与艺术价值的争议才引起我的注意。这实际上是中西方伦理道德观念的一次碰撞，也是一场躲闪不开的遭遇。”[2]

“当奥尼尔以一个现代派剧作家的面貌出现时，无疑是对中国文化界的接受力的一次新的测试。”[3]《榆》剧中的核心情节“乱伦”，在西方悲剧中有着由来已久的传统，在西方审美中，有着顺理成章的接受。然而在中国，人们对此话题历来讳莫如深。中国戏曲从来重视“不关风化体，纵好也徒然”[4]！伦理道德观、审美习惯、文化心理的差异，让孟华切身感受到，“改编奥尼尔，不仅是一个从话剧到戏曲的样式转换问题，而且是一个解读奥尼尔、体验奥尼尔的过程，也是一个整理创作思想，比较中西创作方法的过程，更是一个用人性的共性全面测试人类社会泛伦理泛道德的过程”[5]，还是一个不断权衡、调试中西方伦理差异、审美差异、接受差异的过程。要让中原的观众接受奥尼尔，必须“调整和矫正这种错位，消减两者之间的悖逆，隔江搭桥，寻找沟通”[6]。

对剧本的调整，就是在这样的认识和思考基础上实践的。首先，用“中

[1] 孟华：《关于“乱伦”——再谈〈榆树古宅〉的改编》，《东方艺术》2001 年第 3 期。

[2] 同上。

[3] 刘海平、朱栋霖：《中美文化在戏剧中交流——奥尼尔与中国》，南京大学出版社，1988，第 170 页。

[4] 高则成《琵琶记》。

[5] 孟华：《奥氏剧作与中国戏曲的龃龉与磨合》，载《半个集》，第 503 页。

[6] 孟华：《奥尼尔到中原——谈〈榆树古宅〉的改编，《东方艺术》2001 年第 2 期。

式道德眼光”重新审视男女主人公的恋情，寻找“逆点”，做“消减性”[1]调整。其次，减少艾碧的“荡妇”色彩，强化她和柯龙情感的真挚，把欲望之下这种真挚的情感描写放大、加强，让观众慢慢对起初的“乱伦”认识产生动摇，乃至最后对柯龙、艾碧的真爱给予理解和同情，以“乱伦”始，以“正伦”终。再次，针对“主题不亮”“调子晦暗”等歧议，在充分尊重原作思想的基础上，做了适度的“提亮”和“增色”，使悲剧带来的沉重感、压抑感得到适度缓解。特别是戏的结尾，虽然艾碧、柯龙双双戴枷服刑，但当爱欲一旦走出“物欲”的泥淖，凌空跃出的时候，竟是那样的美好，很大程度上淡化了全剧的悲剧色彩。还有，作者充分发挥了戏曲的“剧诗”优势，用优美的唱词写下了大段的抒情唱段，将直白的表达含蓄化，将炽热的情感抒情化，而且在人物的演唱形式上也是苦心经营，除了独唱、对唱，还运用了伴唱、一唱众和的帮腔等形式。这些伴唱、帮腔，不但渲染情绪，参与剧情，深化主题，有时还是推动矛盾发展的一种力量，既是一种抒情方式，也是一种叙事方式，同时也符合中原观众的“听唱”偏好。

改编奥尼尔，不应该只是奥尼尔对中国观众价值判断、审美标准、表现形式的适应，也应该是中国观众、中原观众对奥尼尔剧作的思想内容、批判精神、表达形式的适应和接受。孟华改编的《榆树古宅》秉持了这一原则，“适应”中有坚守，“调整”中有强化，放弃中有坚持。他所做的适应性调整，一是微调，二是基于原剧所赋予的某种潜在可能，而在剧作的精神指向上，则是最大限度地尊崇原著，保持原作精神指向的批判锋芒，让习惯了“温柔敦厚”，习惯了“一团和气”，习惯了“美教化，正人伦”“莺歌燕舞”“皆大欢喜”的中原观众，认识并感受奥尼尔锋刀利剑般的批判性、深刻性、血腥感、灼痛感。正如孟华所说：“《榆》剧的悲剧性无疑是绝不能削弱

---

[1] 孟华：《关于“乱伦”——再谈〈榆树古宅〉的改编》，《东方艺术》2001 年第 3 期。

和改变的，改变了悲剧性，就不是奥尼尔。”[1]

《榆树古宅》的改编，促成了2001年“第九届全国尤金·奥尼尔学术研讨会”在郑州的召开，并于2002年8月应邀赴美，在洛杉矶、加州、堪萨斯州、依阿华州、明尼苏达州、密苏里州等州进行巡演，得了出乎意料的反应和回响。无论是中国学者和观众眼中“一个完全中国戏曲化了的奥尼尔”，还是美国学者和观众眼中“一个美国奥尼尔化了的河南曲剧”，双方的认可和接受都已证明，孟华的改编架起了一座有效的沟通桥梁。能让中国观众通过自己熟悉的艺术形式认识奥尼尔，或者说，能让美国观众以一种新的形式重温奥尼尔，“无论如何这是一件有意义的事情”[2]。

《榆树古宅》之后，孟华又改编了奥尼尔的《安娜·克里斯蒂》和《马可百万》。有了改编《榆树古宅》的经验或者说教训，后面两部的改编明显驾轻就熟。而且，这两部作品都不是奥尼尔的现代派作品，不存在伦理价值判断的重大“逆点”，改编起来相对顺手。除此之外，孟华先生还于2005年改编了茂文·勒洛依的经典名作《魂断蓝桥》……这一系列题材外国作品的改编和演出，既为中国戏曲演绎国外作品做出了重要探索，也为中外文化交流开辟了新的天地；对剧作家个人而言，它成为孟华创作题材的一个独特构成，通过这些改编，对西方戏剧观念和艺术手段的借鉴和融合，也成为铸就剧作家艺术个性的重要因素，其作品鲜明的批判意识，自觉的人性观照，异质的文化色彩，奇幻的风格色彩，与此不无关系。

四、后期圣贤题材的平和圆融

2008年之后，孟华以越调《老子》拉开了其晚年圣贤题材创作的序幕，并以越调《老子》、豫剧《玄奘》、越剧《王阳明》、河南曲剧《医圣传奇》等

[1] 孟华：《奥尼尔到中原——谈〈榆树古宅〉的改编》，《东方艺术》2001年第2期。

[2] 孟华：《奥氏剧作与中国戏曲的龃龉与磨合》，载《半个集》，第511页。

构成文化圣贤题材系列。其创作风格也由以往的犀利批判转向藏锋敛锐的温和表达,由率性而为的观念探索转向主题和意蕴的诗意表现。这种转变,既是题材变化引起的必然应对,也有面对现实不得不丢掉“任性”的姿态调整,还有人生走向练达的超然和圆融。

孟华晚年文化圣贤题材的选择,是内外因共同作用的结果。从外部看,进入新世纪以后,随着全社会对文化工作的高度重视,戏剧创作出现了“地域题材”热,而地域题材创作的“重中之重”,又是各地对历史人文资源的挖掘。孟华的这几部文化圣贤戏,大多是在这样的背景下进入创作视野的。而且,戏剧创作多是一个地区建树文化政绩的主要“抓手”,多为命题创作,要求稳求成。在这种机制下,剧作家任由驰骋的地带已非常狭窄,只能在有限的自由带内做随方就圆的“适应”和超越。这就决定了孟华的创作不能再任性纵情,而要有适度的妥协和适应,要求得主流认同、大众认可。《老子》从初版的神话叙述到终版的现实叙述的转换,一定程度上就是作者创作思路回归的表征。

于创作者自身而言,任何创作的重大转折,都意味着支撑其创作的观念转变或是另一种文化构成在发挥主导作用。晚年的孟华,早已过了任性的年纪,多年身处“边缘”,练就了他超然、旷达的心态,这种心态,既是走进圣哲先贤的必备心态,也是他面对题材的应有心态。而诗书之家的出身,从小接受良好传统文化教育培养的传统文化情怀,也因走进这些圣贤再度被激活、被唤醒,并以朝圣般的虔诚走进先哲的内心世界,以充满哲思的语言将他们的所思所想予以诗化表达。这些圣贤题材所流露出的传统底蕴和古典气质,与题材的应有气质是那样妥帖、契合!

孟华笔下的圣哲先贤,无不是中国思想和文化史上一座座让人高山仰止的精神丰碑,王阳明、玄奘、老子还分别是儒、释、道的代表性人物。短短两个小时的演出,如何表现他们博大精深的思想内涵?如何从大量的历史资料中选择既富有戏剧性又能展现主人公精神品格的情节？如何构织主人公的矛盾冲突？如何让那些艰深难懂的哲学问题，化为戏剧舞台上的具象化表现？……都是这类题材面临的巨大挑战。孟华在多部作品探索尝试甚至推倒重来的反复中，初窥了此类题材创作的堂奥，积累了一些有价值的经验或体会。

（一）与时代契合的开掘角度

孟华笔下的圣贤戏在开掘角度上，选取这些圣哲先贤精神人格中最耀眼的闪光点，找到其与当代社会价值需求的契合点，发掘这些精神人格的当代价值。如《老子》初版是神话叙事，由蛊、惑二仙对老子实施“金探”“宦探”“情探”而不成，达到对老子人格的礼赞和哲学思想的表达。这种叙述，灵动自由，举重若轻，使冷峻、深奥、理智的哲人焕发出浪漫诗人的风采。然而，由于更多地专注于对老子形而上的精神层面的揭示，忽视了对他爱民、亲民的百姓情怀的观照。而《道德经》通篇，都是站在百姓的立场来讲治理国家之道的。钱穆说：“读《老子》，自该知老子如何教人慈，教人俭，教人不敢为天下先。”[1]忽略了老子的“民本”思想，无疑就弱化了他思想中最为重要的一面，也削弱了该题材的现实意义。在后来的修改中，作者大胆颠覆了先前的神话叙事，重新确定了开掘方向，紧紧围绕老子的民本思想、百姓情怀构织情节，通过“安顿灾民”“进宫应召”“训教王子”“运斤劈竹”“舍爱献牛”等情节，塑造了一位爱民恤民、淡泊名利、大爱无疆的圣哲形象。“既出世，又亲民；既入世，又超俗；既远瞻，又近取；既无为，又大为；既旷达，又静笃；既乐天，又悲怆”（孟华语）——这就是孟华奉献给当代舞台的老子形象，一位“以百姓之心为心”的平民圣哲形象。

《玄奘》的开掘聚焦在玄奘对“信仰”的执着上。撷取玄奘从长安出发

[1]钱穆：《国史新论》，生活·读书·新知 三联书店，2007，第236页。

西行到返回大唐19年间的心路历程进行铺展，通过“潜行出关”“沙漠历艰”“绝食坐化”“丛林遇险”“山门辩经”“回归大唐”等情节，完成了对玄奘情感、意志、信念、欲望、道行、情怀的各种考验，以玄奘“走的坚决”和“归的热切”，唱响了一曲有关“信仰”的生命之歌，契合了当今对“信仰”的热切呼唤。王阳明被称为“行动中的儒家”，他将学问付诸实践，在艰苦卓绝中追求建功立业的“知行合一”，他从积累人生经验和智慧的“心学”修炼中获得的强大内心以及战胜苦难的决心和勇气，都值得当今的每一个人去追随、学习、效仿。《王阳明》通过弹劾刘瑾、廷杖被贬、龙场悟道、平叛宁王等事件，将王阳明的“心学之问”“知行合一”“致良知”做了形象化的展示。《医圣传奇》聚焦的是张仲景的“大医精神”，而这种精神也是当今社会急切呼唤的。这种接通古今、烛照当下的题材观照，使这些圣贤人物的精神人格体现出超越时空、作用于当代的恒久价值。

（二）与人物思想契合的冲突方式

孟华笔下的圣贤人物，多是思想家、哲学家。道家的“无为”“不争”，佛家的“慈悲为怀”，医家的“恻隐之心”，都决定了他们不可能成为矛盾冲突的主动者。但是不组织矛盾冲突，难以构成戏剧性。孟华针对每位圣贤的独特身份，构建了合理恰切的冲突方式。如老子的思想核心是“道法自然”“无为”“处下”，同时，老子还主张“圣人常无心”“事无事”“圣人不积”，故而也不能过分描写他内心的复杂纠结。于是，孟华巧妙营构了人与环境的特殊冲突方式，把老子置于两难或多难的境地，让老子做出他的选择。如，周王力劝老子入宫为政，老子婉辞。众王子对老子的“不识抬举”甚为恼怒，认为“杀了青牛，宰了群鹿”，便可阻止老子的返乡之心。当老子得知“擅唾号令，恣意喊杀，少柔乏善”[1]者就是未来国家的接班人时，却出乎

[1]孟华：《老子》剧本。

所有人意料，选择了留下。他要与王子们“熟一熟、混一混、闹一闹、亲一亲，读读书、解解经、说说古、道道今。喷上几天八卦阵，论上一番天地人——我捧土培培根！”[1]把为社稷“捧土培根”作为老子选择留下来的理由，既符合他不争的特性，也符合他“贤人出大道归天下方安”[2]的治国理念。最后一场“献青牛”同样是两难中的选择。牛黄奇缺，瘟疫难控。天灾，把老子推入“保牛”“救民”的两难境地。智通性灵的大青牛显然懂得主人的不忍、两难，牵起主人衣襟，清泪潸潸，悲鸣长叫，口吐牛黄，倒地而亡，以自己的生命，完成了主人“救民于水火”的情怀表达和精神升华。

《玄奘》的冲突方式是在外部环境构成的困境和压力中，凸显人物的行为选择和精神境界。如面对公主的真情挽留，他选择连夜启程；面对石盘陀的威胁背叛，他选择荒漠孤行；面对高昌国的强留威胁，他选择绝食明志；面对匪徒的横刀相向，他选择泰然自若；面对那烂陀寺的外部挑衅，他选择挺身应辩；面对戒日王的盛情挽留，他选择决然回归……在这些外部环境构成的压力困境中，玄奘所做的，只是应对的态度和选择的行为。而支撑和决定他态度和选择的，则是他“取经弘法”的不变信念。王阳明遵循的是“内圣外王”的儒家精神，又是“知行合一”的积极践行者，他所面对的冲突多为正义与邪恶的冲突。而作为一名“致良知”的思想家，他的困境又多来自他对邪恶的主动进攻，如“弹劾刘瑾”“平定宁王判乱”。他的被贬、遇杀等九死一生的人生磨难，多因此而起。因此，王阳明和刘瑾的冲突、与宁王的周旋，就是正义与邪恶的较量，冲突就更为强烈，更具有戏剧性。而在写王阳明突破困境的过程中，作者又特别注重选取符合他身份的独有方式。如被贬途中面临追杀，他以自己的智慧制造了投水的假象，躲

[1] 孟华：《老子》剧本。
[2] 孟华：《老子》剧本。

过一劫。在进入贵州龙场遭遇土著人的剿杀时，他又以察言观色的敏锐以及对当地风俗的尊重敬畏，迅速融入其中，再逃一劫。这些都显示了王阳明从“心学”获得的智慧和强大的内心力量。这些化解危机的行为是王阳明独有的，是与他的思想、信仰、追求密切相关的。

（三）处理戏与理、浅与深、俗与雅等关系的有效方式

圣贤题材面临的另一个难题，是题材的特殊性与戏曲的大众性、说理的抽象性和形象的生动性、思想的深奥性与戏曲的通俗性之间的天然矛盾。太过深奥，则会艰涩；太过世俗，则又降格；太注重戏剧性，必伤害深刻性；太追求哲思性，又会损伤戏剧性。这似乎是一个矛盾的两极，要找到理想的站位，实在不易。经过几个戏的实践，孟华在戏与理、浅与深、俗与雅之间找到了他独有的处理方式，而学术界和普通观众的双向认可，也证明了这种方式的有效。

一是将抽象的说理情节化。如《老子》中的“孔子问礼”，是两个智者的对话，是儒道思想的交流，很容易流于艰涩、干巴、无趣。作者精心设置了一个“逮鼠”的情节，四王子养的宠物——一只硕鼠跑了出来，吓坏了本来规规矩矩、彬彬有礼的孔子的弟子们，他们惊恐、尖叫、躲逃、追撵，顿时乱作一团。此时，小女子紫茸从容走出，轻手轻脚，很快就将老鼠制服。由此发出了“老鼠不来，人人规矩，人人懂礼；老鼠一来，天下大乱，人人失礼”的慨叹。进而转到两位智者的治国理政的核心话题。孔子以为天下所患之症是“礼崩乐坏”，治世良方是“克己复礼”；老子则认为天下最大的隐患是“人心有鼠”，克己复礼的前提是“节欲敛贪”，从而引出了全剧的一个核心唱段“人心有鼠鼠为贪，贪欲不止患无边”，进而道出“守王道法自然自出大贤”之治世之理。一个“逮鼠”情节，引发了两位智者不同的疗世之方；一段“鼠叹”，接通古今，切中时弊，现实针对性大大增强。

二是将丰富的思想通俗化。对圣贤精神人格、丰厚思想的表现，是每

一部剧作贯穿始终的主旨。在情节铺展过程中，作者会不失时机地把这些丰富的思想灌注、化解在人物的语言、行动中。《老子》处处闪耀着《道德经》的思想光芒。如给学生授课的“上善若水水性柔”；如紫茸甘愿替鹿牛去死的“民不畏死，奈何以死惧之”；如回答孔子弟子疑问的“曲则全，枉则直，洼则盈，少则得”；如谈论社稷以何存的“圣人不自以为大，故能成其大；不自与人争，故天下莫能与之争”；如谈论治国理政之道的“民为本，政为简，事为和，令为宽，治大国如烹小鲜”……它们“似散金碎玉一般自然洒落于五幕剧中，或嵌入人物说白、唱段，或穿插于人物对话，或抒情，或叙事，或反衬，或烘托，处处闪动着智慧的光芒，字字投射进当代人的心扉”[1]。深厚的传统文化功底，赋予了作者将这些哲思佛理进行唱词转化和通俗表达的能力，他往往能够依据人物的特殊身份赋予他独特的语言和行为，并做出诗化、禅化、哲理化且富有温度的诠释和表达。这几乎构成孟华创作最突出的优势。

三是将圣人的情感世俗化。在孟华看来，圣人亦是人，同样具有常人的情怀，同样需要精神或心理上的“异性”。从戏剧的行当色彩上考虑，也应该有和主人公演对手戏的女性。孟华的圣贤题材戏中，都有一位圣贤精神中的女性。《老子》中的紫茸（意即紫气），集侍女、学生、书童、女儿、知己等多种身份于一身，和老子身边的群鹿、青牛一样，和他灵犀相通，是老子精神的一种外化，也是构成矛盾的一个重要凭借。《玄奘》中丹阳、蔻儿两位公主在丰富行当色彩的同时，也在塑造着玄奘的精神人格：丹阳的挽留阻拦，考验出的是玄奘西行的坚决；蔻儿的仰慕追随，彰显出的是玄奘人格的魅力。《王阳明》则是以阳明弟子吟诵、议论“忆与美人别，惠我云锦裳”一诗开篇，用王阳明的话说“关雎蒹葭，人心皆备也”。戏中的娄凌，乃

[1] 万素：《寻找精神之路——感悟越调〈老子〉》，《中国文化报》2010 年 9 月 20 日。

是阳明师妹、宁王之妃，既是王阳明的红颜知己，也是贬谪龙场途中的施救者，平叛宁王之乱道义上的支持者。《医圣传奇》中的芝兰，更是张仲景人生的另一半……关照大众审美、世俗情怀，是孟华晚年创作回归的又一种体现。

四是孟华笔下的圣贤人物之所以给人真实的感觉，还在于他在把握人物精神、尊重历史真实的前提下，也尊重民间和大众对圣人的合理想象和适度“神化”。这些圣哲在中国文化历史上，已然成了神的化身，具有了某种“神性”。写圣贤，不能忽视中国文化赋予他们的“神性”成分，完全做实，反倒“失真”，达不到圣人应有的高度。圣贤之所以不同于常人，是因为在他们的意志力中，有一种超自然的力量存在。孟华非常注重描写他们身上那种超越常理常规的、神秘的非自然力量。如《老子》中跟随老子左右、颇具灵性的群鹿，大青牛吐出牛黄为百姓治疗瘟疫，哑女紫茸情急之下开口说话，关令在老子到来之前已见紫气东来、三日不绝等。《玄奘》中，白龙马踢飞石磐陀手中的刀，玄奘恒河丛林遇险时的电闪雷鸣，都来自信仰的力量。《王阳明》中王阳明遭遇土著人，化险为夷的力量看似神秘，实则来自他“心学”的智慧力量。《医圣传奇》中张仲景在桐柏深山治好的神农之后、智慧猿人、白毛仙翁，在伤寒肆虐、缺医少药的旷世之灾中，雪中送炭，送来了神农百草。这是主人公大医精神的感召……这些弥漫在剧中的超自然力量，在构织矛盾、解决困境中发挥了神奇作用，既显示了圣贤非同常人的意志力，也为这些作品敷上了一层神秘色彩和灵动气象，更符合人们对圣贤的合理想象。这是孟华圣贤题材戏能够获得认同的一个重要原因。而梦境、幻觉、时空跳跃、蒙太奇、自由联想、神鬼叙事等手段的娴熟运用，依然显示了孟华对现代派戏剧手段的喜爱和痴迷。这同样是成就其圣贤题材现代品格的一个原因。

以上几点，构成了孟华圣贤题材创作的基本特点或者基本经验。可以看出，较之于中期探索作品手法的新奇、探索的超前、批判的凌厉、异质的色彩，这一时期的创作明显稳妥、温和许多，显示出孟华后期创作风格的明显转变。同时，由于这些题材所传递的正能量符合社会主义核心价值观，实现了传统和当下的沟通，因而又能为主流所接纳、认同，这让多年来一直在边缘地带作战的孟华进入了主流视野，其边缘身份有所弱化。倒是和早期现实题材的作品形成某种呼应，显示出他骨子里一脉相承的中原传统人文士大夫的人格特点。

通过对孟华创作历程的梳理分析，可以清晰看到其创作道路的变化轨迹，并从其方向明确的三次转向中，管窥出不同时期作者所秉持的创作观念和所依托的文化资源。如果说，人生经历、文化构成、时代背景、观念意识、外部环境是每位创作者进行创作的必备材料，那么，最终塑造出作品风格、样貌的，还是作者个性的浇注。作品的形制、成色、风格、品相乃至它的命运，皆因个性不同而显示出千差万别。剧作家孟华通过作品呈现给我们的，是“我者”和“他者”的双重身份，是传统士大夫和现代知识分子的双重人格，是深植于中原文化沃土又带有强烈“异质”色彩的剧作家。

2019 年 3 月 22 日完稿

2019 年 5 月 20 日修改

2021 年 6 月 10 日定稿

8

第八章

现实主义的选择和深化

——姚金成现实主义戏剧创作探析

现实主义的选择和深化

——姚金成现实主义戏剧创作探析

在新时期的河南剧作家群中，姚金成无疑是一位重量级成员。这不仅是因其作品数量之多，更因其分量之重。尤其是进入新世纪以来，他的《香魂女》、《村官李天成》（和张芳、韩尔德合作）、《焦裕禄》《重渡沟》（均系和何中兴合作）等，在全国戏剧界产生了较大影响，不仅为河南戏剧赢得了全国性荣誉，同时也奠定了作者个人在河南剧作家群中的显耀位置。

姚金成的创作，继承和发扬了戏剧创作的现实主义传统。在近40年的艺术创作中，他将根深扎在中原大地的土壤上，密切关注生活，关注社会，关注时代，以艺术家的情感、理论家的思考，洞察社会生活，书写时代变革，将自己对时代变革的独特感受和思考融入人物起伏跌宕的命运和紧张激烈的戏剧情节中。他的一系列现实题材作品，既是时代变革的有感而发，也是时代变革的鲜活档案。同时，在新编历史剧和传统题材的改编整理中，也同样贯穿着他的现实主义创作精神，不求奇，不戏说，不颠覆，而是以文化的视角、历史的思辨、现代的意识，写人物在特定历史中的艰难跋涉，以个人的命运，来为历史提供一份细节的印证。一如他的现代题材作品，在平实中透出深意，质朴中显出厚重，温和中彰显力度。

这里所说的“现实主义”，不同于惯常理解的“现实主义”，而是类似于20世纪90年代文学界普遍践行的“新写实小说”的“现实主义”，它“仍以写实为主要特征，但特别注意现实生活原生形态的还原，真诚直面现实，直面人生”。从文学精神来看，它“仍划归为现实主义的大范畴，但无疑具有了一种新的开放性和包容性”[1]。其思想意蕴也更深刻、更复杂。故而笔者将其表达为“现实主义的深化”。所谓“深化”，其意蕴亦是多层次的：深情的写作，深刻的表达，深厚的分量，深沉的风格。这与学界对姚金成作品“悲悯情怀”“深沉凝重”“悲剧色彩”的评价是互为里表的契合。

一、现实主义创作道路的选择

姚金成的创作开始于20世纪80年代初，那是一个思想解放、思潮奔涌、观念活跃的年代，探索、创新、先锋是这一时期的时代主题。恰在这时，姚金成有幸走进上海戏剧学院深造，西方现代派作品的介绍学习，文学界创作观念的创新突破，都让他眼界大开，跃跃欲试。这便有了上戏两年学习的结业作品——上古神话戏《廪君与女神》。该剧写古之巴山因生存环境恶化，年轻的部落首领廪君带领族群东迁。途中，爱上廪君的滟姬为留住廪君，化作青蛾兴风作浪。廪君为了族群的生存发展，毅然斩断情丝，带领族群朝着心中的圣地继续前进……在姚金成看来，这部作品“既是‘东迁史诗’，又是爱情悲剧；既有远古风情的奇俗异韵，又有创世神话的瑰丽想象。舞台上各种艺术元素发挥的空间非常大……”[2]他梦想着这部戏能够“超群脱俗，轰动剧坛”。但是，终因离世俗人情太遥远、太生冷而被搁浅。过高的期望与实际的落差，一度让姚金成痛苦，同时也让他反思。自己

[1] 洪子诚：《中国当代文学史》，第372页。

[2] 姚金成：《我的创作路》，载《姚金成——金笔春秋》，第34页。

所生活的中原大地，是农业大省，世俗社会，乡土人情，戏曲作为这方百姓喜闻乐见的艺术形式，理应描写他们的生活，写他们的喜怒哀乐、命运沉浮。“什么样的土壤长什么样的苗，你必须适应自己脚下赖以生存的土壤，你才能在这里活下去、长起来。”[1]

促使姚金成选择现实主义创作道路的另一原因，是80年代他对两种戏剧创作倾向长短得失的深入思考，“一种是主要表达文人情怀、适于文化精英们品鉴玩味的剧目，可称为‘精英戏剧’；一种是主要投合百姓趣味、适应戏台搬演的剧目，可称为‘百姓戏剧’”[2]。这和上述他对自己的创作反思的思想是一脉相承的。他所谓的“精英戏剧”，不仅是文人戏剧，还包括实验戏剧、先锋戏剧、现代派戏剧等多种类型，这些剧目“重于思想的发现、人性的开掘、创作者独特的个性表达”[3]，是走在时代前列，起先驱、引领作用的那些剧目。但这些剧目观众群体相对较小，曲高和寡。所谓“百姓戏剧”，就是符合百姓欣赏口味、审美习惯的戏剧。这类戏剧有些水平不一定很高，但百姓非常喜欢，非常叫座。这两种创作倾向在20世纪80年代非常突出，代表了戏剧艺术创作的两极观念。当时，姚金成就职的《地方戏艺术》(《东方艺术》的前身)，还就此召开了全国范围内的“叫座剧目”座谈会，对“叫好不叫座”“既叫好又叫座”“叫座不叫好”等剧目进行了认真的研讨分析。戏剧的雅与俗、精与粗、文与野、新与旧，观众的审美心理、审美趣味，都成为姚金成戏剧创作的重要思考内容。

立足自己赖以生存的这方土地，写自己熟悉的、能切身感知的生活；重视对作品所要面对的观众群体审美心理、审美趣味、审美习惯的把握，戏要为观众写，这是姚金成对自己创作实践和当时戏剧现状研究思考后

---

[1]姚金成：《我的创作路》，载《姚金成——金笔春秋》，第34页。
[2]同上。
[3]同上。

做出的方向调整。戏剧的生存，既受制于资源，也受制于观众，“所谓的戏剧理想，如果不插上这两只翅膀，那只能是空中楼阁，梦里彩虹”[1]。

姿态决定方法，调整心态后，姚金成迅速转向，投入戏曲现代戏的创作，全身心去拥抱时代变革中的现实生活，去感受时代带给中原农民的心灵变化和精神升华。当然，支撑他迅速完成这种转向的，是基于30年农村生活体验基础上的对农村、农民生活的熟悉及由此产生的创作自信，这便有了其早期表现农村女性命运的《归来的情哥》《闯世界的恋人》。但是，“贴近地面”的行走姿态，并不意味着艺术标准和思想水准的降低。文学青年的身份和情怀，让姚金成始终保持着对新事物、新观念、新思想的欲望和冲动，并对各种文学流派、文化现象、文艺思潮留心关注，还有因爱好而与日俱增的对政治、经济、历史及时且深度的关注。90年代之后，长期在《东方艺术》杂志当主编的经历，又为他提供了一个从多维度视角开拓思维和表达观点的空间平台。因此，姚金成能够从社会历史文化的角度去审视、处理所面对的题材，赋予它们新的认识角度和思想内涵。新世纪之后现实主义的重要作品《香魂女》《村官李天成》《焦裕禄》《重渡沟》及一些传统题材的现代开掘，就是在这样的文化视野和理论准备下实现深化和提升的。

在稿子修改的过程中，无意中看到了谢柏梁先生发表在《戏剧艺术》上的文章，惊喜地发现，他将姚金成的创作风格定义为“新写实主义”。这与笔者前面对“新写实小说”概念的借用、援引不谋而合，姑且再引用一段，作为对上述表述的补充。谢先生认为，姚金成创作“最突出的就是对社会生活和人物精神世界矛盾性、复杂性的体认和开掘。这就使姚金成的剧作少了一些单纯明朗和非黑即白的价值判断，多了一份深沉凝重和百味

[1] 姚金成：《我的创作路》，载《姚金成——金笔春秋》，大象出版社，第37页。

杂陈的困惑与思考”,“这既是不同的时代精神和人生阅历对于剧作家的赋予，也是剧作家对其所处时代和人生的整体认识、个性感悟与深刻回报。这构成了姚金成新写实主义风格的一个突出特点”[1]。

二、农村女性的命运悲歌

如果把姚金成的创作分成三个阶段的话,那么第一阶段的主题词,无疑是“女性命运”。姚金成自幼长在农村,目睹了大多数农村女孩悲苦无奈的命运。他认为,农村女孩子的一生,只有谈对象(恋爱对她们几乎是一种奢侈)到出嫁以前这一段是最美好的时光,生活虽然艰辛,总还有梦想相伴。一旦结婚生子,就把自己的一生交给了家庭,生活的重负泯灭了她们几乎所有的理想和情怀。因此,对女性,他一直抱有深深的同情和怜悯,其“女性意识”在作为文学青年时就已萌生。20 世纪 80 年代创作伊始,姚金成就把目光投向改革开放中前进的农村、农民,特别是农村女性。他认为,在时代的巨变中,女性较之男性,命运的起伏更大,同一件事,砸在她们心上的重量较之男性更沉重、更难堪。因此,她们所经受的痛苦、忍耐、等待和付出也就更多。“她们的悲欢哭歌往往在最普通的乡村生活场景中演绎着我们民族从传统走向现代的心灵史。”(姚金成语)无独有偶,一直将中原农村女性作为重要书写对象的作家周大新，在谈到他的女性题材创作时,也有同样的表达:“女性和男性相比,在体力上是弱的一方,生育和抚育后代又耗去了她们的很多精力和体力，也因此，她们少进攻性和破坏性。她们天性中温和的、爱和善的东西更多一些。这也是我在写作中特别关注女性的原因。”[2]他们的女性意识都源于悲悯的情怀。

创作于 1988 年的《归来的情哥》,是一部正面表现改革开放初期,商

---

[1] 谢柏梁:《姚金成:戏曲当代题材创作的一面旗帜》,《戏剧艺术》2016 年第 1 期。

[2] 周大新 、石一龙:《飞离与栖落》,载《周大新研究》,第 39 页。

品经济冲击下人们精神和心灵变化的作品。秋富和枣花，一对青梅竹马的恋人，因贫穷被迫分手。秋富悲愤出走，发誓“混不出人不回头”。而枣花，在求死不成后，被迫嫁人。五年后，秋富风光回乡，枣花也勇敢挣脱了不幸婚姻的枷锁，彼此相爱的他们再度牵手本是顺理成章的事，但是，眼前的郭秋富早已不是五年前出走时的那个郭秋富了，市场经济的大潮早已“刷新”了他的“三观”，对枣花虽然情还在，但人已非。人生观、价值观的错位，加上第三者颐指气使的情感介入，让枣花痛心不已。“盼同心，为何两心同滴血？才知道最伤心不是离别。”[1]她忍受着巨大的情感创伤，毅然选择了自立自强的人生道路。最终，秋富为他的迷误付出了沉重的代价，拒绝了枣花的善意帮助，再次离乡，再踏征程。枣花临别的叮咛“在外面好好干，不要再五年没消息……”洞透了他们之间剪不断、舍不了的情感，也传递出一个女人的人生宿命。故事的结尾是伤感的，即使秋富还会回来，经历过时代大潮冲刷的他们，注定再也回不到当初。正如戏的结尾所云：“千里重逢又分手，何时雁归青云头？”

如果说，在《归来的情哥》中，作者主要想通过一个弄潮儿的迷误和农家女的奋争，来表现商品经济大潮对农村生活的震荡，以及这种震荡对人性深刻复杂的改变，其“女性意识”表现得还不够自觉，那么，在 1990 年的《闯世界的恋人》中，这种意识已非常自觉。该剧是《归来的情哥》的“姊妹篇”，人物设置及主题走向非常相像，不同的是它将关注的焦点放在了女性身上，歌颂女性人格的独立，是戏曲舞台上较早塑造的“打工妹”形象。石榴和大发因逃婚来到城市，希望凭双手创造属于自己的幸福。然而，生活的困顿、现实的压力、金钱的诱惑、心理的失衡，让急于改变命运的大发很快在纸醉金迷的城市生活中迷失，并最终在商海中“呛水”而亡。石榴，

[1]姚金成：《归来的情哥》剧本。

这个把大发当成大树依靠的弱女子，在怀有身孕、爱情失落、举目无亲的情况下，痛苦过、绝望过，但最终经受住了命运的考验和商品大潮的涤荡，恪守勤劳、踏实、善良的纯真情操和生活原则，在城市立住了脚，在命运的磨难中获得了独立的人格。

姚金成"女性命运三部曲"里影响最大、取得成就最高的，是世纪之交的《香魂女》。这部改编自周大新小说《香魂塘畔的香油坊》的作品，大大提升了豫剧现代戏的现代品格。当然，这与小说本身所蕴含的现代主题密不可分。熟悉周大新的读者都知道，周大新同样是一位有着强烈"女性意识"的优秀作家，他身上"似乎潜隐着'女性崇拜'意识，他在创作的每一个阶段自觉或不自觉地把更多的笔墨倾注在女人身上"，"强烈持久地关注女性，塑造女性形象，是周大新小说创作一道恒定不变的绚丽色彩"[1]。这是两位作者的共同点。从小说到戏剧，不只是从一种艺术形式到另一种艺术形式，其讲故事的方式、主题开掘的方向、人物性格的确立等都会发生变化。正如周大新所说："其实小说改编成戏剧，要的只是小说的故事框架和人物形象，两者有很大不同。"[2]戏剧较之小说，因为演出时间所限，要求情节更加凝练集中，不能铺陈过多，延宕太远。正所谓，该简的地方一笔带过，该渲染的地方"狠挖一瓢"。豫剧《香魂女》紧紧围绕两代女性的命运走向和心理变化这一主线做文章，从环环嫁给墩子，两个女性生活命运的交织、交集开始，层层展开，从人性的本质切入，写女性对自身命运的发现、反思及深层诘问。

戏中的香嫂，是个主意正、心胸大、勤劳能干、享誉四方的致富能手，但就是这样一位在外人看来风光无限的女人，却过着半人半鬼炼狱般的

[1] 周大新、石一龙：《飞离与栖落》，载《周大新研究》，第 117 页。

[2] 同上。

生活：被卖做童养媳的苦难，身心残疾的丈夫，智障憨傻的儿子，忍气吞声的屈辱，是“致富能手”光环掩盖下的真实人生。但是，深陷人生痛苦深渊的香嫂，对自己的痛苦早已习焉不察，又以同样的手段制造了另一个女人的痛苦——不惜重金买来如花似玉的环环与自己的傻儿子成婚。然而，和香嫂不同的是，环环面对命运的捉弄，却不像香嫂那样“认命”，那样逆来顺受。当香嫂暗中扣留了她和小周的通信，拿出婆婆的威严告诫她时，环环却以“同床异梦苦，你从不对人讲，说到底你也是心强命不强”[1]反驳她。新一代的环环，已不再只是受害者和被解放者，在痛苦中麻木，在痛苦中妥协，而是对命运有了不甘，有了抗争；面对人生有了思考，有了觉醒。也正因为此，她才对婆婆多了几分理解、几分同情、几分惺惺相惜的怜悯。在婆婆私情败露之时，她才会情急之中站出来维护婆婆的“面子”和“尊严”。正是这份善良真诚的“维护”，感动了香嫂，触发了她内心深处的“柔软”，“坚硬的心灵中开始涌动人性的春水”[2]；她回过头来，反观自己的内心，反思自己的行为和人生，一番惊悟人生的自我反诘，昭示了香嫂内心的觉醒，也让她成为豫剧现代戏中不多的具有“现代意识”的人。而环环，当听到香嫂放飞她的决定时，除了出乎意料的惊喜，更有对婆婆一家的不舍和绵绵牵挂。善良悲悯，尊重自我，在解放他人的同时也解放了自我，这不正是现代人格的标志吗？“苏格拉底说，没有经过追问的人生不值得过。确实，如果没有经过追问、省思，人生就完全处于混沌、茫然的状态，是低质量的。”[3]反之，经过反诘、追问、省思的人生是厚重的，有价值的，发人深思的，启迪人生的。这正是《香魂女》这部作品的价值所在。

不难看出，姚金成创作中的性别倾向是十分明显的。他笔下的石榴、

[1] 姚金成：《香魂女》剧本。

[2] 梅蕙兰：《寻找女人——周大新小说创作的潜在精神向度》，载《周大新研究》，第81页。

[3] 谢有顺：《小说中的心事》，第43页。

枣花、香香、环环，一如她们的名字，有着农村女子的质朴、善良、美丽、坚韧，同时都有着不幸的命运。她们赖以托付终生的男人，或随波逐流，动摇背叛；或身心残疾，不堪依靠。正是他们的“背叛”“无能”，使得枣花、石榴、香香、环环们跌入了不幸的深渊；而和他们一起出走、生活的女人们，却选择了勇敢面对磨难，最终走出命运的困境，成为真正的生活强者。姚金成曾说，我们这个时代最大的特点就是“变”与“痛”，“震荡与裂变，亢奋与迷惘，诱惑与坚守，升华与沉沦……生活在变，人的心灵在变，这难以尽述的一切‘变’与‘痛’，都在演绎着我们农村、农民跨越历史藩篱，从传统向现代迈进的沉重而又壮阔的步履”[1]。但是，在时代的“变”与“痛”中，“变”的往往是男人，“痛”的常常是女人；不过最终，“蜕化的永远是男人，升华的永远是女人”[2]。

以上“女性命运三部曲”和姚金成那部引起较大争议的《金瓶梅》（和韩尔德合作），共同构成了其创作中的现代女性话题。作者把这些女子搁置在时代变革、人生际遇、情感断裂、命运陡转的各种人生场景和苦难中来展示她们在苦难中的悲戚，困境中的挣扎，绝望中的希望，带着浓重的悲剧色彩。姚金成说，《归来的情哥》和《闯世界的恋人》本来是要写成喜剧和正剧的，谁知写着写着就写成了悲剧。枣花、石榴、香香、环环虽然都在艰难的人生命运中实现着人格向现代的嬗变，但她们前行的步履实在太沉重了，无不是身心俱痛，满脸泪痕。但是，我们在为香香、环环们曾经遭受的心灵之痛唏嘘悲戚的同时，也为听到她们随着时代前进的足音而欣慰。

三、公仆形象的温情书写

构成姚金成现代戏创作的另一大主题，是当代基层公仆的系列形象。

---

[1]姚金成：《应时代之变，讲好“中国故事”》（发言稿）。

[2]邹平：《剧作家的两种精神内力》，载《姚金成——金笔春秋》，第105页。

和“女性命运”系列截然不同的是，这个系列的主人公全部是男性，且创作缘由均是“命题作文”。从写女人到写男人，从主动创作到被动领命，从写时代变革中的“人”到歌颂新闻舆论中的“模范典型”，其变化绝不只是题材选择、书写对象的变化，更关涉艺术创作是由内到外还是从外到内的创作方法问题、创作姿态问题，甚至还关涉艺术创作的目的、价值、自由等问题。

戏曲现代戏是伴随着表现现实生活的需要应运而生的，为现实服务、为现实所用、“有关风化”，是其诞生之初的主要功能。而现代戏中的“定向戏”，因带有更强的“目的性”，受政治局势、政策导向、舆论宣传的影响更大，很大程度上扮演的是“宣传品”的角色，投入者看重、期许的更多是它的舆论效应或隐性收益。这不可避免地造成了此类作品的概念化、口号化、肤浅化的弊端。紧跟形势，图解政策，人物生硬，艺术性差，是这类作品的通病。所以，在审美心理上，大家对此类作品往往抱有成见甚至本能反感。姚金成对此类题材开始也是“敬而远之，避之唯恐不及”[1]，没想到“阴差阳错”染指之后，却一发不可收，相继创作了一系列这样的作品，且成为他创作中最重要的品类。

姚金成创作的第一个“定向戏”是《蚂蜂庄的姑爷》(1996年，与张芳合作)。这是一部表现基层税务工作者征税的现代戏，典型的“行业”题材，局限性较大。作者的聪明在于将“行业”叙事转换成“伦理”叙事。军人冯二宝退役后成为一名税务专管员，有趣的是，他执行任务的第一站，竟是丈母娘所在的“蚂蜂庄”。这个村靠“织挂毯”走上了富裕之路，但偷税漏税现象严重。其中包括他的丈母娘齐凤兰和他哥哥的未婚妻桃花。这样，执行公务就和自己及兄长的婚姻成败紧紧纠缠在了一起。围绕着如何完成任

[1] 姚金成：《我的创作路》，载《姚金成——金笔春秋》，第40页。

务又不伤及亲人的面子，还要维护自己和兄长的婚姻，冯二宝和以丈母娘齐凤兰为首的“蚂蜂庄”的一群女人展开了一系列富有喜剧性的冲突。常言说，丈母娘疼女婿那是没说的。被疼的女婿如何“冒犯”丈母娘，如何“太岁头上动土”，就成了大家极感兴趣的一件事。这样，就顺理成章地把一个行业话题转换为大众话题，把一个严肃话题变成了轻松话题，行业题材的隔膜，“定向戏”的反感，都在这种世俗化、伦理化、喜剧化的表达中得到了有效化解，取得了超越预期的大众审美效果。

创作于2001年的《村官李天成》是又一部“奉命之作”，以濮阳市西辛庄村带领村民闯市场、脱贫致富的村党支部书记李连成的事迹创作而成。这类题材较之行业题材，难度更大。因为这样的题材，多是“一人多事”结构，要在一个个片段中完成一个事件的起因、发展、高潮、结束，很难。而且，一个矛盾结束，旋即又要进入另一个矛盾，更难。加上这类题材多为“好人好事”的陈列，主人公多为不食人间烟火的“完人”，时间长了，把观众的“胃口”也搞坏了，很多观众看到这类题材就有一种本能的“痉挛”。这也是这类题材不好写、写不好、遭人诟病的主要原因。《村官李天成》在这方面的突破：一是把人物“拉低”，写了“英雄之泪”；二是写出了“时代之真”。这就使这部戏少了些同类题材常犯的“流行病”，在成功塑造一个带领村民闯市场的基层村党支部书记的同时，也表现出在走向市场经济的过程中农村、农民所面临的深刻矛盾。

在谈到《村官李天成》的创作心得时，姚金成说过一句话，没有“既定的、先验的英雄”，他们也是“从凡夫俗子的起点上，在某种机缘、某种境遇中挺立起来的”，也可能仅仅是在“关键时刻的一个选择把他们定位在不同的道德坐标上了”[1]。李天成即是这样。他不是带着“拯救”的使命回村当

[1] 姚金成：《我的创作路》，载《姚金成——金笔春秋》，第43页。

支书的，而是一个偶然的事件，导致了他人生坐标的改变。这样，就把李天成的起点拉低了，并不是一开始就冲着做好人、当英雄来的，是突发的事件、偶然的境遇激发了他潜在的公仆情怀，促使他下决心冲破险阻，回乡创业。这就为其后来的精神成长留下了攀升的空间。可以说，低起高走，是《村官李天成》在同类题材中能够胜出的一个重要原因，正如刘彦君所说："剧作者笔下的这个村官，不再像传统剧目中的英雄那样具有超凡脱俗、一呼百应的力量，或者得到某种特殊人物的庇护，轻而易举地摆平、克服所有被编织进故事中的困境，而是真实地展示出超越他的个人能力，使他无法、无力解决的困境，使他只能低调地通过自己的委曲求全、忍辱负重，甚至自我牺牲来影响叙事结构中双方力量的对比。"[1]这样，突破困境靠的就不是来自外部的力量，而是靠主人公的精神意志。在一次次的困境"突围"中，主人公的人格魅力得以渐渐凸显。

《村官李天成》的另一可贵之处，是在着力塑造基层村党支部书记形象的过程中，透视出农村产业调整、社会转型的种种现实矛盾。姚金成对"三农"问题有着长期的关注和深入的思考，对中国在市场经济进程和走向现代化过程中出现的种种问题有着使命般的关切和焦虑。剧中所触及的诸多话题，都是时代和社会矛盾的缩影，"集中折射出了社会各阶层所共有的情感体验、价值困惑和人生追求"[2]。如农民渴望进入市场的急切盲目及瞻前顾后，农村产业结构面临调整的迫切性，市场经济的冷酷和无情，贫富悬殊引发的深层矛盾，如仇富心理、"红眼病"，以及与之一体两面的先富起来的农民对贫困弱势群众的冷漠……剧作通过描写李天成在前行过程中经历的困难、面临的困惑、所处的困境，折射出中国社会在高速

[1] 刘彦君：《心理认同的重建——〈村官李天成的成功之处〉》，《东方艺术》2014 年 7 月增刊。
[2] 同上。

发展中所面临的“困惑”与“疼痛”，从更深、更广的层面上透视了社会和时代的底蕴。从这个意义上讲，李天成个人的“困惑”就具有了更丰厚的容量与更深刻的内涵。

豫剧《焦裕禄》是姚金成公仆系列作品的巅峰之作，2016 年 10 月在第十一届中国艺术节上获得“文华大奖”第一名的荣耀，也证明了它是当今戏剧舞台上“主旋律”题材的扛鼎之作。如何在这个半个世纪以来被不断书写的老题材中开掘出新意，如何阐发出焦裕禄精神的当代意义，是重写这一题材的难点所在，也是它的价值所在。焦裕禄是 1962 年底到兰考县赴任的。那是一个饥荒的年代，也是政治风潮涌动、非“左”即“右”的年代。1962 年初，党中央召开了七千人大会，开始对 1958 年“浮夸风”等灾难性错误进行清算和纠正。但在实践中，纠错的过程并不轻松。而兰考县由于面临着风沙、内涝、盐碱等严重的自然灾害，其形势比起其他地方更显滞后，更显严峻。豫剧《焦裕禄》，将焦裕禄还原到历史的场景中去书写，在历史的底色中去表现人物的行为选择和人格风范，注重将事件和其背后的历史背景紧密结合起来，将主人公放在特定的历史环境下，突出“典型环境”中的“典型事件”，突出政治环境和自然环境对主人公的双重拷压，这样，焦裕禄“亲民、爱民、为民”的愿望才显得更加可贵，实现起来才更加艰难。常言说“时势造英雄”，正是特殊的历史时期、特殊的政治环境和自然环境，激发了焦裕禄人性、人格的光辉……除了注重赋予题材以历史厚重感和深刻性，作者也非常注重通过强化焦裕禄与各种力量之间的矛盾冲突，酝酿、传递感人的力量，如“车站访灾”和顾书记的冲突，“瓦窑村访贤”和宋铁成及其母亲的冲突，“购粮救荒”和调查组的冲突，为工作问题和女儿发生的冲突，因谎报产量和韩大刚的冲突，以及焦裕禄在各种困境下、危机中、抉择时自己内心的冲突……通过这些矛盾和冲突的营造，将“为民、求实、奋斗、无私”的焦裕禄精神予以艺术化的诠释和展现。

仔细分析《村官李天成》《焦裕禄》，包括后来的《重渡沟》，会发现作者在这类题材上已经摸索了一套可以称之为经验、法则的东西。总结起来，大致有以下几点：一是写“英雄”人物要写情怀，这样，就会“艺术化地缝合‘主旋律’与民众的期待心理”[1]；二是设置“困境”，将主人公推入矛盾的旋涡，通过困境“突围”彰显人格魅力；三是不“就事说事”，对事件所依托的社会矛盾敢于触及，拓展和深化作品意蕴；四是对“宣教之需”和艺术追求之间的分寸拿捏，既为主流价值所认同，又避免完全“沦为”宣传工具。以上几点，可以说是贯穿在《村官李天成》《焦裕禄》等剧中的共性“法则”，它使这种“戴着镣铐跳舞”的创作在主流认同和艺术评价之间获得了恰当的“站位”。正像戏剧理论家黄在敏所评价的，作者“很善于把思想形象化，把人物特别是英雄人物人性化。更重要的一点，是他能在现实矛盾与主流价值之间建立起一座桥梁，实现两者的平衡”[2]。

四、家国离乱中的女性命运

2010 年以来，姚金成戏剧创作的另一个题材类别，是古代女子命运系列。这也是笔者最为看重的题材类别。因为这是姚金成“女性意识”在传统女性身上的投注，应该说更多地源于他的创作初心。它们和早期的农村“女性命运三部曲”一起，构成了姚金成女性命运的“完整”系列。这个系列中的女性都是中国传统戏曲中家喻户晓的人物形象，大致由两类构成：一是传统戏曲中的痴情女子，如《琵琶记》中的赵五娘，《王宝钏》中的王宝钏，《玉堂春》中的苏三，她们的丈夫或因赶考，或因征战，或因入仕，长时间地离开了她们，待再次团聚，一切都已不当初；另一类是历史中的女性命运，她们因美丽而卷入战争，个人命运和国家命运由此紧紧连在了一

[1] 刘彦君：《心理认同的重建——〈村官李天成〉的成功之处》，《东方艺术》2014 年 7 月增刊。
[2] 黄在敏：《精益求精颂“村官”》，《东方艺术》2014 年 7 月增刊。

起，人生命运由此发生陡转。概括起来，可以说这个系列关注的是家国离乱中的女性命运。

在古代男权社会，“女性作为一个被秩序永恒地吸纳其中却又放逐其外的他者”[1]，处于劣势与服从的地位，对男性选择的顺从接受和绝对听从，是她们应守的妇德，至于她们的内心感受，那是可以“忽略不计”的。所以，传统戏曲中歌颂的女性，都是践行“三从四德”的典范，是有益教化的“道德楷模”。而对男性的随意、背叛、轻佻，则采取欣赏的态度，完全是以男性视角来书写女性，制定道德评判的标准。高则成在《琵琶记》的“副末开场”中更是开宗明义地写着“不关风化体，纵好也徒然”。于是，把原来故事中“弃亲背妇”的蔡伯喈改写成了“全忠全孝”的正面人物，在整个戏中，“蔡伯喈是孝子，赵五娘和牛氏是‘两贤’，张广才是义士”[2]。他们共同为蔡伯喈的不孝和背弃做了冠冕堂皇的“掩盖”和推脱。赵五娘只能以自己的忍气吞声接受“一夫二妻”的现实，为成全蔡伯喈的“全忠全孝”做道义上的支持。传统戏《王宝钏》中的男权意识体现得更为强烈。王宝钏苦守寒窑十八年，待薛平贵回转，自己带回个代战公主不说，还要在武家坡前故意调戏王宝钏，试其是否守节。这实在是可恶。这种男性视角下对女性的书写，具有极大的性别歧视，女子永远是被侮辱、被损害的弱者。当然，也正是因为它的局限性，为现代社会重新审视和书写这类作品提供了极大的空间和可能。传统戏的改编和书写，自然也成为当今艺术创作的一个重要类别。

姚金成对这类题材的钟情，很大程度上源于他一以贯之的女性意识。他试图借助对这些传统题材的重新解读，表达他的女性观点，弥补以往男

---

[1] 戴锦华：《涉渡之舟》，北京大学出版社，2007，第16页。

[2] 张庚、郭汉城：《中国戏曲通史》，中国戏剧出版社，1992，第292页。

性视角对女性盛气凌人的“俯视”“蔑视”以及由此造成的对她们情感、自尊、人格的无视，对她们的情感世界和命运走向做当代观照和重新解读。原《琵琶记》写尽了赵五娘的含辛茹苦、忍辱负重，但面对蔡伯喈的招赘负心，也只能做逆来顺受的接受。在姚本中，作者强化了赵五娘和蔡伯喈的感情，正是这份感情和对丈夫的无限思念，支撑着赵五娘在困境中勇敢担当，无怨无悔。然而，一路卖唱寻夫到京，得到的却是蔡伯喈劈头盖脸的无情指责，全不念她思夫之苦，侍亲之难，旅途之艰。面对夫君的指责，赵五娘没有选择默默承受。三年来独承苦难的委屈，容颜憔悴的不堪，一路风霜的磨难，夫君再娶的伤情，都化作声泪俱下的宣泄和义正词严的质问：“你既知把爹娘来惦记，为什么三年没消息？你既知我在家艰辛不容易，为什么京城高攀另娶妻？你既知孝是人之本，为什么生不养、死不葬、孝不戴、麻不披？”[1]这番义正词严的诘问，即是赵五娘自尊意识和人格意识的觉醒。“早知你京城又再娶，五娘我决不来这里。倒不如想着你、念着你，夫妻情义压心底，伴琵琶老死在乡曲……”[2]最后，她拒绝了圣上“陈留郡夫人”的旌表，放弃了苦苦盼来的团聚，走了。“妾本原上草，岂移庭前荣。愿君多珍重，岁月留芳踪”[3]，成为传统戏曲中勇敢出走的“娜拉”，表达了这位封建时代传统女性自尊独立的人格。

“女性意识”使得姚金成在重塑这些古典戏中的女子形象时，有意识规避男性视角对女性的“无意识亵渎”，而是处处体现出对女性的尊重和女性在命运走向中的主动选择。如他改编的《王宝钏》，依然保留了“武家坡”一折，但作者的姿态和视角完全变了。薛平贵“为惩奸贼必翻案，微服潜行来长安”，心中想的是“朝廷风云难测断”，脚步却不由自主“到城南”。

[1] 姚金成：《琵琶记》剧本。

[2] 同上。

[3] 同上。

他本想先回寒窑探望十八年未见的贤妻，随从李承的一番话提醒了他，“嫂夫人与魏虎、王允皆为亲属，你们分别日久，信息不明，贸然相见，恐生祸患！”[1]因为是秘密进京，事关身家性命、朝廷安危，这才有了武家坡前他与王宝钏的“不敢相认”，也才有了彼此关心的相互询问、打探，以及薛平贵身份确认后王宝钏一段委屈不解的情感迸发：“为什么我声声叫你你不答应？为什么见为妻你佯装路人把大嫂称？十八载我苦守寒窑把你等，十八载等你盼你，熬过了多少月落月升？十八载你回来为何不把为妻见？十八载你回来为何绕着寒窑行？”[2]而欲认不敢认的薛平贵，早已是“浑身颤抖，泪流满面”，两人相拥而泣，十八年的相思之苦冲破一切藩篱障碍得以抒发。同是“武家坡”，这里的书写一改过去男性规范下对女性的窥探、戏弄，还男女主人公平等的人格意识和情感心理，从而使它更接近当代观众的审美心理和情感状态。

《王昭君》题材开掘的新意在于强化了对王昭君“和番”行为的合理性铺陈，淡化了王昭君因“圣前失宠”而赌气前往“和番”的“工具色彩”，强化她“和番”的必然性和选择的主动性。王昭君未能得幸龙颜，并非仅仅因为毛延寿利用职权丑化了她，这在戏里只是一笔带过，而是宫廷争斗的残酷性，斩断了她玉颜被识的可能性。因她酷似当年皇上宠幸的李夫人，遭到皇后嫉妒，被打入冷宫。嫔妃郑婕妤的惨死，更让她看透了宫中女人的悲惨人生，对自己的未来不寒而栗。就在此时，征选“和番”使者的旨意传来，经过斗争，王昭君决定“自选前程”，前往和番。“郑婕妤唱不尽宫中怨，王昭君不惧塞外风雪寒。宁可骏马奔驰劳顿死，不愿在后宫苟活一百年！”[3]圣上惊艳王昭君的美貌，意欲反悔。然而，经历了宠辱悬殊的跌宕，王昭君似

[1] 姚金成：《王宝钏》剧本。
[2] 同上。
[3] 姚金成：《王昭君》剧本。

乎已经参悟了人生，看透了荣华富贵的转瞬即逝。面对圣上的百般挽留，她却是“内宫恩幸梦中盼，而今心情却惘然”，和番的意念反而愈加坚决。而且，在王昭君出场之初的身世叙述中，作者也为后面的和番做了时局认知上的铺垫，“去年春兄长边关捎来信，他托我见万岁进上一言。边关上与匈奴百年征战，百姓苦将士血浸透了荒原。近两年打胜仗局势好转，大单于求合盟汉匈两安”[1]。汉匈两安，不但是朝廷之想，更是百姓之盼。兄长征战边关的背景设定，无形中触发了她的家国情怀。当宫廷之梦梦断心碎时，这种情怀就变得无比真切和笃定：“我本是秭归女走惯了村野小径，汉宫院繁华梦无非秋冬。为和亲伴单于骏马驰骋，安北疆和中原百代之功……”[2]通过这些铺陈描写，王昭君选择和番的主动性、必然性水到渠成。这一古代女子形象也具有了现代的意味。

和姚金成农村“女性命运三部曲”中女性虽然命运不幸，最终都靠自己的奋斗自立自强不同，在封建时代，这些女子不可能获得完全独立的人生，但她们自我意识和人格的觉醒，在她们所属的时代已属难能可贵，也正是她们人格的自尊觉醒，她们获得了圆满的，或虽不圆满但并不悲凉的人生。和传统戏中的女性相比，姚金成笔下的女性有着更为让现代人接受的人生结局，她们所托付终生的男人是有情有义的。王宝钏十八年的寒窑苦等，终于苦尽甘来，最终夫妻团圆、父女和解，皆大欢喜。而不是男性视角下“一夫二妻”的“大登殿”。苏三对爱情一往情深，王景龙最终不负真情，抛却乌纱，辞官归隐。《浣纱谣》中，虽越王勾践认为“女人救国”有辱尊严，不让西施归越，还欲置其于死地，但是范蠡不负真情，“泛舟五湖去，携卿白云边”。这个结尾显然带着作者的理想期许。王昭君的和番，因了她行为的主动性，由悲凉变得悲壮，况其所嫁亦是塞外雄强。赵五娘的命运结

[1] 姚金成：《王昭君》剧本。

[2] 同上。

局虽不算圆满，但戏中的蔡伯喈并非无情负义之人，作者强化了蔡伯喈和牛小姐被迫成婚的无奈，给予他们更多情感上的理解和道义上的同情。至于说作者最终采取让赵五娘离开出走，那是作者想通过她，不但表达女子对男权的发现，更要表达女性对自我主体的确认。正如学者戴锦华所认为的："中国女性文化的路径是由反封建、反父权的时代主题到对男权的发现以及对内在'匮乏'的女性主体的指认。"[1]《琵琶记》的改编走向，既是剧作家对女性（包括赵五娘和牛小姐）人格意识的发现，也是剧作家女性意识、悲悯情怀借由她们的投射。而她们自我意识的觉醒，也让她们的人生获得了更意味深长的意义和价值……

"生书熟戏"是中国戏曲创作由来已久的传统。这既是一条创作的捷径，亦具有很大挑战性。因为这类改编既要尊重观众对传统故事的认知经验、审美感受，又要有所突破和创新，实现重新改编的意义和价值。综观姚金成对这类传统经典和故事的改编，会发现他同样摸索出了一套经验法则。一是"修旧如旧"，尊重原故事的结构框架，删繁就简，保留骨干情节，让观众一看就是这个戏，做到心理上的亲近。二是在保留原故事框架和主要情节的同时，做部分"偷梁换柱"的填充和置换。就是在原故事情节的外衣下，裹挟着作者新的观念和认识。如《王宝钏》中的"武家坡"，原是薛平贵对王宝钏的戏弄和试探，带着浓重的男权色彩；改编本中的"武家坡"突出的是薛平贵因怕身份暴露而与王宝钏"不能"相认、又想知情的急切问候和彼此牵挂，突出了王宝钏的痴情不移和薛平贵的真情不负。《玉堂春》的结尾，是刘秉义得知苏三含冤真相，即召来与案众人，续行三司会审，平了冤狱，让有情人成了眷属。姚本是让王金龙向刘大人提出抛却乌纱，不负前盟，既表现了王金龙对爱情的忠贞，也开掘出了人物重承诺、讲信义、

[1] 戴锦华：《涉渡之舟》，第 9 页。

勇担当的品格。同是“探监”，却有了大不相同的情节走向和意味开掘。同是《琵琶记》中的“见夫”，姚金成在改编中更注重女人对自己内心的发现，人物的情感心理得到了深入的挖掘，牛小姐、蔡伯喈、赵五娘三人的内心世界和情感冲突得到极大的丰富。牛淑玉面对无趣婚姻和赵五娘突然闯入的苦楚委屈，欲哭无泪；赵五娘面对牛小姐的自惭形秽，暗自伤神，面对蔡伯喈无端指责的悲情宣泄，愤懑抒发；蔡伯喈面对牛小姐、赵五娘质问的欲辩难辩、欲说难说，共同交织成了一曲情感的交响。这场戏，因其情感的丰沛和对人物内心的现代揭示，成功实现“酒瓶装新酒”的改编初衷，成为姚氏《琵琶记》的核心场次。这些在原框架结构中所做的“偷梁换柱”，或在原情节上所做的“移花接木”，赋予老情节以新内容，实现了改编的目的和意义，使得这些戏看起来，既似老友重逢，又如新朋初识。

三是在情节上的可信性和合理上下功夫。因要对原故事进行较大幅度的剪裁重组，这就需要创作者在“剪裁”的同时能够做到细致的“修复”“缝合”，既情节顺畅，没有断裂感，又合情合理，让人信服。这是姚金成在这类题材的改编中所做的重要工作。有的伏笔埋得很长，初看觉得似乎是赘笔，但发展到后面，才会发现针线之用。如王昭君初上场对兄长边关来信内容的陈述，是对后面坚定“和番”信念的一笔助推；《琵琶记》中“招婿”一场以“闪回”手法对蔡伯喈、赵五娘惜别场景的化入，是对两人情感状态的渲染，为后面赵五娘的隐忍支撑，蔡伯喈、牛小姐的感情之苦做了铺垫。《王三善与苏三》中，为了完成最后王三善拒绝乌纱、践约盟誓的人格升华，从第一场开始，就注重强化两人的真挚情感，如苏三不顾老鸨威胁前往关王庙探望被赶走的王公子；王三善听到苏三入狱的消息，立刻要破釜沉舟，“直奔洪洞，拼死也要救出三姐”[1]等。这些紧扣情节走向的细致“缝

---

[1] 姚金成：《王三善与苏三》剧本。

合”,在保证剧本流畅、合理的同时,也完成了对主题立意的扎实铺垫、情势烘托。

以上所述,构成了姚金成传统剧目改编的基本经验,概括起来,就是“用现代文化的视角对剧作进行细致梳理,以简洁的手法对原有的故事精心剪裁,在强化戏剧效果、突出人物个性上做文章,使得剧作呈现出新的思想意蕴和时代特色”[1],在“还原”与“重塑”之间实现平衡。这种既不“颠覆”也不“固守”的中间法则,取决于作者基于性格之上的创作态度。姚金成说自己做事讲究“稳”,而不敢奢望“绝”,因而在创作中,基本是侧着身子,“瞻前顾后”,这大概是他能成为“改编传统戏的高手”[2]的主要原因。

姚金成对社会发展和历史变革的思考,是从现实和历史两个层面展开的。现实层面,就是他的一系列现实题材的作品;历史层面,则是他以当代视角对历史题材的重新审视和开掘。可以说,他在历史题材和现实题材的创作上几乎是平均用力、不分轻重的。但从社会影响上看,为他带来声誉及荣耀的,多为现实题材的作品。主要原因:一是现实题材因和现实的密切联系,更容易引起人们的关注;二是他的几部现实题材作品在艺术性上确属上乘之作。相比之下,其历史题材的创作就或多或少受到了遮蔽。关于姚金成历史题材的创作,其中一部分在上面已经涉及,如“家国离乱中的女性命运”中提到的《浣纱谣》《王昭君》等,这类多属于改编;还有一类是新编,如婺剧《赤壁周郎》(与王卫国合作),越剧《韩非子》(与卢昂合作),豫剧《曹公外传》(与罗怀臻合作)、《魏敬夫人》(与雷桂华合作)等。它们和那些现实题材作品一起,构成姚金成创作的完整面貌。因篇幅原因,加上这些作品多系与他人合作,这里不再展开论述。

---

[1]李焕霞:《演绎传统 重塑经典——浅谈豫剧〈琵琶记〉“本土化、当下化”的成功改编》,载《豫剧的交响》,河南人民出版社,2014。

[2]刘景亮:《一出传统名剧的精彩转型》,载《姚金成——金笔春秋》,第134页。

业界对姚金成作品的评价,出现频率最高的词汇是:时代特色、深刻主题、凝重风格、悲剧色彩。的确,姚金成的作品,除了《蚂蜂庄的姑爷》有些喜剧色彩,其他均是悲剧和正剧。姚金成曾将其创作概括为三句话——“剧烈的冲突,激变的命运,深厚的情味”。并坦称“在后来的创作中,我好像一直没有离开过这样的套路,也勉强算是一种风格吧”[1]。但风格往往衍生成规,特点往往瑕瑜互见,优势可能暗含着短板和不足。过分追求作品的思想性、深刻性、凝重感,它的趣味性就会打折扣,作品显得理性、实在,不够空灵。这里我还是想把2004年写这个问题的几句话拿来引用,姚金成说,“一个人如果对某一方面的东西过分追求,可能会丧失另一些东西。可能是性格使然,自己对生活客观的理解更为关注,也爱从理性角度观照自己的作品,这使其在创作中有时候不能率性而为,个性意识有所削弱和牺牲”[2]。从叙述方式看,姚金成的作品多中规中矩,“剧本很少在卖弄,或者说很少在结构、形式上搞出很多花样来,一直都在朴朴实实地按照一般的戏曲的规律创作。”[3]这个优点同时暗含姚金成在叙事方式、文本样式上少了探索的锐气,对“如何讲一个故事”用心不够,对“叙事所能建构的故事形式的可能性”[4]缺乏尝试的勇气,手法显得单一。其主要原因还是与作者沉稳的性格有关。凡事讲究稳妥,求“成”不求“奇”。尤其是对于他这样一位很有成就的剧作家而言,对叙事探索的“风险”顾虑可能会远远大于尝试的“冲动”。不能对剧作家求全责备。姚金成已经以他丰富且卓有成就的艺术创作,为当代河南戏剧舞台乃至中国戏剧舞台贡献了诸多精彩。他作品题材之广,数量之多,成就之高,有目共睹。特别是在现代戏的创作

---

[1]姚金成:《我的创作路》,载《姚金成——金笔春秋》,第38页。

[2]晓岩:《文化情怀与舞台意识的熔铸——剧作家姚金成其人其作》,《中国戏剧》2004年第7期。

[3]王安葵:《重视“本色”的艺术力量》,载《姚金成——金笔春秋》,第126页。

[4]谢有顺:《小说中的心事》,第70页。

上,姚金成更有他独特的价值和贡献。这个贡献还需要更多的人来关注、研究、总结。

2018 年 6 月 4 日完稿

2019 年 5 月 20 日修改

2021 年 5 月 10 日定稿

9

第九章

文学的出发和“反刍”

——陈涌泉的创作之路和文化自觉

文学的出发和“反刍”

——陈涌泉的创作之路和文化自觉

有专家把陈涌泉誉为河南剧作家群中的“少帅”，窃以为十分恰切。从年龄上讲，陈涌泉代表着1970前后这样一个“代际”，是这个群体中承上启下的中坚一代；从艺术成就上讲，他在全国的影响力，代表了这个代际的成长和崛起。正是有了以陈涌泉为代表的青年剧作家的活跃和所达到的高度，河南剧作家群的梯队才显得完整，结构才显得合理，气象才显得灵动，面貌才显得清新。而且，作为河南剧作家群中的年轻一代，陈涌泉也走了一条和前辈不一样的创作之路，他不是从剧团（文工团）到学校再回流到剧团，也不是从专业的戏剧学院进入剧团，而是大学中文系毕业之后到剧团工作从而走上创作道路。不同的时代背景、不同的受业背景、不同的“入场”方式，决定了陈涌泉在题材选择、题材特长方面的与众不同；而这种题材特长又让他的创作带有一种先天的现代意味。每每看陈涌泉的作品，都会不由自主地想到他的“入场”方式，并从这个角度去观照他作品的长与短、得与失。窃以为，研究陈涌泉的戏剧创作，不可忽视的是他的这种“入场”方式，它在创作观念、题材选择、视角切入、艺术风格等方面深刻影响了陈涌泉的创作。这就是我把题目设定为《文学的出发和"反刍"》的主要原因。

一、以戏剧的方式"反刍"文学

1991年,陈涌泉从河南师范大学中文系毕业,分配到河南省曲剧团工作。从小的文学爱好和系统的专业教育,奠定了他扎实的文学功底,也培养了他对文学的敏感。而身处剧团的濡染,使他能够以最近的距离、最密切的方式、最深切的体会,熟悉戏剧,感知戏剧,融入戏剧。二者结合,无疑加速了他的成长。1993年,石光武导演找到陈涌泉,要他量身为青年演员杨帅学改编一段《阿Q正传》,参加即将举办的曲剧演员电视大赛。这时候的陈涌泉,入行尚不足两年,还未曾涉足创作,还不曾有可资炫耀的履历。导演对他的信任,显然建立在对他中文出身的专业素养上。起初陈涌泉并没答应,因为他认为鲁迅先生这部享誉世界的名著,"其思想之厚重,内涵之丰富,是戏曲——特别是河南地方戏曲难以承受的";阿Q"所承载的几千年国民性的积淀、人类普遍存在的哲理性精神病态,又是一般戏曲演员难以理解、把握的"[1];同时,他认为自己初出茅庐,怕水平不逮亵渎了大师的作品。后来在导演和演员的极力"撺掇"下,他"终于斗胆截取了阿Q对革命的'神往'一段,改编成独角小戏《阿Q梦》"[2]。这个小戏为参赛演员赢得了金奖的荣誉,同时也成为青年编剧陈涌泉正式出场前的一次"热身"和"亮相"。但它更重要的意义在于,它无意中打开了陈涌泉题材创作的一个重要领域,对鲁迅文学作品的改编,成为此后陈涌泉戏剧创作的一块"富矿"。

《阿Q梦》算是陈涌泉戏剧创作的一次小试牛刀,也是以戏曲形式反

---

[1]陈涌泉:《〈阿Q与孔乙己〉的成因》,《剧本》2002年第9期。

[2]同上。

刍文学的一次成功尝试，它为陈涌泉接下来的创作提供了重要的思路和启示。对年轻的陈涌泉来说，当人生和生活的阅历尚不够丰厚时，文学经验和那些熟知的文学作品便近水楼台、顺理成章地进入他的题材范围，成为他创作的“抓手”和依托。随着《阿 Q 梦》思绪的漫延、氤氲，大型曲剧现代戏《阿 Q 与孔乙己》呼之欲出。1996 年，陈涌泉以新颖独特的《阿 Q 与孔乙己》，发出了他作为戏剧新青年的第一声“呐喊”，以戏剧的方式，实现了他对文学的一次深情“反刍”。

众所周知，《阿 Q 正传》《孔乙己》是鲁迅先生的两部小说名篇，内容并无更多关联。但熟悉鲁迅作品的读者都知道，这两部小说都是鲁迅作品中“‘看 / 被看’模式的一种类型”[1]，处于“被看”地位的阿 Q 和孔乙己，都是下层社会中不幸的人，都是鲁迅小说中重要的一类形象——“庸众”[2]中的一员，他们在“被看”的同时也都扮演着“看客”的角色。而“‘看客’现象正是这‘病态社会’的一个重要方面”[3]。这是鲁迅表现下层人民不幸命运的小说的重要内容。正是因为这些相同点，就具有了把他们融合在一个戏中的可能。而陈涌泉把他们放在一部戏中去呈现，既是为了展示两个人物相同中的不同，更是为了展示不同中的相同。“把这两个人物集中在一起交叉对比，有助于观众从他们险恶的生存环境和畸形的精神世界中，感悟、发现更多的东西，从而更澄明地了解历史，更深刻地认识现实，更细微地体察自我。”[4]

《阿 Q 与孔乙己》的创作，不是两部作品的简单拼接，而是一次具有创造性的艺术探索。它既忠实于小说的某些情节，又对原著中潜藏的人物

[1]钱理群：《鲁迅作品十五讲》，北京大学出版社，2016，第 44 页。
[2]李欧梵：《铁窗中的呐喊》，人民文学出版社，2010，第 70 页。
[3]钱理群：《鲁迅作品十五讲》，第 44 页。
[4]陈涌泉：《〈阿 Q 与孔乙己〉的成因》，《剧本》2002 年第 9 期。

动机和心理进行发掘和拓展。通过营造特定情境，让阿 Q 和孔乙己这两个经典形象同时“在场”，让他们交流、碰撞、激发，在各自扮演公众“看客”角色的同时，也彼此成为对方的看客和笑料。如第一场，赵太爷的儿子考中秀才，阿 Q“在场”，是为“攀附”，声称自己姓赵且“比秀才还长三辈”的情节就设置在这场；孔乙己“在场”，是因为考中秀才毕竟是读书人的事，一种关注、打探、羡慕心理。这就巧妙地建立起了一种戏剧关系。两人在这个场合见面且生发出一段精彩的戏：阿 Q 挖苦孔乙己，“今年咋又没有考中”？孔乙己答，“我今年就没有进考场”。阿 Q 进一步激将，“进考场也未必能考中”。然后周围的人纷纷附和：“这二十多年都快考(烤)煳了，连半个秀才都没捞着。”七嘴八舌，都来揭孔乙己的疤。孔乙己气急之下，撂下一句文绉绉的话“耻与尔等为伍”，愤然离开。阿 Q 看着孔乙己远去的背影，则不无得意地说：“呸，想与我为伍你还不配哩！”紧接着，得意的阿 Q 就遭到赵太爷“你也配姓赵”的棒喝。一段戏，塑造了阿 Q 的欺软怕硬，孔乙己的斯文软弱，以及他们的“看”与“被看”，还有围观者的群像。

“咸亨酒店”，是塑造孔乙己形象的典型环境、特殊场景，孔乙己的行为和众“看客”对他的议论，都发生在这个公共空间。在《阿 Q 与孔乙己》中，作者对这一特定场景做了充分且巧妙的利用，构织出两场非常精彩的戏。前面一场，孔乙己“体面”尚存，来喝酒时还能“排出”九文大钱，要一碗茴香豆。当假洋鬼子拿一块钢洋做诱饵，声称“谁像狗一样从这桌子下面钻过去”就把这块钢洋给谁时，孔乙己认为“廉者不受嗟来之食”，坚决不能钻，而且也制止阿 Q 去钻。阿 Q 则认为，“一低头，一弯腰”，不费啥事，一块钢洋就能到手，不但能喝酒吃肉，还能去吴妈面前表现一番，于是便毫不犹豫地去钻。钻了桌的阿 Q 被假洋鬼子骂作“是动物是狗”，而拿了大洋的阿 Q 转脸就骂假洋鬼子“只有狗才能想出这样的办法”。显然，骂狗者和被骂者都是狗。而固守斯文的孔乙己只能发出“人见利而不见害，鱼见食而不见钩。朽木不可雕也”的感叹。后面一场，孔乙己已经落魄到底，因“窃书”被打断了腿，靠手挪动着来到咸亨酒店，而此时进城发财归来的阿Q则“傲慢地从褡裢中摸出一把钱来”，不但要“加两个菜，还要坐着喝……”[1]借助咸亨酒店这一场景，写出了人物的性格，也写出了人物命运的前后变化。

对人物性格的丰富，是《阿Q与孔乙己》取得的突出成就。孔乙己是旧社会一个落魄的底层小知识分子，他的特点是“执着于当时已经不再被珍视的过去的价值观，……他对一些传统价值的依附和他的有些斯文人的行为习惯（如‘窃书’和饮酒）支撑着他可怜的存在”[2]。他的自我评价（也即过了时的价值观）与社会上大多数人对他的评价，形成了强烈的反差，成为众多“看客”的谈资和笑料。作者紧紧抓住人物的这一特点，赋予他独特的言语内容和行为方式，对其进行丰富、放大。如当众“看客”骂他“穷光蛋”时，他以“君子固穷，小人穷斯滥也”相回应；当阿Q为了那一块大洋要钻桌子时，他以“廉者不受嗟来之食”去劝阻；当阿Q煽动他参加革命时，他用“读书人讲的是三纲五常，不会犯上作乱”来拒绝；当人们骂他“偷书”时，他用“是窃不是偷，用词要考究”来辩解；当阿Q临终画圈画不圆向他讨教，他以“指要实，掌要虚，腕要平，心要静。要笔使意驱，意随笔走”认真示范……通过一系列独特的言行，一个迂腐、可怜、落后的底层知识分子形象得到了生动的刻画和呈现。

阿Q形象的塑造，同样在立足原著的基础上有所丰富，有所发展。特别是“梦里风光”一场，将原著中阿Q短暂的思想流动发展成一场“梦境”。阿Q在梦中颐指气使，“为所欲为”，曾经在他面前作威作福的假洋

[1]陈涌泉：《阿Q与孔乙己》剧本。

[2]李欧梵：《铁屋中的呐喊》，第62页。

鬼子、赵太爷、地保无不磕头求饶，阿Q的种种愿望得以实现，欲望得以满足，不但娶了吴妈，还有一大群姑娘前来候选……这场梦境看似荒诞，却又极其真实，因为阿Q在梦中实现的，都是在现实中不能实现的。然而，梦终究是梦，一声枪响，惊醒了阿Q，也预示了他即将到来的命运。作者用荒诞之法行讽喻之实，通过梦境放大“阿Q精神”，企图通过现实的荒诞，“揭出病苦，引起疗救的注意”（鲁迅语）。

《阿Q与孔乙己》对原著的某些情节也做了进一步丰富，如孔乙己的“偷书”就放到前场来展现；阿Q和吴妈的爱情也有铺垫、有交代，且在梦中团圆，最终阿Q被押赴刑场时两人也有一段类似意识流的心灵交流，两人的关系成为塑造阿Q形象的一条重要线索。应该说，《阿Q与孔乙己》将两篇作品糅合在一起的创意是大胆的，是富有创造性的。同时，作者在开掘的过程中，又能紧紧围绕着原著的精神和人物的性格去设置情节、组织矛盾，所以给人的感觉又是非常忠实于原著精神的。这说明陈涌泉对鲁迅先生的作品领悟得深刻，咀嚼得充分，体现得到位。正如剧作家喻荣军所评价的，陈涌泉“明白如何站在巨人的肩膀上去攀登，在别人的故事里重述自己的故事。在《阿Q与孔乙己》之中，鲁迅的东西很明显，阿Q还是那个读者熟知的阿Q，孔乙己也是观众熟知的孔乙己，但涌泉的创作既明显又了无痕迹，他能把两个故事糅在一起，浑然天成，妙不可言”[1]。鲁迅作品与生俱来的深刻性和现代性，加上陈涌泉独特的解读和诠释，使《阿Q与孔乙己》在当代河南戏剧中显示出它独特的意义和价值。这与陈涌泉善于利用自己的资源优势有关，与他年轻无畏的“闯劲”有关，更与他对题材价值的认知和把握有关。陈涌泉也以此剧跃然跻身河南剧作家队伍，成为年轻一代中的佼佼者。

---

[1]喻荣军：《一座沟通古典与现代的桥梁》，载《陈涌泉——文如泉涌》，第143页。

《鲁镇》是陈涌泉用戏剧形式向鲁迅先生致敬的又一部重要作品，它和《阿Q与孔乙己》的创作思路有某些共同之处，同样是鲁迅两篇作品的嫁接和巧妙融合。《狂人日记》是鲁迅发表的第一篇白话小说，也是他后来一系列小说的一个“总纲”（许子东语）。小说的主人公“是一个典型的被迫害狂、妄想狂，觉得所有人都要吃他，……但换个角度看，他又是一个斗士，挑战旧礼教，世人皆醉我独醒”[1]。《狂人日记》讲礼教吃人，“而礼教吃人最好的例子在《彷徨》里，那就是《祝福》。《祝福》可以作为《狂人日记》的注解”[2]。这可能就是陈涌泉选择将《狂人日记》和《祝福》进行糅合创作《鲁镇》的动因，它们某种程度上是论点和论据的关系，而铺陈演绎的过程，就是论证。

《鲁镇》中，作者充分利用了狂人“疯”“狂”的特殊身份，让他在关键场合适时出现，参与剧情，发表议论，起点题和引领作用，深化文本用意。因为“疯”和“狂”本身所具有的非正常性和意识模糊性，所以人物又有随时参与进来的便捷性，并不觉突兀，和祥林嫂的命运线索自然交织在一起，水乳交融。如剧中祥林嫂的婆婆派卫胡子等人来追拿祥林嫂，途中遇到狂人：

卫胡子　（问狂人）看到一个女人没有？

狂　人　看见了。

卫胡子　在哪儿？

狂　人　（东西南北指了一圈）在那儿、那儿、那儿、那儿！

卫胡子　你到底看见没有？

狂　人　我看见了！

---

[1]许子东：《许子东现代文学课》，上海三联书店，2018，第92页。

[2]许子东：《许子东现代文学课》，第72页。

(唱)我看见了,一个个青面獠牙,
我看见了,一个个摇着尾巴;
我看见了,一个个血盆大口,
我看见了,一个个流着哈喇!(边唱边挨个儿指着众打手)

众打手被辱骂却因骂人者是疯子而无可奈何,悻悻离开。再如最后一场,祥林嫂带着“人死后到底有没有灵魂”的疑问遇到狂人,问“阎王爷会不会派小鬼把我锯成两半分给我那两个死鬼?”。狂人回答:“鬼不是最可怕的。”“鬼要把你分两半,得用那锯子锯来斧子砍;人仅凭一张嘴就能把你碎万段,软刀子杀人血不沾。”祥林嫂可能压根就听不懂“疯子”的话,狂人的回答也根本解决不了她内心的疑惑和恐惧。但对于观众、对于读者,这却是点题醒神之语,是对主题的强化、深化。“疯”“狂”之于狂人,是一种战斗的姿态;之于作者,则是一种强化主题的手段。它是贯穿在全剧中的一条思想红线,是提纲挈领,附着在其上的祥林嫂的故事,则是血肉,是注解,是印证。两者相互补充,彼此映衬,互文见义,层层推进,其深刻性以及产生的艺术效果,较之单纯地讲述祥林嫂的故事显然更深一层。

《鲁镇》在人物设置上,较之《祝福》也有一个重要的变化,就是把原来作品中鲁四老爷的儿子“阿牛”和原小说的叙述者“我”合二为一,改名鲁定平。他仍是鲁四老爷的儿子,但身份发生了重要变化,成为一个“启蒙者”“先驱者”的形象。对“‘先驱者的命运’的思考几乎贯穿了鲁迅的一生”[1]。“先驱者(夏瑜们)与群众的关系,本来是一个‘启蒙与被启蒙者,医生与病人,牺牲者与受益者’的关系,但在中国的现实中,却变成了‘被看’与‘看’的关系。”[2]在《祝福》中,作为叙述者的“我”是个知识者,“又是出门人,见

[1]钱理群:《鲁迅作品十五讲》,第54页。
[2]钱理群:《鲁迅作品十五讲》,第55页。

识得多”[1]。但是，当祥林嫂问“我”“一个人死了之后，究竟有没有灵魂”，“死掉的一家人，都能见面的？”时，作为知识者的“我”，“本是更有可能去思索生死的意义的”[2]，本是能从关怀的角度给予祥林嫂一丝同情和安慰的，但“我”却是吞吞吐吐，模棱两可，“不带感情也不愿深思”。冷漠的回答，“与众庸众并无区别，也是一个消极的‘看客’”[3]。在《鲁镇》中，作者将这个人物设定为“先驱者”形象，且是鲁四老爷的儿子。是他，将逃婚中的祥林嫂领到家里做帮工；也是他，在进城前告诉父亲“革命风潮不可挡，顺之者昌逆者亡”。但是，作为清醒者和先驱者的他，同样没能逃脱悲剧的命运。祥林嫂打碎香炉的“不祥之兆”，很快就应验在他的身上。父母对他的革命行为永远也不可能理解，听到他牺牲的消息，竟然痛叹“家门不幸”！就像《药》中夏瑜的母亲，祭奠孩子被人看见，脸上竟“现出些羞愧的颜色”[4]。这是先驱者的悲哀！自己的亲人尚且如此，遑论他人。戏的最后意味深长，“鲁四老爷、鲁四太太捧着鲁定平的衣服，叫着魂，从祥林嫂尸体旁走过”[5]。作为“拯救者”的鲁定平和作为吃人礼教牺牲品的祥林嫂竟是一样的命运，且祥林嫂生前一直念念不忘的“灵魂”问题，被鲁定平的父母用行动给予了回答。

在看《鲁镇》剧本之前，心里曾犯嘀咕，取名《祥林嫂》不是更直接？为什么以一个地名为剧名？看完之后豁然。该剧将鲁迅长期以来对国民性的批判、对封建礼教的批判、对体制制度的思考、对“启蒙者”命运的思考以及进化论等思想做了内在的勾连，发生在鲁镇的一切，就是当时中国的一个缩影，它的主题具有多义性和复杂性，远远超出了《祝福》对封建礼教的

[1]鲁迅：《祝福》。

[2]李欧梵：《铁屋中的呐喊》，第62页。

[3]李欧梵：《铁屋中的呐喊》，第76页。

[4]鲁迅：《药》。

[5]陈涌泉：《鲁镇》剧本。

批判，从而具有了更深厚的意味。

《阿Q梦》《阿Q与孔乙己》《鲁镇》等几部作品的改编，是陈涌泉经由戏剧形式对鲁迅作品的深度反刍和崇高致敬，构成了其戏剧创作的一道独特景观。除此之外，陈涌泉根据元杂剧《赵氏孤儿》改编的《程婴救孤》和取材于小说《五男二女》的《婚姻大事》，也都在尊重原著的基础上进行了独特的开掘，取得了成功（这两部作品在另外一个话题里涉及），为他带来了巨大的荣耀。依托自身所熟悉的文学资源，以戏剧形式对文学“反刍”，陈涌泉迅速完成了他“入场”之后的身份确立，并以此建立了自己的题材特长和艺术个性，在不长的时间内把自己的戏剧人生推向令人向往的高峰。

二、以现代文学精神观照戏剧

从文学经历、文学背景、文学经验中，特别是改编鲁迅作品的过程中，陈涌泉获得的不仅是题材资源，更有现代的观念，反思的意识，批评的勇气。如果说，上述作品是陈涌泉以戏曲的方式完成对文学的“反刍”，那么，豫剧《朱安女士》（又名《风雨故园》），便是以现代文学精神反哺戏剧、观照戏剧的重要收获。

鲁迅，这位中国现代文学史上的精神领袖，长期以来，被赋予了极强的象征意义，被整个民族赋予了英雄的地位，甚至被推上神坛。正是由于这种大规模的偶像化，使鲁迅生平的某些方面被夸大得失去了分寸。鲁迅的原配朱安，就是在这种有意的遮蔽下湮没在岁月的沙尘中。改革开放后，在日渐宽松的社会环境和文化氛围中，有关鲁迅的不少事件开始进入人们的视野，鲁迅的原配朱安，才得以被人们知晓。尽管文化环境相对宽松了，但是，较之于文学，戏剧的宣教功能和大众意义显然更强一些，其作为喉舌的工具意义也更强。学者戴锦华说，在当代中国的历史上，“戏剧始终是某种意义的国家艺术”。所以，戏剧创作的题材顾忌还是有一些的，特别是涉及到敏感题材。像鲁迅这样的偶像级人物，要写他鲜为人知的这段情感生活，是需要很大勇气和胆量的。深受鲁迅批判精神、反思精神浸淫的陈涌泉，拿出了鲁迅般的“批判精神”“勇士精神”，在明知其难、其险，甚至可能遭遇坎坷的情况下，仍以非凡的胆识和勇气走进了它。被历史尘沙淹没的朱安，由此走上了戏曲舞台，走进了普通观众的视野。

在中国现代文学史上，鲁迅以他深邃的目光洞悉国民的愚昧麻木，“时刻思索着中国人应有的‘新的人生’，面对自身命运的这一反讽式安排，内心的痛苦并不在被他冷淡的朱安之下”[1]。在《热风·随感录四十》中，他曾悲愤地发出“爱情，可怜我不知道你是什么”的长叹。他曾对友人说，朱安“不是我的妻子，她是我妈妈的媳妇”。“说此话时，鲁迅也是半个阿Q。是‘自欺欺人’的半个，不是‘欺软怕硬’的半个。”[2]这种痛苦的人生，的确是人生的巨大不幸，但某种程度上也是鲁迅文学创作的一种强大驱动力。学者许子东认为，“自鲁迅与朱安无奈的婚姻开始，鲁迅开始了他最早的启蒙思考”[3]。学者陈丹青在《鲁迅后院的蜗牛》的文章中，提出了更大胆的看法：

> 我认为鲁迅生命中的两个女人，朱安与许广平，若论谁对鲁迅的影响更大，不是许广平，而是朱安。正是朱安，使鲁迅深味了封建礼教对人性的压抑和命运的荒诞，断了他的后路，刺激他与传统彻底决裂，一往无前、义无反顾地反抗封建礼教，与命运进行“绝望的抗争”。……鲁迅文风的阴冷、偏激、滞涩，也许与朱安这个背景有关。从这个意义上说，朱安成就了鲁迅。两个反差极大的生命体被捆绑到一起，激起巨大的思想和情感波澜，不谐和处被极端放大，化作鲁迅沉郁的

[1]谢铁群：《民国多少事》，九州出版社，2008，159页。
[2]许子东：《许子东现代文学课》，第71页。
[3]许子东：《许子东现代文学课》，第72页。

文字和骇人的意象，惊现于世人面前。……这只小小的在后院寂寞爬行的蜗牛，维系了鲁迅一生的沉重。

这一观点，无疑为我们理解鲁迅提供了一个新的视角，也为《风雨故园》写朱安提供了价值上的肯定和舆论上的支持。在这样一桩无爱的婚姻中，作为思想家、文学家的鲁迅无疑是痛苦的，但作为爱情的另一方，朱安的痛苦会比鲁迅少吗？鲁迅尚且能“叫出没有爱的悲哀，叫出无所可爱的悲哀”（鲁迅《随感录四十》），孤独无助的朱安却只能苦果独吞，苦味独尝，苦泪暗流！有人说，《伤逝》中的涓生身上就有鲁迅的影子，“他的一腔忏悔就是鲁迅发向原配朱安的”[1]。如果真是这样，那说明鲁迅对朱安的痛苦是深有理解的，对因他带给朱安的这场人生悲剧是怀有亏欠之意的。他在《随感录四十》中曾写道：“在女性一方面，本来也没有事，现在是做了旧习惯的牺牲。我们既然自觉着人类的道德，良心上不肯犯他们少的老的的罪，又不能责备异性……也只好陪着做一世牺牲，完结了四千年的旧帐。”大概也“含有对朱安这类女性的哀怜”[2]。陈涌泉的可贵，在于把他对朱安的深深同情和哀怜诉诸笔端，化为舞台上的生动形象，唤起更多的人对这个深处人生痛苦之中的灵魂的同情和安抚，并由此去思考造成这种痛苦的根源所在。

在《风雨故园》中，作者的情感显然是倾向朱安的。对鲁迅，既写了他面对“慈母之命”的无奈妥协，也写了他的痛苦挣扎，甚至某种程度上表现了他的冷酷和“不近人情”。如，分别三载，留学归来，见到朱安，他只是淡淡地问“娘娘哪里去了？”，似乎已经忘记了这个人是被自己娶回来且冷落在家数载的女人。我们在感受他的痛苦的同时，也感受到了他的“残酷”！

[1]谢铁群《民国多少事》，第159页。

[2]孙郁：《鲁迅与周作人》，现代出版社，2013，第139页。

对朱安，作者则饱含深情，写她希望的一次次燃起和破灭。洞房花烛，三次自揭盖头的热切，得到的却是丈夫一夜读书的冷漠；三年归来的重逢，只是再次离开的开始；从绍兴到北京，变化了的是地点，不变的是有名无实的婚姻；最后鲁迅和许广平的携手南下，彻底浇灭了朱安最后的希望……戏的最后一场，朱安得知大先生去世的消息，绝望中发出了人生的长叹——“来世再不把女人投”，既让人唏嘘、同情，潸然泪下，也让人有一种锥心刺骨的疼痛、惊醒，深叹命运戏人，造化弄人，制度害人。全剧浓墨重彩写了朱安的期待、压抑、隐忍，也写了她的愚蠢、落后以及为维护这场无爱的婚姻而做的种种徒劳的努力。比如在鞋里塞上棉花以示自己并未缠足；私自把大先生的被子抱到自己房间，试图以此促成夫妻之实；跟俞芳姐妹学做大先生教的体操以取悦先生……她实在难以走近自己面对的这个人，两人之间相隔千山万水，但命运又偏偏把他们捆绑在一起，真是又愚蠢，又可怜，又无奈。我们在深深同情怜悯朱安的同时，也更加理解两人的落差和错位给彼此、特别是给鲁迅带来的巨大精神痛苦，从另一个层面理解了他。

《风雨故园》对造成朱安和鲁迅这场悲剧的无形“枷锁”也做了一定程度的表现和外化，那就是设置了一群封建礼教的维护者、执行者，他们是鲁迅的母亲及诸位公叔。他们是这场悲剧的制造者，也是一群看热闹的人。鲁迅大婚，他们一个个如临大敌，生怕他“搅闹婚礼”“违了祖训”，“破坏礼仪”“有辱斯文”，“不遵母命”“太过任性”。一旦婚礼顺利进行，他们又遗憾“咋没闹出点啥事儿”。后来“阿张”真的跑了，他们又忙着去告官，摆出一副伦理纲常模范执行者的姿态。他们无处不在，代表了鲁迅所要极力挣脱又难以挣脱的旧文化旧伦理，是笼罩在主人公身上的有形之网，是剧作者展开批判借助的有形存在。他们的设置，使得批判的矛头更直观、更醒目、更可感。

《风雨故园》为文学之外的广大普通观众提供了一个走近鲁迅、走近朱安、进而了解鲁迅及其所处时代的一个视角和支点,有同情,有无奈,有反思,更有批判,充盈着可贵的批判精神和反思意识。同时,因鲁迅在现代文学史和中国文化史上的特殊地位,这个戏也就更具有它的深刻性和现代意义,在当代戏剧文学史上有其独特的价值和地位。2006年,该剧本入选北京交通大学出版社出版的大学语文教材;2012年,剧本获得中国戏剧奖·曹禺剧本奖。这部戏,因其思想的分量、艺术的质量、学术的含量,注定成为陈涌泉的标志性代表之作。

三、继承创新中的文化自觉

综观陈涌泉的戏剧创作,有一个突出的感受,就是他创作中自觉的文化意识。这在他的改编作品中体现得尤为突出。比如前述对鲁迅先生作品的改编,从创意上看,非常大胆,敢于把不同的作品糅合在一起去诠释,具有探索意义,带有先锋色彩。但在主题开掘方面,又是忠实继承鲁迅的原著精神,在尊重的基础上再加入自己的认识和思考,丰富深掘,并不走颠覆、解构的路子。对传统经典的改编,同样是以尊崇、敬畏的态度来面对,珍视传统经典中有当代价值的部分,予以开掘强化。现在大家评价豫剧《程婴救孤》的意义,往往把它放在21世纪初期国内众多大家、多个剧种一哄而起改编这个题材的大背景下。在当时一些名家、名团“颠覆”经典引发的声讨声中,陈涌泉的这个相对“保守”“规矩”的改编正好满足、抚慰了大众受伤的感情。似乎是说,这是个“机会”之作。其实不然!《程婴救孤》走红全国,是在2004年秋天的第七届中国艺术节上,但此剧的创作却是在2002年1月。国内一哄而起改编“赵氏孤儿”的热潮,则是2003年后半年或是更晚的事。这说明《程婴救孤》并不是“颠覆风潮”中的“反击”之作,它体现了陈涌泉面对经典所秉持的应有态度和文化自觉。这个改编本淡化了元杂剧《赵氏孤儿》中的“复仇”主题和忠奸斗争色彩,强调了中国文化传统中特别重视的一诺千金、取义成仁的人格传统,“原剧所表达的忠义思想,特别是‘义’的思想,不仅得到了保留,也得到了强化”[1]。根据传统剧《两狼山》改编的《两狼山上》,同样弱化了忠奸斗争的色彩,杨业在出征之前,早已看穿了王侁的阴谋。但“士可杀而不可辱”,面对王侁对他“贪生怕死”“对朝廷存有二心”的诬陷,他只能“我以我血写忠诚”,以死来证明自己的清白,同样是中华传统人格的价值认同和践行。

文化自觉在陈涌泉的创作中不仅体现为对优秀传统文化的价值肯定,同时也体现为创作者能以当代意识观照题材,自觉站在当代的价值立场上,做出与时俱进的诠释和发掘。《赵氏孤儿》是我国传统戏曲舞台上“舍子”题材的滥觞,“自从元杂剧《赵氏孤儿大报仇》之后,类似的‘舍子’题材就出现了很多,以致后来演变为中国戏曲的一个特有母题”[2]。但在“君为臣纲,父为子纲”的旧时代,“舍子”尽忠是臣子本分,是维系社会伦理的最根本的道德标准,程婴“舍子”可以舍得义无反顾。因此,元杂剧中的程婴是“一个铁血之人,营救赵孤是唯一的和最终的使命。……以子代孤对他而言没有一丝一毫的犹豫”[3]。但是,在尊崇生命、强调个体生命价值的今天,这种义无反顾的“舍子”行为就会受到质疑。刻画程婴作为正常“人”要舍掉亲生子的心理纠结和情感痛苦,就必然成为改编中的着墨重点。陈涌泉具有这份文化自觉,也就是具有这种现代人文情怀。他的改编自觉地站在了当代人的立场上,全剧围绕着“义”的主题,浓墨重彩描写了程婴献子、养孤以及被误解、被谴责、被辱骂甚至被责打过程中含悲忍诟、椎心泣血的心路历程,对程婴的内心进行反复的、残酷的揉搓和蹂躏,让

[1] 刘景亮:《陈涌泉戏剧创作中的文化自觉》,《剧本》2015 年 5 期。

[2] 赵建新:《是古典重返,还是现代激活——从〈母亲〉〈太行娘亲〉看“舍子”题材在现代戏中的叙事选择》,《东方艺术》2020 年第 6 期。

[3] 同上。

他带着终生无法愈合的“情感伤痕”悲壮站起，完成欲死不能、欲生不易、活比死难的“养孤”使命。如此，就巧妙地将原剧的“为主尽忠”置换为维护正义中前赴后继的牺牲精神，写道义选择中作为正常“人”的复杂的情感纠结。“这样的理解会更加接近人性，从而不但会让现代的观众喜欢，也会变得永恒。”[1]这种解读后来之所以能实现“颠覆”潮流中对经典“捍卫”的意义，正是因为陈涌泉对这个题材当代价值的预见和开掘的自信。这种意义的实现看似偶然，却又必然，建立在陈涌泉对传统经典的价值发现和他的文化自觉上。

《两狼山上》的改编，同样贯穿了陈涌泉与时俱进的当代意识。杨业父子被困陈家谷口，七郎、六郎先后突出重围去搬救兵，作为父亲的杨业，知道此行可能有去无回，父子离别可能就是生死诀别，不舍、担忧、悲伤、牵挂等情绪充溢胸中，化为剧中的情感“旋涡”。七郎告别，杨业慈祥地望着他，为其整理铠甲，禁不住老泪纵横。紧接着就是杨业的梦境，七郎微笑着向父亲走来，杨业惊喜万分，问七郎搬来多少人马，七郎只唤“爹爹”，并不作答。他扑上去想抱住七郎，醒来一看，抱住的是一棵树，听到的却是七郎被乱箭穿胸的消息。后面六郎再去搬兵，杨业又出现幻觉，幻境中和夫人佘太君相见，互诉思念、期待团圆之情……梦境、幻境、多重空间，都是作者用以塑造杨业侠骨柔肠的手段。后面，还有一段杨业为给战士充饥含悲和青鬃马告别的戏，同样充满了人性的力量。这才是一位父亲、一位丈夫、一位英雄应有的情怀，是当代观众心目中有血有肉的“杨家将”铁血男儿。

陈涌泉的文化自觉还体现在他对地域文化、剧种文化的尊重和弘扬。中原自古以来是中华文化的发祥地，“以农耕文明为理论基础的儒家文化

---

[1]喻荣军：《一座沟通古典与现代的桥梁》，载《陈涌泉——文如泉涌》，第143页。

成为封建社会主流意识形态话语，并且被一代代知识分子不断补充”[1]。作为在中原大地成长起来的剧作家，陈涌泉对中原文化所蕴含的核心价值观有着自觉的认同，并在创作中予以当代表现。如《程婴救孤》《义薄云天》对“忠”“义”思想的继承和强调；《李香君》对气节、名节的维护和蹈行；现代戏《王屋山的女人》对承诺的兑现和责任的担承；《婚姻大事》中人与人之间的相互理解、同情、宽容、尊重……这都是中原传统文化的天然赋予，是中原集体人格的表现。陈涌泉自觉继承了其有价值的部分，并有效架通它和当代观众之间的桥梁，使这些传统价值获得了当代意义。同时，作为生长在中原大地的剧作家，陈涌泉对中原大地的剧种也有了然于胸的熟悉，并在创作中做自觉应对。他笔下的李香君，对失节屈膝的侯方域的斥责是那样的酣畅淋漓，“昔日侯郎哪里去?唯见风吹雨打萍。再不闻慷慨激昂指时政，义正辞严斥奸佞；再不见义无反顾担使命，一腔热血常沸腾。失节曲志去趋奉，颓废消沉心成冰……”[2]一如豫剧痛快淋漓的个性；他笔下的程婴的哭诉是那样地令人热耳酸心，“为救孤我舍去惊哥亲生子，为救孤我妻思儿赴黄泉；为救孤我每日伪装与贼伴，为救孤我身居屠府落不贤……”那是豫剧豫西调的悲壮苍凉。陈涌泉的家乡是河南南阳，南阳是曲剧的故乡。曲剧既善于抒情，也善于塑造喜剧性格，他的《阿 Q 与孔乙己》《婚姻大事》都是特别符合剧种气质的创作。尤其是《婚姻大事》，世俗题材，情感角度。陈涌泉抓住了河南曲剧委婉细腻、善于抒情的剧种特质，非常细腻地描写了一个男人和两个女人的情感历程。同时，又充分开掘人物性格和戏剧情节中的喜剧因素，并借助语言表达造成喜剧效果。如戏中梅大狗向凤春吐露心声的核心段：“怀揣着一盆炭火娶来你，谁知你给我一个冷冰

[1]梁鸿：《外省笔记——20 世纪河南文学》，第 125 页。

[2]陈涌泉：《李香君》剧本。

冰。情感的闸门刚启动，扑通一声又紧封。越封越觉得憋得很，遇秋蝉差点泄了洪。回家来才把你看懂，才知道你心里并非冷冰冰。我正想和秋蝉彻底刹住车，趁着你不知不觉早收兵。可想刹有惯性，想停没能停；秋蝉一来又启动，让你堵在窑洞中……”世俗情感、抒情意味、喜剧表达，题材、剧种、风格相得益彰，浑然一体，这是成就一台久演不衰的保留剧目的前提条件，该剧被文化部作为优秀剧目向全国基层剧团推荐，实现了艺术价值、市场意义和传播意义上的巨大成功。

四、坚守和“突围”

综观陈涌泉的戏剧创作，可以分为前后两期。前期，从 20 世纪 90 年代中期到 2010 年前后，其创作资源主要依托文学作品以及对传统经典剧目的改编，如《阿 Q 与孔乙己》《程婴救孤》《婚姻大事》，以及同样是从文学出发的原创作品《朱安女士》。借助戏曲“反刍”文学，体现出探索的勇气和批判的锐气。而“文华剧作奖”（《程婴救孤》）和“曹禺戏剧文学奖”（《朱安女士》）的获得，标志着这一时期陈涌泉的作品质量和分量。后期，从 2010 年至今。这一时期，随着人生阅历的不断丰厚，随着前期成功积累的创作经验、心理自信、社会知名度，陈涌泉的创作题材已远远超越了前期主要依托文学资源的局面，题材范围大大拓展，扩张态势非常强劲。其作品所涉题材大致可分为以下几类：一是现实题材的真人真事戏，如《天职》《大山的儿子》《王屋山的女人》等（均为合作）；二是廉政题材戏，如《张伯行》《陈蕃》等；三是重大题材的现代戏，如表现“南水北调”工程的《南水迢迢》，描写诗人光未然投身革命、创作《黄河大合唱》的革命历史题材《黄河绝唱》，表现 20 世纪 50 年代台州大陈岛垦荒生活的《我的大陈岛》等，基本都是重大题材，也是契合时代呼唤的热点题材；四是对文学作品和传统经典的改编，如《鲁镇》《两狼山上》《李香君》等。这四类题材，构成陈涌泉后期创作的主要类别。

这四类题材，之于陈涌泉，有着不一样的意义。前两类题材，在河南剧作家群的创作中具有大众性、普遍性，几乎每个作家都会或主动或被动地涉足这类作品，当然也出现了不少享誉全国的优秀作品，一些剧作家还把这两类题材做成了自己的优势题材。前两类题材本来就是"戴着镣铐跳舞"，受限较多，题材的雷同性、相似性，更增加了创作的难度。要想做出特色，在众多的同类题材中实现超越，并不容易。如果没有观念和手法上的创新，即使写得非常不错，也无非是在同类题材中多了一个作品，不突出，不抢眼。况且，这些作品，从创作初衷上讲，并不是陈涌泉的灵感之作或兴趣之作，有的是"命题"作文，有的是中途加盟，既没有题材选择的自由，也没有另起炉灶的可能，只能在规定的命题下和既有的框架内做"技术活"，这也会影响和限制作者对题材的驾驭和个人才能的发挥。这和那些作者自主选择题材，抱着强烈创作激情和创作冲动，带着艺术理想和某种艺术追求的作品相比，肯定会有品相、成色上的差异。陈涌泉的这两类作品，都属中规中矩，在同类题材中，也不乏品相不错的优秀作品，如表现反腐倡廉的《天职》获得"第八届全国戏剧文化奖"剧目大奖和剧本金奖；歌颂基层脱贫攻坚带头人的《大山的儿子》获得"河南文华大奖"，其中的"喊山"情节，具有创造性、诗意性、独特性，是对主人公精神境界的艺术升华，称得上此类题材的点睛之笔。但是，因这类作品多为命题之作，并未构成陈涌泉的优势题材。

后两类题材，是陈涌泉后期创作的用心所在，其中对文学作品和传统经典的改编，是其创作优势的坚守和延续，如新近创作的《鲁镇》，对鲁迅两部作品融合得大胆和自如，显示了他的优势和在这方面的积淀，是其最具标志性的一类作品。而几个重大热点题材的涉猎，一方面体现了他捕捉题材的敏感。如"南水北调"是国家战略工程，其意义不言而喻。数年前，陈涌泉就开始关注这一题材，是戏剧舞台上较早表现这一重大事件的剧作家。《黄河绝唱》是重大文化题材，写文化巨匠光未然创作《黄河大合唱》的历程。随着习总书记“深入挖掘黄河文化蕴含的时代价值，讲好‘黄河故事’”，推动黄河文化在新时代发扬光大的讲话精神，以及“建党”百年的历史节点，这个题材更显示出它的意义和价值。但另一方面，题材的价值往往也是和难度相辅相成的，甚至某种意义上，价值是由难度决定的。目前这两个作品离题材应达到的高度还有距离，开掘焦点还有些模糊。“南水北调”题材三次开掘、三次调整切入角度的实践，也说明陈涌泉仍在寻找。如何提炼“舍小家为国家”的“移民精神”，以什么身份的人物作为主人公才能既写出移民与故土之间的血脉和精神联系，又写出他所代表的牺牲精神所蕴含的崇高感和宏大感，是这个题材面临的挑战。《黄河绝唱》稍显流于事件过程，如何更深入地走进人物的精神世界，使《黄河大合唱》的创作随着主人公的精神成长水到渠成，喷薄而出，也是这个戏再往前走要加强的。陈涌泉没有满足，更不会甘心，他仍在寻找，还在思索，“南水北调”题材历时几年、三度开掘、锲而不舍的执着就是证明。如果实现这些重大题材创作的再突破、再超越，陈涌泉的后期创作将会开创出一个全新的局面。

之所以格外强调陈涌泉戏剧创作的“文学”出发，是因为我始终认为，那是一个剧作家的精神故乡，是他最原始、最丰厚的资源依托，某种程度上是其创作的初心和出发点，就像生活之于杨兰春，就像历史之于郑怀兴。相对于生活和历史，学院出身的陈涌泉似乎更能从文学作品中获得灵感。我之所以认为其前期作品好于后期，是因为和前期作品相比，后期作品弱化、失去了一些可贵的东西——独特和个性。这是不是也有另一种原因：前期，刚刚出道的陈涌泉锋芒初露，没有思想包袱，无所畏惧，探索和闯荡的劲头就大，作品充分彰显了个性；后期成名之后，反而患得患失，作品沉稳了、规矩了，但创作《阿Q与孔乙己》《风雨故园》时的锐气和勇气，在陈涌泉的后期作品中也明显减少了。陈涌泉正处在艺术的盛年，还大踏步走在前进的路上，期待他在创作上保持早期的“意气用事”“无所顾忌”，写自己想写，在慕名而来的约稿中有所筛选，发挥优势，不忘初心；发扬特色，释放个性，写出陈涌泉独有的、更有分量和个性的作品。作为河南剧作家群中的“少帅”，大家对他有更高的期待。

2015 年 2 月 21 日完稿

2021 年 6 月 3 日修改

2021 年 6 月 9 日定稿

10

第十章

现实题材的现代开掘和诗意表达

——杨林的现代戏创作

现实题材的现代开掘和诗意表达

——杨林的现代戏创作

在当代活跃的河南剧作家中,杨林无疑是一位后来者。他是21世纪之后才正式开始剧本创作的。他的出现,颇有点“横空出世”的意味。2005年,当他以剧作家的身份出现在公众面前的时候,手捧的是处女作《霸王别姬》为他赢得的沉甸甸的“曹禺戏剧文学奖”奖杯。而此前,业界对他几乎是毫无所知。他就这样以让人猝不及防的姿态,耀然跻身于河南剧作家群的行列,只许你惊讶,不容你质疑。接下来,凭借话剧《红旗渠》、豫剧《常香玉》《女婿》《河南担》、吕剧《百姓书记》、沪剧《敦煌女儿》等一系列作品,杨林将最初带给大家的惊喜持续下去。所有成长的过程似乎都被压缩了。但是,很快你就会发现,杨林属于典型的“大器晚成”,他走入大家视野的时候,已届不惑之年。这也正揭示了他“速成”的秘密,即漫长“蛰伏”期积淀的生活厚度、情感浓度、思想深度,以及基于此基础上独特的开掘角度。

如果用几个关键词概括杨林的创作,那么应该是:现代意识、独特视角、人生况味、诗意风格。这既是他作品留给读者或观众的整体印象,也是他作为河南剧作家群重要成员的显性标识。尽管从创作题材,还能看出杨林的河南地域身份，但是，从创作观念、作品风貌等方面去看，他的创作已经摆脱了地域的拘囿，具有全国视野和当代意识。哺育他成长的，是中原文化的沃土，而赋予他现代思维的，则是他在“学习过程中所接受的知识分子的思考问题的方式”[1]。下面，就对杨林的创作做一番巡礼，试探这几个关键词如何从作品中逸出。

一、常规题材的独特开掘

杨林的创作无一例外全部是现实题材。这些题材一部分来自他的生活和人生经历，另一部分是主旋律题材或“真人真事”戏，如《红旗渠》《常香玉》《女婿》《百姓书记》《敦煌女儿》等。难能可贵的是，以这么多主旋律作品立身、成名的杨林，却没有被定格在“主旋律作家”的评价。这正是杨林创作的价值所在，也是他提供给研究者最有价值、最值得深思的话题。他如何跳出主旋律题材的窠臼，赋予这类题材独特的诠释和解读？又如何通过独特的艺术表达，打破大家对这类题材先入为主的评价“魔咒”呢？

杨林的创作活动，大都发生在21世纪的这20年间。这一时期，艺术创作无论从观念上还是从题材选择上都获得了极大自由。特别是经历过20世纪80年代戏剧观念的大解放、大讨论，见证过各种戏剧创作的实践、实验，当杨林作为实践者登场的时候，不管题材的新旧，他所做的，一定是基于对前辈创作的认识反思及对生活沉淀、认知、感受之上的个性表达、时代表达，这才是现代作者的应有视角和立场。用福柯的话说：“所谓重要的不是作品解释的年代，而是解释作品的年代。”[2]

（一）史诗话剧《红旗渠》

红旗渠是20世纪60年代河南林县人民在极其艰苦的条件下，突破

[1] 梁鸿：《外省笔记——20世纪河南文学》，第224页。
[2] 吴晓东：《从卡夫卡到昆德拉》，第25页。

环境和条件的极限，历时 10 年在太行山腰修建的一条人工天河。它的修建，不但为人类留下了可视可感的物质存在，由此孕育出的“红旗渠精神”，更成为中华民族一笔宝贵的精神财富。20 世纪 60 年代，这个题材就开始进入艺术创作的视野，成为戏剧创作的热点。90 年代之后，在有关部门的倡导和地域题材创作不断升温的时代背景下，红旗渠题材被包括戏曲、话剧、电视剧、电影、舞蹈等在内的多种艺术形式演绎，几乎是一个被写“滥”的题材。话剧《红旗渠》的创作，面对的就是这样一个背景。

之所以钟情这个已经被写了半个世纪的题材，是因为杨林有挥之不去的“红旗渠情结”。杨林是林县人，在他幼年时期，红旗渠的故事就已嵌入了他的记忆深处。初入梨园行，他就有幸看过同一题材的豫剧《战山河》和话剧《战太行》。他和红旗渠不但有地缘之近，而且有情感之亲。“红旗渠情结”的种子在这时已悄然埋下。当然，钟情这个题材，还因为其蕴含的巨大精神价值尚未被发掘出来。尽管这个题材在不同时代被多次演绎，但由于时代的局限，思想认识的局限，创作观念的局限，它还没有达到应有的精神高度，还有巨大的开掘空间。而且，如果说以往的创作者更多的是被“重新安排林县河山”的时代豪情和流血牺牲的英勇悲壮感染、感动的话，那么，半个世纪过去，随着豪情、激情的渐渐退散，随着那些具体的人物、事件的渐渐模糊，随着时间的磨砺和岁月的沉淀发酵，红旗渠的精神价值愈发凸显。尤为难得的是，无论从心理情感上，还是从价值认识上，杨林已为它做足了准备。他要站在时代的制高点上，对红旗渠做出新的诠释和表达。

重写《红旗渠》，首要厘清的问题一定是“红旗渠”的精神价值到底是什么？站在时代的制高点，如何认识“红旗渠精神”？如何开掘出“红旗渠精神”？在《红旗渠》剧本创作的四年中，杨林一直在思考重写《红旗渠》的当下意义。后来他想明白了，“人活着，必须有一种精神”。所以，重写红旗渠，必须写红旗渠修建中的“人”。

“写红旗渠这样改天换地的题材，一定要正面去写，而且主要人物一定是杨贵。一百年后，林县人一定会记得杨贵，感谢杨贵。”[1]这段话，是杨林的父亲多年前对他说的。这位见证了红旗渠修建和《红旗渠》戏剧创作的老人的独到见解，刀刻般印在杨林记忆的深处，成为话剧“红旗渠”的创作引擎。回看以往“红旗渠”题材的艺术作品，会发现，这些创作，或是从阶级对立的立场，写修渠遭到阶级敌人和资产阶级知识分子的阻挠破坏；或是把修渠作为背景，写修渠参与者家庭的悲欢离合；或是写修渠个体的无私奉献和勇于牺牲；或是写修渠的艰难、艰辛，流血牺牲……都太过执着于修渠的具体过程、事件，而忽视了写“人”。“文学即人学”[2]，聚焦当年场景中的“人”，才是这个题材当代开掘的应有视角。故而，作为当年红旗渠修建的决策者、执行者、担当者，从来没有走入戏剧创作者视野的杨贵，走入了杨林的戏中，成为话剧《红旗渠》的绝对主角。

话剧《红旗渠 》第一次把修建红旗渠的决策者——以杨贵为代表的林县县委一班人推向了前台，以浓墨重彩的笔触，描写了修建红旗渠的生存必需和历史必然；描写了林县县委主要领导在红旗渠修建问题上的政见分歧；描写了修渠过程中因认识局限、判断失误、仓促上马而导致的种种问题和困难；描写了作为主要决策者的杨贵面对问题、错误的自省和反思，面对质疑、误解的委屈和担当；更正面描写了杨贵和副县长黄继昌之间因政见龃龉而引发的猜疑、争论甚至格斗，以及释疑后的惺惺相惜……作者“没有红色朝圣般复活激情燃烧的特定年代‘人定胜天’的情景，而是摒弃那个年代习惯了的大话、套话，专注于以情感和矛盾建立的戏剧冲

[1]张燕君、杨林：《剧作家杨林访谈》，《戏曲研究》2017 年第 4 期。

[2]钱谷融：《文学的魅力》，山东文艺出版社，1986。

突”[1]，把笔触伸向以杨贵为代表的决策者的内心和情感深处，挖掘、揭示此情此境中人物真实丰富的内心世界，以决策者心路历程的波澜起伏，折射红旗渠工程的波澜壮阔；以杨贵们历史困境中的行为选择，折射他们的政治胸襟和历史担当。既还原了历史的真实，更写出了人性的真实。因而，剧本所表现的，“不仅是这个题材或类似题材以往所关注的人和自然的抗争与人定胜天的勇气，更挖掘了人和自己，人和自己情感、习惯、观念、意志的抗衡，这是又一个看不见的修渠造渠工程，更加感人动人”[2]。

红旗渠的修建，是一个民族的集体记忆，红旗渠的主人公，注定不是哪一个单独的个体，而一定是英雄的群像。特别是半个多世纪后，站在时代的高度，用现代的眼光，跳出事件之外回望“红旗渠”，其景观一定是立体化、多维度、全景式的。于是，在以杨贵为代表的决策者的英雄群像之外，还有一个和红旗渠修建息息相关，和决策者群像相互映衬，识大体、顾大局、甘奉献、勇牺牲的百姓群像。如为了给红旗渠让路，带头拆掉祖宗祠堂的村支部书记王金宝；时刻不忘娘嘱托，“出门在外，活儿要干好，饭要吃饱”的金银铜铁锤四兄弟；为了向调查组表明态度，带头把洞房设在“青年洞”的突击队队长李继红和铁姑娘凤兰；做梦都想“把脸洗干净，抹上胭脂，像仙女一样漂亮一回”的小吱吱；半辈子忍辱含垢，却因书写“红旗渠”这篇千古文章而一抒胸臆的清末秀才杨起梦；为调查红旗渠工程的问题而来，最终却被真相深深感动的调查组组长张光明；到工地给儿子送鸡肉小米饭的杨贵的娘；儿子牺牲，椎心泣血，却对杨贵说“林县人民只会感激你，不会责怪你；只会记住你，不会忘记你”的深明大义的继红妈……这一系列不同身份的人物形象，以各自不同的方式，对红旗渠的修建奉献了他

[1] 黄海碧：《匍匐在戏剧山梁上的杨林》，《剧本》2014年第2期。
[2] 罗怀臻：《我看话剧〈红旗渠〉》，《中国戏剧》2012年第6期。

们的热切、执着、情感、大义乃至生命，构织出一幅幅鲜活生动的红旗渠修建的壮丽图景，为这部宏大叙事的史诗剧平添了精神的力量和情感的温度。

话剧《红旗渠》史诗般的恢弘，全景式的视角，英雄群像的塑造，靠的是作者匠心独具的叙述技巧。全剧采用段落式、块状式的戏剧结构，由 14 个相对独立的情节片段组成。这些情节，分别附着在“以杨贵为首的决策层的矛盾”和“基层百姓的行为选择”这两条主线上。表面看，各个片段之间并没有环环相扣的因果关系，但附着在每条线上的情节却有着密切内在的逻辑勾连。两条线之间，看似松散，实则围绕“修渠”这一核心事件紧紧扭结，形散神聚。如，有了王金宝带头拆祖宗祠堂，才有杨贵“今天借你一条路，明天还你一条渠”的庄严承诺；有了小吱吱临终的未圆之梦，才有杨贵面对调查组“欠她一盆洗脸水”的痛心陈情；有了继红妈“恁来林县修渠是为了谁”的深明大义，才有了杨贵“不管你山有多高，石头多硬，挡我渠线，我炸你！堵我渠水，我削你”的天地呐喊……两条线交替并进，相辅相成。前者，构成了红旗渠修建的宏阔背景；后者，还原了红旗渠修建的沸腾民意和火热场景。前者，赋予全剧以历史的纵深和厚重，后者，赋予这个硬题材以柔软和温度。它们彼此推进，共同交织出官心和民意“同频共振”的历史交响，交织成了大气磅礴、气吞山河的红旗渠精神交响。

昆德拉在《小说的艺术》中说：“小说不是研究现实，而是研究存在。存在并不是已经发生的，存在是人的可能的场所，是一切人可以成为的，一切人所能够的。小说家发现人们这种或那种可能，画出‘存在的图’。”[1]所谓的历史真实，不是还原再现已经发生的，而是表现可能发生的。杨林在剧本开头写道：“《红旗渠》剧本是创作的，但，红旗渠是真实的；《红旗渠》

[1] 吴晓东：《从卡夫卡到昆德拉》，第 15 页。

情节是虚构的，但，红旗渠精神是真实的！”他试图表达的就是一种历史的可能。他“有意隐去了一些具体的历史细节，直接去揭示贯通历史和当下的一种内在精神。这种精神可以超越具体事件、具体人物，是在原题材基础上的一种升华、提纯”[1]。杨林以他独特的开掘视角和诠释方式，实现了对红旗渠题材的时代表达；通过虚构的情节，完成了对超越生活真实的“红旗渠精神”的提纯升华。这样，修建红旗渠，就不只是特殊时代的生存必需，而是历史的一种必然。“它的修建，就成为一个时代、一群人的时代信仰；‘红旗渠精神’就升华为一种对信仰的执着，就成为一种精神的符号。主题的提升，使这个题材境界顿开。”[2]

剧作家欧阳逸冰说过，剧作家首先应该是一位思想者，要做“在黑暗的长长的隧道里寻找光明出口的思想者”。从 20 世纪 70 年代听父亲讲红旗渠，看关于红旗渠的艺术作品，40 多年来，杨林一直“在长长的隧道里寻找光明的出口”。半个世纪的孕育，对历史客观辩证的认识，对前辈创作得失的思考，还有对个人感悟表达力自觉、有意识的历练，使杨林终于找到了那个“光明的出口”。他对红旗渠的开掘，超越了前辈为观众提供的既有经验，提供了新的认识角度，展现了新的历史场景，塑造了新的人物形象，实现了新的艺术表达，使该题材达到了应有的精神高度和艺术高度，成为中国戏剧史上带有突破意义的经典力作。

（二）心灵絮语《常香玉》

和《红旗渠》的创作缘于“红旗渠情结”不同，豫剧《常香玉》并不是杨林的主动创作。2005 年，当导演李利宏邀他参与创作时，他几乎是不假思索一口拒绝。杨林对这一题材的本能拒绝，很大程度上缘于长期以来对常香玉的政治化、社会化、概念化评价。也就是说，常香玉一直是作为一个政

[1] 罗怀臻：《我看话剧〈红旗渠〉》，《中国戏剧》2012 年第 6 期。

[2] 李红艳：《戏剧创作地域题材应降温》，《中国文艺评论》2016 年第 10 期。

治标杆被树立、被认识、被塑造的。这种政治标准、政治视角，无形中为常香玉戴上了一副僵化的“面具”，也遮蔽了她作为一个正常人、一个女人、一个妻子、一位母亲、一名艺术家的真实面貌，甚至影响了后人对她艺术成就客观公正的评价。李利宏几句富有“煽动性”的话，促使杨林从拒绝到接受：“这个人物，无论是她做的事儿，还是她的人生价值、艺术价值，抑或是她跌宕起伏的人生经历，不都是值得书写的一个‘人物’吗？”是啊，文学艺术不就是写“人”吗？面对这么一个无论从艺术角度还是从文学角度都大有“写头儿”的人物，哪个编剧愿意放弃呢？

杨林说，构思《常香玉》的某天，他边走边哼唱“花木兰羞答答施礼拜上，尊一声贺元帅细听端详。阵前的花木棣就是末将，我原名叫花木兰是个女郎……”哼着哼着，竟然哭了。花木兰女扮男装，戎马十二载，竟未有人认出她是红颜钗裙。政治光环笼罩下的她，轰轰烈烈一辈子，有多少人懂得她真实的内心呢？“大家只看到表象，只认识了一个社会化的常香玉，很少有人认识‘私人化’的这个人。既然她要成为我笔下的人物，那我就得穿透罩在常香玉身上的那层虚幻，走近她，探究她真实的内心。然后，再为我写这个人物找准切入点，写出一个我内心感受到的、一个戏曲化的常香玉。”[1]基于此，便有了这个独特的“常香玉之心灵絮语”。

“心灵絮语”就是来自心灵深处的喃喃自语。这样的定位，就把对这个题材的观照从公众的、外在的视角变成了私人化的、向内的、自审的视角，从重视讲故事转向了重点掘情感。适应于这个开掘方向，其叙述方式也从惯常的线性结构变成了倒叙的回忆结构。回忆，“是人类把握已逝时光的方式，也是把过去纳入此在的方式……”[2]在此戏中，就是让常香玉在人生

[1] 张燕君、杨林：《剧作家杨林访谈》，《戏曲研究》2017 年第 4 期。

[2] 吴晓东：《从卡夫卡到昆德拉》，第 45 页。

的弥留之际“回望”自己的一生，穿越心理情感时空的漫长隧道，重新回到当年那个情感的“现场”、心理的“现场”。当岁月、时间一起来塑造“回忆”时，一切都变得更加纯粹，更加纯净，也更加接近情感和内心的真实。因为能够穿越漫漫岁月，留在记忆深处，值得回忆、回望、回味的，总是刻骨铭心的东西。在这里，回忆既是一种结构的方式，也是叙述的起点。戏从常香玉生命最后在医院的现时状态切入，在老年常香玉的喃喃呓语中，开始对自己一生的“回溯”。截取常香玉一生最闪光、最动人、最能体现其性格色彩和命运抉择的几个关键“节点”为情节展开点，以老年常香玉的讲述、引领、穿插为连缀方式。在每一个情节桥段，作者尽量以简洁的笔墨完成故事的交代和情节的叙述，把人物带入情绪的“场”、心理的“场”，然后浓墨重彩书写人物此时此境对眼前所发生事件的感慨、感触、感叹、感喟。

“心灵絮语”的定位，赋予了这个戏文学的品格和表达的自由。在剧中，常香玉作为一位回望者，实现了各种“身份”的自由转换。她可以是连缀全剧的讲述者，也可以是当年故事的参与者，还可以是冷静沉思的旁观者、解说者、评论者，亦可以是作为过来人的感慨者、感叹者。她可以是现时的存在，也可以回到当年的现场；她可以和心中的自己对话，和年轻的自己对话，和回忆中的自己对话，也可以随时插入戏中参与剧情，和剧情中的人对话……她对剧情的自由穿插和“化出化入”，显示出如同电影蒙太奇般的自由灵动，以及这种自由带来的表现人物丰富内心情感的无限可能，因为她和年轻的自己、心中的自己、故事中的自己，经历着同样的经历，遭遇着同样的遭遇，感受着同样的感受……她的参与、解说、感慨、再现，带着岁月过滤后的纯净，带着人生磨砺后的感悟，是一种更为真实的、深沉的表达和强化，同时也使整部戏充满了浓郁的诗意风格。

《常香玉》探索了同类题材表达的一种新的可能，为观众提供了一个新的走近常香玉的视角，丰富了对常香玉的既有认知，也为中国戏剧舞台平添了一个有分量的艺术形象，有其独特的艺术和学术价值。

二、生活的诗意发掘和况味传递

和经历过巨大社会变革和命运跌宕的父辈相比，杨林的人生无疑是平坦的，命运的波线虽也有起伏，但跌宕的落差并不大。从 13 岁进剧团学戏至今，不论当演员、当导演，还是中间十年因失业去跑江湖、唱堂会，抑或后来做编剧，基本都是在梨园行跌打滚爬。一句话，杨林的生活半径并不算大，走得并不算远。也许正是因为流连沉浸在生活中，培养了他对生活敏锐观察和细腻感知的能力，在对生活的切身感受、品咂、体味中，向内深掘，掘出生活本身蕴含的丰富和厚度来。这与站在生活之外向里看的视角是不同的。

杨林的创作，多与他的生活和人生经历有关。在对生活的关注上，显然继承了河南作家的优良传统。但是，杨林对生活的表现，又与前辈有所不同。他笔下的生活，不以浓郁的生活气息取胜，不以对生活的逼真再现见长，更不是对生活表象的简单敷衍和描摹，而是既透着生活的质感，又和现实生活有一定距离。他一直专注于对生活的诗意开掘和况味传递，致力于把生活的米酿成酒。“杨林的创作，不会甘心按照简单的所谓历史真实去写，他总是会拉开一些与历史与现实的距离，提炼出一种超越具体表征的诗性来。这诗性，就是精神，就是神采，就是意蕴。”[1]故而，杨林为我们呈现的生活，更多了人生的况味和诗意的品格。

（一）《霸王别姬》的多味人生

创作于 2001 年的《霸王别姬》，是杨林 30 年人生经历的感悟表达。杨林 13 岁学戏，由于嗓子“倒仓”转学导演。省艺术学校毕业后，到剧团做了专职导演，也算实现了顺利“转型”。也许冥冥之中他不该吃导演“这碗

[1] 罗怀臻：《我看话剧〈红旗渠〉》，《中国戏剧》2012 年第 6 期。

饭”，1989 年，因仗义执言而丢了工作。此后十年，为生计所迫的杨林跑江湖、串场子、翻跟头、做主持，在乡间的红白喜事场子上极尽“表演”。最困顿的时候，曾一度“沦落”为澡堂的洗衣工……十年间，杨林经历了理想的破灭，饱尝了生活的辛酸，体验了人情的冷暖，感受了世态的炎凉。新世纪前后，杨林幸遇伯乐，重归艺术。30 年的人生经历，十年困顿对生活的咀嚼反刍，让他对生活、对人生、对社会有了更深的感悟，并由此点燃了一直蛰伏在心中的编剧梦想，于是，便有了“借剧团命运，抒人生感慨”的《霸王别姬》。

《霸王别姬》讲述的是：瘫痪已久的剧团迎来了复苏的机会，一个月内，如能漂亮完成《霸王别姬》的复排，剧团就有可能重获新生。一直在剧团苦苦坚守的团长“虞姬”（既是戏中人物，亦是现实人物，作者以戏中人物或行当名称来定位他的剧中人，寓意颇深），对散落在四方的演职员发出了急切的召唤，却独独对她的爱徒“青衣”封锁消息。围绕着戏的复排，各色人等表现出了不同的心态。曾经的“霸王”嗜戏如命，归心似箭，面对虞姬的三番五请，却故作骄矜，不依不饶，他要报当年虞姬和他争一级演员指标的一箭之仇，提出让虞姬到公司为他“唱堂会”，以“和解”之名实现“羞辱”之实。堂会上，乐队过门响起，虞姬尚未开口，幕后传来了“劝君王饮酒听虞歌”的歌唱，那是青衣，她要替师父虞姬完成这场有辱尊严却具有“拯救”意义的演出。此时，又一位老者站了出来，他是霸王的师父。他义正词严，怒责霸王对职业道德和行规祖训的无视、背叛，要亲自饰演霸王，帮剧团赢得这次机会。排练场上，师父饰演的霸王演到乌江自刎，横剑于颈，造型定格，纹丝不动。良久，人们才发现，他以雕塑般的造型，完成了生命的定格，用生命为霸王做了人生的标杆。霸王在无限悔恨中接过马鞭，跨上乌骓，亮起歌喉……而苦苦坚守、等待多年的虞姬，面对和她一样执拗、执着、“死不悔改”的弟子青衣，只能选择不甘的退出、告别、谢幕……

可以看出，这出表现梨园生活的现代戏，依托的是杨林的生活经历，但不是现实生活的真实再现，而是经过了作者情感的发酵提纯，是一种带有高度意象化、隐喻化的表现。借助《霸王别姬》的排练，作者想写的是理想的坚守，现实的艰难；进取的不易，退让的不甘；名利的羁绊，信仰的超然；做人的分寸，为艺的尺度；生活的无奈，人生的遗憾……在戏里戏外的交混映衬中，传递出现实与理想，戏剧与人生，坚守和妥协，倒下与站起，希望与绝望的多重生活感悟和人生感慨。

因为追求的是一种意象化的表达，故而在情节的铺陈上，不按生活的逻辑出牌，而是追求情感逻辑、心理逻辑的真实。有些情节，如果按照生活真实的标准来衡量，可能觉得突兀、跳跃，但以心理现实主义的标准和情感逻辑来衡量，却是可能的、可信的。“一部戏只要具备了内在的真实，它就获得了生命。事件的‘失真’也许反而加强了人情的真实性，并且加强了作品的娱乐性。”[1]作者借助意识流、戏中戏、幻觉、锣鼓点等手段，省掉了不必要的叙述过程，实现心理情绪和空间的快速切换。而且，“戏中戏”的情节，又与戏中现实人生形成巧妙映照。戏中，霸王英雄末路，拔剑自刎；生活中，师父戏比天大，为戏而亡。戏中，虞姬以殉情实现对英雄的追随；现实中，虞姬以谢幕成就弟子对梦想的延续。作者以戏理蕴含人生哲理，用戏运隐喻人生命运，戏里戏外，意涵互衬，意象合一，互文意义显而易见。

《霸王别姬》带着杨林浓重的人生痕迹。他说，戏里有他对生活的感悟，对人生的看法；很多人物身上，都有他的影子。如青衣对戏曲舞台的眷恋和毅然回归，是杨林舞台情结、戏剧梦想、人生感受的表达。戏中的“水神爷”，更带着杨林的鲜明痕迹。他本来是享誉四方的“唱破天”，却因有人

---

[1]宋光祖：《戏曲写作教程》，上海戏剧学院，第 39 页。

在他茶杯里放了“东西”而梦断舞台，一代名角沦为“箱官”，后来成为专为大家烧水、倒水的“水神爷”。这与杨林艺术生涯中因“倒嗓”“仗义执言”被迫两次改变命运的经历何等相似。戏中，杨林借师父对大家的训诫，传达他的人生感悟：“人，多大本事的人，也没有什么了不起，脆弱得经不起一口水啊”。生活的残酷，命运的不堪，人生的感慨，都在剧中人物的命运变化和无奈抉择中得到了不同的传递。该戏立足生活，却又有着诗的意境和传奇的色彩，似实而虚，意蕴升腾，使这部描写行业生活的现代戏具有了灵动的诗意和普遍的启示价值、人生意味，“有一种诗性的气质一脉贯通，……有一种对人性的体悟和人文的关怀”[1]。

（二）《女婿》：琐碎生活的滋味咀嚼

《女婿》的主人公谢延信没有英雄壮举，更没有丰功伟绩，他只是普普通通的老百姓，几十年如一日过着琐碎平常的生活，是典型的小人物。它不是戏剧创作的优势题材。杨林所以慨然应邀，是因为他多年来一直在生活的底层摸爬滚打，在生活的深处“潜水”，对生活有“春江水暖鸭先知”的敏感和省察，对日常的琐碎有着细腻的咀嚼，就像在他失业的那些年里，“经常半夜干完活儿，一个人再骑车赶路，无冬历夏，风里来雨里去，也没觉得多苦多累；隔三岔五，能有个三五十块的收入，就很幸福！”[2]杨林常说，写剧本是上天赐给他的说话机会，他要借助写戏，表达对生命的思考和对生活的感悟。所以，杨林笔下的《女婿》，不是写好人好事，而是写一个普通人的生活智慧和生存哲学：苦难中的自在，担承中的踏实，平淡中的满足，琐碎中的诗意……

谢延信的生活是琐碎的、平凡的、忙碌的，甚至在很多人看来是沉重

[1] 罗怀臻：《我看话剧〈红旗渠〉》，《中国戏剧》2012 年第 6 期。

[2] 张燕君、杨林：《剧作家杨林访谈》，《戏曲研究》2017 年第 4 期。

的、悲催的。然而，当生活的承受者把它当成一种必然、一种责任，心平气和去接受、去担承的时候，也就少了抱怨，多了平和；少了沮丧，多了坦然，他会顺着生活赋予他的强度和节奏，一步步朝前走，在生活的自然流淌中享受个人“专属”的喜怒哀乐，张弛之间自有他的快乐哲学。岳父烦了、躁了、闹了，他会给老人唱戏解闷，“高文举种菜园簸箩恁大，有茄子跟小葱还有黄瓜。您看俺居官人忙成啥，看了报再吸烟还得喝茶。”把自己的生活嫁接在“高文举中状元名扬天下”的喜悦心情上，体验着和高文举中状元一样的幸福惬意，这是自我解颐的方式，也是平息老人情绪的“良方”，老人总能在他的哼唱中静静入睡。新婚之夜，内弟和岳父闹得“鸡飞狗跳”，洞房花烛被搅得一塌糊涂，岳母内疚自责，谢延信不沮丧、不委屈，反过来安慰岳母：“可别说这洞房花烛一团糟，依我看今儿这比唱戏热闹……穿皮鞋穿布鞋都得脚尖朝前跑，灾难中能熬出自在逍遥。”“灾难中能熬出自在逍遥”，多么高级的生活智慧啊。处于人生困顿中的人们，多么需要这样自我解嘲！那是心灵的安慰，精神的支撑，前行的力量，是点亮暗淡生活的希望明灯 。

谢延信对这个家的担承，内化为他的一种自觉责任，外化为一家老小对他的情感依赖。当他明白新婚之夜傻弟、岳父的“恶作剧”皆是因为怕失去他而突发的“情绪痉挛”时，更感到内心的温暖、责任的担当。当看到傻弟在他的婚床上安然睡去，当他对岳父许下“明天我就去把姓改了”的承诺，他的心是踏实的。当有一天他暂时停下了劳碌的脚步，卸去了肩上的担子，能够缓一缓、歇一歇时，他却惊梦了、失眠了，那是“不能承受的生命之轻”！被依赖、被需要、被信任着的谢延信，是踏实的、幸福的。幸福的标准因人而异，指数的高低完全取决于个人的感觉定位。但有一点不容置疑，幸福是一种细微、温暖、甜蜜的心理满足和情感体味。谢延信的幸福标准是独特的。当恋爱中的谢粉香一句一个“刘延信”称呼他时，他是满足的、幸福的。几乎所有的人都把他当成了谢家的儿子，他早已成了众所周知的“谢延信”，甚至他本人也几乎忘了自己的本名真姓。一声“刘延信”，唤醒了他的自我意识，这是久违了的称呼！他感到既新鲜，又慌乱；既陌生，又幸福。这段戏写得非常精彩：

谢粉香　喜欢听？

谢延信　呵呵，喜欢听。

谢粉香　刘延信！

谢延信　哎！

谢粉香　（拖着长音喊）刘延信——

谢延信　（拖着长音应）哎，哎，哎——

二人随之开心大笑。分手时，谢粉香附在谢延信耳边说：“娶了我，天天喊你刘延信。”这是最浪漫、最入心的爱情表白！有谁敢说，患难中的爱情不会甜蜜浪漫，平凡人的幸福指数不够高呢？

杨林的作品，总有一种氤氲在生活之上的“神气”，即使是非常生活化的题材，其情感的空间也是充盈的、饱和的，那是作者精心营构的诗意空间，它过滤掉了现实生活的诸多杂质、琐碎，显得纯净、空灵、抒情、清朗。《女婿》没写矛盾冲突、两难境地，而是通过主人公的生活状态，透视他的生存智慧、情感世界、品质内心，在琐碎的生活中咀嚼出绵长滋味。

三、动荡岁月的活命法则和人生意识

一个作者的积淀，除了他亲身经历的现实生活，还有一种根植于内心的生活。在这个信息发达、资源高度共享的社会，剧作家的题材范围被极大地丰富了，因为，一切不熟悉的、想了解的生活，都可能通过各种渠道进入作者的内心，并从中获得感悟、思考，最终转化为创作的灵感和冲动。这是一种隐形的、内在的生活，主要来自作者的思想意识、兴趣范畴、阅读经历等。杨林的创作有一部分来自他的阅读兴趣，成为他的“内心”生活，最

终进入他的题材范畴。如以1942河南大灾荒为背景的现代戏《河南担》,以20世纪50年代"援疆"为背景的《我的青春我的爱》,以及正面描写兵团生活的《兵团》等。它们已然构成杨林创作的又一个题材系列。这几部作品,都是以特殊历史时期河南人口的大规模迁徙为背景,但没有采取对历史事件全景观照的视角,而是聚焦其中的某一个小群体,通过他们的命运遭际、生存挣扎、情感选择,透视他们的活命法则及蕴含其中的人生意味。小切口,大主题。

（一）《河南担》:苦难人生的希望表达

对杨林而言,从坎坷经历中收获的,不仅是人生的丰富丰厚,还有面对困难苦难的态度。体现在作品里,就是把"苦难意识"化为超然的生命态度,苦中挣扎,苦中嚼甜,悲中有喜,泪中含笑。

同样取材于1942河南灾民逃命的现代戏《河南担》,选取了和电影《1942》截然不同的视角。戏中也写逃荒,也写活命,但着墨的重点却是苦难中的坚韧,绝望中的希望,凄冷中的温暖,哀伤中的抚慰;是良知的不灭,善良的尚存,尊严的维护,大爱的依偎。如此开掘,并非意味着杨林缺乏"苦难意识",而是他从当年逃命的父辈们在西安活命、生存、扎根、繁衍、创业的迁徙史中,看到了前辈面对灾难、苦难的另一种态度及由此开创的另一种人生。再现先辈们苦难中的挣扎,磨难中的顽强,危难中的乐观,患难中的携手,同样是艺术创作的使命。杨林说:"通过这个戏,我们想讲述一个'活命'的中国故事。'活命'不易,这不仅仅限于灾民。人这一辈子,不可控的因素太多,天灾人祸,不可预测,苦难坎坷,谁能避免?即使在太平年代,平常岁月,生存危机,心灵困惑,我们照样会有;精神迷茫、痛苦挣扎,我们照样还有。它要来临,你根本无法掌控,唯一能掌控的,是你自己的'心劲儿',也就是咱们常说的精神。只要'心劲儿'不泄,再大的坎儿,我们或许就能跨越;只要精神不倒,再大的灾难,我们也才有可能战胜。”[1]故而，这部描写生存活命的《河南担》就有了超越具体对象、具体事件的现代意义，因为，生存、活命是人类永恒的话题。

《河南担》聚焦的是以小勤父女为代表的一个小群体。他们历尽千辛万苦逃难到长安，却发现现实中的长安并非想象的“遍地馒头”，而是难民成群，食无粮，居无所，一副用来谋生的扁担，也因“碍事”被“砖头瓦块”们踢来踢去。这是对自己生存尊严的严重侵犯！小勤在捍卫尊严中表现出“不甘示弱”的强势，那是张口讨要、赔尽笑脸、憋屈受气的“借题”爆发。然而，就是这位“得理不饶人”的倔强女孩，在好心的河南老乡为他们父女提供的“土窝”被瞎子和吕嫂先后抢占时，两次选择了退让。在她看来，他们比自己更难、更弱、更苦。和瞎子相比，自己至少还“多双眼睛”；和怀抱婴儿、以接客为生的吕嫂相比，她还能挑起河南担，靠劳动实现“体面”的生存。对“凌弱”的反抗，对柔弱的退让，是小勤们在大难中依然恪守的生存“法则”。

当生存活命成为生命中头等大事，道德、仁义、担当多是退居其后的。“在‘饥饿’面前，人性是没有可把握的尺度的。”[2]《河南担》中的一些难民，同样对道德和做人的准则有一定的妥协或放弃，如“装瞎”而非“真瞎”的马虎，如对于“接客”已没有羞耻感的吕嫂。但是，关键时刻，那些因生存威压而暂时“休眠”或失落的人性仍会被激活、被拾起，迸射出人性的光芒来。剧中，小勤无意中撞碎了张大一车瓷器，面对可能面临的天价赔偿，恐惧的她选择了躲避。气急败坏的张大找上门来，全体“河南担”不约而同地选择替小勤保密。张大恼羞成怒，脱口骂出“你们河南担，咋一个个都这样少脸没皮”。这时候，吕嫂站了出来：“张老板，你刚才骂俺河南人，个个少

[1] 杨林：《关于〈河南担〉》，《剧本》2016 年第 8 期。
[2] 梁鸿：《黄花苔与皂角树》，北京大学出版社，2013，第 67 页。

皮没脸,也对,也不对。少皮没脸,毕竟少数。比如我,就是一个。……如果骂俺少皮没脸能让你解气,你就骂我,想骂多少句,骂多少句;想骂到啥时辰,骂到啥时辰。但我有一个请求,给他们一条活路。”柔弱甚至卑贱的吕嫂,以自辱的方式实现对“河南担”这个群体的自尊维护,同时也完成人性的复归。同样,一直靠“装瞎”获取怜悯和同情的马虎,在小勤难产时,也合十许愿:“我愿意用这一双眼睛,去换她娘俩两条命。”以对自己的诅咒表达对小勤的真挚祈祷。他们活得卑微,却并未失去人性的本真。同时,也正因了他们不同程度的道德妥协,才更显出灾难的残酷和活命的不易。

善良、温暖、感恩、担承,这些优秀的品质在一定境遇中的一个群体内是容易产生“连锁反应”的。吕嫂的“挺身而出”和乡亲的“真情袒护”,给了小勤认错担当的勇气,一直躲藏的她拿出了全部积蓄,写下了一张由张大根据损失填写数额的欠条,并承诺“只要小勤不死,一辈子做牛做马挣钱还你,直到还够那天为止”。同样,小勤和灾民的信义、善良、相扶相帮,也感染、感动、感化了来势汹汹的张大,一场“问责讨债”,因善良做媒,仁爱做桥,变成了一场“意外恋爱”。人生的悲喜因善良大义而陡然转换。

苦难岁月的甜蜜注定只是偶尔的调味。小勤和张大,在张娘的强烈反对中拜堂成亲;很快,就有勤父亡故的噩耗跟随;接着,是张大在去咸阳送货的路上被国军抓了壮丁;接下来,小勤又面临有一道生死关——难产……灾难中的生存,总是这样祸不单行或雪上加霜,但这也正是主人公承受苦难、历练意志的成长必然。小勤在一系列灾难面前,表现出了中原人性格中惊人的坚韧和耐力,并以此化解了婆母的冷酷绝情。最后“难产”一笔,杨林沿袭了他惯用的意象化表现方式,不是医疗手段、神仙巫婆解决了这个难题,而是小勤“生”的执念和乡亲“爱”的祈祷,共同创造了生命的奇迹,托举起了这个希望的生命。

戏在西安解放、小勤怀抱儿子迎接张大回转的喜庆中结束。杨林以中国戏曲惯用的大团圆结局，作为对小勤们顽强“活命”、不失本真的致敬祝愿。他们靠着一副简单的生存工具，靠着生存的本能欲望，靠着活命的执着信念，对如何“活命”这一人生命题奉献了一份鲜活的答案。故而，笔者喜欢这个戏最初的名字《河南担》。

（二）《我的青春我的爱》：离乱聚合中的大爱情怀

20 世纪 50 年代，伴随着十万屯垦戍边大军开赴新疆，大批女兵也怀着崇高的革命理想前往戈壁荒漠。然而，她们的真正“使命”却是“爱情援疆”。这注定她们的爱情要带着时代的无奈和悲怆；也注定她们的人生充满难以预测的悲欣交集。《我的青春我的爱》取材的就是这段历史。

1952 年，陈文鹃前往西部“援疆”，她的未婚夫张文修因母亲反对，未能一同前往。临行前，两人在车站告别，张文修将一只家传玉镯送给了陈文鹃，发誓以此为凭，在天山脚下“结婚生子、成家立业”。恶劣的生活条件让这些乘兴而来的女兵始料未及，她们找领导“理论”，强烈要求返回内地。连长李银午一番“悲情激将”，深深打动了陈文鹃们。同时，恶劣的环境，让陈文鹃对万里之外的初恋也产生了动摇，谁能保证这段感情有始有终呢？苦难岁月中，她和李银午走到了一起。孰料，几年之后，张文修居然一路追随来到新疆。三人随之陷入情感的尴尬。老实本分的李银午想以他的退让成全陈文鹃和张文修的初恋。但他完全没有想到，他的不辞而别，反倒让二人陷入更深的情感纠结。而他的意外身亡，又注定了陈文鹃、张文修不能承受的情感之重！那份愧疚犹如一道无形的屏障，横亘在他们心间，无法逾越。他们再也无法回到当初！张文修索回玉镯，情侣从此变兄妹。他们彼此守着，看着，惦记着，伴随着。“文化大革命”中，张文修遭到批斗。陈文鹃在这场灾难中非但没有退缩，反而挣脱心理的枷锁，勇敢地选择和张文修走到一起，用女人的一腔热血把“情”字书写。

这个戏较之杨林其他的戏，写得更诗意、更空灵，仍是大背景，小切口；只把外部环境作为故事背景，没有过多写生活的艰辛、创业的艰苦，故事的讲述仍是简单的线条勾勒，浓墨重彩地描写的是那个时代、那个背景下人们的情感状态和情感选择。在那个生存条件恶劣、命运多舛的年代，外在的环境考验似乎更能成为人们情感操守的"塑形模具"。据说，当年的"爱情援疆"中，"拉郎配"走到一起的婚姻，大都走得非常稳定、踏实、平和，夫妻的情感亦是越过越浓。那是时代、岁月、环境、经历对这代人的情怀塑造，岁月沧桑、生死与共，塑造了他们的天地情怀和情感大爱。戏的最后一场，写得非常诗意、浪漫。雪天旷野，陈文鹃去给正在接受批斗的张文修送饺子，所有的劝阻都挡不住她的决绝。她要去"送一份朋友的心意，送一份恋人的火热。送一份夫妻般真情，送一份家人的关切，把俺俩那份情感做个了结"。天当房，地做桌，纷纷雪花是宾客。雪白的大地，耀眼的红布，一碗热饺，两个酒碟，张文修头顶雪花，含泪走来……大情怀必以大浪漫的笔调，作者用这种高度意象化的场景，来实现他对至爱真情的天地表达，诗意，抒情，浪漫象征。

这个戏，采用的是由现实进入回忆，最后再回到现实的叙述方式。前后篇幅不长的现实叙述，除了形式上的前后呼应，是想明确告诉观众叙述者的现时存在。"有了一个站在终点的叙事者，就可能使叙事者在事后，从外部的超越的角度高屋建瓴地观察自己。"[1]也就是借现时中的陈文鹃之口，对她最终的人生选择有个明确的表达。她和张文修从十几岁初恋，走到一起却需要一辈子。但这种迟到的幸福并未能维持多久，随着张文修的病逝，陈文鹃又成了孤身一人。当她可以离开这里，也有机会离开这里的时候，她却无法选择离开。因为这里有她逝去的青春，有她奋斗的汗水，有她悲欢离合的人生，更有她刻骨铭心的感情牵挂……命运就这样将她的

[1] 吴晓东：《从卡夫卡到昆德拉》，第 49 页。

人生定格在天山脚下,她的生命已融进了这块土地,再也走不了了。

四、杨林剧作的“经营”之道

如果说,对题材的价值认识、开掘方向考验的是作家驾驭题材及思考问题的能力,即基于文化视野、文化积淀基础上对事物的认识能力和把握能力,那么,对主题的艺术发掘和表现,考验的则是剧作家经由技术技巧的表达能力。在艺术创作中,技术技巧几乎和主题立意同等重要。“对文学艺术来说,说什么固然重要,而‘怎么说’却也几乎是同样重要的。”[1]一度,过分强调作品的主题立意,似乎艺术作品只有主题就够了,其他都无足轻重。于是我们看到,一些主题立意本来很不错的作品,却因为表达的力不从心而流于一般。有的作者讲起来头头是道,但一落到笔下,却完全南辕北辙,不是那回事。因此,“说什么”和“怎么说”,是彼此成全、相互转化的关系,正像黑格尔所说:“内容非他也,即形式之转化为内容也;形式非他也,即内容之转化为形式也。”

谈杨林的创作,技术技巧、剧作之道是一个必说的话题。因为他作品的成功,除了主题开掘的现代、独特,更有叙述方法、艺术风格、人物塑造、情节设置等对故事行进和主题深化的强力支撑。杨林对当前戏剧评论中忽视或无视编剧技法技巧而导致的评论泛化也非常忧虑,“现在的戏剧评论很少认真研究分析编剧技巧,大多是‘唱词优美结构严谨情节流畅人物丰满’的空泛点评。评论侧重剧本传达的思想意义,不在意剧中思想是如何实现艺术表达的。也很少有人关注剧本中真正的编剧技术运用得如何,是否为开掘主题思想起到了作用。由此,导致了现在不少青年编剧在创作时,觉得剧本有思想就行了,至于如何承载思想、表达思想,都是次要的”[2]。

[1]钱谷融:《文学艺术的魅力》,山东文艺出版社,1986,第10页。

[2]张燕君、杨林:《剧作家杨林访谈》,《戏曲研究》2017年第4期。

所以，谈杨林的创作，必须要谈他的编剧艺术。这既是创作者研究的应有之义，也是杨林创作中值得关注的突出特点。

（一）确立叙述基调。杨林的戏，开头基本都有一个很长的主题歌。从舞台演出角度看，也许不太合适或者说很不合适。事实上，杨林也从来没有想着演出时要用，但在写作的时候，他却非常执拗地要将其写出来。他说，就是给自己定个叙述的语调。它奠定了整部戏的叙述语气，支撑着故事叙事与行进的节奏，决定着一个剧目的情感基调和风格氛围。同时它也是作者情感状态的表征。《红旗渠》开头，是杨贵面对太行山长达几分钟的慷慨独白，它奠定了全剧恢宏大气的史诗风格；《常香玉》开头，是常香玉幻觉产生的喃喃自语，成为心灵絮语的开启引擎；《女婿》以谢延信和亡妻的梦中对答开头，奠定了全剧的诗意风格；《我的青春我的爱》长长的主题歌中，似乎能听到作者唏嘘、无奈、感慨的悲叹，为陈文鹃们，为不可预测、不能掌控的人生命运……故而，杨林的作品，风格都较为完整统一，这与叙述基调的确立大有关系。

（二）情节构置。戏剧是情节的艺术。情节就是围绕着主题展开而设置的戏剧性事件。故事的行进、人物的塑造、意蕴的传递都依托情节。一部戏，如果能够写好一两个重要“关目”，戏基本就能立住。杨林写戏很慢，动笔之前打腹稿的时间很长，那是一种寻找的过程，寻找既出其不意又能塑造人物性格的情节。杨林说他对情节的用心来源于上戏校时围绕某一主题的“情节”训练。针对同一主题的不同情节设计，让他感到了戏剧艺术的无穷魅力。他爱琢磨，尤其是在情节的构织上用心，他的每个戏中，几乎都有独特的、令人称道的情节。

好的情节，首先要“新奇”，有出其不意之妙。正如李渔在《闲情偶寄》中所言：“戏法无真假，戏文无工拙，只是使人想不到，猜不着，便是好戏法，好戏文。”《霸王别姬》中，霸王让虞姬为他唱堂会，突然出现了一位老者。他是谁？他来干什么？他的出现，既出乎所有人意料，又引发了戏剧情势的陡转。《百姓书记》中，王百祥苦口婆心、以各种优惠条件劝说商户配合拆迁改造，百姓们质疑抵制。此时，王百祥拿出纸笔，迅速写下两行字，上边一行，是他老家的街道门牌；下边一行，是他爹娘的姓名。他以这个行为告诉大家，如果有负大家，可以拿着这个纸条去骂他的父母。拿爹娘的名声做赌注，这一行为胜似千言万语！这个情节到此才发挥了一半作用，它同时还是一种“埋伏”。后面，王百祥被调查组调查，爹娘来看他，告诉他很多老乡拿着纸条找上门去了。王百祥非常惊讶，以为老百姓真的去骂他。父母告诉他，老百姓听说他遇到了不顺，替他担心，为他不平，让父母带去他们的问候，并转告他“老百姓知道你是大好人”。前面的写纸条，强化了王百祥作为一方领导言之凿凿的真诚与担当；后面纸条的“反用”，强化了百姓书记在百姓心目中的位置。前埋后应，既出乎意料，又一箭双雕。

通过情节见性格，这样的情节才是有价值的情节。《河南担》中张大和小勤谈恋爱，即是一个极为精彩的情节。小勤和张大，彼此都内心荡漾，激情燃烧，但表现方式完全不同：一个火热泼辣，一个木讷憨直；一个直来直去，一个咬文嚼字；一个主动进攻，一个步步退让。最终，张大“矜持”的防线终被小勤“凌厉”的进攻突破。在两人情感表达的退进、敛放、冷热、张弛的对比中，人物的个性特点和性格差异得以生动地刻画。《敦煌女儿》中的“守夜”，也是有“一石两鸟”之效的情节。樊锦诗到敦煌研究院报到，老院长常书鸿既兴奋又担心。兴奋的是这是一个难得的热爱敦煌、愿意投身敦煌事业的有抱负的年轻人；担心的是这个上海姑娘终将会因环境条件的恶劣而离开。樊锦诗来报到的第一天晚上，月黑风高，飞沙走石。常书鸿没有派人去陪伴她，而是带领史苇湘、段文杰在樊锦诗住所对面的沙坡上为她“守夜”。这样既能在适度的距离内实现对她的保护，又能观察考验樊锦诗抗拒孤独、恐惧的能力。一个“守夜”行为，既有精神的高度，更有人性的温度,展示了一代敦煌人的境界操守,他们是为樊锦诗"守夜",也是为敦煌的未来"守夜"。同时,通过常书鸿们的观望,樊锦诗黑暗中的恐惧、动摇、犹豫及最终克服恐惧的心理变化也得以细腻展示。"守者"和"被守者"均得到了强化和塑造。

范均宏在总结《杨门女将》改编经验时说,戏剧要寻求的,应该是"耐人寻味的、表现人物的、有'戏'的情节"[1]。为了构思有"戏"的情节,"要重视境遇的选择。因为人物总是在千差万别的境遇中,经历着独特的遭遇而显示自己的个性的"[2]。杨林非常重视情节的"境遇"选择。《女婿》中,将傻弟的"失踪"和岳父的"闹急"设置在谢延信新婚之夜,以新婚之夜的不消停,暗示谢延信的生活之繁、担承之重。同时,傻弟、岳父的"闹婚",显示出他们对谢延信的情感依赖。特殊的境遇,使看似平常的情节产生了不同寻常的艺术力量。范均宏还说:"所谓不平凡的境遇,并不等于追求荒诞离奇的幻想,而是按照规定情境和人物关系寻觅那种可能发生的、足以激起人物性格冲突的不一般的境地和遭遇。"[3]《我的青春我的爱》中,大年初一,陈文鹃冒着茫茫大雪,去为接受批斗的张文修送饺子,在天冷地冷人冷的境遇中,表达她情感的炙热,那是几十年欲爱不能的情感积聚,其热量足以融化天地人心的寒冷。作者以自然环境之冷、人心之冷,反衬陈文鹃危难中的大爱,困境中的真情。"不寻常的境遇可以激发出有力量的行动,从而有助于人物性格的深刻揭示。"[4]"雪中送饭"成为塑造陈文鹃性格的浓重一笔,戏剧主题及人物的精神境界由此升华。

(三)人物塑造。杨林会写人物,既会塑造人物的群像,也会写单独的

[1]范均宏:《戏曲编剧论集》,上海文艺出版社,1982,第221页。
[2]同上。
[3]范均宏:《戏曲编剧论集》,第221页。
[4]宋光祖:《戏曲写作教程》,第42页。

个体；既会写主要人物，更会写小人物；既会写复杂人物，也会写只有几句话的简单人物。《红旗渠》《百姓书记》中，成功塑造了以杨贵、王百祥为代表的县委领导班子的群像。这些人物分开来看，个个都是性格突出的单独个体，放在一起，又组成一个不同色彩的人物群像。尤其是在话剧《红旗渠》中，能给观众留下深刻印象、有个性、有特点的人物就有 10 多个。能在一个戏中塑造这么多性格鲜明突出的人物形象，不可多得，难能可贵，说明了杨林高超的塑造人物的能力。

杨林笔下的英雄，不给人“高大全”“假大空”的感觉。因为英雄人物也都是有弱点、缺点的，而且“弱点写好，优点才能突出”（杨林语）。《红旗渠》中的杨贵，既写了他的敢作敢为、勇于担当，也写了他的刚愎自用、意气用事。因为缺乏调查，仓促上马，给红旗渠的建设造成了意想不到的困难，最终陷入进退两难的窘境，才使得他能够冷静下来正视黄继昌的意见，反思自己的过失，也才有了全体大会时他把自己和黄县长的笔记本“偷梁换柱”，借黄县长之口，公然对自己“开炮”，展开深刻的自我批评；也顺理成章地有了后来冒着掉乌纱帽的危险，动用国库粮食的决策和被问责时的如实陈情和勇敢担当。前面的抑，正是为了后面的扬，写了缺点，才显示出正视缺点的可贵；写了失误，才衬托出弥补失误的难得；写了猜疑，才显露出释疑后的率性；写了不可能，才反衬变不可能为可能的决绝和悲壮。一个丰满的、多棱的、立体的基层县委书记的形象才个性鲜明地伫立在观众面前。剧中的黄副县长同样用了欲扬先抑的手法，前面的唱反调、泼冷水和后面“面见调查组”的诚恳陈情形成鲜明对比，异峰突起，一下子颠覆了观众对他“反面人物”的认识定位，猝不及防又感觉合情合理。

通过人物的独特语言来写人物性格的独特，是杨林塑造人物的另一特色。《河南担》中的张大，最典型的语言就是“古书上说……”。当小勤说一时半会儿还不了欠的账时，他说“古书上说，人不死账不烂”；当小勤做小买卖的想法和他一致时，他说“古书上说，这叫‘英雄所见略同’”；当小勤说旧账未还不忍再添新账时，他说“古书上说，虱子多了不咬，账多了不愁”……这一连串的“古书上说”，出自张大这个既有点文化水平，又木讷憨厚的小伙子之口，非常恰切，它是朴素道理的民间表达。同时，也非常符合此时此刻他的心理状态，面对突然降临的恋爱紧张、兴奋、不知所措，引用古人语言，是一种紧张的掩饰，是一个示爱的迂回，形象生动，人物性格顿出。《红旗渠》中的金银铜铁锤，从头到尾就一句话：“俺娘说了，出门在外，饭要吃饱，活要干好！”那个精灵般满台飞舞的小吱吱，留给观众印象最深的就是：“有了水，吱吱就可以洗脸了！洗过脸，吱吱就可以抹胭脂了。”洗脸，抹胭脂，对女孩来说是多么平常的一件事，可它居然成为一个孩子的梦想。用水的艰难、修渠的迫切可见一斑。这梦想，虽由吱吱稚嫩的童声说出，却如重锤般砸在观众的心上，振聋发聩。

写好小人物，更能考验作者塑造人物的功力。因为一个戏的主要人物，基本都生活在情节中，由情节、故事支撑，人物基本都能站住。而小人物戏份少，想于点滴处见性格，很难。杨林笔下的小人物，很出彩。《霸王别姬》中的水神爷，几乎无话，典型的动作就是手里永远提着水壶，给大家倒水，不倒水的时候，一只手也紧紧攥着壶把，壶不离手，戒备心很强。这个典型的动作和他沉郁呆板的表情告诉大家，其后一定隐藏着不为人知的故事。《百姓书记》中的九伯，是隐藏在众商户中间的智者，很少出面，关键时刻，总是有一声“咔咔咔”的咳嗽声传出来，那是他发号施令的独有方式。众商户就在这“咔咔”声的指挥下统一行动。前面，他是反对王百祥搞市场开发的“幕后黑手”；后面，他是支持王百祥蔬菜种植的“暗中力量”。在露出“庐山真面目”之前，作者把他一呼百应的神秘铺垫得很充分，所以后面的出场就有“千呼万唤始出来”的效果，虽行动不多，却让人难忘。

《河南担》中的吕嫂，也是杨林笔下光彩照人的一个小人物。丈夫命丧，怀抱婴儿的她只能靠“接客”为生。作者赋予她一个典型道具——胸前挂个绣花手帕，同时赋予她一个典型动作：关键时候用手帕将脸盖住。当她抢占了小勤的“窝棚”，终于找到落脚之地，手帕蒙面，望天而祈，一缕哭泣从手帕底下缓缓飘出。当张大来找小勤问责，她站出来替小勤求情，请求张大以骂她解气，放小勤父女一条活路。她款款坐下，掏出绣花手帕，蒙在脸上，以“叫板”式的歌泣，让张大开骂。这个典型动作，活化了吕嫂这个人物，使这个看似卑贱龌龊的小人物迸射出了善良的人性火花，昭示她善良不灭，尊严尚存，人物性格耀然而出。

（四）技巧驾驭。故事的叙述，情节的展开，人物的塑造，都要由技术技法做支撑。从杨林的剧本中，能明显感受到他对技术、技巧的娴熟驾驭。

重复渲染。重复，是文学艺术创作中常用的艺术手法，可起到强化语势，突出意蕴，加重感情，增强节奏，提醒强调的作用。杨林爱用重复，善用重复，会用重复。《常香玉》中，因家族的反对，执意要唱戏的常香玉不得不背井离乡。父亲张茂堂拉着年幼的常香玉：

张茂堂　妞，咱这一走，你可就连个家都没有了，你不会怪爹吧？

张妙玲　爹，我不怪。

张茂堂　（哽咽）妞，咱这一走，你可就连个姓都没有了，你不会恨爹吧？

张妙玲　爹，我不恨。

张茂堂　（几近号啕）妞，从今往后，你可就连个祖宗都没有了，你不会埋怨爹吧？

张妙玲　爹，我不埋怨。

通过三次重复，强化了常香玉宁愿改名换姓、背井离乡，也要学戏的毅然坚决，为常香玉后来所做的一切做了扎实的铺垫，这是她一辈子恪守“戏比天大”的信念基石。金圣叹在《第六才子书批西厢记》中，对重复渲染之法有精彩论述："文章最妙处是先觑定阿堵一处，已却于阿堵一处之四面将笔来，左盘右旋，右盘左旋，再不放脱，却不擒住。分明如狮子滚球相似，本只是一个球，却教狮子放出通身解数。"《河南担》中小勤和张大彼此产生好感，欲分开又不舍的描写，便有狮子滚球、猫狸戏鼠之妙。话说清了，账算明了，该分手了，这个说"那……你走？"，那个答："哦……我回。"可腿就是迈不动，于是无话找话、言不由衷地一再流连。如此三番，才恋恋不舍分别。通过情节的重复，把彼此的感情写深了，写透了，确实达到了"狮猫意乐，观者亦大快"的艺术效果。

铺陈蓄势是想要说啥而不直奔主题，而是经过层层铺垫，迂回蓄势，最后达到目标。《河南担》中写小勤善良，是通过她两次让"土窝"来表现的。《女婿》中，谢延信夫妇终于可以卸下包袱，回滑县老家过自己的生活了。作者用很长一段戏，描写他们夫妇对未来美好生活的憧憬，对幸福蓝图的勾画，那是一种美丽的、动人的朴素浪漫。但很快，急促的敲门就打破了美好的憧憬。这段梦想描写，就是铺陈，就是蓄势，写美好，是因为美好的缺失；写梦想，是因为梦想实现之不能，其最终目的，还是为了表现谢延信的大义、付出和担当。

对比反衬也即艺术的辩证法，在杨林的作品中，多有运用。《河南担》中写吕嫂的"少皮没脸"，是为了反衬她后来的让人敬慕；《红旗渠》中写杨起梦的唯诺卑微，是为了衬托后来书写"重新安排林县河山"时的意气风发；《女婿》中，写谢芒种的"不堪忍受"，是为了反衬谢延信的无怨无悔…… 还有埋伏照应之法、悬念之法等，都是杨林剧作中的常用手法。另杨林创作中最有特色的导演思维、舞台意识、空间意识等，因在前面章节已有涉及，此处不再赘述。它们，共同构成杨林创作的"剧学之法"，也构成杨林剧作的独特气象和个性特征。

上述所谈，只是对杨林十多年创作的阶段性回顾。从中，了解了杨林创作的观念突破、题材特长、艺术成就、艺术个性，也看到了杨林创作的某些遗憾，如，到目前为止，还没有看到杨林的古装戏作品；题材类型还主要集中在苦难主题、真人真事题材，在某些同类题材中，也有对自己的重复……但这些都丝毫不影响杨林在当代河南剧作家群中的地位、在全国的地位。而且，上述研究更不是对杨林创作的定论总结，他还大踏步走在前进的路上，还处在创作的亢奋状态，还在大量阅读，还在深入思考，面对一个个新的题材，还在不断探索新的开掘视角和表现形式。一切都在积累之中，都在发展之中，都在变化之中。这个总结即是他再次出发的起点。再过十年、二十年，当我们重新巡视杨林的创作时，一定会发现一个不一样的杨林。

2018 年 1 月 21 日完稿

2019 年 5 月 20 日修改

2021 年 5 月 13 日定稿

后 记

从2014年课题立项，到这本书出版面世，跨越了七年八个年头。这个时间听起来很长，但经历的过程似乎就是弹指一挥间。真是“未觉池塘春草梦，阶前梧叶已秋声”。六年埋头，甘苦自知。所得就是呈现在大家面前的这本书。它的品相成色、长短得失，自有读者品评鉴别，无须赘言。这里想就项目进展中的一些情况做些补充说明。

我是1970年代初生人，新时期开启之初，正是我入学之年，对所经历的时代变革，虽然懵懵懂懂，却也深置其中，也算是和新时期一路走来的同行者。40多年来，我见证了时代的发展和历史的变迁，见证了我们国家发生的翻天覆地的变化，见证并亲历了河南戏剧创作的稳步前行和在新世纪之后的辉煌崛起。因此，把河南剧作家群放在历史的进程中去审视，放在全国的视野下去看待，甚至在非物质文化遗产保护越来越受到重视的背景下，重视并强调地域文化之于河南剧作家群的哺育和塑造，都是我在写作过程中明确追求的。但是，罗怀臻老师在序言中认可并给予高度评价的“舞台艺术格局中的河南剧作家群”这一话题，起初并不在我的叙述框架之内。尽管前几章发展史部分对作品的评价也注重从文本和舞台两个角度来展开,但是,聚焦剧作家的舞台意识和“二度思维”,这种意识开始是不明确的。因此,在我的结项文稿中,是没有目前的《多元身份与“二度思维”》这一章的。这是在结项之后,作为结项专家的王评章老师(福建省艺术研究院原院长、研究员)给我提出的极其宝贵的建设性意见。他认为,河南剧作家群研究应该涉及剧作家群的内部构成及剧作家与剧种、导演、作曲、演员之间关系,也就是戏剧文学与舞台内在关系的研究。王老师的点拨,让我豁然开朗,深感忽略了戏剧文学研究的一个应有角度、重要面向。于是,在出版修订中,补写了现在的第六章,它和原有的第四章、第五章共同构成一个大的话题,即对河南剧作家群的理论认定、群体构成、文化共性、群体特征的研究。这一部分和下编的剧作家个体研究,以及由绪论和前三章构成的河南戏剧文学简史,共同构成本书体量相当的三大板块,使得本书结构体系的“三脚架”更为坚实、牢固。

下篇的剧作家个体研究可以说是申报这个项目的原始出发点。因为工作关系,我和河南的很多剧作家都有很好的私人交往,他们多为我的师长和前辈,对我爱护有加,关心备至。我对他们的创作自然也非常关注,且是长期跟踪式的关注,不知不觉中积累了一些前期成果。可以说,我是从关注河南剧作家个体进而开始关注河南剧作家群体的。剧作家个体研究,是这本书最先完成的部分,也是完成相对轻松的部分。但由于篇幅原因,不能把想写的都写进去,甚至个别写好的章节,在出版时也忍痛拿掉了。我希望未来有机会能把剧作家个体研究继续下去,弥补这次未能充分展示的遗憾,同时使之成为一个系列。因此,这是一个未完待续的话题。

在写作的过程中,有一点也是我努力想做到的,就是能够表达出我对作家作品的独特感受和发现。这么多年看了很多戏,但大多是从舞台演出中获得的认识和感受,除了一些重要作品,多数作品并不曾认真去研读过剧本。也就是说，对这些作品的认识，多建立在二度阐释、演绎的基础上，是从舞台看文学，而不是从文学看舞台，或者是未从戏剧文学的独立价值来看待它。这样，无形之中就有了一种先入为主的思维“定势”，就可能错过文本中潜藏的诸多玄机和精彩，也可能失去让作品在自己心中的舞台上铺排敷演的机会。基于此，这次课题进程中，我更多地回归到文本阅读，潜下心来做细致深入的文本研究：看一部作品在什么样的时代背景下诞生，使用了什么样的叙事技巧，提供了怎样的文学价值和意义，为舞台和二度提供了哪些可能和契机，在作者的创作历程中占有怎样的位置，以及它在河南当代戏剧文学史上应有什么样的评价。事实证明，文本细读，的确获得了和看舞台演出大不相同的感受，对很多作品有了新的认识。有的作品，文本的价值的确被低估了，内藏的乾坤未能得到充分的发现；有的剧本，的确是靠二度创作提升了影响力；有的作品，因时代意义而获得高度评价；但也有些作品，恰恰是时代解读遮蔽了其文学的价值……特别是看新时期早期的作品，当经历了岁月的淘洗和沉淀，当我们与作品产生的年代有了距离感之后，回头再看，这种认识的差别便格外强烈。对作家作品意义价值的新发现、新认识，也便在这种阅读感受中愈发清晰。

在本书出版修改的两年中，经历了席卷全球的新冠疫情和郑州“7·20”特大洪灾，注定都是刻骨铭心的人生记忆。两年时间，几乎没有离开过工作生活的这座城市，使我有机会潜下心来，对全书进行增补修订；也使我有机会静下心来，从纷繁的现实和丰富的阅读中了解世界，观察世相，感悟人生，从而获得了更丰富的人生体验，这何尝不是一笔丰厚的精神财富呢。

感谢所有在我成长道路上有恩于我的人，感谢所有在本课题进展过程中给予我帮助的人，特别感谢王评章老师的醒神指点，感谢罗怀臻老师百忙中赐予的有分量的序言！我将在心怀感激中继续砥砺前行！

2021 年 8 月 18 日